FOLIO POLICIER

Luís Miguel Rocha

Le dernier pape

Complots au Vatican

Traduit du portugais
par Vincent Gorse

Gallimard

Titre original :
O ÚLTIMO PAPA

Né à Porto en 1976, Rocha a vécu plusieurs années à Londres, puis, de retour au Portugal, il a travaillé pour la télévision. Il est mort en mars 2015.

Le dernier pape est le premier volume d'une série de romans consacrée aux secrets du Vatican.

« *Quant à vous, Seigneur Patriarche, la couronne du Christ et les jours du Christ.* »

SŒUR LÚCIA À ALBINO LUCIANI,
Coimbra,
le 11 juillet 1977.

« *Que Dieu vous pardonne ce que vous avez fait pour moi.* »

ALBINO LUCIANI
aux cardinaux qui l'ont élu pape,
le 26 août 1978.

I

Anno Domini MMVI

Pourquoi un homme court-il ? Envisageant ici l'homme dans son ensemble, représentant de son espèce, de tous les hommes sans exception, car aucun ne fait ici exception. Qu'est-ce qui le fait courir ? Dans le sens littéral du terme, en lançant une jambe devant l'autre, le pied droit devant le pied gauche ou vice versa. Est-ce pour le plaisir ? Celui de sentir son cœur battre à tout rompre et ses muscles travailler sans relâche avant la récompense d'un bien-être physique et psychologique tant apprécié après l'effort ? Certains courent pour la gloire, les secondes ou les minutes de cet effort intense étant synonymes de victoire, de médaille, de record et d'argent, ou bien de défaite, de déception, de tristesse et de regrets. D'autres courent pour se maintenir en forme ou pour perdre quelques kilos dans le seul but de plaire ou de redorer leur estime de soi. Mais quelles que soient leurs raisons, ils courent toujours pour vivre ou tenter de mieux vivre ; rien d'autre ne les motive.

Quant à cet homme qui monte l'immense escalier intérieur des archives secrètes du Vatican tard dans la nuit, sa soutane noire à peine visible dans la pénombre, il court pour la plus ancienne raison du monde : fuir le danger en essayant de sauver sa peau et cette liasse de papiers jaunis par le temps qu'il tient à la main. Un bruit qui n'est pas celui de ses propres pas le fait se figer, le cœur battant. Vient-il d'en haut ? D'en bas ? C'est la question qu'on pourrait lire sur son visage et il regarde de tous les côtés, l'oreille tendue, mais il n'entend plus rien à part le souffle de sa respiration. Des filets de sueur coulent sur son visage. Il se presse avant qu'il ne soit trop tard pour retourner aux appartements qui lui sont alloués dans la cité du Vatican – un véritable État avec ses propres règles, ses propres lois, son propre credo et son propre système politique.

Sous le faible éclairage de la lampe de son bureau, il griffonne des mots à la hâte au dos d'une grande enveloppe déjà timbrée. Son écriture est difficile à déchiffrer, mais on peut lire : « *Valdemar Firenzi* ». Ce doit être son nom ; quant à celui du destinataire, au recto, il est en revanche impossible à discerner car à aucun moment il ne retourne l'enveloppe. Après avoir glissé à l'intérieur les papiers qu'il tenait à la main, il la ferme et quitte immédiatement sa chambre.

Où se rend-il donc à cette heure de la nuit alors que la cloche de la basilique Saint-Pierre sonne une heure du matin ? Il fait froid, mais cela ne semble en rien déranger ce serviteur de Dieu qui se dépêche de sortir de l'enceinte de la cité des papes, atteignant déjà la place Saint-Pierre, la merveilleuse architecture elliptique du Bernin avec toute sa symbolique chrétienne et païenne – parce que les artistes ne sont pas des hommes à se vouer à un seul art, ou se soumettre à un seul Dieu. Monseigneur Firenzi entend soudain du bruit et s'arrête, haletant, glacé de peur. Pas de doute : ce sont des pas. Peut-être ceux d'un garde suisse qui fait sa ronde nocturne. Mais le plus sûr est de ne pas traîner et les mains agrippées sur l'enveloppe qu'il plaque sur son ventre, il accélère le pas. Au centre de la place, il risque un regard en arrière et aperçoit une silhouette sombre derrière lui. Ce n'est pas un garde suisse, elle n'en porte pas l'uniforme, et contrairement à monseigneur Firenzi qui commence à courir en se retournant plusieurs fois, elle marche sans se hâter, d'un pas ferme et régulier. Quiconque observerait le fugitif en soutane le prendrait pour un fou, mais Rome semble dormir du sommeil du juste et la place, comme les rues environnantes, sont désertes à cette heure-ci. Déjà très essoufflé, Firenzi s'engage dans la via della Conciliazione alors que la silhouette qui le suit, c'est maintenant certain, un objet brillant dans une main, semble gagner du terrain. Monseigneur Firenzi avance aussi vite qu'il peut, aussi vite que ses vieilles jambes et les forces qui lui restent le lui permettent : il court pour la vie. Soudain, un claquement sourd emplit ses oreilles et il a le réflexe de se retenir sur le premier objet qu'il rencontre devant lui. Cela n'a duré que le temps d'un éclair, c'est déjà passé ; un son étrange, étouffé, et puis plus rien. Mais cette sourde détonation se transforme aussitôt en une vive douleur qui lui traverse le dos. Il touche son épaule gauche et la paume de sa main se macule de sang, le sang de l'alliance nouvelle et éternelle, le sang de la vie qui menace de déserter son corps. Le bruit de pas se fait plus net et à mesure qu'il se rapproche, la douleur se fait plus profonde.

« Monsignore Firenzi, per favore.

— Che cosan volete da me[1] ? répond-il, au bord de l'évanouissement.

— Io voglio a te[2]. »

Son poursuivant sort un téléphone portable dans lequel il se met à parler dans une langue qui n'est pas de l'italien – peut-être une langue de l'Est. Monseigneur Firenzi remarque un serpent tatoué sur son avant-bras. Quelques secondes plus tard, une berline noire aux vitres fumées s'arrête à côté des deux hommes. L'agresseur saisit le blessé à bras-le-corps, ouvre une des portières du véhicule et le dépose sans violence sur la banquette arrière, comme s'il était aussi léger qu'une plume.

« Non si preoccupi. Non state morendo[3]. »

Avant d'entrer à son tour dans la voiture, l'homme nettoie avec un chiffon la surface où l'ecclésiastique a posé la main pour se retenir. Grimaçant de douleur, monseigneur Firenzi regarde l'homme effacer les preuves de ce qui vient de se passer.

Effacer les preuves, pense-t-il, *quelle ironie…*

Les yeux fixés sur l'objet sur lequel il s'est retenu pour ne pas tomber, il parvient, l'espace d'une seconde, à esquisser péniblement un sourire tandis que des mots en portugais naissent sur ses lèvres.

1. Que me voulez-vous ? *(Sauf indication contraire, toutes les notes sont du traducteur.)*
2. C'est toi que je veux.
3. Ne t'inquiète pas. Tu n'es pas en train de mourir.

C'est dans sa langue maternelle que l'on pense ces moments-là :

« Que Deus me perdoe[1]. »

Aussitôt le nettoyage terminé, l'homme entre dans la voiture qui démarre sans rouler trop vite pour ne pas éveiller l'attention. Ce sont des professionnels et ils savent ce qu'ils ont à faire ; même s'ils ne sont pas infaillibles et que quelque chose peut toujours leur échapper. La via della Conciliazione retrouve tout son calme, sans conserver la moindre marque de leur passage. Le ménage a été bien fait : aucune trace de sang ni empreinte digitale ne subsiste sur la boîte aux lettres sur laquelle monseigneur Firenzi s'est appuyé.

1. Que Dieu me pardonne.

II

Albino

> « *Car nul ne vit pour lui-même, et nul ne meurt pour lui-même.* »
>
> Romains 14:7

29 septembre 1978

Si pour certains la routine est une meule qui finit par tout broyer, par tout détruire de sa terrible monotonie se répétant éternellement jour après jour, semaine après semaine, pour d'autres, c'est une nécessité vitale que seul pourra ébranler un facteur incontrôlé surgissant pour contrarier des habitudes à ne modifier sous aucun prétexte. Mais la vie est parfois mesquine ou cruelle, se plaisant à changer ce qui convenait si bien à certains et s'évertuant à maintenir ce qui ne plaît pas à d'autres.

Sœur Vincenza, depuis près de vingt ans au service d'Albino Luciani, ne se plaint pas de ces aléas de la vie. Si ce sont les desseins du Seigneur, qui sommes-nous pour les remettre en cause ? Comme celui, par exemple, qui a voulu qu'après tant d'années passées à Venise, sa terre natale, ils déménagent à plus de six cents kilomètres. Levée avant l'aube, elle vient de préparer du café chaud et longe maintenant un long couloir pour venir le déposer sur un plateau d'argent, à précisément quatre heures vingt-cinq du matin, devant la porte de la chambre de Don Albino. Une opération des sinus, il y a de nombreuses années, lui a laissé un goût amer dans la bouche au réveil, qu'il chasse avec une tasse de café que lui apporte Vincenza tous les jours à l'aube, un geste auquel elle est habituée et qui fait partie de sa routine. En revanche, sœur Vincenza ne s'est pas encore habituée à ces longs couloirs mal éclairés la nuit et qui lui font peur : elle aurait de quoi s'en plaindre à son maître. Les couloirs et les vestibules d'un palais où un chapitre de l'histoire des siècles est inscrit dans chaque pierre, dans chaque statue, dans chaque peinture et dans chaque tapisserie richement parée pendue aux gigantesques murs. Mais sœur Vincenza n'a que faire de toutes ces richesses et elle a envie de pousser un cri à chaque fois qu'elle passe devant un chérubin de marbre aux yeux brillants qui ressemble à un enfant espiègle caché derrière un meuble. Ce qui est sûr, c'est que s'il n'en tenait qu'à elle, elle n'aurait jamais l'idée de se hasarder à cette heure-ci dans ces escaliers et ces couloirs déserts qui sont moins impressionnants la journée, quand les lieux sont gagnés par une vie intense.

C'est la bonne Vincenza qui s'occupe de tout ce qui concerne l'alimentation et les soins médicaux d'Albino ; la simple administration de médicaments et de piqûres s'entend, un médecin venant régulièrement s'enquérir de la santé de Don Luciani, qui n'est ni n'a jamais été homme à négliger les soins du corps. Pour l'instant, il préfère encore faire confiance à son médecin de Venise, Giuseppe de Rós, contraint de parcourir tous les quinze jours six cents kilomètres pour venir voir son patient préféré, qui commence à perdre de sa souplesse en prenant de l'âge. Sœur Vincenza s'occupe d'Albino avec plaisir, comme une épouse dévouée, même si ce n'est pas le cas, bien sûr. C'est un homme bon qui la traite toujours avec politesse et bienveillance et la considère plus comme une amie qu'une servante, raison pour laquelle il lui a demandé de l'accompagner quand il a déménagé dans cette nouvelle résidence bien plus grande que la précédente, bien plus imposante – un luxe qui embarrasse cet homme si peu attaché aux biens terrestres. Il s'est d'ailleurs promis de se débarrasser au fil du temps de tout cet équipement fastueux et de réarranger la maison à son goût, car il a bien du mal à s'habituer à vivre dans un tel palais.

Un infarctus a jeté sœur Vincenza sur un lit d'hôpital il y a moins d'un an, mais malgré l'avis des médecins qui lui ont conseillé de réduire ses activités pour seulement superviser le travail des autres – assise de préférence –, elle a fait la sourde oreille et continue à s'occuper personnellement d'Albino, comme le prouve le plateau qu'elle tient dans les mains à cette heure si matinale. Elle a tenu à rejoindre la congrégation de Maria Bambina, qui s'occupe de l'intendance de la maison. Elle y a été accueillie par Elena, la mère supérieure, et les sœurs Margherita, Assunta, Gabriella et Clorinda, ne laissant à aucune d'entre elles le soin de s'occuper de quoi que ce soit qui concerne personnellement son protégé ; Vincenza est la seule à le faire avec tendresse, de main de maître et avec une délicate attention.

Arrivée devant la chambre d'Albino, elle pose le plateau sur une petite table placée là à cet effet et frappe deux fois à la porte.

« Bonjour », dit-elle à haute voix.

La réponse habituelle qu'elle attend ne vient pas. Étrange. Elle colle son oreille à la porte et n'entend rien bouger de l'autre côté. Elle hésite à frapper à nouveau, mais décide finalement de s'en abstenir.

C'est la première fois que Don Albino dort aussi tard, pense-t-elle. *Je vais le laisser se reposer un peu plus longtemps*.

Elle retourne tranquillement dans sa chambre, où elle se recueille pour commencer sa première prière de la journée.

Il est quatre heures et demie du matin.

*

Observons cet homme qui se tourne et se retourne dans son lit sans trouver le sommeil, situation somme toute assez banale, commune à beaucoup d'entre nous mais plutôt rare chez cet homme habituellement capable de dormir à toute heure du jour ou de la nuit, en toutes circonstances. Ainsi est le sergent Hans Roggan, discipliné, méthodique, mesuré, discret. Aujourd'hui, sa mère est venue à Rome pour le voir. Il a dîné avec elle et c'est probablement le café qu'il a bu en fin de repas qui le tient maintenant éveillé, même s'il en doute puisqu'en général, le café n'exerce aucun effet de ce genre sur lui.

Il décide de se lever.

Tu ne veux pas venir, alors ne viens pas, se dit-il. *Je ne vais pas passer la nuit à t'attendre*. Il ouvre la porte de son armoire et revêt son uniforme dessiné par le commandant Jules Repond en 1914. Si des décennies plus tard, ce dernier avait su que sa création serait attribuée par certains à Michel-Ange, il aurait peut-être été flatté de cet honneur, ou alors un peu amer d'avoir été oublié par l'Histoire ; mais le fait est que c'est lui qui a dessiné l'uniforme actuel de la garde suisse, de laquelle fait partie le sergent et dont il a d'ailleurs le commandement cette nuit. Les couleurs vives de son uniforme, inspirées des fresques de Raphaël, contrastent avec l'humeur du sergent. Il ressent une sourde inquiétude, une anxiété qu'il ne saurait expliquer.

Le sergent Hans Roggan fait le métier dont il a toujours rêvé depuis son enfance : entrer dans la garde suisse au service du pape. Pour ce faire, il a dû passer par des tests très sélectifs, suivre une stricte discipline de vie et les enseignements du Seigneur, tout en respectant bien sûr les règles de base pour se porter candidat : être de nationalité suisse, célibataire, avoir de bons principes moraux, mesurer plus d'un mètre soixante-quinze, avoir entre dix-neuf et trente ans et, point essentiel, être catholique.

Il ne serait pas celui qui salirait l'image des vaillants soldats du pape Jules II. Il serait prêt à mourir pour protéger le pape, quel qu'il soit, comme les cent quatre-vingt-neuf Helvètes fondateurs de la garde qui protégèrent Clément VII contre mille soldats espagnols et du Saint-Empire germanique lors du sac de Rome, le 6 mai 1527. Seuls quarante-deux d'entre eux survécurent – ceux qui, sous le commandement d'Hercules Göldli, mirent le pape à l'abri dans le château San Angelo en empruntant le passetto, passage secret construit à l'époque du pape Alexandre VI et reliant le Vatican au château. Les autres moururent héroïquement après avoir tué environ huit cents ennemis. C'est cet héritage qu'essaie d'honorer Hans tous les jours en portant son uniforme. Une fierté qu'il arbore d'habitude la tête haute, un peu moins cette nuit en raison de son étrange et inexplicable insomnie – si tant est que l'inexplicable existe en ce monde.

Hans est responsable cette nuit de la sécurité du Vatican, dont le plan de protection se résume à quelques rondes passant par des endroits clés intra-muros et des sentinelles placées devant les portes des lieux les plus emblématiques ou les plus importants. Jean XXIII a aboli la tradition qui consistait à placer deux gardes toute la nuit à la porte des appartements du pape, de sorte que le garde le plus proche se trouve désormais en haut de l'escalier de la troisième loggia, une position purement symbolique dans un passage peu fréquenté, même le jour. Tout expert dirait que n'importe qui animé de mauvaises intentions entrerait facilement dans la cité du Vatican, et ce n'est pas complètement faux.

Hans pénètre dans son bureau et s'assoit à sa table. Il ouvre un dossier et le feuillette. Ce sont des factures à payer qu'il doit remettre à son supérieur dans la matinée, mais au bout de quelques instants, il le referme. Il n'arrive pas à se concentrer. Comme si une voix ou des signaux invisibles l'incitaient à briser sa routine, à ne pas suivre machinalement cette nuit ses habitudes.

Qu'est-ce qui se passe ? se demande-t-il. *Tu ferais mieux d'aller prendre l'air*.

Il quitte son bureau sans même prendre la peine d'en refermer la porte, sort du bâtiment de la garde suisse, traverse les jardins qui bordent le palais apostolique et décide d'aller faire quelques pas sur la place Saint-Pierre. Il passe devant deux gardes assis sur les marches d'un escalier, dormant l'un à côté de l'autre.

Il semble que je sois le seul à ne pas pouvoir dormir, pense-t-il en les secouant par les épaules.

Les gardes se réveillent en sursaut et se lèvent d'un bond, effrayés.

« … toutes mes excuses, Sergent.

— Que cela ne se reproduise pas », leur dit Hans sur un ton très sec.

Il sait que ses hommes sortent d'une longue période de travail très intense. Giovanni Battista Montini, connu sous le nom de Paul VI, est mort il y a un peu moins de deux mois, le 6 août 1978, dans la résidence d'été des papes à Castel Gandolfo. Les funérailles d'un souverain pontife se prolongent pendant plusieurs jours et la garde ne laisse jamais seule sa dépouille : quatre hommes sont postés en permanence aux extrémités de son cercueil, devant lequel de nombreuses personnalités et des chefs d'État du monde entier viennent lui rendre un dernier hommage. Et après les funérailles commencent les préparatifs du conclave, l'élection du nouveau pape, qui doit être tenue dans le plus grand secret. Les permissions sont annulées et la charge de travail est doublée. Il avait été prévu que le conclave commençât le 25 août ; et même s'il a effectivement débuté à cette date, dans les limites du délai maximal autorisé de vingt et un jours après le décès du Saint-Père, et qu'il a été très bref, se terminant dès le soir du premier jour, cette élection a soulevé une grande frénésie et il n'y a que peu de temps que les choses sont revenues à la normale.

Hans fait demi-tour pour pénétrer à nouveau dans le Vatican, laissant derrière lui les gardes somnolents.

Décidément, il n'y a que moi qui n'ai pas sommeil.

Il ne peut s'empêcher de penser que tout ce qui l'entoure lui appartient un peu. Au fond, devant lui, se dresse l'obélisque de Caligula, au beau milieu de la place elliptique dessinée par le Bernin. L'histoire du monde est quelquefois pleine d'ironie : comme rencontrer ici l'œuvre d'un malade mental au centre de l'endroit le plus saint du monde catholique. Il continue à marcher calmement, sentant la brise fraîche passer sur son visage, lorsque quelque chose attire son attention. Sur sa gauche se dresse le palais apostolique et il y a de la lumière à une fenêtre du troisième étage, celle de la chambre du pape. Il regarde sa montre : il est quatre heures quarante du matin.

Ce pape se lève tôt. Il se souvient que lorsqu'il est rentré du dîner avec sa mère, peu avant onze heures du soir, il y avait encore de la lumière à cette fenêtre. Zélé comme tout garde suisse qui se respecte, il décide de retourner sur ses pas et d'interroger les gardes qu'il a surpris endormis. Ils sont maintenant en train de discuter ; le sergent les a réveillés comme une douche froide.

« À vos ordres, lui disent les deux hommes au garde-à-vous.

— Dites-moi, la lumière de la chambre de Sa Sainteté est-elle restée allumée toute la nuit ? »

Alors que l'un des gardes hausse les épaules en signe d'ignorance, l'autre est catégorique :

« Pendant mon tour de garde, Sergent, cette lumière est toujours restée allumée. »

Hans lui fait confiance : il sait bien que s'il les a surpris assoupis, ils ne peuvent pas avoir somnolé plus de quelques minutes.

« C'est étrange, dit Hans.

— Sa Sainteté a l'habitude d'allumer sa lampe tôt le matin, à peu près à l'heure qu'il est maintenant. Mais cette fois-ci, il ne l'a pas éteinte de toute la nuit, ajoute le garde. Il doit travailler à tous ces changements qu'on nous annonce.

— Tout cela ne nous regarde pas. Changeons de sujet. À part ça, tout est normal ?

— Tout est normal, Sergent.

— Très bien. À plus tard. Gardez les yeux grands ouverts. »

Hans retourne au bâtiment de la garde et sent enfin ses paupières lourdes ; il a encore le temps de dormir un peu. Il regarde une dernière fois la lumière allumée dans les appartements du pape.

Les choses ont vraiment changé, se dit le sergent en ébauchant un sourire. Il peut maintenant se coucher : tout est apparemment en ordre.

*

Il ne s'est passé qu'un quart d'heure depuis que sœur Vincenza a laissé son plateau d'argent sur la petite table à côté de la porte de la chambre d'Albino Luciani mais elle y revient déjà, traversant à nouveau le couloir qui lui fait si peur. Il est temps de faire prendre à Don Albino ses médicaments pour la tension. Ces temps-ci, il ne prend d'ailleurs pas d'autres traitements à part des vitamines à la fin de chaque repas et des injections qu'elle lui administre chaque soir au coucher, pour stimuler sa glande surrénale. Sitôt avalées ses pilules pour la tension, chaque jour religieusement entre quatre heures et demie et quatre heures quarante-cinq du matin, Albino prend un bain puis travaille son anglais avec des cassettes de langue de cinq heures à cinq heures et demie, une routine matinale immuable. Ensuite, il va prier dans sa chapelle privée jusqu'à sept heures – conservant l'habitude qu'il avait déjà dans sa résidence précédente, même si la chapelle y était beaucoup plus modeste.

Lorsqu'elle se présente pour la seconde fois devant la porte de la chambre d'Albino, sœur Vincenza trouve le plateau d'argent tel qu'elle l'a laissé quelques minutes auparavant, sans que personne n'y ait apparemment touché. Elle soulève le couvercle de la cafetière et constate qu'elle est pleine, intacte, et que la tasse est encore propre. Depuis près de vingt ans qu'elle est au service d'Albino Luciani, une telle chose ne s'est jamais produite et il n'a jamais non plus manqué de répondre à son « Bonjour » par un autre joyeux « Bonjour, Vincenza ».

Il faut préciser que les choses ont un peu changé depuis leur déménagement. Naguère, Vincenza frappait à la porte, entrait avec le café sur un plateau et allait le servir elle-même à Don Albino – une habitude que les nouveaux assistants et conseillers de son protégé désapprouvèrent fortement, la considérant comme une violation du protocole, si bien que pour plaire à la fois aux Grecs et aux Troyens, ils se mirent d'accord sur un compromis : sœur Vincenza pourrait continuer à lui apporter son café matinal mais en laissant le plateau à l'extérieur de sa chambre, comme on l'a vue le faire avec diligence ce matin.

Elle colle à nouveau son oreille à la porte. Aucun bruit, pas le moindre mouvement perceptible, et elle hésite à frapper, ce qu'elle se décide finalement à faire timidement.

« Bonjour », chuchote-t-elle avec crainte.

Puis elle se recule légèrement, pensive, se demandant quoi faire.

Chez nous, j'entrais tout simplement, sans toutes ces complications.

En regardant attentivement, elle aperçoit une fine bande de lumière sous la porte. Albino est réveillé et elle frappe une deuxième fois, cette fois-ci plus fort.

« Don Luciani ! »

Face au silence, et après avoir frappé une troisième fois sans réponse, elle se décide à entrer, posant déjà la main sur la poignée en or pour ouvrir la porte qui n'est pas fermée à clé.

Que les conseillers et le protocole aillent au diable !

Elle entre sur la pointe des pieds et aperçoit Don Albino assis dans son lit, le dos appuyé contre son oreiller avec ses lunettes sur le bout du nez, des papiers dans les mains et la tête penchée sur le côté droit. L'expression joyeuse et le sourire auxquels Albino a habitué Vincenza et tous ceux qui le connaissent ont laissé place à une grimace d'agonie. Vincenza s'approche de lui, le cœur battant. Un spectacle bien peu recommandé pour une malade du cœur, mais sœur Vincenza, la courageuse Vincenza, les yeux embués de larmes, saisit le poignet d'Albino pour lui prendre le pouls. Une, deux, trois, quatre secondes passent avant qu'elle ne ferme les paupières sans un cri, commençant à prier silencieusement alors que des larmes coulent sur son visage.

« Oh ! Mon Dieu ! »

Se relevant, elle tire sur le cordon qui pend au-dessus du lit d'Albino et une sonnette retentit dans les autres pièces du palais.

Il faut que j'aille prévenir les sœurs, pense-t-elle en tremblant nerveusement. *Non, je vais d'abord appeler le père Magee. Ah non, c'est vrai ! Il dort là-haut à l'étage. Le mieux est d'appeler le père Lorenzi.*

La sonnerie cesse, et aussi étrange que cela puisse paraître, personne ne vient aider sœur Vincenza, comme si tout le monde savait qu'aujourd'hui, il ne servait plus à rien de se déplacer. Elle sort en courant de la chambre et sans réfléchir, violant une nouvelle fois toutes les règles de l'étiquette et du protocole (*Qu'ils aillent au diable !*), ouvre la porte de celle du père Lorenzi, le secrétaire d'Albino, située juste à côté.

« Père Lorenzi ! Père Lorenzi ! » crie-t-elle.

Lorenzi se réveille en sursaut.

« Qu'est-ce qui se passe ? » demande-t-il en apercevant soudain une sœur en larmes agrippée à son pyjama.

« Qu'est-ce qui se passe, Vincenza ? répète-t-il en la reconnaissant. Il est arrivé quelque chose ?

— C'est Don Albino, père Lorenzi. Le pape est mort ! »

Le 28 septembre 1978 restera dans l'histoire comme le jour de la mort d'Albino Luciani, le pape Jean-Paul Ier.

III

Pour Sarah Monteiro, qui la survole de retour à son domicile de Belgrave Road, aucune autre ville du monde ne se compare à celle de Londres. Son avion vient de Lisbonne et tourne au-dessus de la métropole anglaise depuis près d'une demi-heure, en attendant l'autorisation d'atterrir. Mais pour elle, cette attente est un plaisir après quinze jours de vacances chez ses parents, un capitaine de l'armée portugaise et une professeur d'anglais, d'où le « h » qui termine son joli prénom, une influence maternelle qui lui a aussi donné le goût de tout ce qui est britannique. Non pas qu'elle n'aime pas le Portugal où elle est née ; loin de là, c'est un pays charmant, mais elle trouve qu'il manque de personnalité. Malgré des frontières anciennes et de nombreuses révolutions, il n'a connu à son goût que trop peu de réformes. Le Portugal n'en demeure pas moins pour Sarah, sans compter Noël qu'elle ne se verrait pas passer ailleurs, un arrêt obligatoire deux à trois fois par an. Aller passer de temps en temps quelques jours chez ses parents dans l'Alentejo, près de Beja, et respirer l'air de la campagne, si différent de celui de la capitale britannique, est une chose sans laquelle elle ne saurait vivre.

L'avion atterrit en douceur, même si les atterrissages les plus doux comportent toujours leur lot de petites secousses ; et malgré le long parcours sur la piste vers la zone de débarquement, beaucoup de passagers se lèvent déjà de leur siège dans une bousculade pour être les premiers à sortir de l'avion.

« Nous venons d'atterrir à l'aéroport d'Heathrow. Il est six heures et demie de l'après-midi, la même heure qu'à Lisbonne, et il fait 21 °C dans la capitale britannique. Restez assis avec vos ceintures de sécurité attachées jusqu'à ce que l'avion soit complètement à l'arrêt. Merci d'avoir choisi de voler avec notre compagnie et à bientôt », dit l'hôtesse, mais qui l'écoute ? Seule une poignée de personnes – dont Sarah, habituée à prendre régulièrement l'avion depuis qu'elle est correspondante à Londres de plusieurs journaux et chaînes de télévision étrangères ; payée, finalement, pour leur donner des nouvelles de sa ville d'adoption. Elle a encore deux jours de vacances avant de retrouver l'agitation des salles de rédaction, l'arrivée régulière des dépêches, la recherche incessante du scoop ou d'une nouvelle spectaculaire.

L'avion s'est enfin arrêté et les passagers se pressent vers la porte de sortie située à l'avant de l'appareil. Il est temps pour Sarah de mettre la sacoche de son ordinateur portable à l'épaule, de prendre sa petite valise à la main et de suivre les autres. En chemin, elle appelle ses parents pour leur dire qu'elle est bien arrivée ; ils se parleront plus longuement plus tard sur Internet, lorsqu'elle sera chez elle. Après avoir suivi de longs couloirs, elle prend sa place dans la file d'attente du contrôle de l'immigration. Citoyens de l'Union européenne, Suisses et Américains d'un côté ; citoyens d'ailleurs de l'autre, tous avec leur passeport à la main. Sarah est la prochaine à passer dans sa file et elle reste derrière la ligne jaune, à la fois pour attendre que le monsieur à lunettes qui la précède en termine et ne pas indisposer le fonctionnaire assis derrière son guichet.

« Next, please. »

L'expression sur le visage de l'homme n'est vraiment pas amicale. Elle aurait peut-être dû choisir une autre file ; la femme du guichet d'à côté, par exemple, semble beaucoup plus sympathique, mais c'est trop tard et elle tend déjà au fonctionnaire son passeport en lui offrant son plus joli sourire.

« Qu'il est bon d'être de retour ! Quel temps a-t-il fait à Londres ces jours-ci ? lui demande-t-elle pour alimenter la conversation.

— Je ne peux pas le voir d'ici ! » lui rétorque-t-il sèchement.

Il s'est visiblement levé du mauvais pied ou s'est disputé avec sa femme, s'il en a une. À moins que son problème soit l'absence d'une femme justement, et que sa mauvaise humeur soit permanente.

« Il y a un problème avec votre passeport.

— Un problème ? Comment ça ? »

Citoyenne d'un pays de l'espace Schengen, elle pourrait se contenter de montrer sa carte d'identité, mais elle n'a jamais eu de problème avec son passeport, c'est étrange.

« Saleté d'ordinateur ! »

Un téléphone sonne à côté de l'homme et il répond immédiatement. Horatio, le nom de ce fonctionnaire de l'immigration à en juger par son badge d'identification épinglé au revers de sa veste, écoute, d'abord muet, son interlocuteur.

« Oui, mais le passeport ne passe pas », dit-il avant de continuer à écouter quelques instants puis de raccrocher.

Il tend son passeport à Sarah :

« Finalement tout va bien. Vous pouvez passer.

— Merci. »

Bizarre. Cet homme lui a vraiment porté sur les nerfs et il lui suffirait maintenant de tomber sur un chauffeur de taxi d'une humeur aussi détestable pour finir la journée en beauté ! Mais il lui faut d'abord aller attendre l'arrivée de sa valise sur le tapis roulant, au moins une demi-heure encore… si elle n'a pas été perdue.

*

Dans une salle de contrôle, quelque part dans l'aéroport, une alarme se déclenche. Le seul employé de service, un très jeune homme d'à peine une vingtaine d'années – ce qui semble assez étrange pour une telle responsabilité –, va devoir répondre tout seul à un signal d'alerte qui a commencé à clignoter sur un ordinateur. Le jeune fonctionnaire de police, vêtu d'une chemise blanche, galons sur les épaules, et d'un pantalon noir, découvre que le problème vient d'un passeport invalide, peut-être falsifié ou arrivé à expiration. Il regarde la caméra de sécurité : une jolie femme d'environ trente ans est en face du guichet numéro 11, celui d'Horatio, un veuf toujours grincheux mais scrupuleux, qui ne laisse rien passer. Le jeune homme n'a donc qu'à annuler le signal d'alarme et laisser Horatio faire le reste. Mais la procédure d'annulation ne fonctionne pas, ce qui ne lui est jamais arrivé, et il préfère appeler son supérieur.

« Monsieur Hopkins ? »

Une porte s'ouvre et un homme aux cheveux grisonnants, la cinquantaine, s'approche de lui.

« Que se passe-t-il, John ?

— Je n'arrive pas à désactiver l'alarme suite à un problème de passeport.

— Laisse-moi regarder. »

Hopkins se penche vers l'ordinateur pour lire le message affiché sur l'écran puis tape sur quelques touches du clavier. Quelques lignes d'information apparaissent, comme le nom « *Sarah Monteiro* » et quelques autres données qui défilent rapidement.

« Ne t'inquiète pas, John. Je m'en occupe. »

L'homme se dirige vers un téléphone posé sur le bureau d'à côté et décroche le combiné.

« Bonjour Horatio, c'est Steve. Laisse-la passer. Oui, ne t'inquiète pas, laisse-la passer, nous contrôlons la situation. »

Il coupe l'appel en appuyant avec deux doigts sur l'endroit où on repose le combiné du téléphone et, sans raccrocher, en effectue immédiatement un autre.

« Allô ?... Elle vient d'arriver. »

*

Une demi-heure après, ayant finalement assez vite récupéré son bagage de soute, Sarah s'assoit déjà dans un taxi devant le terminal 2, prête à rentrer chez elle.

« Belgrave Road, s'il vous plaît », dit-elle au chauffeur.

Encore trente ou quarante minutes en fonction du trafic et elle pourra s'allonger dans sa baignoire presque débordante, pleine de mousse, dans laquelle elle verse toujours une poignée de sels balsamiques pour parfumer l'atmosphère, un mélange puissant qui lui détend les muscles et lui apaise l'esprit.

Arrivé au centre-ville, son taxi contourne Victoria Station, toujours bondée, et pénètre un peu plus loin dans Belgrave Road, une rue parsemée d'hôtels bon marché avec toujours une foule de piétons traînant des valises sur les trottoirs. Une rue typique de Londres dont presque toutes les maisons possèdent deux colonnes soutenant un porche d'entrée, certaines finement travaillées en style néo-corinthien et d'autres lisses, selon le goût du bâtisseur ou du propriétaire. Des maisons victoriennes, centenaires, mais bien entretenues, fraîchement repeintes – du moins celles dont la façade n'est pas couverte de briques brunes.

Le taxi s'avance presque jusqu'au fond de la rue. Approchant du numéro que sa cliente lui a indiqué, le chauffeur donne soudain un brusque coup de frein et Sarah manque de peu se cogner la tête contre la cloison de verre qui sépare le conducteur de la banquette arrière. Une berline sombre aux vitres fumées vient en effet de surgir d'on ne sait où pour leur couper la route, bloquant toute la circulation. Le chauffeur de l'emblématique taxi noir londonien appuie sur son klaxon, rouge de fureur.

« Move on ! crie-t-il à l'adresse du véhicule devant lui, qui reste immobile. Get the fuck out of the way ! »

La file de voitures arrêtées augmente derrière eux, créant déjà un mini-bouchon. Les coups de klaxon et les protestations des automobilistes les moins patients commencent à fuser.

Le conducteur de la berline sombre abaisse sa vitre, sort la tête pour s'excuser auprès du chauffeur furibond et démarre enfin pour libérer la voie.

Quelques secondes plus tard, le taxi s'arrête devant la porte de la maison de Sarah et le chauffeur a l'amabilité de lui déposer sa valise sur le perron. Puis, après avoir empoché les quelques livres sterling de sa course, il repart immédiatement. En entrant chez elle, Sarah tombe sur un tas de courrier étalé par terre : journaux et publicités de toute sorte, cartes postales de collègues et factures à payer qu'elle n'a pas la patience d'ouvrir maintenant et qu'elle regardera plus tard, à tête reposée. Elle monte sa valise dans sa chambre, au premier étage, va dans la salle de bains ouvrir le robinet de la baignoire et s'assoit un instant pour se reposer. Mais elle pense soudain à certaines choses dont elle a besoin et se relève pour aller ouvrir sa valise, qui n'est étrangement plus fermée à clé. Bizarre : elle est pourtant sûre de ne pas avoir oublié de le faire, elle s'en souvient parfaitement. Elle pourrait même dire exactement où et à quelle heure, ce qu'elle faisait et à qui elle parlait lorsqu'elle a tourné la clé dans les deux serrures de sa valise. À l'intérieur, ses vêtements sont mélangés et froissés : c'est certain, quelqu'un a fouillé sa valise entre l'aéroport de Portela, à Lisbonne, et celui d'Heathrow, à son arrivée à Londres. Le mieux est de téléphoner ou même de retourner à l'aéroport pour demander des explications, et elle se promet de le faire dès le lendemain matin. Il ne manquait plus que ça ! Elle vérifie attentivement que rien ne manque dans sa valise, mais en dépit d'avoir été labourée par une main étrangère, il semble que rien n'a été volé.

Deux minutes plus tard, elle est déjà allongée dans sa baignoire couverte de mousse, profitant des bienfaits de ses sels bénis au pouvoir relaxant, parfumés au miel cette fois-ci. Les yeux fermés, elle a déjà oublié sa valise et le rabat-joie du guichet de l'aéroport.

En bas devant sa porte, au milieu du tas de courrier, une enveloppe dépasse légèrement sur laquelle on peut lire, difficilement, le nom de l'expéditeur griffonné à la main : « *Valdemar Firenzi* ».

IV

On pourrait dire beaucoup de choses à propos du tableau que cet homme contemple. L'infante Margarita au milieu, entourée d'Isabel Velasco et d'Agustina Sarmiento, deux naines. Sur la droite, Maria Barbola et Nicolas Pertusato, ce dernier avec un pied posé sur un mâtin allongé par terre. Derrière, dans l'ombre, Dueña Marcela de Ulloa aux côtés d'un homme non identifié, ce qui est difficile à croire car les peintres de cette époque n'ont pas coutume de représenter des objets ou des êtres non identifiables sur leurs toiles. Tout a son sens et si on ne sait pas qui est cet homme, c'est que l'artiste l'a voulu, lui-même représenté sous forme d'autoportrait sur la gauche, exerçant son art pour la postérité. Reflétées dans un miroir derrière lui, les figures magnanimes de Don Felipe IV et de Doña Mariana, et enfin, debout devant la porte, en train de sortir, le chambellan de la reine, Don José Nieto Velázquez.

Magnifique tableau, sans aucun doute, mais c'est l'homme qui le contemple dans la troisième salle du musée national du Prado, à Madrid, qui nous intéresse. Il est presque l'heure de la fermeture, mais ce vieil homme ne semble pas s'en inquiéter et demeure immobile, complètement absorbé devant l'œuvre de Diego Velázquez, *Las Meninas*, la perle du musée.

« Señor, nous allons bientôt fermer. Veuillez vous diriger vers la sortie, s'il vous plaît, lui dit poliment un jeune gardien qui connaît ce vieil homme de vue, d'ici même, où il le voit presque chaque jour regarder ce tableau pendant des heures sans se préoccuper des touristes qui passent autour de lui.

— Avez-vous déjà admiré cette peinture ? » lui demande soudain le vieil homme en sortant de son mutisme habituel.

Le gardien, étonné, regarde autour de lui. Il n'y a personne et la question doit donc lui être adressée.

« C'est à moi que vous parlez ? »

L'homme ne lui répond pas, continuant à regarder le tableau avant de répéter :

« Avez-vous déjà admiré cette peinture ?

— Bien sûr ! Ce tableau est presque aussi célèbre que *La Joconde*, au Louvre.

— Bêtises. Dites-moi ce que vous voyez. »

Le gardien ne sait pas quoi lui répondre. Il est intimidé par cet homme qui semble avoir une culture supérieure à la moyenne, si tant est que ces choses-là se voient à l'œil nu. Il passe tous les jours devant cette toile et sait qu'elle est très importante, mais il ne s'est jamais demandé pourquoi. Un peu comme une rue ou un monument célèbres que nos yeux croisent trop souvent, si familiers qu'on ne s'est jamais demandé d'où leur viennent leurs noms ou qui les a bâtis, ignorant finalement presque tout de leur histoire. Quoi qu'il en soit, le moment est venu de chasser ce dernier visiteur, de faire une dernière ronde et de passer le relais à ses collègues de nuit avant de rentrer chez lui. Une demi-heure de trajet jusqu'à Tres Cantos, où sa femme l'attend à la maison avec un cocido divin, même s'il ne le sait pas encore.

Alors qu'il s'apprête à lui expliquer plus fermement, encore que de manière toujours polie, que le musée va fermer, il remarque que la main gauche du vieil homme tremble légèrement et qu'une larme coule sur son visage. Se ravisant, il choisit donc de le traiter avec plus de douceur et de répondre d'abord à sa question.

« C'est un beau tableau. *Las Meninas*, de Velázquez.

— Savez-vous qui sont *Las Meninas* ?

— Je suppose que ce sont ces jeunes filles représentées sur le tableau.

— Bêtises. Ce sont les deux naines représentées à côté de l'infante Margarita, Isabel Velasco et Agustina Sarmiento. "Meninas" est un mot portugais par lequel la famille royale appelait les servantes de l'infante.

— Ah !… On en apprend tous les jours.

— Le peintre représenté sur le tableau est Velázquez lui-même, qui attend que les servantes convainquent la princesse de poser. Comme vous pouvez le voir dans le miroir, la partie représentant le roi Philippe IV et la reine Marie-Anne est déjà peinte. Ils ont fait venir les naines et le chien pour essayer de la convaincre, mais elle n'a pas cédé et le tableau n'a jamais été achevé.

— Désolé, mais le tableau a été terminé. Il est ici, bien réel, en face de nous.

— Je veux parler du tableau qui apparaît dans le miroir, bien sûr. Le tableau représenté à l'intérieur du tableau, qui n'a jamais été fini.

— Ah oui, je comprends. Je ne voyais pas les choses sous cet angle mais si vous le dites, vous avez certainement raison.

— Remarquez comme un simple caprice d'enfant peut changer le cours de l'Histoire, empêchant de réaliser un portrait de famille.

— Mais qui a permis de réaliser un autre tableau, peut-être plus grand que le premier.

— Peut-être. Mais ce que je veux dire, c'est qu'une décision, à un moment donné, peut affecter toute une vie, tout un parcours personnel, tout… »

L'homme commence subitement à tousser et se serait certainement écroulé sans le réflexe du jeune gardien qui le retient par les épaules avant de l'aider à s'allonger par terre, sur place, faute de mieux.

« J'ai la bouche sèche, dit le vieil homme d'une voix rauque.

— Je vais vous chercher un verre d'eau. Juste un instant, Señor. »

Le gardien se précipite hors de la salle et le vieil homme, toujours couché sur le sol, sort avec difficulté une feuille de papier de la poche de son manteau, une lettre froissée, manuscrite – sans qu'on sache s'il s'agit de son écriture – et la pose à côté de lui comme pour la mettre en évidence. Glissant à nouveau la main dans la même poche, il en sort un portrait de Benoît XVI qu'il pose à côté de la lettre.

Puis il fouille dans son autre poche et finit par en sortir un petit paquet, un objet allongé emballé dans du velours noir, semble-t-il, qu'il commence à ouvrir.

L'eau n'est pas un bien de première nécessité dans un musée et le gardien a dû aller jusqu'à la réception pour en trouver. Par talkie-walkie, il a signalé le malaise du visiteur à un collègue, lui demandant de se rendre d'urgence dans la troisième salle ; mais lorsqu'il y entre à nouveau, un verre d'eau à la main, il n'y trouve personne d'autre que le vieil homme tombé dans ses bras, apparemment toujours dans le même état. Dès qu'il s'accroupit auprès de lui, il s'aperçoit qu'il s'est trompé : le vieil homme n'est pas dans l'état dans lequel il l'a laissé. Il est immobile, les yeux écarquillés, inertes, la tête tombée sur le côté. Mort. El viejo esta muerto ! Il se relève d'un bond en manquant renverser son verre d'eau et appelle immédiatement à l'aide dans son talkie-walkie. Puis, prenant son courage à deux mains, il se tourne à nouveau vers le viejo. Les yeux du mort sont tournés vers le tableau qu'il admirait depuis des heures et par terre, à côté de lui, le gardien aperçoit une lettre froissée et une seringue vide. Il ne résiste pas à la curiosité de ramasser la lettre, écrite en espagnol, et après l'avoir lue, il lève les yeux au ciel en soupirant avec l'expression tendue d'un homme qui sent tout à coup un énorme poids sur ses épaules.

« Par Santiago ! Que Dieu nous épargne et nous vienne en aide ! »

V

La plaza de Mayo, à Buenos Aires, est le symbole des manifestations historiques du peuple argentin. Y sont situées la Casa Rosada, siège du gouvernement national, et la cathédrale métropolitaine, comme elle est appelée sur place. C'est la cathédrale qui nous intéresse pour le moment, et ce jeune homme qui traverse en courant son allée centrale pour déboucher brusquement au milieu du transept, essoufflé, en sueur, arrivant aussi vite qu'il peut de la maison du curé de la paroisse qui se fait appeler Pablo – un nom simple, comme tout d'ailleurs chez ce prêtre qui préfère ne pas être connu par son vrai nom. La cathédrale, fermée au public, est déserte, et le prêtre est agenouillé les mains jointes au pied des marches de l'autel, en train de prier.

Le jeune homme s'approche et pose une main sur l'épaule du prêtre. En temps normal, il serait resté quelques pas en retrait et aurait attendu la fin de sa prière, mais ce qu'il a à lui dire est très urgent, semble-t-il, puisque le jeune homme pose une seconde fois sa main sur l'épaule de Pablo.

Après un signe de croix, le prêtre se lève et se

tourne vers l'adolescent toujours essoufflé, le visage rougi et couvert de sueur.

« Que se passe-t-il, mon fils ? Tu as l'air affolé !

— C'est que… Señor Padre, un homme est venu frapper à la porte du presbytère… Il vous cherche.

— Mon Dieu, Manoel, tu es en nage ! Tu es venu en courant ?

— Oui, Señor. »

Il prend le garçon par le bras.

« Viens, viens t'asseoir avec moi. Calme-toi et raconte-moi tout. Qui est cet homme ? Qu'a-t-il donc fait pour te laisser dans cet état ?

— Je ne sais pas qui c'est, je ne le connais pas. On dirait un Européen, mais il n'a pas l'air italien. »

Le prêtre se fige soudain comme s'il se souvenait de quelque chose, et commence à transpirer comme son enfant de chœur.

« Qu'est-ce qu'il voulait ?

— Il veut vous voir d'urgence. Je lui ai dit que ce ne serait pas possible et il m'a répondu que tout est possible aux yeux du Seigneur. Mais le pire, c'est que…

— Le pire ? Il t'a fait du mal ?

— Non, Señor. Mais il était facile de deviner qu'il n'avait pas de bonnes intentions. »

Puis il ajoute, en baissant la voix :

« Il avait une arme. »

Pablo sort son mouchoir pour éponger la sueur sur son front. Il tremble, son angoisse est clairement perceptible, et il ferme les yeux quelques instants sans dire un mot. Quand il les rouvre, il ne transpire plus ; sa respiration s'est apaisée et son regard est plus tranquille. Il semble avoir trouvé au fond de lui-même la force d'affronter son destin, aussi terrible soit-il.

« Qu'est-ce que tu lui as dit ?

— Que le prêtre était allé voir un ami à l'hôpital.

— Tu as menti, Manoel ?

— Pardonnez-moi, Señor Padre, mais je ne savais pas quoi faire. Comme je vous dis, l'homme était armé et il avait un tatouage sur son bras gauche.

— Un tatouage ? Qui représentait quoi ?

— Un serpent.

— Il a essayé de pénétrer dans la maison ? »

Le garçon hésite avant de répondre. Il est nerveux. Ce n'est pas tous les jours qu'on se retrouve en face d'une arme à feu, en particulier dans la main d'un étranger qu'on n'a jamais vu et qui nous demande quelque chose.

« Non, Señor.

— Très bien, Manoel. Calme-toi. Tu peux repartir maintenant. »

L'adolescent se relève, un peu calmé, baise la main de Pablo et repasse par le centre du transept où il s'arrête un instant pour se signer avant de partir.

Le prêtre le rappelle soudain.

« Manoel…

— Oui, Señor ?

— As-tu revu cet homme en venant jusqu'ici ?

— Non. Mais j'étais tellement paniqué que dès qu'il est parti, je suis venu vous avertir en courant.

— Très bien, Manoel. Tu peux y aller. Aie confiance dans le Seigneur. »

Le garçon n'est pas encore sorti de la cathédrale

que Pablo est déjà à genoux, au même endroit que nous l'avons trouvé, priant avec la même ferveur et la même confiance. Les voies du Seigneur sont impénétrables, mais cet homme démontre une telle foi dans sa prière qu'il est évident pour lui que Dieu existe et que les lignes tortueuses avec lesquelles il semble tisser le monde et l'histoire des hommes ne sont qu'une apparence due à notre compréhension limitée, car le Tout-Puissant serait incapable de créer quoi que ce soit d'imparfait.

Les pas que l'on entend résonner sur les dalles ne sont pas ceux du jeune homme qui s'en va, ce sont ceux de quelqu'un qui s'approche, fermes, résolus, ni trop lents ni trop rapides. Tout se passe comme Dieu en a décidé et Pablo ne cherche pas à s'enfuir. Quelque chose lui touche l'épaule, mais ce n'est pas une main ni quelque chose d'humain : c'est le canon froid d'un revolver.

« Je t'attendais, annonce le prêtre.

— Ça ne m'étonne pas. Tu dois faire partie de ces êtres qui ont de très fortes perceptions extrasensorielles. Et qu'attendais-tu précisément ? »

Pablo se signe et se relève en regardant sans crainte l'homme dans les yeux.

« Mon avenir est entre les mains de Dieu, comme le tien et celui de tous. Ce que je possède vraiment est à l'abri auprès de Lui, et je ne crains en aucune manière ce que tu es venu me donner.

— Ou te retirer.

— Cela dépend du point de vue de chacun.

— Où sont-ils ?

— Felipe ne t'a pas dit où ils étaient ?

— Malheureusement, je ne l'ai pas trouvé en vie. Il a eu l'impudence de ne pas attendre que je la lui ôte moi-même.

— Oublie, c'est comme ça. Il y a des moments où l'on gagne, d'autres où l'on perd.

— Je vais te le demander une seconde fois. Où sont-ils ?

— Buenos Aires, New York, Paris, Madrid, Varsovie, Genève… Qui sait ? Il y a tellement d'endroits à travers le monde. »

Une détonation sourde se fait entendre et le prêtre s'écroule sur un banc, en faisant tomber d'autres. L'homme avec un fort accent de l'Est que nous avons vu à Rome s'approche de Pablo, le ventre en sang, la main appuyée sur l'endroit où la balle a pénétré.

« Dieu n'est pas ici pour te sauver, Señor Padre. Il vaut mieux me dire où ils sont.

— Dieu m'a déjà sauvé. Tu ne les trouveras jamais ! »

L'homme se penche sur Pablo pour lui parler à l'oreille, comme s'il lui faisait une confidence.

« Tu sais, Señor Padre, les enfants de chœur servent exactement à cela : nous servir fidèlement et nous aider à trouver ce que l'on cherche. Surtout les plus nerveux et inexpérimentés. Tu n'imagines pas la quantité d'informations qu'ils sont capables d'emmagasiner. Je ne les ai pas trouvés et je sais que tu ne vas pas me dire où ils sont… mais une piste par-ci, par-là, une lettre, un message, un e-mail, une photo, c'est déjà très utile, tu sais ? »

Pablo est blême, à la fois à cause de la balle qu'il

a reçue dans le ventre et des mots qu'il vient d'entendre. Les dés sont jetés, les cartes sont distribuées, mais il ne sera pas de la partie, sorti du jeu dès le début. Lui reste encore l'espoir que l'homme au serpent tatoué sur l'avant-bras en sache beaucoup moins qu'il ne le prétend.

« Je suis sûr que Marius Ferris se montrera plus coopératif. Je lui transmettrai tes salutations », dit l'homme, montrant à Pablo le dos d'une photo.

Et il tire un deuxième coup de feu à bout portant, cette fois-ci dans la tête du prêtre. Puis il revient en marchant tranquillement vers le centre du transept, se signe au passage en se tournant vers l'autel, et sort par une porte latérale.

VI

Alors qu'il se promène dans les rues de Gdansk, le poumon économique de la Pologne et le berceau de Solidarność – symbole mondial de la lutte pour les droits des travailleurs et des citoyens –, il ne peut s'empêcher d'afficher un grand sourire. Car fouler à nouveau sa terre natale, ne serait-ce que pour quelques jours ou quelques heures, respirer l'odeur de la mer Baltique qui borde la ville où Dieu a voulu le faire naître comme un présage, un signe clair de la mission qui lui a été confiée par un être supérieur, est pour lui un motif d'exultation.

Il pressentait depuis longtemps qu'une œuvre grandiose l'attendait et son intuition ne l'a pas trompé : elle s'est matérialisée par un coup de téléphone en pleine nuit, rue Chmielna, il y a six ans, mais ç'aurait pu être un télégramme, un ordre écrit, un simple mot ou une onde télépathique ; il savait qu'il en portait la semence qui ne demandait qu'un signe pour germer. Aujourd'hui, en passant au petit appartement où il a passé son enfance, il s'est souvenu de ses parents morts dans sa jeunesse en le laissant orphelin, morts par la volonté divine pour qu'il puisse accomplir la destinée qu'il entrevoyait si bien. L'appel téléphonique n'a pas été un hasard – rien n'arrive par hasard – et il y était préparé. C'est la première fois depuis six ans qu'il revient à Gdansk, qu'il revoit la rivière Motlawa. Un cadeau du maître qui lui a ordonné d'y attendre la prochaine étape du plan, et Il sait toujours ce qu'il fait. Car le maître est un visionnaire, un saint qui protège les intérêts supérieurs de la Divine Trinité sur la terre.

Il est presque midi et l'homme remonte la rue Chlebnicka en direction de la rue Ducha où il va déjeuner au restaurant Gdanska. Il n'a jamais passé la porte de ce luxueux établissement, mais c'est comme s'il le connaissait depuis toujours. La somptuosité du décor rappelle plus une salle à manger royale que celle d'un restaurant.

« Na zdrowie, salue le maître d'hôtel, impeccablement vêtu.

— Dzień dobry », répond-il poliment.

Il y a longtemps qu'il ne s'adresse plus à personne dans sa langue maternelle. Et que personne ne lui répond plus dans cette langue, bien sûr. Il demande un bigos, la spécialité de la maison, pour deux, et s'il y a du vin rouge.

« Tak », répond le maître d'hôtel. (« Oui » en polonais.)

Le service est rapide et soigné, et au moment où le garçon s'éloigne après avoir apporté le vin et les plats en lançant un Smacznego, un « bon appétit » rituel en Pologne, un homme vêtu d'un élégant costume noir Armani s'approche de sa table.

Le premier arrivé se lève immédiatement pour le

saluer en se courbant. Qui l'aurait vu entrer dans le Gdanska ne reconnaîtrait plus le même homme. L'assurance qu'il affichait s'est subitement transformée en soumission absolue pour celui qui vient d'apparaître et qui s'assoit en face de lui.

« Tu as fait du bon travail.

— Merci. C'est un honneur de vous servir. »

Ils parlent en italien, le Polonais aussi aisément que le nouvel arrivant.

« Le maître saura récompenser, comme toujours, ton dévouement. Il te fera bientôt appeler auprès de lui.

— Je lui suis très reconnaissant pour ce privilège.

— Tu peux l'être. Cet honneur n'est pas donné à beaucoup. Sans compter que bien peu restent en vie après l'avoir vu. Seuls les plus intimes et ceux qui le servent dignement, comme toi. »

Le Polonais baisse servilement la tête et sort une enveloppe de sa poche qu'il pose sur la table.

« Voici ce que j'ai trouvé à Buenos Aires. Le portrait dont je vous ai parlé. C'est lui qui nous a conduits jusqu'à un certain Marius Ferris, sur lequel le maître nous a ordonné d'enquêter. »

L'autre examine la photo qu'il a sortie de l'enveloppe.

« C'est vraiment curieux ce que ces types sont capables d'inventer, dit-il sans quitter le portrait des yeux. En ce qui concerne l'enquête sur Ferris, ne t'inquiète pas, elle avance et nous avons déjà rassemblé quelques éléments. »

C'est au tour de l'homme au complet Armani de poser une enveloppe sur la table.

« Les ordres sont de continuer. Tout ce dont tu as besoin est là-dedans. »

Il en profite pour lui rendre le portrait en le glissant dans cette seconde enveloppe.

« Garde-le. Le Grand Plan est en marche. Tu croiseras beaucoup de monde sur ta route ; aussi, méfie-toi des oreilles perfides et des yeux indiscrets. Inutile de te rappeler que tu ne devras faire aucune erreur ni éveiller aucun soupçon. À bientôt. »

Il se lève et, sans avoir touché à son assiette, s'en va sans rien ajouter. Le Polonais ne le regarde pas s'éloigner. Il ramasse l'enveloppe et la glisse dans la poche intérieure de son manteau noir. Puis il se jette sur la spécialité de la maison, une choucroute polonaise, et une fois repu, satisfait, il demande l'addition en laissant un gros pourboire. C'est un jour de célébration et il tient à récompenser ceux qui le servent bien.

« Dziekuje, remercie le garçon, ravi du billet vert que l'homme au manteau noir lui pose sur son petit plateau d'argent. Do jutra – à demain.

— Na razie », lui répond son client avant de sortir du restaurant.

Une fois dans la rue, sur la berge de la Motlawa, il ouvre l'enveloppe et vérifie son contenu. Un passeport espagnol avec sa photo, un billet d'avion au départ de Francfort pour une destination qu'il connaît bien, quelques autres documents qu'il lira plus tard et enfin la photographie qu'il a apportée de Buenos Aires.

Alors c'est toi le prochain, se dit-il, très sûr de lui en la regardant, certain que la mission qui l'attend sera menée de façon exemplaire, comme toutes les autres.

Il retire son manteau, laissant apparaître un tatouage de serpent sur son bras gauche ; et puisque c'est dimanche, il décide d'aller faire un tour à la foire pour profiter encore un peu de sa ville natale qu'il ne reverra pas pendant longtemps. Il replace les documents dans l'enveloppe avant de la ranger, ne gardant dans la main gauche que la photo qu'il a trouvée dans ce qui a été le presbytère du père Pablo, car le Señor Padre a depuis quelques jours adopté une autre résidence, permanente, souterraine. Tout va bien pour l'instant. Le plan avance parfaitement, à son rythme, sans le moindre accroc. Sur la photo apparaît le visage de Benoît XVI, mais sa main droite s'en approche déjà avec un briquet.

VII

Conclave

> « *Soyez tranquilles, car je n'ai absolument rien fait pour arriver jusqu'ici.* »
>
> ALBINO LUCIANI à sa famille, lorsqu'il a été élu pape.

Le 26 août 1978, peu avant sept heures et demie du soir, le cardinal Pericle Felici apparut sur le balcon de la basilique Saint-Pierre de Rome pour proclamer : « *Annuntio vobis gaudium magnum. Habemus papam !* » Annonce immédiatement suivie, selon la tradition, de l'identité et du nom de règne de l'élu.

Mais avant que les cent onze cardinaux inspirés par le Saint-Esprit se fussent mis d'accord sur le choix d'un nouveau pape, beaucoup d'eau avait coulé sous les ponts.

Un grand nombre de réunions et de conciliabules, souvent déguisés en déjeuners, s'étaient tenus avant le conclave, ponctués de déclarations dignes d'une véritable campagne électorale – dans le plus pur sens du terme. Des annonces parfois déguisées en désistement, comme l'après-midi où le cardinal Pignedoli, entouré de quelques autres dignitaires, déclara ne pas être suffisamment compétent pour assumer la charge vers laquelle certains voulaient le diriger, et que le mieux était de voter pour le cardinal Gantin, ex-archevêque de Cotonou au Bénin. Un discours au second degré, comme celui de bien d'autres personnalités – manière de dire en réalité : « Voyez comme je suis humble… votez pour moi ! »

Loin de ces manœuvres de couloir, le cardinal Albino Luciani était au même moment davantage préoccupé par le moteur capricieux de sa voiture, informant le père Diego Lorenzi, son secrétaire, qu'il espérait que sa Lancia soit réparée le plus tôt possible afin de pouvoir repartir dès l'issue du conclave pour Venise, ville de laquelle il était le patriarche.

Mais le Saint-Esprit et les cent dix autres électeurs du collège des cardinaux en décidèrent autrement. Les desseins du Très-Haut restèrent imperméables à toute influence humaine, au point de faire s'agenouiller humblement le cardinal Luciani dans sa cellule à l'issue des votes de la première matinée du conclave. Des votes non encore concluants, mais qui réservèrent des surprises inimaginables, comme les trente voix que Luciani reçut au deuxième tour et qui le firent implorer le Seigneur de le dispenser de l'immense fardeau d'être élu. Le cardinal Siri, qui termina en tête, ne le précéda que de cinq voix ; quant au troisième, le « modeste » cardinal Pignedoli, il n'obtint que quinze voix, suivi par le Brésilien Lorscheider avec douze voix. Malgré ces décomptes et ce classement, il serait une erreur de prendre comme une compétition ce qui n'est qu'une procédure affinée au cours des siècles pour choisir le représentant du Christ sur la terre, le porte-parole de l'Église auprès des croyants. Quand bien même cette élection semblerait un acte politique, il s'agit davantage d'un choix spirituel pratiqué sous forme politique pour désigner le successeur de Pierre, apôtre de Jésus-Christ, enterré quelque part sur cette terre sacrée. Quant aux dix-neuf voix restantes de ce deuxième tour, elles se répartirent entre les Italiens Bertoli et Felici, le Polonais Karol Wojtyła, l'Argentin Pirónio, le Pakistanais Cordeiro et l'Autrichien Franz Koenig, qui en recueillirent chacun quelques-unes.

La lutte, si l'on peut employer ce mot sans froisser les susceptibilités, se produisit entre les partisans de Siri et de Luciani ; l'un avec la volonté d'être élu, l'autre avec le désir de s'enfuir avant la fin du conclave, un homme qui avait affirmé à ses collaborateurs, sa famille et ses amis que s'il était choisi – ce qui de l'avis général était très peu probable, comme en témoignent les listes de favoris à la succession de Paul VI établies à l'époque, où le nom d'Albino Luciani, patriarche de Venise, n'apparaît jamais – il dirait : « Je suis désolé, mais je refuse. » Lui, à qui Paul VI, en visite chez la reine de l'Adriatique, avait offert une étole[1] en la posant lui-même sur ses épaules devant tout le monde, un geste inhabituel pour Sa Sainteté qui avait été interprété comme une marque de reconnaissance pour la loyauté du patriarche de

1. Le don symbolique d'une étole papale à un évêque signifie qu'il sera prochainement élevé au rang de cardinal.

Venise, en particulier pour sa défense, peut-être davantage par fidélité que par conviction, de l'encyclique *Humanæ vitæ*, une des plus malencontreuses de l'Histoire[1]. Des faits anciens qui ne comptent pas beaucoup ici, encore que c'est en pensant à Paul VI qu'Albino Luciani s'agenouilla pour prier, dans la crainte d'être élu par ses pairs et par le Saint-Esprit. Une chose est d'affirmer ce qu'on fera en envisageant une pure éventualité ; tout autre chose est de le confirmer lorsqu'elle a des chances de devenir réalité. « Puissent-ils voter pour Siri, confia-t-il au Seigneur dans sa prière, j'ai tellement de choses à faire à Venise ! »

Sans Paul VI, qui l'avait élevé au rang de cardinal, il n'aurait pas été membre de ce conclave. Mais en poursuivant ce raisonnement, si Jean XXIII ne l'avait pas consacré évêque auparavant, il ne serait pas devenu cardinal ; et en remontant encore plus loin, si sa mère, Bortola, ne lui avait pas donné le jour à Canale d'Agordo le 17 octobre 1912, il ne serait jamais devenu prêtre. Des pensées qu'il valait mieux chasser, car tout s'accomplit selon la volonté de Dieu : comment expliquer autrement que le curé de son village, Filippo Carli, ait pressenti sa vocation et l'ait incité à entrer au séminaire de Feltre ?

Les résultats de ces premiers votes furent le signe avant-coureur que les choses ne seraient pas aussi faciles qu'Albino Luciani l'espérait. Habitué à passer inaperçu, il fut involontairement dès le

1. Une célèbre encyclique de Paul VI qui confirme l'opposition de l'Église catholique à l'avortement et à la contraception.

début le centre de beaucoup d'attention, comme en témoignent les vingt-trois voix qu'il obtint dès le premier tour de scrutin – seulement deux de moins que Siri, mais cinq de plus que Pignedoli.

À l'issue des deux premiers tours, les bulletins de vote furent brûlés dans l'incinérateur, émettant une fumée noire. Prévoyant, Paul VI avait édicté en les modernisant les règles du prochain conclave, interdisant notamment pour la première fois aux cardinaux de plus de quatre-vingts ans d'y participer et prenant les précautions nécessaires pour qu'aucun d'entre eux ne puisse s'y infiltrer. Fait étrange si l'on pense que nous parlons ici d'hommes d'Église, croyant en Dieu le Père Tout-Puissant ! Ce qu'oublia Paul VI, en revanche, fut de faire ramoner la cheminée de la chapelle Sixtine, la plus grande partie de la fumée manquant de peu asphyxier les cardinaux au lieu de s'échapper dans le ciel de Rome ; et sans quelques courageux risquant l'excommunication en ouvrant des fenêtres scellées, le conclave aurait pu se terminer prématurément.

Après sa supplication à genoux, Luciani se leva et quitta sa cellule. Joseph Malula, un cardinal zaïrois, le salua avec effusion en le voyant et le félicita, mais Luciani, anxieux, secoua la tête en se dirigeant vers la chapelle pour participer au prochain vote.

« Je suis secoué par une grande tempête », lui dit Luciani.

Dieu entend toutes les prières et Son amour est sans limites, mais Il les entend à sa manière et si Ses intentions sont parfois obscures, elles sont aussi immuables : au troisième tour de scrutin, Luciani, comme il le craignait, se détacha irrésistiblement de son « rival », totalisant soixante-huit voix contre seulement quinze pour Siri, et ne se retrouva qu'à sept voix du pontificat, une majorité des deux tiers étant nécessaire pour être élu.

« Non, s'il vous plaît, ne faites pas ça... »

Certains cardinaux assis à côté de lui perçurent son tourment et Willebrands essaya de le calmer.

« Courage. Le Seigneur confie la charge, mais donne aussi la force de la supporter. »

Felici s'approcha de Luciani, très nerveux, et lui tendit une enveloppe.

« Un message pour le nouveau pape », lui dit-il, phrase curieuse dans la bouche d'un homme qui avait toujours voté pour Siri.

À l'intérieur, les mots « *Via Crucis* » étaient écrits sur un bout de papier, symbole du chemin de croix.

Beaucoup de cardinaux y virent un signe et le conclave prit une autre tournure. Le Saint-Esprit était descendu, manifestant la volonté de Dieu – c'est du moins ce que la plupart d'entre eux pensèrent : un pape choisi à la fois par la majorité et par un seul, un seul esprit qui les guidait et qui donnerait naissance à un nouveau pontificat dirigé par un nouveau Saint-Père, le nouveau leader des catholiques.

Le quatrième tour tourna au plébiscite : Luciani y obtint quatre-vingt-dix-neuf voix, le cardinal Siri onze et le Brésilien Lorscheider une seule – celle de Luciani, qui vota toujours pour lui. Un destin tracé et désormais accompli, accompagné de fervents applaudissements. Une élection terminée à six heures cinq de l'après-midi dès le premier jour du conclave, soit à peine quelques heures pour en choisir un parmi cent onze : ce ne pouvait être que le résultat d'une intervention divine.

Peu après, les portes de la chapelle Sixtine sont ouvertes et le camerlingue, le cardinal Villot, secrétaire d'État du Vatican sous le pape précédent et gardien des clés de Saint-Pierre jusqu'à la fin de l'élection, entre, suivi des maîtres de cérémonie, pour s'avancer directement vers Albino Luciani.

« Acceptez-vous votre élection canonique comme souverain pontife ? » lui demande le cardinal français.

Luciani frémit et sent tous les yeux de la chapelle se tourner vers lui, aussi bien ceux des personnages de Michel-Ange, des murs et des plafonds, que de l'ensemble du collège des cardinaux. Riberio et Wilbrands l'encouragent du regard et Villot lui répète sa question.

« Que Dieu vous pardonne ce que vous avez fait pour moi, répond-il enfin. J'accepte. »

Tout se passe selon le protocole établi depuis des siècles – un cérémonial qu'il allait devoir suivre jusqu'à la fin de sa vie. Une vie qu'il venait de perdre pour certains, illuminée par le Christ pour d'autres, mais quoi qu'il en soit, sa Lancia resterait stationnée longtemps à Rome et Luciani ne reverrait pas de sitôt sa bien-aimée Venise.

« Par quel nom souhaitez-vous être appelé ? »

Luciani frémit à nouveau et après quelques instants, il répond, souriant pour la première fois :

« Jean-Paul Ier. »

Le nom choisi par un nouveau pape est presque toujours un indicateur de la future ligne directrice de son pontificat, et le message que venait de faire passer Luciani en choisissant ce nom était que rien ne serait plus comme avant. Beaucoup apprécieront cette innovation : aucun autre pape, en près de deux mille ans d'Histoire, n'avait auparavant porté un nom composé. Un double hommage : à la fois à l'homme qui l'avait consacré évêque et à celui qui l'avait élevé au rang de cardinal, Jean et Paul, des personnages très différents désormais unis dans un seul homme avec ses propres intentions.

« Félicitations, Saint-Père », lui dit Karol Wojtyła en s'approchant de lui, aussitôt suivi par d'autres.

Tandis qu'une clameur d'approbation s'élève dans la chapelle Sixtine, Albino Luciani est conduit à la sacristie tandis que les bulletins de vote sont brûlés dans l'incinérateur, mélangés à des produits chimiques qui blanchissent la fumée. Toutefois, après quelques volutes blanches, elle commence à noircir à cause de la suie qui tapisse l'intérieur de la cheminée, et la foule massée sur la place Saint-Pierre pense qu'un nouveau pape n'a toujours pas été élu. Les frères Gammarelli, tailleurs du Vatican, cherchent désespérément une aube blanche qui puisse convenir au nouvel élu. La règle veut qu'ils en aient toujours trois de prêtes avant chaque conclave – une petite, une moyenne et une grande – et cette fois-ci, ils en ont même préparé une quatrième, encore plus grande, tenant compte de la liste des douze favoris à la papauté. Luciani, très mince, n'a pas été inclus dans cette liste. Mais ils finissent par résoudre le problème avec quelques retouches de dernière minute et sont en mesure de l'habiller pour la première fois en tant que Saint-Père du peuple catholique.

Le cardinal Suenens s'approche de lui pour le complimenter.

« Saint-Père, je vous remercie d'avoir accepté. »

Luciani sourit et lui dit :

« Il aurait peut-être mieux valu que je refuse. »

Pourquoi ne l'a-t-il pas fait ?

Parce qu'il se sentit désarmé par la rapidité des événements et la majorité écrasante des voix qu'il venait d'obtenir, mais aussi parce qu'au fond de lui-même, en dépit de sa réelle humilité, il se sentait capable d'assumer cette tâche si ardue ; autrement, il n'aurait pas accepté.

Ignorant que les cardinaux entonnent déjà le *Te Deum*, Radio Vatican, embarrassée, déclare que la fumée est à la fois noire et blanche, et une grande partie de la foule rassemblée à l'extérieur, sceptique, commence à se disperser. Les frères Gammarelli, dans la sacristie, honteux d'avoir été pris au dépourvu, se reprochent l'un à l'autre leur négligence tandis que le commandant de la garde suisse, tenu de s'incliner avec ses hommes devant le nouveau pape en signe d'allégeance, rassemble à la hâte son escorte officielle qui n'est pas encore prête.

C'est alors que s'ouvre l'immense porte du balcon de la basilique Saint-Pierre pour laisser sortir le cardinal Felici, dont la voix éclate bientôt dans les haut-parleurs.

« Attenzione. »

La foule se presse d'affluer à nouveau sur la place et tout le monde se tait.

« *Annuntio vobis gaudium magnum. Habemus papam !* »

*

Le père Diego Lorenzi, secrétaire de Luciani depuis deux ans, l'a accompagné à Rome depuis Venise et est l'une des milliers de personnes qui attendent sur la place Saint-Pierre. La fumée qui a commencé à sortir de la cheminée à six heures vingt-cinq, il y a déjà près d'une heure, n'est ni vraiment noire ni vraiment blanche : elle est grise. À côté de lui, un couple de Suédois et leurs deux enfants regardent sa soutane noire, et la plus jeune, une petite fille blonde comme les blés, lui demande en lui montrant la basilique si c'est l'église où il dit la messe. Lorenzi, souriant, lui répond affectueusement par la négative, lui disant qu'il n'est à Rome que pour quelques jours et qu'il habite Venise. Une brève rencontre comme tant d'autres au milieu de cette foule qui, à l'instar des millions de fidèles à travers le monde devant leur poste de télévision ou l'oreille collée à leur radio, attend avec impatience l'annonce qu'un nouveau chef a été choisi pour l'Église.

Alors, au moment où Diego Lorenzi se dit que cette poignante expérience touche à sa fin, sachant qu'au plus tard dans quelques jours, sitôt le conclave achevé, il reprendra la route de Venise, le cardinal

Pericle Felici apparaît sur le balcon de la basilique Saint-Pierre, et comme presque toute la foule, il s'arrête de respirer.

« Attenzione.

— …

— *Annuntio vobis gaudium magnum. Habemus papam ! Cardinalem Albinum Luciani.* »

En entendant ce nom, Lorenzi fond en larmes – de joie, bien sûr – et la fillette suédoise et ses parents le regardent avec tendresse, touchés par son émotion.

« Je suis le secrétaire du nouveau pape. »

Le cardinal Felici annonce maintenant le nom que le nouveau pape a choisi : Jean-Paul Ier. Personne ou presque n'a jamais entendu parler d'Albino Luciani, patriarche de Venise, mais peu importe : pour la grande masse des fidèles, ce qui compte est qu'un nouveau pape leur soit enfin donné.

Felici se recule et lorsque la silhouette entièrement blanche d'Albino Luciani apparaît sur le balcon, un sourire sur les lèvres, une immense clameur s'élève de la foule. Un sourire bienveillant et paisible, chaleureux et profondément humain, qui en pénétrant à l'intérieur de tous éveille un élan de joie dans leurs âmes. Après Giovanni Battista Montini, le lugubre Paul VI, cet homme qui vient de surgir sur le balcon sourit comme un enfant rempli de rêves. Bientôt, il entonne la bénédiction *Urbi et Orbi*, et pour des millions de fidèles, le soleil resplendit à nouveau dans la nuit.

VIII

On ignore les raisons ou les précédents qui entraînent les responsables de nombreux services secrets du monde entier à tant redouter et suivre docilement les instructions de ce vieil homme à la peau ridée, qui s'appuie en marchant sur une canne surmontée d'un pommeau en or représentant une tête de lion.

Toutes les spéculations sont possibles pour expliquer cette étrange obéissance, et si certaines s'approchent peut-être de la vérité, personne à part eux ne connaît l'origine de cette soumission. Une chose est sûre en tout cas : la CIA soutient et couvre toutes ses décisions, allant même jusqu'à fournir des effectifs et les moyens nécessaires pour appuyer l'organisation sur laquelle règne ce vieil homme d'aspect fragile et à l'expression si dure. Mais si la grande et prestigieuse Central Intelligence Agency baisse ainsi la tête devant lui, toujours prête à l'aider, c'est évidemment que cette apparente fragilité dissimule un immense pouvoir.

Ce vieil homme dont on ignore le nom a presque toujours près de lui un assistant impeccablement vêtu d'un costume noir Armani, dont le nom nous est également inconnu. Toujours ensemble, ils ne se quittent que dans les rares occasions où l'assistant doit aller se charger personnellement de questions délicates qu'ils ne peuvent confier à personne d'autre.

Si on pouvait suivre le vieil homme à la trace, on le verrait souvent se promener dans le vaste jardin de sa villa ou dans les ruelles de sa ville – sans qu'il soit possible de préciser quelle villa ou quelle ville, bien entendu : c'est un homme trop influent pour que nous nous risquions à provoquer sa colère. Il y a longtemps qu'il n'a plus quitté le sol italien pour se rendre à l'étranger. Il fut un temps où il passait plus de temps en dehors de son pays qu'il ne l'aurait voulu, mais c'est désormais terminé et il peut aujourd'hui se payer le luxe de rester chez lui. Les nouvelles technologies le lui permettent, sans pour autant le dispenser de devoir disposer d'hommes de confiance entièrement acquis à sa cause partout où il a des intérêts. Tant mieux, car pour lui qui a tant voyagé jadis de par le monde, rien n'est aujourd'hui plus précieux que l'air du pays, sa chère Italie, sa ville, et sa villa en particulier.

Ce jour-là, nous trouvons le vieil homme assis sur la terrasse de sa villa en train de lire le *Corriere della Sera*, en tournant de temps en temps les yeux vers l'horizon. De cette place privilégiée, il peut admirer une mer de verdure qui s'étend à perte de vue bien au-delà de ses propres terres avant de disparaître derrière une colline lointaine derrière laquelle plonge le soleil couchant sous un éclairage orangé, alors que la pénombre descend peu à peu sur le monde comme un voile sombre qui viendrait le recouvrir.

Ç'aurait pu être un serviteur zélé, mais non : les lampes de son jardin s'allument automatiquement sous l'action de capteurs dispersés un peu partout et sensibles au déclin de la lumière du jour. Les lampes s'allument lentement les unes après les autres, au rythme du coucher du soleil – celles situées dans les endroits les plus sombres en premier, prenant progressivement de la puissance jusqu'à leur éclairage maximum. Une transition lumineuse continue et harmonieuse, si finement programmée entre le jour et la nuit que quelqu'un de peu attentif et concentré dans sa lecture pourrait tarder à s'apercevoir que la nuit tombe pour s'emparer de l'ensemble du ciel. Mais le vieil homme l'a tout de suite remarqué. Non pas qu'il ait des difficultés à lire son journal – l'éclairage de la terrasse n'a pas varié, mais la mer de verdure s'est transformée sous ses yeux en une masse sombre parsemée de minuscules lucioles, certaines en mouvement, d'autres immobiles. Les lampes de son jardin sont bien incapables de faire longtemps illusion : aucune lumière artificielle n'a le pouvoir d'illuminer le monde. Seule la lumière de la foi peut peut-être y parvenir en repoussant les ténèbres de l'ignorance et de l'erreur, mais alors d'une manière seulement spirituelle. Il sourit à cette pensée. Dernièrement, ses réflexions ont tendance à s'orienter naturellement de ce côté-là. Même s'il se penche sur une question purement matérielle, il finit toujours tôt ou tard par l'élever vers des hauteurs spirituelles. Ce doit être qu'il avance en âge et qu'il commence inconsciemment à se préparer à implorer la clémence divine pour ses péchés. Lui qui n'est pas homme à s'abaisser devant quiconque pour demander grâce, qui a toujours été sans pitié avec les autres et pour qui leur vie n'a de valeur que s'ils lui sont utiles ; pour qui la vie d'autrui en général, sans distinction de race, d'âge, de sexe ou de croyance, n'a de valeur que si elle participe au grand œuvre dont il se veut le serviteur. Et il en est de même pour lui, bien sûr. Si Dieu a voulu qu'il vive tant d'années en lui donnant la force de faire face à tant de dangers, de doutes et de frustrations, c'est que le Très-Haut approuve ce grand projet. Il sait que tous les obstacles et les souffrances qu'il a surmontés et qu'il doit encore affronter sont l'œuvre du Seigneur, qui le met à l'épreuve. La différence avec sa jeunesse, c'est l'indifférence avec laquelle il regarde maintenant les signaux que le Tout-Puissant n'hésite pas à lui envoyer. Des signes qu'il a toujours su déchiffrer sans trembler, car contrairement au commun des mortels, il ne craint pas Dieu.

Beaucoup d'âmes ont péri entre les mains ou sous les ordres de ce vieil homme qui marche avec une canne en tentant de faire croire qu'elle n'est qu'une coquetterie destinée à se donner une image vénérable, quand la vérité est qu'il ne saurait plus faire un pas sans son aide. Le temps est impitoyable pour tout le monde et n'épargne personne.

Son assistant, quelque part en mission dans le monde, ne se trouve pas à ses côtés. Plus qu'un simple assistant qui le décharge de tant de questions pratiques, il est devenu son véritable bras droit et son disciple, futur héritier d'un pouvoir dont on peut dire qu'il atteint... ou dépasse même peut-être celui du pape.

Il y a quelques années, le vieil homme pouvait se permettre le luxe d'allumer un havane et de le fumer lentement, le savourant jusqu'à la dernière bouffée en lisant son journal. Mais ses poumons le lui interdisent aujourd'hui : Dieu, peu à peu, lui retire un à un tous les plaisirs terrestres. Une toux rauque vient d'ailleurs subitement le rappeler à l'ordre. Il sait qu'il doit se montrer capable de résister à ces tentations de la chair. Des questions bien plus importantes lui occupent l'esprit, et il n'est pas homme à se soucier de petitesses. La patience ne lui manque pas et la devise qui l'accompagne depuis toujours est que tout finit par se résoudre.

« Maître ? »

Perdu dans le tourbillon de ses pensées, il ne note pas l'arrivée d'une servante qui lui apporte un téléphone sans fil.

« Maître ? répète-t-elle, faute de réponse.

— Oui, Francesca. Que se passe-t-il ? »

Il paraît sortir d'un rêve éveillé.

« Téléphone, Maître. »

La servante se retire aussitôt après lui avoir remis l'appareil.

« Pronto ! » s'exclame le vieil homme d'une voix forte, dénominateur commun aux hommes de pouvoir.

Lorsqu'on entend son timbre dur, sa voix sévère, il ne fait aucun doute qu'il est habitué à donner les ordres.

À l'autre bout du fil, il reconnaît la voix de son assistant qui lui transmet les résultats de sa mission. Contrairement au vieil homme, sa voix est douce et monotone, égrenant sa litanie en synthétisant avec précision et compétence ce qu'il a à lui dire. Il sait combien son maître aime des explications à la fois claires, rapides et succinctes ; inutile d'utiliser dix mots lorsque trois suffisent, comme le font certains écrivains.

« Très bien. Tu peux rentrer. Nous dirigerons d'ici la suite des opérations. »

Le vieil homme se tait quelques secondes pour écouter son interlocuteur dont la voix grésille un peu dans le combiné.

« Il va faire du bon travail. Il ne lui sera pas difficile de localiser Marius Ferris ; qu'il continue à agir exactement comme je l'ai ordonné, en ne faisant que le surveiller discrètement. Je t'attends ici. »

Et il raccroche, son premier geste étant de poser l'appareil sur la table. Mais au bout d'un instant, il le reprend. Il est dorénavant sujet parfois à de courtes absences de ce genre : oublier ce qui vient d'être dit ou ce qu'il s'apprêtait à faire pendant quelques secondes. Une sorte de blanc qui traverse son esprit, voilant sa pensée, le raisonnement froid et logique auquel il est habitué. Jusqu'à présent, ça ne lui a encore jamais porté préjudice, ne se manifestant qu'à peine quelques rares fois par mois. Mais il sait que ce n'est qu'une question de temps pour que ce rideau blanc s'installe plus longuement en prenant possession de son esprit. Quand ? Personne ne saurait le dire précisément et il espère en être épargné encore au moins quelques années. La dure revanche de la vie sur chacun de nous, commençant à éteindre l'un après l'autre les feux de la rampe.

Il compose un numéro et doit laisser sonner un certain temps avant que quelqu'un ne décroche enfin. Il sait qui c'est avant que son interlocuteur ne prononce le moindre mot, car il est le seul habilité à lui répondre sur cette ligne.

« Geoffrey Barnes. Vous pouvez effectuer la neutralisation de la cible. J'attends la confirmation de votre réussite. »

Et il raccroche sans rien ajouter. Maintenant, oui, il peut définitivement poser l'appareil sur la table et reprendre son journal.

« Sarah Monteiro, ton heure a sonné. »

IX

Personne ne répond ? se demande Sarah, inquiète, l'écouteur muet à l'oreille tandis qu'elle laisse sonner longtemps le téléphone à l'autre bout du fil. *Étrange.*

Elle raccroche puis appelle immédiatement un autre numéro. Elle attend quelques secondes. Une messagerie automatique avec une voix féminine l'informe que son correspondant n'est pas disponible actuellement, « mais vous pouvez laisser un message après le bip sonore ».

« Papa. C'est Sarah. Je t'ai appelé à la maison, mais personne ne répond… Rappelle-moi dès que tu peux. J'ai besoin de te parler d'urgence. À bientôt. »

Elle tourne à nouveau les yeux vers l'écran de son ordinateur. Elle est connectée à MSN, mais l'icône qui représente son père apparaît en rouge, ce qui signifie qu'il n'est pas en ligne.

Il n'est pas non plus devant son ordinateur. Où peut-il être ?

Il y a dix minutes, elle a pris dans les mains une des feuilles de papier un peu jauni qu'elle vient de recevoir dans une enveloppe, une lettre envoyée de Rome par un certain Valdemar Firenzi, qui se trouvait au milieu de son courrier. L'enveloppe contenait trois documents. Les deux premiers sont une liste de noms tapés à la machine sur deux colonnes, chacun précédé par un numéro et quelques lettres incompréhensibles en majuscules. Une longue liste qui couvre trois pages entières et la moitié de la quatrième. Quelques notes écrites en italien dans une belle écriture ferme apparaissent en marge, et certains noms sont soulignés du même trait ferme. Mais pourquoi en italien ? Sa première envie a été de tout jeter à la poubelle. L'expéditeur n'a pas indiqué d'adresse, ce qui exclut donc tout retour à l'envoyeur. Mais en retournant machinalement l'enveloppe ouverte de haut en bas, une petite clé est tombée sur ses genoux. Une toute petite clé. Peut-être celle d'une valise ou d'un cadenas. Trop petite pour être celle d'une porte. Et subitement, quelque chose a attiré son attention, quelque chose qui lui avait échappé jusqu'alors au milieu de tant de noms se terminant par *ov*, *enko* ou encore à consonance italienne, anglo-saxonne ou hispanique. Mais il est pourtant bien là, écrit noir sur blanc, un nom qui sans être souligné ni comporter de commentaires en marge est étrangement entouré d'un cercle, apparemment récemment tracé comme pour attirer l'attention, comme pour dire : « Regardez ici. » « *Raul Brandão Monteiro.* » Un nom tapé à la machine dans la même police de caractères que les autres, celui d'un officier de l'armée portugaise, le père de Sarah Monteiro ! Un nom parmi les cent douze qui composent en tout la liste, même si elle ne les a pas comptés.

Sarah en est restée bouche bée.

Que fait ici le nom de mon père ?

Elle s'est alors penchée sur le troisième document. Une feuille presque blanche ne comportant que trois lignes, une phrase en italien entourée, au-dessus et en dessous d'elle, de deux séries de chiffres ; quelques mots apparemment écrits à la hâte, comme l'indiquent ses lettres penchées et mal formées, une écriture brouillonne qui ressemble un peu à celle du carnet que Sarah utilise pour prendre des notes en conférence de presse. Le nom de Valdemar Firenzi, à consonance visiblement italienne, ne lui est pas totalement étranger, mais elle n'arrive pas à se souvenir qui c'est ; peut-être un confrère journaliste ? Mais elle n'a jamais communiqué professionnellement en italien, une langue qu'elle ne parle pas couramment. Et puis, cette clé ? Non, ce ne doit pas être cela. La première chose à faire est de téléphoner à son père pour lui demander des explications, et la seconde est de trouver quelqu'un qui puisse lui traduire cette phrase écrite en italien. Entourée de ces étranges séries de chiffres, elle ressemble à un message codé.

« *18, 15-34, H, 2, 23, V, 11*
Dio bisogno e IO fare lo. Suo augurio Ÿ mio comando
GCT (15) – 9, 30-31, 15, 16, 2, 21, 6-14, 11, 16, 16, 2, 20 »

Au moment où elle se penche à nouveau sur ce curieux message, la sonnerie du téléphone la fait sursauter sur sa chaise.

« Ah, enfin ! soupire-t-elle, soulagée. Ce doit être papa qui me rappelle. »

« Papa ?

— … »

Silence dans l'écouteur. Mais pas un de ces silences sépulcraux d'église déserte. Le son ambiant qui lui arrive à l'oreille trahit la rumeur d'une ville, d'une rue, avec des voitures qui passent, des bruits de pas et même de lointains bruits de voix en arrière-plan. Un appel d'une cabine téléphonique ou d'un téléphone portable.

« Papa ? »

Rien. L'écouteur reste muet. C'est peut-être une erreur ou un téléphone portable dans une poche ou dans un sac, auquel les heurts de la vie quotidienne ont fait appeler ce numéro au hasard. Un admirateur ? Peu probable. Elle ne voit aucun de ses ex-petits amis avoir ce genre de comportement au téléphone. Non, seul Greg, un collègue de rédaction, pourrait éventuellement en être capable, avec l'idée de lui faire une mauvaise blague. Si elle pense à lui, c'est que dans la masse de son courrier se trouve justement une lettre de Greg envoyée du Congo, dans laquelle il lui raconte la véritable aventure qu'a constituée l'envoi de cette lettre accompagnée d'une photo du fleuve Lulua. Enfoncé dans la jungle profonde, appareil photo à la main, il a réussi à trouver dans un village un taxi-brousse qui fait un trajet hebdomadaire jusqu'à Kananga, ex-Luluabourg, où il a demandé au chauffeur de poster sa lettre.

« Greg ? C'est toi ? D'où m'appelles-tu ? »

Mais le bruit de fond urbain qu'elle entend dans l'écouteur ne correspond pas à l'image qu'elle se fait de son collègue perdu dans la brousse africaine.

Non, ce ne doit pas être lui. C'est son esprit bouillonnant qui lui joue des tours, qui lui fait imaginer n'importe quoi à cause d'une enveloppe reçue d'un expéditeur inconnu contenant une longue liste de noms sur un papier jauni où figure celui de son père. Pas de quoi tomber dans un délire paranoïaque, mais depuis que la police de l'aéroport lui a dit qu'il y avait un problème avec son passeport, que sa valise a été fouillée entre l'aéroport de Lisbonne et Heathrow et qu'elle a ouvert cette étrange correspondance, elle ne peut pas s'empêcher d'être un peu inquiète. Qu'est-ce que tout cela peut bien signifier ? Et ce mystérieux coup de téléphone, maintenant ? De quoi commencer sérieusement à l'effrayer.

Quoi qu'il en soit, les secondes passent et celui ou celle qui l'a appelée est toujours en ligne sans avoir encore prononcé le moindre mot. Elle n'entend pas le souffle de sa respiration mais, soudain, le bruit d'une sirène de police. Si fort qu'elle lui paraît surgir du téléphone lui-même et non de la rue en arrière-plan, comme si une voiture de police passait juste à côté de la personne en train de l'appeler. Puis l'appel est interrompu sans un mot – un simple petit clic qui sépare brusquement deux endroits du monde précédemment reliés en direct par un microphone et un écouteur. Le même bruit retentissant d'une voiture de police continue de se faire entendre mais désormais tout près d'elle, juste là, dehors, sous ses fenêtres dans Belgrave Road. Ses lucioles bleues clignotantes sont en train de passer derrière les rideaux rouges du rez-de-chaussée de la maison de Sarah, y faisant s'agiter un instant des flashs de lumière aux tons psychédéliques.

Curieuse coïncidence, ces voitures de police qui passent au même moment dans les deux endroits : à la fois devant chez elle et à côté de l'auteur du mystérieux appel. Très curieux, en effet… Une simple coïncidence ?

Effrayée, Sarah se précipite pour éteindre toutes les lampes du rez-de-chaussée, plongeant sa maison dans l'obscurité. Dans la salle de séjour, elle écarte légèrement le canapé crème trois places qui se trouve sous une fenêtre donnant sur la rue et vient se placer debout derrière cette fenêtre. Puis elle inspire profondément avant d'entrouvrir lentement le rideau de quelques centimètres pour pouvoir regarder dehors sans être vue. Rien de spécial ne semble se passer dans Belgrave Road. Comme tous les soirs, des dizaines de piétons la montent et la descendent, un plan de Londres, une valise ou des sacs de courses à la main, passant indifférents devant la maison de Sarah Monteiro. Bien que ce soit loin d'être l'une des rues les plus fréquentées de la capitale britannique, le trafic de voitures ne cesse jamais complètement. Des véhicules de toute sorte, dont de nombreux taxis noirs et le bus n° 24, justement stationné devant son arrêt de l'autre côté de la rue, dans lequel montent des passagers qu'il s'apprête à emmener vers Pimlico/Grosvenor Road.

Aucun individu, aucun mouvement ne semble suspect. Mais comment distinguerait-elle une menace au milieu d'un tel trafic, à moins qu'elle ne soit évidente ? Si quelqu'un la surveillait, il ne serait certainement pas vêtu d'un manteau noir, appuyé contre un lampadaire en se cachant derrière un journal, comme elle ne peut s'empêcher de l'imaginer. Ce pourrait être n'importe qui, même ce balayeur, par exemple, en train de ramasser des sacs-poubelle posés sur le trottoir. Ou cette femme, le téléphone portable à l'oreille sur le balcon de sa chambre au deuxième étage de l'hôtel Holiday Express, qui fait face à sa maison.

Tu délires, se dit-elle en respirant calmement, évacuant enfin la tension qui la tenaillait depuis le passage du gyrophare bleu de la police. *C'est stupide. Tu te crois donc si importante pour que quelqu'un soit en train de te surveiller ?*

Cependant, au moment où le bus n° 24 démarre, quelque chose attire son attention. Une voiture noire aux vitres fumées qu'il cachait, exactement comme celles des films d'espionnage, est garée juste à côté de l'arrêt de bus. Peut-être une voiture venue chercher quelqu'un à l'hôtel ? Impossible de savoir depuis combien de temps elle est arrêtée à cet endroit. Brusquement, une extrême inquiétude la gagne à nouveau, et le balayeur nonchalant qui s'attarde sur le trottoir ne lui paraît plus aussi innocent qu'une minute auparavant, tout comme la femme sur son balcon au deuxième étage de l'hôtel qui ne semble plus quitter la rue du regard, toujours pendue à son fichu téléphone. Tous des agents secrets ?

Et la voiture ?

Cette voiture noire aux vitres fumées lui paraît vraiment suspecte. Plus elle l'observe, plus elle lui trouve quelque chose de louche. Mais quoi donc ?

J'ai déjà vu cette voiture quelque part, se dit-elle à haute voix. *Mais où ?* Une connexion s'établit alors dans son cerveau et elle la reconnaît soudain : c'est la voiture qui quelques heures auparavant a bloqué la rue un instant lorsqu'elle est arrivée de l'aéroport d'Heathrow. Celle dont le conducteur a fini par baisser sa vitre sous les coups de klaxon des automobilistes pour lancer un « Sorry, mate ! » au chauffeur de son taxi avant de dégager la voie. C'est la même voiture. C'est certain. Ce qui signifie qu'elle est peut-être garée devant chez elle depuis plus de trois heures et que... Ou que ce pourrait aussi ne vouloir rien dire du tout, juste son angoisse qui la fait délirer. Préférant tenter de se convaincre que ce sont ses nerfs qui lui jouent des tours, elle prend une profonde inspiration pour essayer de se calmer, lorsque soudain...

La sonnerie de son portable la surprend tellement qu'elle ne peut s'empêcher de faire un bond et se retrouve subitement, sans trop savoir comment, allongée sur le canapé. Dans son sursaut, elle a trébuché contre lui, tombant heureusement sur son côté rembourré. Avec un peu moins de chance, elle aurait pu s'affaler par terre et se cogner la tête sur le plancher ou sur un coin de meuble au passage... mais inutile d'être masochiste, et c'est encore allongée qu'elle répond à son appel.

« Allô ?

— Bonsoir, Sarah.

— Papa ! Enfin... Où étais-tu ? »

Le seul fait d'entendre cette voix est un tel soulagement qu'elle se détend d'un seul coup. Désormais tout est fini : tout ce qu'elle a pu imaginer lui apparaît subitement ridicule. Tout ça à cause d'une lettre qui contient une étrange liste incluant le nom de son père. Elle se lève pour s'approcher de la fenêtre. Espions, agents secrets, sa vie surveillée et en péril… Mais le balayeur qui collectait les sacs d'ordures n'est plus sur le trottoir, le rideau de la chambre du deuxième étage de l'Holiday Express derrière lequel la dame au téléphone avait les yeux rivés sur la rue est maintenant tiré. Tout est terminé. Seule la voiture noire reste stationnée au même endroit. Mais elle ne l'effraie plus. C'est la voiture d'une personne ordinaire, qui a eu la chance de trouver cette place pour se garer. Le fait d'être sombre et d'avoir les vitres fumées ne veut rien dire en soi. On ne discute pas les goûts et les couleurs ; les bons comme les mauvais. L'alerte est passée et le calme revient prendre possession de la jeune femme, reprendre la place qu'il n'aurait jamais dû quitter.

« Je suis allé accompagner ta mère…

— Où ça ? Où l'as-tu accompagnée ?

— Sarah… »

Que se passe-t-il ? La voix de son père n'est pas aussi sereine qu'elle lui avait d'abord paru. En fait, il ne lui a jamais semblé aussi nerveux. Le brusque soulagement qu'elle a d'abord ressenti cède devant le poids du doute, laisse place à l'inquiétude provoquée par la voix sèche, inhabituellement rauque et préoccupée de son père, qu'elle ne reconnaît pas. Quelque chose ne va pas. Il est évident que son père n'est pas dans son état normal.

« J'ai reçu une enveloppe d'un certain…

— Je sais. Mais ne cite pas son nom. Dorénavant, Sarah, ne me donne aucun nom au téléphone ni ne m'indique le lieu où tu te trouves. Ne le dis à personne, tu m'entends ? Sauf si je te confirme que cette personne a toute notre confiance.

— Papa, tu me fais peur. Tu es au courant pour cette lettre ? »

Son père reste d'abord silencieux. S'il a conservé des secrets, lui a caché certaines choses, il serait plus que temps de les faire apparaître en pleine lumière. De lui dire enfin la vérité. Mais il ne le peut pas encore.

« Papa, dis-moi tout, s'il te plaît. Ton nom apparaît sur une liste…

— Stop, Sarah ! Je t'ai dit de te taire à ce sujet. Je sais ce que tu as reçu… »

Sa voix forte contient de la rancœur, de la colère contre lui-même d'avoir trop longtemps gardé quelque chose dans l'ombre, enfermé tout au fond de l'endroit où l'on croit pouvoir se débarrasser de ce que l'on voudrait oublier. Mais ce n'est souvent qu'une illusion, et ces choses-là refont parfois surface lorsqu'on s'y attend le moins.

« Je sais ce que tu as reçu… répète-t-il en s'efforçant de paraître plus calme, mais ils ne savent pas que je le sais et sont certainement en train de nous écouter.

— De qui parles-tu, Papa ? lui demande-t-elle avec frayeur, commençant inconsciemment à trembler, au bord des larmes.

— Ce n'est pas le moment d'en parler. Il est

temps d'agir, ma fille. Tu te souviens de la ferme de ta grand-mère ?

— Quoi ? Qu'est-ce que tu dis ? Qu'est-ce que la maison de Grand-mère vient faire dans cette histoire ?

— Tu t'en souviens ou pas ?

— De sa maison ? Bien sûr ! Comment aurais-je pu l'oublier ?

— Parfait. »

Sarah perçoit une ombre en mouvement, et sa frayeur se transforme en panique. Elle a la chance de ne pas réagir en criant, mais un long frisson lui glace l'échine en la faisant se figer comme une statue.

« Sarah… » l'appelle la voix de son père dans l'écouteur.

Mais elle reste muette, paralysée par l'effroi, le regard fixé vers la fenêtre derrière laquelle une silhouette vient de passer sans se rendre compte que quelqu'un l'a vue de l'intérieur. Quelqu'un qui longe le mur extérieur de la maison de la jeune femme et se dirige vers la porte d'entrée.

« Sarah ? »

La voix de son père exige maintenant une réponse.

Elle entend les pas de l'inconnu au-dehors. Fermes, lourds, cadencés mais tranquilles, ceux d'un homme sûr de lui. Elle semble hypnotisée par leur bruit sur les graviers alors que l'individu franchit l'espace entre la fenêtre et la porte d'entrée. Un monstre, un géant certainement, car aucun humain ne serait capable de lui faire un tel effet. Un sadique ? Un tueur professionnel ?

« Sarah ! »

La voix de son père la ramène soudain sur terre.

« Oui, je t'écoute.

— Tu te souviens comme tu avais peur la nuit, quand tu étais petite, parce que nous dormions au-dessus de l'étable avec le bruit des bêtes ?

— Oui, je me souviens parfaitement. Grand-mère était furieuse que j'en aie peur.

— À juste titre. »

Ding. Dong.

Quelqu'un vient d'appuyer sur sa sonnette.

« On vient de sonner à ma porte. Attends un instant que…

— N'ouvre surtout pas ta porte ! lui ordonne subitement son père.

— Papa, je ne suis pas un de tes hommes.

— Je sais. Pardonne-moi, Sarah. J'ai beaucoup de choses très importantes à te dire. Des choses dont j'aurais dû te parler depuis longtemps, mais tout cela attendra que tu sois en lieu sûr. »

Ding. Dong.

« Je ne peux pas te dire exactement quoi faire. Mais, quoi qu'il arrive, n'ouvre ta porte à personne. Garde toujours les papiers sur toi. Rappelle-toi ce que ta grand-mère avait l'habitude de te dire quand tu avais peur de traverser l'étable pour sortir par la porte à cause des bêtes. Souviens-toi de ce qu'elle te disait et rappelle-moi plus tard. Par un autre moyen. »

Et son père raccroche sans un mot de plus.

Trois coups lourds frappés à sa porte la font trembler tandis qu'elle essaie de se souvenir de ce dont vient de lui parler son père, de ce que sa grand-mère lui disait quand elle pleurait en refusant de passer entre les énormes vaches qui barraient la porte d'entrée de l'étable. Sa mère, citadine anglaise pure souche, avait trouvé charmant le mode de vie des habitants d'Escariz dans les montagnes du nord du Portugal, leurs maisons en pierre mal isolées, sombres, sans électricité, sans eau courante, sans gaz de ville… ni d'aucune sorte, d'ailleurs. Escariz, le village d'origine de son père, où il aimait tant revenir chaque année. Il n'aurait peut-être plus été capable de vivre plus de deux ou trois semaines de cette manière ancestrale, perdue dans le temps, mais sur les cinquante-deux semaines que compte chaque année, il se devait d'en passer au moins une à Escariz, pour revoir sa famille et ses amis d'antan. Sarah se rappelle comme elle détestait passer entre ces énormes bêtes avec leurs queues qui se balançaient près de ses cheveux et leurs énormes museaux de ruminants, leurs mâchoires sans cesse en mouvement qui donnaient l'impression d'avoir toujours quelque chose dans la bouche. La grand-mère devait les pousser pour laisser passer sa petite-fille. Ou parfois son père, quand sa grand-mère était occupée à pétrir la pâte pour faire du pain, préparer des boulettes de viande ou récolter des légumes dans son jardin. Ou encore occupée à vendanger, quand c'était la saison. Son père savait lui aussi lui frayer un chemin au milieu des vaches. Il n'en avait pas peur. Mais quand Sarah a commencé à grandir, sa grand-mère a cessé de repousser les bêtes.

« Chasse-les toi-même, lui disait-elle en fronçant les sourcils. Tu as l'âge de ne plus en avoir peur. Si elles ne me font aucun mal, à moi qui suis vieille, elles ne vont pas t'en faire non plus.

— Mais j'ai peur qu'elles m'écrasent.

— D'accord, fais comme tu veux. Mais sois sûre que si tu en as peur, elles ont encore beaucoup plus peur que toi. »

Et elle se levait du petit banc en bois sur lequel elle s'était assise pour traire une vache, elle marchait jusqu'à la porte et avant de la fermer, elle regardait sa petite-fille en disant :

« Je vais chercher du foin pour les bêtes. Si tu veux venir avec moi, il te suffit de m'imiter. Passe à côté d'elles en marchant tranquillement. Tu n'as qu'à faire comme si elles n'étaient pas là. »

Et elle fermait la porte, laissant Sarah toute seule face aux immenses bêtes à cornes qui occupaient le rez-de-chaussée. Huit vaches qui réchauffaient la maison tout l'hiver. Au début, Sarah restait figée, n'osant pas se glisser à travers l'espace qui la séparait de la porte. Et sa grand-mère finissait par revenir, comme un ange gardien qui veille sur sa petite-fille.

« Tu peux aussi sortir par une fenêtre à l'étage. Il y a toujours une solution à tout dans la vie. Sauf pour échapper à la mort lorsque l'heure est venue. »

Et la petite fille courait vers l'escalier, montait les marches de pierre et sortait par la fenêtre d'une chambre. Plus tard, elle a fini par avoir le courage de se risquer toute seule dans l'étable, se glissant au ras du sol à quatre pattes entre le bas de l'escalier et la porte, sans oser regarder vers les bêtes. Les ignorant, comme lui conseillait sa grand-mère. Et finalement, elle l'a fait naturellement, debout, sans avoir peur. Grâce à sa grand-mère qui…

Il y a toujours une solution à tout dans la vie. Voilà ce que lui disait sa grand-mère. Ce que son père a essayé de lui transmettre dans une sorte de message codé. *Tu peux aussi sortir par une fenêtre à l'étage.*

Se reprenant, Sarah va chercher les trois documents que lui a envoyés Valdemar Firenzi. De son sac à main posé à côté de son ordinateur, elle retire son porte-monnaie et ses cartes de crédit qu'elle glisse dans ses poches – une femme avertie en vaut deux – puis jette son sac par terre. Elle avance vers l'escalier, se retournant pour regarder vers la porte d'entrée. Celui qui a sonné puis frappé à la porte s'en prend maintenant à la serrure en tentant de la forcer. Le cœur de Sarah fait un bond et elle retire à la hâte les tennis qu'elle avait mises après son bain. Elle avait aussi eu la bonne idée de mettre des vêtements légers : un pantalon de jogging et une veste de survêtement à capuche, ce qui tombe beaucoup mieux que si elle était restée en peignoir. Ses tennis à la main, elle monte silencieusement l'escalier sur la pointe des pieds.

Dès qu'elle atteint le palier du premier étage, elle entend la porte d'entrée tourner légèrement sur ses gonds. Un faible grincement, qui lui fait pourtant mal aux oreilles. Il y a longtemps qu'elle a l'intention de la faire graisser, tâche toujours remise à plus tard pour une raison ou pour une autre. Mais qu'importe, bien sûr : ce qui la glace de terreur, c'est que la porte d'entrée s'est ouverte et qu'elle entend les pas de l'intrus qui pénètre à l'intérieur de sa maison. Elle se précipite alors vers sa chambre, tous les sens aux aguets.

L'intrus fait le tour du rez-de-chaussée tranquillement, sans prendre la peine de dissimuler sa présence. Ses pas lourds résonnent sur le plancher. Sarah l'imagine passer les pièces du bas au peigne fin, à la recherche de quelque chose qu'elle ignore. Elle se sent gagnée par un frustrant sentiment d'impuissance tandis qu'elle s'approche de la fenêtre de sa chambre, plongée dans l'obscurité. Un rideau pourpre, identique à celui de l'étage inférieur, filtre la lumière qui vient du dehors, rougissant un peu la pièce en lui donnant un air sinistre et effrayant. Un rapide coup d'œil lui permet de voir que la voiture noire est toujours garée au même endroit, et elle commence à trembler. *Non, tu dois garder toute ta lucidité. Ne te laisse pas abattre*, se dit-elle. *Allez, fais travailler tes méninges ! Il faut trouver une solution.*

Les pas continuent à se faire entendre à l'étage inférieur, martelant le plancher, comme pour dire : *Je suis là !* Que faire ? *Il y a toujours une solution à tout dans la vie. Si tu ne peux pas sortir d'un côté, sors de l'autre…* Dans la maison de sa grand-mère, on pouvait sortir par une fenêtre du premier étage car elle était bâtie sur une pente et les fenêtres du fond donnaient directement sur un pré. Mais cette maison anglaise, construite sur un terrain plat, est bien différente. Néanmoins, la circonspection britannique est célèbre et elle prévoit presque partout des sorties de secours. Le risque d'incendie à Londres est permanent, à cause des vieux bâtiments construits en bois qui parsèment encore nombre de quartiers de la ville. Le grand incendie du 2 septembre 1666 est tristement célèbre à cet égard. Cette maison doit disposer d'une sortie de secours. Mais où ? Il n'y a pas de porte à cet étage. Les fenêtres ne s'ouvrent pas mais basculent, sauf celle… de la salle de bains. C'est ça ! La fenêtre de la salle de bains s'ouvre complètement. Et à côté, scellée au mur, il y a une échelle en fer pour les évacuations d'urgence.

La solution. Merci, Grand-mère !

Sarah Monteiro respire profondément. La salle de bains est juste en face. Il suffit de passer la porte de sa chambre, traverser la largeur du couloir et d'y entrer. L'affaire d'à peine quelques secondes pour pouvoir sortir de la maison par-derrière.

Un… deux… trois…

Elle se précipite, mais se prend le pied en passant la porte et tombe sur le tapis du couloir. L'intrus l'a entendue et se rue dans l'escalier. Elle se relève d'un bond et entre dans la salle de bains. Les pas de l'homme font trembler les marches de bois. Sarah monte sur la baignoire et essaie d'ouvrir la fenêtre. Mais elle est coincée et elle a beau forcer, elle ne parvient pas à l'ouvrir. Au bruit croissant de ses pas, elle comprend que l'inconnu est déjà dans le couloir du premier étage. Il ne court pas mais s'approche au contraire lentement, inspectant une à une toutes les pièces devant lesquelles il passe. Sarah fait une dernière tentative pour ouvrir cette maudite fenêtre, mais rien n'y fait. Sa charnière doit être rouillée. Elle a échoué : ce n'était donc pas la solution. Du moins, pas aujourd'hui.

Dans le couloir, un homme vêtu d'un manteau noir visse un silencieux sur le canon de son Beretta.

Sarah se colle au mur de la salle de bains à côté de la baignoire. Elle a peut-être encore le temps de tenter quelque chose. Elle pourrait faire voler en éclats la vitre de cette maudite fenêtre… Mais combien de temps lui faudrait-il pour la briser et sortir ? Huit ? Dix secondes ? Et de combien de temps le tueur aura besoin pour franchir les quelques mètres qui le séparent encore de la salle de bains en entendant le fracas du verre brisé ? Cinq ? Six secondes ? Peut-être moins. Elle mourra probablement en train d'enjamber la fenêtre, un pied déjà dehors dans le meilleur des cas. Probablement…

Un pas puis un autre dans le couloir… Sarah, paralysée par la peur, claque des dents. Elle n'entend plus que le craquement du plancher qui résonne dans sa tête, les pas qui se rapprochent, la respiration très calme de l'intrus. Il a l'air si sûr de lui que ce ne peut être qu'un professionnel. Il n'a aucun état d'âme et pour lui, Sarah n'est rien d'autre qu'une vie à interrompre. Une vie sans le moindre intérêt ni la moindre importance. Un corps bientôt inerte, bientôt privé de ses rêves, bientôt privé de tout ce qui le faisait vivre. C'est alors que les voix de son père et de sa grand-mère prennent le pas sur toutes ses autres pensées. *Tu te souviens de ce que te disait ta grand-mère ? Il y a toujours une solution à tout dans la vie*. Sauf pour échapper à la mort lorsque l'heure est venue.

Poussée par un sentiment d'urgence, Sarah s'écarte sans bruit de la baignoire. Elle cherche quelque chose dans le noir, ses yeux habitués depuis longtemps à l'obscurité. Le sèche-cheveux ? Non. Une bombe de laque ? Non plus. Une serviette, des parfums, des crèmes… non, non, non. Elle se plaque contre le mur à côté du lavabo, impuissante, désespérée. Machinalement, son regard se pose sur l'extincteur fixé au mur juste à côté d'elle, à hauteur de sa tête, et ses yeux s'illuminent : ça oui !

« Si tu pensais vaincre sans lutter, tu te trompes ! » balbutie-t-elle tout bas en soupesant l'extincteur.

Et elle se plaque contre le mur, immobile, juste à côté de la porte qui donne sur le couloir, serrant l'extincteur entre ses mains. Le bruit de pas se rapproche. Trois mètres, deux mètres, un mètre…

Au moment où elle le sent entrer, Sarah pousse sur la manette, pulvérisant un long jet de neige carbonique à hauteur du visage de son agresseur. Pendant deux ou trois secondes, celui-ci ne montre plus signe de vie, attendant, invisible dans l'obscurité, que le nuage de mousse blanche se dépose. Devant ce silence, Sarah, qui a d'abord eu le réflexe de reculer, revient à la charge en aspergeant une seconde fois de mousse l'embrasure de la porte tout en essayant de localiser son adversaire ; dès qu'elle aperçoit une arme tenue par un poing ganté de cuir qui traverse le nuage blanc, elle jette de toutes ses forces son extincteur là où elle suppose se trouver la tête de l'homme. Mais il esquive le coup en plongeant vers l'avant dans une roulade, se retournant immédiatement tout en se relevant pour pointer son arme vers Sarah, le bras tendu. À aucun moment il n'a perdu son équilibre. Mouvements précis d'un professionnel qui sait faire face à l'inattendu. Son corps voile presque entièrement la faible lumière qui entre du dehors par la fenêtre bloquée, empêchant Sarah de voir son visage. Alors, l'inévitable se produit.

Pong ! Pong !

Deux coups de feu à peine audibles. Sarah pousse un cri étouffé et se laisse tomber le long du mur. C'est ça que l'on ressent lorsqu'on reçoit deux balles dans le corps ? Rien ? Ou est-ce que mourir est si rapide qu'elle s'est instantanément retrouvée à l'endroit où l'on va quand on est mort ? Mais le râle de l'homme s'écroulant lourdement par terre sur le ventre chasse immédiatement ces vaines questions. La tête de son agresseur tombe à ses pieds, les yeux hagards tournés vers elle et montrant une sorte d'incompréhension.

C'est un miracle, une véritable intervention de la providence, combinant la défense ingénieuse de Sarah avec la chance inouïe que l'Au-delà concède aux êtres humains à certaines occasions, et dont ils parviennent à se saisir ou pas.

Sarah ne comprend pas ce qui s'est passé avant de remarquer deux petits trous dans la vitre de la fenêtre. Tremblante de peur, elle passe alors un doigt dans le dos de son agresseur et sent que son manteau est humide. Du sang. Quelqu'un qui a décidé d'être son ange gardien vient de lui sauver la vie. Mais qui ?

Papa, tu vas avoir beaucoup de choses à m'expliquer.

Mais pour l'instant, il s'agit de briser cette fenêtre pour s'enfuir.

X

Times Square. L'un des centres de notre monde civilisé, comme Trafalgar Square, les Champs-Élysées, l'Alexanderplatz, la place Saint-Pierre et quelques autres. Sur la *place du Temps* où une horloge numérique marque les heures, les minutes et les secondes qui restent avant le Nouvel An, l'activité est incessante, aussi bien de nuit que de jour. Dans New York en général, et peut-être encore davantage sur cette place mythique du cœur de la ville, la publicité lumineuse agresse les yeux des passants dès la nuit tombante – la lumière aveuglante de l'appel à la consommation, le premier stimulus du monde capitaliste. Le volume du trafic est également impressionnant : transports en commun, taxis jaunes, camionnettes et voitures particulières affluent vers Times Square où se croisent Broadway et la Septième Avenue avant de continuer vers d'autres destinations dans le vaste enchevêtrement des rues et des avenues, des tunnels et des ponts de Manhattan.

Des milliers de personnes envahissent presque en permanence les rues du quartier dont nous parlons :

celui qui s'étend autour de Times Square jusqu'à la 42e rue, mais c'est un homme qui le traverse en marchant d'un pas sûr et résolu, sa gabardine ouverte se soulevant derrière lui comme une cape au vent, qui nous intéresse. Il serait long et fastidieux de préciser d'où il vient tant la liste de lieux par lesquels il est récemment passé de par le monde est étendue, toujours au service d'un seul objectif, le Grand Plan, tracé par un esprit plus brillant que le sien. Il marche, totalement étranger à l'indifférence des milliers de passants qui empruntent avec lui le large trottoir devant le TKTS, la célèbre billetterie de spectacles au coin de la 46e rue, et va se placer dans la file d'attente en tendant l'oreille.

« Une place pour *Chitty Chitty Bang Bang*, s'il vous plaît. Pour la représentation de sept heures », demande un vieil homme devant un des guichets, deux personnes devant lui.

Chitty Chitty Bang Bang. Les lèvres de l'homme à la gabardine s'entrouvrent dans un sourire. Un nom tout à fait approprié.

Quand vient son tour, il achète un billet pour la même représentation de la même pièce, qui se joue au Hilton Theater sur la 42e rue.

Il flâne quelques minutes devant les magasins et boit un cappuccino au Charley O's. On pourrait croire qu'il se contente de tuer le temps avant l'heure du spectacle, mais en l'observant plus attentivement – ce qu'il est impossible de demander aux passants indifférents qui l'entourent –, on s'apercevrait que cet homme ne se déplace pas au hasard mais suit discrètement les mouvements du vieil homme qui vient d'acheter un billet de théâtre au guichet du TKTS.

Ils se dirigent vers le sud par la Septième Avenue, l'homme à la gabardine suivant le vieil homme à une certaine distance. Il a parfaitement l'habitude de ce genre de filature, sachant rester presque invisible sans jamais perdre sa cible de vue, même au milieu de la foule ou d'un trafic intense. De toute façon, il pourrait même se payer le luxe de le perdre de vue un moment, car il sait parfaitement où il va.

La sonnerie de son portable, accompagnée des petits vrombissements du vibreur, surprend l'homme à la gabardine.

« Allô ? »

Il répond à l'appel d'une voix ferme et décidée tout en traversant le passage clouté de la 43e rue. La hauteur des gratte-ciel ne l'impressionne pas, ce qui montre que ce n'est pas la première fois qu'il circule dans la ville.

« Tout s'est bien passé ? demande-t-il avec impatience. (...) Quoi ? Nettoyez immédiatement cette saloperie. Ne laissez aucune trace. »

Il tourne à droite pour s'engager dans la 42e rue, visiblement contrarié. Après avoir écouté un instant son interlocuteur, il est on ne peut plus clair :

« Si les choses ne se passent pas comme prévu, inutile de dire ce qui va vous arriver. Je veux que cette femme se présente aujourd'hui devant saint Pierre ! Appelez-moi dès que le travail sera terminé. »

Juste après avoir raccroché, il appelle un autre numéro sans perdre de vue le vieil homme qui, bien qu'ayant dépassé les soixante-quinze ans, marche aussi vite qu'un jeune homme qui se rend à une soirée où il sait qu'il y aura de l'alcool et des femmes. En l'occurrence, la soirée qu'il ne manquerait pour rien au monde est une comédie musicale qu'il est impatient de voir depuis longtemps, à cent lieues de s'apercevoir que tous ses mouvements sont surveillés par un homme en gabardine, le téléphone portable collé à l'oreille.

« Allô… Bonsoir, Monsieur. Nous allons au théâtre et tout va bien pour l'instant. Il n'a encore fait aucun faux pas… »

Il se tait quelques secondes, respire profondément et ferme les yeux un instant avant de dire :

« En revanche, les choses ne se passent pas très bien à Londres. La cible s'est échappée et ils ont eu un petit souci. (…) Oui, je sais, le terme "petit souci" est un euphémisme. J'ai déjà donné l'ordre de tout nettoyer sur place. »

Il écoute attentivement les instructions de son interlocuteur, puis ajoute :

« Entendu, mais je ne sais pas s'ils vont être capables de conclure tout seuls le travail. Il serait peut-être préférable que le maître lance la garde… »

Il s'arrête au n° 214, devant le Hilton Theater, l'ancien Ford Center for the Performing Arts. Le théâtre a été rénové en 1997, mais la façade rappelle les théâtres de la fin du XIXe - début du XXe, l'époque de sa construction. Autrefois, le Hilton Theater, qui possède une entrée sur la 43e rue et une autre sur la 42e, était composé de deux théâtres, le Lyric et l'Apollo. La rénovation a consisté à n'en conserver plus qu'un, le transformant en une des plus grandes salles de spectacle de Broadway. Cependant, ceux qui s'attendraient à un intérieur entièrement moderne seraient déçus. Car le Hilton, malgré les subtiles améliorations en termes de confort dont il a bénéficié, garde tout le poids de son histoire centenaire à travers la décoration en partie conservée des deux anciens théâtres.

L'homme à la gabardine, son téléphone toujours collé à l'oreille, entre dans le grand hall et tend son billet à une hôtesse qui le déchire. Des gestes habituels, communs à tous les théâtres du monde. L'hôtesse lui indique où se trouve sa place dans la salle.

« Si vous le souhaitez, vous pouvez laisser votre manteau au vestiaire, Monsieur.

— Merci beaucoup. Pouvez-vous me dire où sont les toilettes ?

— Bien sûr. Première à gauche, Monsieur. »

L'homme prend le chemin des toilettes, du moins jusqu'à ce que l'hôtesse le perde de vue.

« Pouvez-vous m'appeler dès que la garde aura neutralisé la cible à Londres ? Je sais que je peux d'ores et déjà la considérer comme neutralisée, mais (...) Bien, Monsieur. (...) Quant à celui-là, je maintiens les choses comme elles sont, me contentant de le surveiller jusqu'à ce qu'il se trahisse. Très bien. Au revoir. »

Passant devant les toilettes sans y entrer, il grimpe l'escalier jusqu'au premier balcon. Ce dernier est presque comble mais en cherchant attentivement, il trouve un siège vide dans la première rangée, côté droit. Un endroit parfait. Non pas qu'il soit un tant soit peu intéressé par la comédie musicale dirigée par Adrian Noble, inspirée d'une œuvre de Ian Fleming, le créateur de James Bond, mais cette place est un excellent poste d'observation. Il sourit en pensant à Ian Fleming. Agents secrets, missions d'espionnage comme la sienne, lutte à mort entre organisations adverses, James Bond… Même si *Chitty Chitty Bang Bang*, malgré son titre évocateur, n'offre que deux heures et demie de pur divertissement musical et humoristique – un spectacle beaucoup moins sanglant.

L'éclairage de la salle diminue lentement d'intensité jusqu'à s'éteindre complètement. La musique instrumentale jouée par l'orchestre installé dans la fosse, au pied de la scène, prépare le public à ce qui va venir. L'homme sort une paire de jumelles de poche pour mieux apprécier ce qui se passe sur scène et dans le public. Des jumelles apparemment anodines, mais en réalité équipées d'un système à infrarouge pour percer l'obscurité, avec lesquelles il parcourt les rangées de sièges de la salle. Deux minutes lui suffisent pour trouver la personne qu'il cherchait : le vieil homme qu'il suivait, assis au septième rang sur la droite de l'allée centrale.

Un sourire se dessine sur les lèvres de l'homme qui s'appuie confortablement sur le dossier de son fauteuil du premier balcon. Il pointe la main comme un pistolet, le pouce et l'index tendus, en direction du vieil homme.

Bang, bang.

XI

La première chose à faire est de quitter Belgrave Road, estime Sarah, et c'est avec cette idée fixe qu'elle tourne inconsciemment à gauche, dans Charlwood Street. Avec la sensation d'être observée, elle scrute avec un sentiment d'impuissance toutes les portes et les fenêtres sur son passage, derrière lesquelles elle imagine une armée d'espions qui ne perdent aucun de ses gestes de vue. Et peut-être justement parce qu'elle essaie désespérément de déceler tout mouvement ou individu suspect autour d'elle, elle a l'impression que tout le monde la regarde dans les yeux en disant : « Tu es perdue », « Ils sont derrière toi » ou encore : « Elle vient de passer le numéro 19 de Charlwood Street. »

Arrête ! s'oblige-t-elle à se dire à elle-même. *Si quelqu'un te suit, il doit le faire discrètement, sans se montrer… Arrête de te monter la tête !* se répète-t-elle avec véhémence.

Un peu plus loin, elle tourne brusquement à gauche pour entrer dans Tachbrook Street avec l'idée de trouver une cabine téléphonique pour appeler son père, de préférence dans un endroit très fréquenté. Et le seul qui lui vient à l'esprit à ce moment-là est Victoria Station. Par Belgrave Road, ç'aurait été plus rapide, mais elle préfère faire quelques détours en essayant de s'assurer qu'elle n'est pas suivie, décidant de tourner encore une fois à gauche dans Warwick Way puis à droite pour prendre Wilton Road. Elle la remonte jusqu'à Neathouse Place, une ruelle dans laquelle elle s'engage pour rejoindre Bridge Place, qui offre un accès à Victoria Station par une entrée latérale, juste en face de l'hôtel Holiday Inn.

Dès qu'elle entre dans la gare, elle se sent tout de suite plus soulagée. Bien qu'il soit minuit à la grande horloge, le trafic de voyageurs est encore intense. Des centaines de personnes déambulent dans l'immense hall rempli de boutiques de toute sorte. Lorsqu'elle passe devant le McDonald's, son estomac lui rappelle qu'il y a des heures qu'elle n'a pas mangé. Elle est sortie sans son sac à main, jeté par terre près de son ordinateur, mais elle se souvient tout à coup avoir glissé ses cartes de crédit dans sa poche avant de monter l'escalier et elle commande un double cheeseburger et un Coca qui vont lui suffire pour le moment.

Rassasiée, elle part à la recherche d'une cabine téléphonique disponible, obligée de se frayer une voie au milieu des passagers qui se bousculent pour regarder le grand écran avec les horaires de départ des trains. Des messages sonores automatiques rappellent régulièrement à tout le monde de ne jamais abandonner ses bagages sous peine qu'ils soient rapidement détruits par les autorités. De nombreux voyageurs descendent des trains qui arrivent avant de poursuivre leur chemin en autobus, en métro ou en taxi.

À en juger par un panneau publicitaire placé au-dessus, un des guichets se limite à vendre des billets pour le légendaire Orient-Express à destination de Paris gare de l'Est, Rome, Florence, Vérone, Venise, Innsbruck, Vienne, Prague, Budapest, Sinaia, Bucarest et enfin Istanbul – ou Constantinople, si l'on préfère. Un parcours qui laisse rêveur, même si à l'heure qu'il est le guichet est fermé et que Sarah Monteiro a bien d'autres préoccupations plus urgentes.

« Sarah ? répond la voix masculine de son père à peine a-t-elle terminé de composer son numéro au Portugal.

— C'est moi, oui, mais il s'en est fallu de très peu pour que tu ne reçoives un appel de la morgue t'avertissant que ta fille a été tuée d'une balle dans la tête, se plaint-elle, exaspérée. Peux-tu me dire ce qui se passe ? Un inconnu entre dans ma maison, pointe un pistolet sur moi et ne me tue pas parce qu'un autre type, un autre inconnu, le tue juste avant qu'il n'ait le temps de tirer !

— C'est ce qui s'est passé ? »

La voix de son père lui paraît encore plus étrange que la dernière fois qu'elle lui a parlé, une demi-heure auparavant.

« Oui. Qui sont ces types ?

— Je ne peux rien t'expliquer au téléphone, Sarah. Le mien est certainement sur écoute et je ne peux rien te dire qui ne risque de nous mettre en péril. Tu n'as pas idée de ce que je ressens quand je pense que c'est moi qui t'ai mis involontairement au milieu de tout ça.

— De cette histoire de dingue, tu veux dire ! Et qu'est-ce qu'on fait, maintenant ? Je ne peux pas rentrer à la maison, je ne peux rien dire, je ne peux rien faire… Putain, bande de salauds !

— Du calme, ma fille.

— Je ne parle pas de toi, Papa, mais de tous ceux qui écoutent peut-être notre conversation. Pardon. »

Elle respire profondément.

« Les salauds… Mais dis-moi, qui sont-ils ? La CIA ? Le FBI ? L'Intelligence Service ? Le KGB ? Qui ?

— Je peux seulement te dire que ceux que tu viens de citer sont de petits anges à côté de ceux impliqués dans cette affaire.

— Tu parles sérieusement ?

— Malheureusement, oui.

— Dans quel bourbier t'es-tu fourré, Papa ?

— Tu le sauras en temps voulu. Ce ne sont pas des événements récents. Ce sont des erreurs du passé que je regrette amèrement tous les jours, crois-moi.

— Et qu'est-ce que je fais pour l'instant ?

— Tout d'abord, je te demande de ne plus m'appeler au téléphone, quoi qu'il arrive. Ni sur mon portable ni à la maison. De toute façon, il n'y aura plus personne à la maison. Et ne t'inquiète pas pour moi ni pour ta mère. Nous serons en sécurité.

— Maman est aussi impliquée dans ce binz ?

— Non. Et c'est ce que je voulais te dire maintenant. Ta mère n'était au courant de rien. Tout cela l'a affolée, bien sûr, et il a été difficile de la calmer.

Elle est autant en colère contre moi que toi. Je vous comprends, bien entendu, mais je vous demande de me faire confiance. C'est essentiel pour que tout se passe bien. J'en prends la responsabilité et quoi que vous décidiez de faire ensuite, quand tout sera fini, je comprendrai.

— En supposant que tout finisse bien pour tout le monde ! »

Après quelques secondes de silence, son père reprend :

« Tout va bien se passer. Pour toi comme pour nous tous. Il le faut : de nombreuses vies en dépendent.

— Ravie de l'apprendre. C'est fou comme ça me soulage.

— N'y pense pas, concentre-toi sur le moment présent. »

Le père de Sarah lui donne quelques instants pour qu'elle se reprenne.

« Tu m'écoutes, Sarah ?

— Oui, lui répond-elle, les yeux fermés.

— Quelqu'un est déjà sur place pour t'aider. Tu peux lui faire entièrement confiance, il va te tirer de là. Il t'attend à King William IV Square.

— D'accord. Et à quoi je le reconnaîtrai ?

— Ne t'en fais pas. Il te reconnaîtra. Autre chose…

— Comment s'appelle-t-il ?

— Rafael. Son nom est Rafael. Autre chose : ne donne jamais ton nom à personne, nulle part, ne dis jamais où tu te trouves… Ah, et paie tout en espèces.

— Quoi ?
— Paie tout en espèces.
— Je viens d'acheter un cheeseburger avec ma carte bleue, que je suis d'ailleurs en train d'utiliser pour t'appeler en ce moment. »

Un éclair de panique s'allume dans ses yeux. Elle ne se sent plus du tout en sécurité et regarde de tous les côtés.

« Raccroche immédiatement et va où je t'ai dit d'aller.
— Tu ne m'as pas dit que ton téléphone est certainement sur écoute ? Comment est-ce que tu peux m'envoyer à un endroit…
— Je suis sûr que tu n'as jamais entendu parler de King William IV Square. »

Et il raccroche.

XII

Jeronimo Staughton est analyste en temps réel de données confidentielles. Son métier consiste à recueillir des informations privées sensibles au cours d'une mission de son agence de renseignement, et à les fournir immédiatement aux agents opérationnels. Par exemple des communications téléphoniques, des mouvements bancaires de toute nature ou des images prises en direct par un satellite-espion. Le degré de confidentialité varie selon la mission sur une échelle de un à quatre ; le niveau quatre n'étant accessible qu'au président des États-Unis. Car Jeronimo Staughton travaille pour la Central Intelligence Agency, plus connue sous le nom de CIA.

Plusieurs autres agents se penchent sur des appareils placés un peu partout autour d'eux. Tout un attirail d'écrans et de boutons qui rappellent le cockpit d'un avion. Avec un casque sur les oreilles, un micro devant la bouche, Staughton appuie sur un bouton et tourne légèrement une molette, observant l'effet de son réglage avec l'attitude de quelqu'un qui sait ce qu'il fait.

« Où es-tu passée ? dit-il tout bas. Allez, fais-nous juste un signe ! »

« Alors ? Toujours rien ? » crie une voix masculine avant qu'un homme corpulent fasse irruption dans la salle.

Tout débutant aurait sursauté devant cette entrée inattendue du chef de la division londonienne de la CIA, dont les locaux sont situés dans un immeuble banalisé dont l'adresse ne peut évidemment pas être révélée. Geoffrey Barnes, avec sa voix tonitruante à faire trembler les murs, est coutumier de ce genre d'irruptions – un tas de graisse qui, par contre, ne fait pas le moindre bruit en marchant. Il se penche sur Staughton, pour qui de telles apparitions sont pain quotidien.

« Toujours rien.

— Ce n'est qu'une question de temps. Espérons qu'elle ne tarde pas trop à se manifester. »

Suivons Geoffrey Barnes dans son bureau situé au même étage : une pièce aux cloisons transparentes en aluminium et en verre, symbole de la séparation des pouvoirs, la claire désignation de celui qui donne les ordres et de ceux qui obéissent – même si Barnes a des supérieurs, comme le directeur général de la CIA à Langley, en Virginie, et bien entendu le président des États-Unis lui-même qui, en temps normal, bien que ce ne soit pas l'image qu'on se fasse de lui, n'est pas au courant de la plupart de ces opérations. De celle-ci en particulier, il ne sait rien, et tant qu'elle dépendra de Geoffrey Barnes, il n'en saura jamais rien.

L'un des téléphones posés sur son bureau en acajou, plutôt étonnant dans ce décor futuriste, se met à sonner. Des trois téléphones placés sur son bureau, le rouge est le plus important. Il est directement relié au bureau ovale de la Maison Blanche ou à l'Air Force One, selon l'agenda du président. Où qu'il se trouve, il y a toujours un téléphone rouge pour toute situation d'urgence qui a trait à la sécurité ou la souveraineté nationale. Le téléphone qui sonne est celui du milieu, le deuxième par ordre d'importance, raison pour laquelle Geoffrey Barnes hésite à répondre.

« Merde ! Déjà ? »

Il regarde l'appareil qui n'arrête pas de sonner.

« Ça va ! Une minute ! »

Il réfléchit un instant. Une des pires choses qui puisse arriver à n'importe quel service de renseignement, où qu'il se trouve dans le monde, est de ne pas avoir d'information à fournir. À quoi servent-ils, sinon à fournir des informations ? Son prédécesseur avait l'habitude de lui dire : « Lorsque le téléphone sonne, il est bon que tu sois en possession de tout ce qu'ils veulent entendre. Sinon, il vaut mieux avoir une imagination fertile. »

Dans ce cas particulier, l'imagination est inutile. On ne peut pas inventer qu'une cible a été éliminée quand elle ne l'a pas été. La mort nc s'invente pas. Même si ça s'est joué à un fil.

« Du calme ! Je vais répondre ! » crie-t-il la main déjà sur le combiné, prenant deux secondes pour respirer avant de décrocher.

« Ciao. »

Il répond en italien, car il sait que c'est la langue que préfère employer son interlocuteur, par ailleurs passionné de langues mortes.

S'ensuit un dialogue de sourds dans lequel Barnes

tente d'expliquer leur échec à cause de l'intervention inattendue d'éléments extérieurs qui ont surgi au moment même où ils allaient finaliser la mission pour la faire échouer. Tout cela provoquant une confusion momentanée qui a permis l'évasion de la cible. Son visage rougit, fumant de colère.

« Nous avons quelque chose », court lui annoncer Staughton à la porte de son bureau.

Putain, il était temps ! se dit Barnes. Et priant son interlocuteur de l'excuser un instant, il demande immédiatement à son agent, la main sur le micro du combiné :

« Et qu'est-ce que c'est ?

— Un paiement par carte bleue gare Victoria. Au McDonald's.

— Tu as prévenu les gars ?

— Ils sont déjà sur place.

— OK, parfait. »

Il informe immédiatement la personne qu'il a au téléphone puis se tait un instant pour écouter ses instructions avant de raccrocher, très nerveux.

« Staughton, dis à nos gars de rester en arrière-garde. Ils vont s'en occuper eux-mêmes.

— Quoi ? »

Staughton semble surpris.

« Vous êtes sûr ? »

Le regard fulminant de Barnes est une réponse plus que suffisante.

« À vos ordres, chef !

— Ah, Staughton, profites-en pour me faire monter trois hamburgers. »

XIII

Le vieil homme raccroche le téléphone, visiblement agacé.

Putains d'Américains ! Les incapables ! pense-t-il en se levant de son fauteuil en s'aidant de sa canne pour s'avancer lentement vers un petit buffet rempli de bouteilles, de verres et d'accessoires de dégustation, de grands cognacs, de fines liqueurs et autres spiritueux. Il jette deux glaçons dans un verre à whisky et verse par-dessus un liquide ambré jusqu'à les noyer. Il aurait pu demander à l'un de ses domestiques de lui servir à boire, mais il préfère ne pas être dérangé. Ce n'est pas un soir ordinaire. Ce pourrait l'être, mais la mort d'un agent américain au cours d'une mission facile soulève une série de questions d'ordre logistique – et pas seulement. La première est : qui d'autre pouvait avoir connaissance de cette mission ultrasecrète ? La seconde lui est intimement liée : comment pouvait-il être à ce point au courant de tous les détails de l'opération pour intervenir si facilement en faveur de la cible ? En tout cas, le fait est là : un élément imprévu est entré dans le jeu sans prévenir, pour les faire dévier de leur objectif.

Un grain de sable dans l'engrenage. Très vite, il ne voit qu'une explication possible : une trahison. Une taupe infiltrée dans les hordes de la CIA en charge de l'opération dans la vieille Albion.

Il n'a donc plus le choix : la seule façon de contourner le problème est de lancer la garde en action, tout en ordonnant à Geoffrey Barnes de rester attentif à l'arrière jusqu'à nouvel ordre.

Lui qui est un homme d'action habitué à prendre rapidement d'importantes décisions, il aime depuis quelque temps prendre l'avis de son assistant dans des moments comme celui-ci. Il a toujours bien su s'entourer, mais celui-ci dépasse ses espérances. Diligent, compétent, opiniâtre, il est prêt à le servir vingt-quatre heures sur vingt-quatre – le fait qu'il n'a ni femme, ni enfants, ni famille, même éloignée, le rend entièrement disponible à leur cause – et l'avoir trouvé laisse le vieil homme beaucoup plus tranquille pour l'avenir. Voici quelqu'un qui sera à même de veiller aux intérêts de l'organisation séculaire quand il aura quitté ce monde. Quelqu'un qui partage les mêmes idées et les mêmes plans quant au développement de leur mission. Son disciple et successeur naturel. Une heure sépare encore son assistant de la villa, toujours à bord de leur jet qui fend l'air de la nuit. Il pourrait l'appeler sur son téléphone satellite qui leur permet de rester toujours en contact, même en vol, mais il préfère s'en abstenir. Il est plus que probable qu'il soit d'accord avec sa décision, et lui demander conseil pourrait être interprété comme un signe de déclin et de faiblesse. S'ils étaient côte à côte, ce serait différent ; il lui suffirait de lui exposer brièvement la situation pour qu'il lui dise ce qu'il en pense.

L'âge est un fardeau, pense-t-il. Depuis tant d'années, il a su prendre tout seul des décisions difficiles sur des questions terriblement importantes, et il se sent aujourd'hui perdu au cours d'une opération aussi simple que l'élimination d'une femme ! Il faut dire que dans des conditions normales, cette femme serait déjà morte. Mais un infiltré est un problème très grave. C'est à cause de ce genre de « contretemps » que surgissent parfois des obstacles ou des virevoltes effrayants sur la scène internationale, l'obligeant à savoir déplacer ses pièces lourdes au meilleur moment pour reprendre le contrôle de la situation. Mais aucun souci de politique internationale ne l'a jamais empêché de dormir, comme cette femme commence à le faire. Une heure ou deux seront plus que suffisantes pour que la garde résolve le problème. Quant au sujet infiltré, il s'en occupera avec Barnes après neutralisation de la cible, préférant maintenir le silence jusque-là.

Son verre de whisky est déjà presquc vide. Il le pose sur une petite table à côté du fauteuil où il est assis et décroche son téléphone. Il est temps de mettre ses pièces en mouvement.

« Jack, les Yankees ont échoué. Nous allons devoir résoudre nous-mêmes le problème. »

Il reprend son verre de whisky et le monte à sa bouche pour s'humidifier les lèvres avant d'ajouter :

« Capturez-la. »

XIV

Victoria Station est desservie par trois lignes de métro. La Circle Line et la District Line, qui se joignent un moment de Tower Hill – quartier de la célèbre Tour de Londres et de Tower Bridge, qui abrite également le centre financier de Londres – à Edgware Road, se séparant ensuite pour desservir d'autres destinations ; et la Victoria Line, souterraine sur tout son parcours entre Brixton et Walthamstow Central. Pour quelqu'un qui cherche à s'enfuir, la District Line et Victoria Line paraissent de meilleures options car la Circle Line, comme son nom l'indique, a un parcours circulaire qui la fait revenir au même endroit.

Cependant, pour un esprit agité comme celui de Sarah Monteiro à ce moment-là, ces conjectures ne s'appliquent pas de façon logique et rationnelle. La meilleure rame à prendre pour s'enfuir est celle qui arrive la première, même si sa destination est la porte de l'enfer. Tout vaut mieux que se laisser capturer par une organisation inconnue, pire que les pires organisations dont elle a entendu parler… En partant du principe, bien entendu, qu'ils sont encore sur ses traces.

Elle achète un coupon journalier de transport « toutes zones » dans un distributeur automatique. Une acquisition qu'elle paie sciemment avec sa carte bleue.

En ce qui concerne les transports publics, l'agglomération londonienne est divisée en six zones concentriques. La zone 1 – la zone centrale – couvre le cœur de la ville et en s'éloignant du centre, on entre dans les zones 2 à 6 qui s'étendent jusqu'aux banlieues les plus lointaines. Le coupon journalier que Sarah a acheté lui permet de prendre autant de fois qu'elle veut, toute la journée, le métro le plus ancien du monde, montant ou descendant à n'importe laquelle de ses deux cent soixante-quatorze stations réparties en une vingtaine de lignes qui totalisent quatre cent huit kilomètres. Elle ne leur donne ainsi aucune indication quant à sa destination et pourra changer de direction aussi souvent que nécessaire. Mais Sarah n'est pas tranquille pour autant car ce faisant, elle leur indique aussi son point de départ. Son père lui a fait peur en lui décrivant ceux qui sont à ses trousses, mais le fait qu'ils sont dangereux ne signifie pas qu'ils sont rapides : et il leur est impossible de surveiller l'ensemble du réseau. Combien de temps mettront-ils à la localiser ?

Mais qu'ont donc ces papiers de si important ? se demande-t-elle en introduisant son ticket dans la rainure. Un signal vert s'allume, son ticket est expulsé et le portillon s'ouvre. Saisissant le ticket au vol, elle se précipite pour passer et le portillon se referme derrière elle. Elle vient de donner elle-même le signal de départ, et il n'y a pas de retour possible. Les heureuses gagnantes sont les lignes Circle et District, alors, advienne que pourra, qu'il en soit selon la volonté de Dieu ! Sans réfléchir, elle descend le premier escalier qui se présente et se retrouve sur un quai qu'elle a donc choisi au hasard. La prochaine rame pour Tower Hill arrivera dans deux minutes. Une autre, à destination d'Upminster, passera dans trois minutes. La District Line, une des plus anciennes et des plus longues lignes de la ville, ouverte au public avant 1900, est toujours en travaux : le métro est une véritable pieuvre dont les tentacules ne cessent de pousser.

Dans cette partie de son parcours, les voies dans les deux sens sont côte à côte et le quai pour prendre la ligne en sens inverse est situé juste en face. Sarah y voit arriver une rame qui s'arrêtera à toutes les stations jusqu'à Wimbledon, et les haut-parleurs commencent à proclamer à l'unisson :

« Please mind the gap between the train and the platform. »

Flûte. J'aurais dû aller sur le quai d'en face, se dit Sarah à voix basse.

Il y a peu de monde sur le quai où elle se trouve : deux hommes en costume-cravate avec des attachés-cases à la main et un journal sous le bras ; un groupe de jeunes déjà passablement éméchés, buvant des canettes de bière ; une grosse femme avec deux valises et un sac ; un vieil homme qui lit le *Times* ; et enfin, deux jeunes femmes enfermées dans leur bulle, l'une écoutant de la musique avec des écouteurs, absente à la réalité qui l'entoure, l'autre lisant un best-seller mettant en scène des organisations secrètes, rempli d'énigmes, de vies en danger… et même l'assassinat d'un pape.

Le métro qui s'était arrêté sur le quai d'en face démarre à pleine vitesse en faisant jaillir des étincelles et laisse derrière lui un silence aussi vide que s'il avait emporté avec lui toutes les formes de vie qui se trouvaient là. Commençant à perdre patience, Sarah jette un regard vers l'écran qui annonce les prochaines rames. Encore une minute – soixante secondes pour qu'un train rédempteur lui ouvre les portes de l'inconnu. Un vent froid, venant d'on ne sait où, vient lui glacer les os. Elle est fatiguée, elle a sommeil, mais l'état d'alerte dans lequel elle se trouve relègue ce froid et cette fatigue en arrière-plan ; serrant les poings, elle sait qu'elle pourra tenir des heures s'il le faut. Quitte à payer ou à faire payer aux autres ce manque de sommeil plus tard, bien sûr, comme en témoignent ses sautes d'humeur certains matins après de trop courtes nuits de repos. Nathalie, une collègue de rédaction, est une des dernières à en avoir fait l'expérience lorsqu'elle s'est fait récemment presque agresser après lui avoir emprunté sans la prévenir son magnétophone de reportage.

Un vrombissement fait tourner la tête à Sarah. Au fond d'un tunnel, elle aperçoit deux lumières jaunes qui approchent à toute allure alors qu'une consigne de sécurité apparaît sur l'écran :

« Stand back, train approaching. »

Le vrombissement se transforme bientôt en vacarme accompagné d'un tonnerre de vibrations et le train surgit soudain, longeant le quai jusqu'au bout en freinant jusqu'à l'arrêt. Les portes s'ouvrent automatiquement, quelques passagers descendent et Sarah se précipite dans le wagon le plus proche pour s'asseoir sur un banc en plastique d'un rouge criard, absolument affreux. La voiture est presque vide ; un homme dans un coin, un adolescent allongé sur un banc, apparemment endormi, et deux femmes, une Arabe et une Noire, entourées de nombreux sacs de supermarché.

À première vue, ce sont seulement deux cadres habillés en complets noirs qui viennent de poser le pied sur le quai d'en face, celui dont les rames desservent Richmond et Wimbledon comme celle qui vient de passer. Mais quelque chose chez ces hommes diffère des cadres ordinaires londoniens, si l'on peut parler de normalité dans une ville où même se promener en maillot de bain avec des chaussettes à carreaux et un chapeau melon ne doit pas être considéré comme excentrique. La manière avec laquelle ils regardent dans toutes les directions à la recherche de quelque chose, voilà ce qui fait la différence. Et si cela ne suffisait pas à Sarah pour qu'elle baisse la tête, la photo de femme qu'ils tiennent à la main et qu'ils regardent de temps en temps, comme pour s'assurer que les gens autour d'eux ne lui ressemblent pas, serait un argument des plus convaincants pour qu'elle le fasse. Sa chance est qu'ils sont sur le quai d'en face et qu'ils ne l'ont pas vue.

« Ferme les portes et démarre, vite ! chuchote-t-elle tout bas comme si elle essayait de communiquer par télépathie avec le conducteur. Allez ! Come on ! »

Mais le train reste à l'arrêt et ne montre aucun

signe de départ imminent. Pour éviter que deux rames de métro ne se suivent de trop près, avec les risques que cela comporte, un système informatisé gère les autorisations de départ des stations, ce qui provoque parfois des arrêts plus longs que de coutume, comme celui-ci. Une fois, en plein été, la rame bondée dans laquelle elle se trouvait est restée arrêtée une demi-heure au milieu d'un tunnel sur la ligne de Piccadilly, en raison d'un incendie dans la station suivante. Une attente désespérante. Elle espère ne pas attendre aussi longtemps cette fois-ci, même si un incendie serait de beaucoup préférable à la situation dans laquelle elle se trouve. Elle relève légèrement la tête pour jeter un regard vers les hommes qu'elle présume être à sa recherche. Ils se sont un peu éloignés et l'un d'eux met une main devant sa bouche, en semblant parler tout seul. Il a certainement un micro caché dans sa manchette, communiquant avec une centrale quelque part, ou des collègues surveillant d'autres endroits. Il est peut-être en train de dire : « All clear » ou « Rien en vue par ici ».

Une sonnerie annonce la fermeture des portes et quelques secondes plus tard, son métro démarre en direction de Tower Hill. Sarah soupire de soulagement et lorsque sa rame pénètre dans le tunnel, elle se redresse sur son siège. Elle n'a jamais autant aimé le bruit de casseroles que font les roues de fer contre leurs rails. Mais subitement, le métro commence à ralentir jusqu'à s'immobiliser complètement, au milieu d'un tunnel. L'auraient-ils vue et auraient-ils ordonné d'arrêter cette rame ? C'est beaucoup plus probablement un simple feu rouge, mais elle ne peut s'empêcher de prendre cet arrêt intempestif comme un avertissement. Elle se lève pour se tenir à une barre métallique et à travers les vitres de la porte à l'extrémité de son wagon, Sarah essaie de regarder dans la voiture qui la précède. Elle y aperçoit deux hommes et une femme qui semblent parler fort en faisant de grands gestes et en riant. Un jeune homme regarde un film sur un lecteur de DVD portable et deux adolescentes bien habillées retouchent leur maquillage.

Le métro repart avec une secousse qui la fait presque tomber, mais elle parvient à rétablir son équilibre en se retenant à la barre de fer. C'est à ce moment-là que se retournant pour inspecter du regard le wagon qui la suit, elle aperçoit un homme qui paraît l'observer, vêtu d'un costume noir identique à ceux des deux autres, repérés sur le quai d'en face à Victoria Station. Debout au milieu de sa voiture, il tient dans une main ce qui ressemble à une photo, et semble comparer le visage de la jeune femme qu'il voit devant lui, derrière la vitre, à celui représenté sur la photo.

C'est elle. Sarah Monteiro.

L'homme pose un index tendu sur ses lèvres comme pour lui dire de ne pas crier ou de ne pas bouger, et commence à s'avancer dans sa direction. Sarah se retourne et se précipite dans la direction opposée. Arrivée devant la porte vitrée qui marque l'extrémité de son wagon, elle réussit à l'ouvrir en s'y prenant à deux fois et parvient à se glisser dans la voiture qui la précède au moment même où son poursuivant entre dans le wagon qu'elle vient de quitter. Quelques passagers regardent un instant, muets, ces mouvements d'ouverture et de fermeture de portes, mais s'en désintéressent rapidement et retournent à leurs rêveries solitaires.

L'homme traverse le wagon en courant pour passer dans celui dans lequel Sarah vient d'entrer. Mais lorsqu'il en passe la porte, il ne voit pas la jeune femme. Elle ne peut pas être loin. Soit elle est déjà passée dans la voiture suivante, soit elle est cachée là, tout près, entre les sièges. Il s'avance pour fouiller calmement le wagon des yeux, sans s'occuper des trois Russes qui rient à gorge déployée de la plaisanterie que l'un d'eux vient de raconter. Quelques pas plus loin, il passe devant les adolescentes qui finissent de se remaquiller et qui le regardent en souriant.

Le métro ralentit à l'entrée de la station Saint James's Park. L'homme s'immobilise, attentif au moindre mouvement suspect qui pourrait dénoncer la femme qu'il poursuit. La rame s'arrête le long du quai et ouvre ses portes. À l'heure qu'il est – plus de minuit –, très peu de passagers montent et descendent, et il lui est facile de s'assurer que Sarah n'est pas sortie à cette station. Elle est donc forcément cachée dans cette voiture ou dans la suivante, vers la tête du train. Il reprend donc sa marche vers l'avant : ce petit jeu a assez duré et il est temps d'en finir maintenant.

C'est à ce moment-là que surgissant de derrière le dossier d'un banc, rapide comme l'éclair, Sarah bondit sur le quai et se précipite en courant vers l'escalier le plus proche. L'homme dégaine immédiatement son arme pour tirer deux coups de feu presque silencieux par une porte ouverte, seulement trahis par les ricochets que les balles font sur le carrelage sous les pieds de Sarah. Puis il se précipite à son tour sur le quai et voit Sarah s'éloigner rapidement le long du train, déjà deux voitures plus loin. Inutile de se fatiguer à la poursuivre ; et brandissant son arme, les bras tendus, il la vise avec un geste de professionnel. Il sourit. Aucune cible, à cette distance, ne lui a jamais semblé plus facile à atteindre.

Sans se soucier de la sonnerie qui retentit soudain, l'homme appuie sur la détente au moment même où Sarah plonge à l'intérieur de l'avant-dernière voiture, restant presque coincée dans la porte automatique en train de se refermer. Tandis que sa balle se perd dans l'obscurité du tunnel, le tireur bondit pour tenter de bloquer la porte la plus proche avec son pied, mais elle s'est déjà refermée et sa chaussure bute contre la carrosserie de la rame de métro qui démarre subitement. Son arme encore à la main, il attend que le wagon dans lequel Sarah vient de sauter passe devant lui, et courant le plus longtemps possible le long du quai, il vide son chargeur à l'aveugle dans les vitres de cette voiture. Qui sait si une balle perdue ne pourrait pas l'atteindre à la tête ou dans un organe vital ? Étrangement, l'homme ne peut s'empêcher d'ébaucher un sourire en regardant la queue du train disparaître dans le tunnel. Un rictus de déception, peut-être ? Et quelques secondes plus tard, il monte la main gauche devant sa bouche pour murmurer quelques mots devant le bouton du poignet de sa chemise.

Se relevant péniblement en ayant du mal à croire qu'elle est encore vivante, Sarah secoue les débris de verre tombés sur elle. Le vent froid qui pénètre par les vitres brisées vient fouetter ses cheveux. Des larmes qu'elle ne parvient pas à retenir lui embrument les yeux et coulent sur ses joues. Elle a du mal à voir les visages des deux autres passagers de son wagon presque vide : un vrai cadre dynamique avec un attaché-case dans un costume blanc crème, immonde de saleté, qui s'est apparemment jeté par terre avant de ramper sur le sol, et la grosse femme encombrée de bagages qu'elle avait aperçue sur le quai de la station de métro de Victoria Station. Une dame qui a eu moins de chance que Sarah et leur voisin au costume blanc crème : une balle s'est logée dans une de ses jambes et elle la tient des deux mains en grimaçant tandis que le sang coule en salissant le plancher de la rame. Le premier réflexe de Sarah est de se précipiter pour porter secours à cette femme, essayer d'arrêter l'hémorragie avec un garrot peut-être – le sens du devoir – mais elle refrène finalement son premier élan : elle a d'autres urgences et doit agir le plus rapidement possible. Quelqu'un ne manquera pas de secourir la dame dès leur arrivée à la prochaine station, de laquelle ils approchent déjà. Trente secondes plus tard, le métro commence à freiner pour s'arrêter le long du quai de Westminster Station. Dès que les portes s'ouvrent, Sarah tire le signal d'alarme et sort en courant.

XV

Lúcia

11 juillet 1977

Derrière ces épaisses portes de bois massif au centre de la façade de pierres sculptées qui les accueillent, sont enfermés des secrets et des prières – davantage des secondes que des premiers, sinon ce ne serait pas un lieu de silence et de contemplation, avec toute la charge spirituelle que cela suppose.

Dessiné par frère Pedro de l'Incarnation, le carmel de Sainte-Thérèse, à Coimbra, a ouvert ses portes le 23 juin 1744, un jour d'aussi fortes chaleurs qu'en ce mois de juillet 1977 où deux hommes d'Église attendent calmement devant ses portes après y avoir frappé.

Un des lourds battants s'ouvre lentement, laissant bientôt apparaître le visage d'une religieuse qui accueille les deux hommes le plus chaleureusement que son ordre lui permet, reconnaissant visiblement ses visiteurs. Une coiffe très sombre cache ses cheveux au-dessus de l'habit noir et blanc qui complète sa tenue et qui lui donne l'air bienveillant et maternel propre à ces saintes femmes qui se vouent dès leur plus jeune âge à l'adoration du Seigneur.

« Quel bonheur de vous revoir, Votre Éminence !

— Le plaisir est pour moi, ma sœur. Je vous présente mon assistant, le père Diego Lorenzi.

— Comment allez-vous ? Entrez, je vous prie. Venez, venez, suivez-moi. »

Les deux hommes entrent, le patriarche en tête et le jeune prêtre derrière lui, suivant la religieuse.

Ils vont profiter de leur visite pour célébrer la messe dans la chapelle du couvent et mère Prioresa, la supérieure, prévenue de leur arrivée, s'avance déjà à leur rencontre.

« Votre Éminence, vous ne pouvez pas imaginer à quel point votre visite nous honore, complimente la vieille femme.

— Tout l'honneur est pour moi, ma mère, je vous l'assure.

— Sœur Lúcia vous attend ; elle souhaiterait vous parler et vous demander votre bénédiction à la fin de la messe.

— Certainement. Ce sera un plaisir. »

Et c'est ainsi qu'après la messe, la sœur qui leur a ouvert la porte guide le cardinal et le père Lorenzi vers une cellule du couvent. Ils approchent d'une immense grille de fer qui s'élève du sol au plafond comme celle d'une prison – une grille derrière laquelle les sœurs carmélites, cloîtrées, ont normalement l'obligation de se tenir lorsqu'elles sont autorisées à parler à des visiteurs, maintenues ainsi physiquement coupées des autres et du monde, en un symbole de renonciation. Mais le patriarche de Venise n'est pas un visiteur comme les autres, c'est un homme de Dieu éminemment respecté ; et même accompagné de son assistant, il aura le privilège de pouvoir rencontrer sœur Lúcia sans la séparation de cette grille que les deux hommes sont en train de passer pour entrer dans le cloître du Carmel, dont les voûtes ne les protègent pas des assauts de la chaleur.

« Baroque, Don Luciani, glisse Lorenzi pour alimenter la conversation.

— Oui. Dessiné par un prêtre carmélite aux pieds nus, il y a plus de deux siècles.

— C'est vrai, ajoute la sœur qui les guide. Je suis heureuse que Votre Éminence nous fasse partager ses vastes connaissances de l'histoire de notre modeste couvent.

— Allons, allons, ma sœur. Vous me flattez.

— Son Éminence est également connue ici pour son extrême humilité, ajoute la sœur avec douceur en se tournant vers le jeune prêtre.

— Ne me faites pas rougir, ma sœur.

— Loin de moi cette idée, Votre Éminence. Mais ce couvent a effectivement plus de deux cent trente ans. Malheureusement pour beaucoup d'entre nous, il n'a pas fonctionné de manière continue jusqu'à aujourd'hui.

— La République, conclut Don Luciani.

— Comment ? demande le père Lorenzi, un peu perdu.

— Votre patriarche fait référence à l'instauration de la République portugaise en 1910. Le 10 octobre de cette année-là, le couvent fut pris d'assaut et les religieuses qui y vivaient en furent chassées », explique la sœur.

Le jeune prêtre avait déjà entendu parler de violences commises dans des couvents lors de révolutions. Mais en raison de la proclamation d'une République, c'était la première fois.

« Ne me dites pas que c'était… des républicains ?

— Si, bien sûr, mais même du temps de la monarchie, lorsque les libéraux commencèrent à proliférer dans le pays, la suppression des ordres religieux avait déjà débuté. Et ce Carmel ne resta ouvert que grâce à une autorisation spéciale délivrée par la reine Dona Maria II, qui prévalut jusqu'en 1910, complète le cardinal Luciani.

— Exactement, confirme la sœur émerveillée par l'érudition du patriarche. Les sœurs furent accueillies par leurs familles ou des amis ; et plus tard, elles commencèrent à rejoindre des carmels espagnols. Mais en 1933, alors que le calme était définitivement revenu au Portugal et que la liberté religieuse avait été complètement rétablie, trois des sœurs expulsées de notre couvent revinrent à Coimbra dans le but de restaurer, au prix de grandes difficultés, la communauté du Carmel, devant d'abord s'installer dans une autre maison. En 1946, ces sœurs apprirent que les soldats allaient quitter le couvent transformé entre-temps en caserne et elles firent tout ce qu'elles purent pour le récupérer. Et c'est ce qui arriva en 1947. Seules deux sœurs avaient survécu à la durée de l'expulsion, dont mère Prioresa, à qui furent remises les clés du couvent.

— Une histoire très touchante, ma sœur, dit Don Luciani.

— En effet. Mais Votre Éminence la connaissait sûrement.

— Oui, mais je ne l'avais jamais entendue de la bouche d'une sœur du Carmel de Coimbra. Merci de nous l'avoir rappelée. »

Laissant le cloître derrière eux, ils s'enfoncent plus loin à l'intérieur du couvent dont les murs épais ne laissent pas pénétrer la chaleur. Ils entrent dans une pièce très pauvrement meublée, fidèle à la règle du Carmel de ne posséder que le strict nécessaire pour mener une vie digne, au service du Seigneur. Quelques vieilles chaises, un bahut et une table si usés qu'ils datent peut-être des origines du couvent, et des étagères avec quelques livres couvrant une partie d'un mur. Sans oublier une croix de bois fixée en haut d'un des murs, dominant toute la salle. Juste deux barres de bois croisées, la plus longue à la verticale – une simple croix comme son nom l'indique, sans le Christ cloué dessus, mais dont la présence est implicite.

« Sœur Lúcia va venir dans un moment. Voulez-vous boire quelque chose ? Un café, une boisson fraîche ?

— Pour moi, un café, s'il vous plaît, répond Don Luciani. Et un verre d'eau.

— La même chose, si ça ne vous ennuie pas, complète le père Lorenzi.

— Bien sûr, faites comme chez vous. »

Cordialités sincères de membres de l'Église catholique romaine, une communauté d'environ un milliard de fidèles sur les quatre milliards d'habitants qui peuplaient notre planète à l'époque – ce qui laisse beaucoup de place aux autres religions et aux non-croyants, qui sont nombreux.

« Sœur Lúcia, j'ai entendu parler d'elle toute ma vie, dit le père Lorenzi sur un ton méditatif.

— Moi aussi, Diego, moi aussi. Elle est l'une des figures historiques les plus importantes de l'Église en ce siècle. Elle a prédit des bouleversements majeurs. Et elle maintient encore un secret.

— Le troisième secret.

— Oui, le troisième secret.

— Sera-t-il le plus important ?

— Les autres étaient déjà importants. Celui-là le sera aussi. »

Curiosité de jeune prêtre aiguisée par la fantaisie, attitude tout à fait normale à l'abord de cette question. Après tout, qui ne voudrait pas entendre révéler le troisième secret, dont certains ont déjà affirmé qu'il prophétisait des catastrophes, peut-être même l'Apocalypse, l'anéantissement de la terre, l'extinction de l'espèce humaine et de toutes les autres ?

« Elle vit au couvent depuis trente ans.

— Une vie consacrée au Christ.

— Comme nous, comme beaucoup d'autres.

— Bien sûr, Don Luciani.

— Souviens-toi que peu importe le peu que tu reçois ou le mal qu'ils te font ; seul compte le bien que tu prodigues, sans regarder à qui.

— Sages paroles, Votre Éminence », entendent-ils dire une voix féminine dans leur dos.

Celle de la vieille sœur Lúcia, qu'ils n'ont pas entendue arriver. Marcher silencieusement, en toute discrétion, est une habitude qu'elle partage avec la sœur portière qui les a reçus, indifférentes aux années qui passent sans paraître avoir de prise sur elles.

« Ma chère sœur, comment allez-vous ?

— Très bien, par la grâce de Dieu, Votre Éminence. »

Albino Luciani se lève pour s'avancer vers elle et sœur Lúcia se met à genoux pour baiser la main du cardinal.

« Relevez-vous, ma sœur. Relevez-vous. Si quelqu'un devait s'agenouiller ici, ce devrait être nous. »

Tout cela dit en portugais, la langue maternelle de la sœur au don de voyance. Même s'il aurait pu le dire en italien, en anglais, en français ou en espagnol, tant les gens d'Église parlent, ou du moins comprennent souvent, de nombreuses langues étrangères.

Sœur Lúcia montre une grande énergie pour son âge, une force vitale dont les deux autres petits bergers de Fátima sont privés depuis longtemps, même si la Vierge Marie leur avait annoncé le moment où ils abandonneraient leur enveloppe corporelle. Francisco et Jacinta sont en effet morts encore enfants, victimes de l'épidémie de grippe espagnole qui décima l'Europe dans les années 1918 et 1919 de Notre Seigneur. Lúcia, elle, y a résisté, comme le prouve cette rencontre en une chaude journée de juillet 1977 avec le cardinal Albino Luciani, patriarche de Venise.

Souvenons-nous de l'importance de sœur Lúcia de Jésus dans le panorama chrétien contemporain afin de comprendre pourquoi un patriarche de Venise, et beaucoup d'autres dignitaires de l'Église comme lui, non seulement acceptent toujours très volontiers de lui accorder un entretien en tête à tête, mais font souvent eux-mêmes le voyage pour lui rendre visite. Certains qui sont même devenus papes par la suite, comme Giovanni Battista Montini, le futur Paul VI, qui l'invita à l'accompagner à Fátima pour s'entretenir personnellement avec elle à l'occasion de sa visite sur le territoire portugais.

Les trois petits bergers, comme ils furent vite appelés, avaient l'habitude de conduire leurs animaux à un endroit appelé Cova da Iria, où s'élève aujourd'hui la basilique de Fátima. Fait reconnu plus tard par l'Église, ils virent le 13 mai 1917 une première apparition de la Vierge Marie, mère de Jésus-Christ, plongeant l'Église et les autorités de l'époque dans l'embarras. Des trois jeunes bergers, seule Lúcia, âgée de dix ans, parla à la Vierge ; Jacinta la voyant et l'entendant, et Francisco se contentant de la voir sans entendre ses paroles. Elle leur demanda de beaucoup prier et de revenir le treizième jour de chacun des mois suivants. Les enfants firent ce qu'elle leur demanda sauf au mois d'août, où ne pouvant se rendre à Cova da Iria après avoir été enfermés par le sceptique administrateur du conseil de Vila Nova de Ourem, elle leur apparut ailleurs le dix-neuvième jour du mois. En septembre, la Vierge leur promit un miracle pour prouver à tout le monde, y compris à l'Église encore dubitative, la véracité de ses apparitions. Le 13 octobre, date de sa dernière apparition, elle se présenta aux trois petits bergers comme Notre Dame du Rosaire, et leur demanda d'élever à cet endroit une chapelle en son honneur ; ce qui fut fait plus tard. Elle leur annonça que la Première Guerre mondiale finirait bientôt et comme promis, un miracle se produisit : le soleil commença à tourner sur lui-même, de manière très visible, et donna un moment l'impression de se précipiter sur la terre comme une immense boule de feu, balayant les doutes des environ soixante-dix mille incrédules qui étaient présents. *Le miracle du soleil*, irréfutable, incontestable pour ceux qui étaient sur place. Et quelques mois plus tard, la guerre se termina effectivement.

Dans les années qui suivirent, alors que le lieu du miracle de celle qui fut bientôt appelée Notre-Dame de Fátima devenait peu à peu un lieu de pèlerinage mondialement connu, Lúcia de Jésus préféra se retirer avec prudence, observant d'un œil sceptique cet engouement fébrile et les transformations de sa terre natale. Après être entrée au collège des sœurs de Sainte-Dorothée en 1921, à Porto, elle se rendit en Espagne où elle passa quelques années avant d'entrer dans l'ordre du Carmel en 1946, affirmant continuer à parler avec la Vierge Marie.

Depuis 1949, elle vit au couvent de Santa Teresa où elle reçoit donc la visite du patriarche de Venise et de son assistant en ce jour de juillet 1977, une conversation qui ne devait prendre que quelques minutes, mais qui dure depuis deux heures environ. Le cardinal Luciani et le père Lorenzi se réjouissent de rencontrer la voyante, ne faisant à aucun moment allusion aux apparitions ou au troisième secret, préférant laisser couler naturellement la conversation en abordant toutes sortes de sujets religieux, culturels et politiques, la grande préoccupation de la voyante étant le manque de foi que les nouvelles générations semblent montrer.

Après un café et de l'eau fraîche, une sœur leur apporte une tasse de thé et ils en profitent pour faire une pause en la buvant lentement. C'est un agréable moment de silence qui s'instaure naturellement entre eux, comme ceux qu'on apprécie entre amis lorsque la simple présence de chacun suffit à alimenter le sourire et le feu de l'amitié sans que personne ne se sente obligé à des bavardages inutiles. Un de ces moments de silence où l'on prend aussi le temps de donner de la valeur à ce qui vient d'être dit, profitant de l'interruption de leur flot pour laisser les paroles se déposer lentement, comme un limon, dans le fond de notre esprit.

C'est alors que les deux visiteurs entendent soudain une voix étrange, puissante, s'exclamer :

« Et quant à vous, Seigneur Patriarche, la couronne du Christ et les jours du Christ. »

Le père Lorenzi regarde sœur Lúcia, bouche bée, incrédule, pétrifié. Car c'est de la bouche de la religieuse que viennent de sortir ces mots ; il en est aussi sûr qu'il est ici présent, en chair et en os, dans cette salle.

Don Luciani réagit de manière beaucoup plus calme, plus sereine, ce qui est remarquable si l'on tient compte du fait que ce message lui est destiné.

« Don Luciani… » commence Lorenzi, mais le patriarche lève la main pour lui demander le silence.

Plus aucun mot ne doit s'immiscer dans la transe de la voyante. Mais que signifie son affirmation ?

Est-ce une véritable prémonition, un avertissement confié par quelqu'un de plus sensible aux énergies du cosmos ? Pour Albino Luciani, il n'y a aucun doute : c'est l'Au-delà qui parle à travers la bouche de sœur Lúcia.

Qui entrerait dans la pièce la croirait presque endormie sur sa chaise, les yeux fermés, une main posée sur la table, mais les deux hommes savent qu'il n'en est rien. Le jeune père Lorenzi, dans son inexpérience, n'a jamais vu quelqu'un en transe et la regarde avec fascination, mais Don Luciani, lui, ne montre aucune surprise ni le moindre signe de nervosité. Il garde la main levée pour exiger le silence.

« Le secret non révélé vous concerne, mais il sera utilisé à d'autres fins, ajoute la voix étrange qui s'échappe de la bouche de Lúcia avec un timbre différent, comme venant de très loin. Mais Dieu, dans son immense miséricorde, leur pardonnera, et vous aussi. »

Lorenzi reste émerveillé par la scène.

« Mon Dieu ! »

Presque instantanément, sœur Lúcia rouvre les yeux en retrouvant la même expression si douce que celle avec laquelle elle est apparue dans la salle :

« Voulez-vous encore du thé, Votre Éminence ?

— Volontiers, ma sœur, très volontiers », lui répond Don Luciani en la regardant dans les yeux, sans laisser paraître le moindre signe de surprise.

*

Dès qu'ils sont hors du couvent, marchant vers la voiture qui les ramènera à Fátima, le père Lorenzi ne parvient pas à retenir sa curiosité.

« Que pensez-vous de tout ça, Don Luciani ? »

Le cardinal pose une main sur l'épaule du jeune prêtre et le regarde avec la sérénité à laquelle il l'a habitué depuis qu'il est devenu son assistant, il y a presque un an.

« Je trouve que sœur Lúcia est une femme fascinante, Diego, tu ne trouves pas ? »

Et ils n'abordèrent plus jamais le sujet.

XVI

Même si l'air pollué et humide de Londres est bien différent de celui des montagnes, c'est avec une impression de pureté et un immense soulagement que Sarah met le pied à l'air libre dans Bridge Street en respirant à pleins poumons, juste en face de la tour avec l'horloge la plus célèbre du monde, Big Ben, qui annonce minuit trente. Aussitôt, elle tourne à gauche en direction du pont de Westminster et se met à courir.

S'il y a encore quelques personnes sur le pont à cette heure-ci, elles commencent à se faire rares et dès qu'elle l'atteint, elle se sent tout à coup plus calme. Le plus difficile était de sortir de la station de métro où elle se sentait enfermée, ce qu'elle a réussi à faire en douceur. Elle peut respirer désormais, même si elle n'oublie pas que Londres est la ville du monde qui possède le plus de caméras de surveillance par mètre carré ; elle se couvre la tête avec la capuche de sa veste. Elle résiste à la tentation d'arrêter un taxi car elle a encore une dernière chose à faire et elle s'avance jusqu'au milieu du pont, l'énorme roue de London Eye en toile de fond. La sirène d'une voiture de police qui la croise à toute allure la fait sursauter et en se retournant, elle aperçoit les gyrophares d'autres véhicules déjà arrêtés devant la bouche de métro d'où elle vient de sortir.

Au moindre danger, je me jette dans la Tamise, se dit-elle tout bas.

Plutôt les eaux troubles du fleuve que d'être capturée par ces fauves ! Quant à la police, même si son passage la fait trembler, elle accourt évidemment suite aux exploits de son poursuivant dans le métro, qui vient de laisser un wagon farci de balles aux vitres brisées et une dame blessée à la jambe. Ou bien la police serait-elle aussi à sa poursuite ?

Non, ce serait absurde, se dit-elle et au bout du pont, elle tourne rapidement à gauche dans Belvedere Road tandis qu'une autre voiture de police passe à toute vitesse dans la rue qu'elle vient de laisser derrière elle.

Son idée est de s'arrêter à la première cabine téléphonique qu'elle trouvera sur son chemin, mais elle est finalement obligée de marcher jusqu'à un centre commercial situé près du pont de Waterloo pour en trouver une.

Elle décroche le combiné mais cette fois-ci, elle n'utilise pas sa carte bleue.

« Bonsoir, je voudrais passer un appel en PCV.

— Quel est votre nom ?

— Mon nom ? Ah… Greg Saunders. »

Sa voix, hésitante, a lancé le premier nom qui lui passait par la tête, mais l'opératrice n'a que faire que ce nom masculin soit prononcé par une voix féminine et lui demande d'attendre quelques instants.

Un moment plus tard, elle entend une autre voix lui demander :

« Allô, Greg ?

— Nathalie, ce n'est pas Greg, c'est moi, Sarah. Désolée, mais j'ai dû mentir sur mon nom, je n'avais pas le choix.

— Sarah ? »

Il y a une inquiétude évidente dans la voix de Nathalie.

« Oui, c'est moi. J'ai besoin de ton aide.

— Sarah ? Tu oses encore m'appeler ?

— J'ai besoin que tu me rendes un grand service…

— Tu es devenue folle ! Après tout ce que tu as fait ?

— Nathalie, je sais que nous ne sommes peut-être pas les meilleures amies du monde, mais j'ai absolument besoin que tu m'aides.

— Cela n'a rien à voir avec nous deux, Sarah. Ce que tu as fait est inimaginable !

— Mais…

— Tu vas soi-disant passer quelques jours de vacances au Portugal et tu te mets soudain à massacrer des gens un peu partout, à tort et à travers. Je ne sais vraiment plus quel genre de femme tu es, Sarah. Ne m'appelle plus, tu perds ton temps. »

Sarah est consternée. Depuis son retour de vacances, le monde lui tombe sur la tête de façon littéralement incompréhensible.

« Ne raccroche surtout pas, Nathalie. Tu es la

seule à pouvoir m'aider. Ne raccroche pas ! Qu'est-ce que tu veux dire avec cette histoire de massacres à tort et à travers ? Explique-toi, s'il te plaît. Je ne comprends rien.

— Tu me prends pour une imbécile ?

— Arrête, Nathalie. S'il te plaît… »

Les larmes qui coulent sur ses joues ont dû passer dans sa voix et Nathalie abandonne le ton froid et distant avec lequel elle a commencé la conversation.

« Très bien… Au cas où tu ne le saurais pas, tu es dans tous les journaux, commence-t-elle par dire en soupirant. D'abord, tu as tué un vieil homme dans un musée à Madrid ; ensuite, un prêtre en Argentine ; et hier soir – ça vient de passer dans un flash à la télé – tu as éliminé un agent des services secrets américains. Oh, et plus intéressant : dans ta propre maison ! Laisse-moi voir s'il y a autre chose… »

Sarah relève le ton caustique avec lequel son amie prononce sa dernière phrase.

« Ah oui ! Il y a moins d'une heure, tu as provoqué une fusillade dans le métro et gravement blessé une passagère. Tu es un tueur professionnel qui travaille pour une organisation appelée "Le dernier pape". Je ne sais pas pourquoi je te raconte tout ça, d'ailleurs : tu es la première à le savoir. »

Sarah ferme les yeux et essaie de réfléchir. Mais elle est incapable de penser. Le monde est en effet en train de s'écrouler sur elle.

« Nathalie, c'est complètement absurde. Je ne sais pas comment te convaincre que je n'ai absolument rien fait de tout ça… »

Sa voix, suppliante, trahit beaucoup de peine et

d'incompréhension. Il est essentiel que Nathalie la croie, c'est capital.

« Franchement, Nathalie, tu m'imagines en tueur professionnel ? Et je n'ai jamais entendu parler de cette organisation. Tu sais bien que je ne suis pas un assassin ! Je suis resté quinze jours au Portugal, à la campagne, ne passant à Lisbonne qu'en coup de vent à l'aller et au retour pour prendre l'avion. Je ne suis allée ni à Madrid ni en Argentine. Je suis rentrée hier soir et tout a commencé à tourner au cauchemar autour de moi. J'ai reçu une étrange lettre d'Italie et la seule chose que j'ai comprise, c'est que c'est à cause de cette lettre qu'ils me poursuivent. Un homme est mort dans ma maison, c'est vrai, je l'ai vu s'écrouler sous mes yeux, mais ce n'est pas moi qui l'ai tué. Quelqu'un d'autre l'a abattu. Je ne sais pas si celui qui s'est fait abattre était un sadique, un agent secret ou je ne sais trop quoi encore, mais je sais qu'il a essayé de me tuer, et il s'en est d'ailleurs fallu de peu qu'il ne réussisse. Il faut absolument que tu me croies, Nathalie ! »

Un lourd silence pèse un instant dans l'écouteur, comme s'il se traînait sur la ligne entre la cabine téléphonique de Belvedere Road et Pentonville Road, où se trouve le studio de Nathalie.

« Sarah, j'ai fait l'effort de t'écouter. Mais franchement, s'il te plaît, laisse-moi en dehors de tout ça.

— Nathalie, attends… J'ai juste besoin que tu me rendes un service. C'est très important. Ça ne va te prendre que cinq minutes. S'il te plaît, Nathalie, il faut absolument que tu m'aides ! »

Le silence reprend, embarrassant, au cours duquel

Nathalie semble hésiter. Il est vrai qu'elles se sont toujours entraidées et même si Sarah a parfois quelques sautes d'humeur le matin quand elle est mal réveillée, Nathalie l'aime beaucoup. Ce qu'ils disent d'elle dans les médias est absolument incroyable quand elle y pense, en effet. De fait, Nathalie est complètement dépassée par les événements et ne sait plus que croire, qui croire ; aussi elle décide de donner une chance à Sarah.

« D'accord. De quoi as-tu besoin ?

— Merci ! Tu vas peut-être me sauver. »

Le soulagement de Sarah lui fait esquisser un léger sourire.

« Ne me remercie pas. Et dépêche-toi avant que je ne le regrette.

— J'ai juste besoin que tu me dises où se situe King William IV Square, ici à Londres.

— C'est tout ?

— C'est tout.

— Je ne vais pas en avoir pour longtemps. Tu veux que je te rappelle ou tu préfères attendre en ligne ?

— C'est toi qui paies. Fais comme tu veux.

— OK. Alors, attends deux minutes. »

Sarah entend un bruit de chaise déplacée dans l'écouteur. Nathalie doit s'asseoir devant son ordinateur.

« Voilà. Tu m'as dit King William IV Square, c'est bien ça ?

— C'est ça.

— Un moment. »

Un, deux, trois, quatre… cinq secondes de silence. Puis la voix de Nathalie reprend :

« Et tu ne sais pas du tout pourquoi ils te poursuivent ?

— Aucune idée.

— Et cette lettre que tu as reçue, qu'est-ce qu'elle disait ?

— Je n'ai rien compris. Tout y est écrit en italien.

— Voilà, j'ai trouvé. »

La curiosité avec laquelle elle lui a posé les dernières questions s'éteint brusquement pour laisser place à une voix de standardiste qui répond au téléphone.

« Laisse-moi voir… King William IV… il y a un jardin qui porte ce nom, dans le quartier de Crystal Palace. Mais attends un peu… Ah, il y a aussi une rue, William IV Street, qui se situe entre The Strand et Charing Cross Road. Ça doit être ça. Apparemment, il n'existe pas de King William IV Square.

— Tu es sûre ?

— Oui. Tu as dû te tromper.

— Non, c'est impossible. Celui qui m'a donné le nom de cette place a précisé que je n'en avais certainement jamais entendu parler, mais elle existe. Je suppose qu'elle doit se trouver loin du centre, dans un quartier périphérique.

— Je ne trouve aucune place à ce nom. Mais attends, laisse-moi regarder ailleurs. Tu as le temps ?

— Non, dépêche-toi.

— Si tu veux, tu peux toujours demander à un Bobby…

— Tu es très drôle, Nathalie !

— Attends, voilà… “*William IV. Né en 1765. Roi du Royaume-Uni et de Hanovre entre 1830 et 1837. Fils de George III, il a succédé à son frère aîné, George IV. Il fut l’avant-dernier roi de la maison de Hanovre et fut appelé le roi navigateur. Il a réformé le système électoral, aboli l’esclavage et le travail des enfants dans l’Empire britannique.*” Intéressant ! Un bon roi, apparemment…

— Accouche, ce n’est pas le moment de me faire une leçon d’histoire ! Il n’y a rien d’autre ?

— Non. À part que c’est la reine Victoria qui lui a succédé… Mais laisse-moi voir sur Google… »

Sarah entend Nathalie appuyer rapidement sur quelques touches de son clavier.

« Attends un peu…

— Tu as trouvé ?

— C’est curieux.

— Alors ?

— Ça y est. King William IV Square.

— Crache le morceau, vite ! »

Sarah n’en peut plus d’attendre.

« C’est le premier nom de Trafalgar Square.

— Vraiment ?

— Yep, c’est ici écrit noir sur blanc. Originellement, il était prévu que Trafalgar Square s’appelle King William IV Square.

— Merci, Nathalie ! Tu viens peut-être de me sauver la vie.

— Pas sûr. Fais attention.

— Bye. On se voit plus tard, OK ?

— Sarah…

— Qu'est-ce qu'il y a ?

— Si tu tombes sur le scoop du siècle, souviens-toi de moi ! »

Et elles raccrochent en même temps.

XVII

Bordée au nord par le fastueux portique de la National Gallery, Trafalgar Square est le lieu le plus visité de Londres. Cette place, point de rencontre, de rassemblement, de commémoration nationaliste, de fête, de jubilé, porte le nom de l'une des plus grandes batailles navales de l'Histoire, qui eut lieu près du cap de Trafalgar en Espagne, le 21 octobre 1805, durant laquelle l'amiral Nelson, à la tête de la flotte britannique, infligea une lourde défaite à l'Armada franco-espagnole de Napoléon. L'étendue de cette place, ses deux fontaines latérales, l'immense colonne de granit de cinquante-six mètres de haut surmontée d'une statue de l'amiral Nelson – le héros manchot de Trafalgar, tombé au cours de la bataille – qui regarde le palais de Westminster, the House of Parliament, qui veille à la sécurité nationale, donnent au décor une majesté à laquelle beaucoup sont sensibles dès le premier regard. Une colonne flanquée de quatre énormes lions de bronze dont le métal provient, dit-on, des canons de la flotte française vaincue et qui transmettent, au dire des plus enthousiastes, un sentiment de protection cosmique. Quatre socles ornent enfin les coins de la place, trois d'entre eux surmontés de statues : au nord-est celle du roi George IV, au sud-est celle de Sir Charles James Napier, conquérant du Pakistan, et au sud-ouest celle du général Henry Havelock. Le quatrième socle sert de lieu d'exposition temporaire pour des sculptures diverses, car il n'y a jamais eu de consensus sur le nom d'un personnage qui puisse avoir l'honneur d'y voir déposer sa statue pour l'éternité. Initialement, on avait prévu d'y placer la statue du roi William IV mais par manque d'argent, cette noble intention fut ajournée ; et avec le temps, le bon roi William IV, pourtant à l'origine du projet de construction de cette place, fut étrangement oublié : la place ne prit jamais son nom et sa statue n'y fut jamais déposée.

Bien que Sarah y arrive en pleine nuit, il y a encore beaucoup de monde à Trafalgar ; de simples badauds, des groupes de touristes, des couples dispersés, mais aucun suspect directement visible. À une heure du matin, le trafic est encore assez intense – voitures, limousines, taxis, autobus, motos et même bicyclettes tournent autour de la place, parfois arrêtés par les feux rouges. Au fond, l'arche de l'Amirauté construite en l'honneur de la reine Victoria ouvre la voie à l'immense avenue qui mène à Buckingham Palace. À l'est, l'église de Saint-Martin-in-the-Fields, la maison de l'Afrique du Sud et The Strand, l'avenue qui relie Westminster à la City. Mais la rue qui nous intéresse est Charing Cross Road, plus particulièrement sur le tronçon où elle traverse Soho, le quartier le plus bohème de la ville de Londres, sur laquelle un taxi s'arrête le long du trottoir au niveau du croisement avec Great Newport Street.

Le taxi reste à l'arrêt quelques instants, le temps certainement que le client paie sa course et attende sa monnaie. Sarah Monteiro en sort avant d'en claquer la porte. Après avoir appelé Nathalie, elle est passée à Waterloo Station où elle a bien dû se résigner à utiliser encore une fois sa carte bleue pour retirer trois cents livres dans un distributeur automatique afin de pouvoir prendre un taxi. Mais tout s'est bien passé, comme on peut le voir : Sarah marche maintenant sur le trottoir de Charing Cross Road en se dirigeant, par des voies détournées, vers le béni ou le maudit, elle l'ignore encore, King William IV Square.

Elle a commencé par dire au chauffeur de taxi de la déposer à Trafalgar Square ; mais après avoir réfléchi, elle s'est dit que si elle avait découvert si facilement où se trouvait King William IV Square, tout le monde pouvait en faire autant, et elle a donc préféré qu'il la laisse un peu plus loin pour ne pas risquer de se jeter bêtement dans la gueule du loup.

Après être entrée dans Newport Court, elle tourne à gauche puis à droite dans Lisle Street, une rue remplie de pubs en tout genre, et de nouveau à gauche pour déboucher dans Leicester Square, la grande rivale de Trafalgar Square, si l'on peut dire : une place entièrement piétonne et cosmopolite, abritant un jardin public ouvert la journée et bordée de cafés, de restaurants et de cinémas, berceaux des grandes premières des films américains et britanniques. Quatre entrées dans chaque coin de la place, avec des statues de personnages importants de l'époque de sa construction : Sir Isaac Newton ; John Hunter, un pionnier dans le domaine de la chirurgie ; Sir Joshua Reynolds, le premier président de la Royal Academy ; et William Hogarth, un peintre de renom. Et puisqu'il s'agit d'un lieu désormais dédié au cinéma, on y a récemment ajouté la statue de Charlie Chaplin, la grande icône universelle du septième art, venu au monde dans la ville de Londres. Enfin, des bancs, la plupart du temps occupés, sont disposés en croix pour ceux qui voudraient contempler assis la statue de Shakespeare entourée de dauphins qui orne le centre de la place. Au sol, des plaques avec les distances en miles des pays qui composaient l'ancien Empire britannique.

Sarah contourne la place par le sud, ignorant l'immense affiche publicitaire à l'entrée du cinéma Odéon, qui annonce la sortie prochaine du film *Da Vinci Code* sur grand écran. Des énigmes à dévoiler, des codes à déchiffrer, elle en a déjà bien plus qu'elle ne souhaiterait et il est inutile de lui en suggérer d'autres. Sa vie est en danger et chaque pas la rapproche de la mort ; comme tout le monde, d'ailleurs. Mais la différence avec nous tous, c'est qu'elle est incapable de prévoir si son existence prendra fin au coin de la rue dans une minute, un peu plus tard dans la nuit ou s'il lui reste encore des années, des décennies, d'innombrables avenues et coins de rue à parcourir… et qu'elle aura le temps de montrer, par exemple, les statues de Chaplin et de Shakespeare à ses petits-enfants.

Elle descend vers Trafalgar Square du côté de Canada House en ralentissant prudemment le pas et en simulant un air tranquille pour essayer de ne pas trahir sa peur. Enfin, contournant la National Gallery par la droite, elle s'avance de quelques mètres pour atteindre son escalier central, qui plonge vers la célèbre et vaste place. Des touristes étrangers et britanniques occupent quelques marches de cet escalier, admirant l'éclairage nocturne et la sérénité de l'endroit. Sarah s'assoit un moment près d'un groupe d'Italiens pour laisser croire qu'elle est avec eux. Elle profite de l'occasion pour observer la place, les fontaines – l'une à gauche, l'autre à droite –, la colonne Nelson, les passants... Surtout les passants, car les créatures aquatiques qui ornent les bassins et l'amiral en haut de son perchoir ne peuvent rien contre elle. Certains touristes n'hésitent pas à se baigner dans les fontaines en éclaboussant leurs amis, un amusement qui pousse certains de leurs spectateurs à les imiter. Ceux-là ne représentent aucun danger non plus. Et il y a tous les autres... Les couples d'amoureux, les quelques personnes assises sur le rebord d'un bassin ou au pied de la colonne, tous ceux enfin qui, bien que difficiles à décrire, ne semblent montrer aucun signe d'appartenance à une organisation secrète appelée « Le dernier pape ».

Même s'ils sont assez distants, elle observe attentivement les façades des bâtiments visibles tout autour, à la recherche de guetteurs, voire de snipers embusqués. Ils ont déjà montré ce dont ils étaient capables et quelqu'un pourrait être caché n'importe où, prêt à l'abattre, un silencieux vissé sur le canon de son arme, même au milieu des piétons et des voitures qui passent.

D'où elle se trouve, Sarah a une vue privilégiée sur la place, et si les bruyants Italiens ne la gênaient pas pour se concentrer, il y aurait longtemps qu'elle l'aurait aperçu.

Un simple balayeur, l'un de ces nombreux employés qui veillent à la propreté des trottoirs dans leurs uniformes vert et jaune fluorescents, poussant leur poubelle roulante un balai toujours à la main. Il ressemble étrangement à celui qu'elle a vu de la fenêtre de sa maison deux heures auparavant, mais le plus probable est qu'il ne fasse justement que lui ressembler… À moins que… Mais oui, elle ne rêve pas, il la regarde de temps en temps, tournant vite la tête dès qu'il sent qu'elle s'en aperçoit, pour éviter que leurs regards ne se croisent. Il ne parle pas discrètement dans le creux de sa main comme ceux qui ont un micro dissimulé dans leur manchette mais glisse quelques mots de temps en temps dans un talkie-walkie, sans prendre la peine de s'en cacher. Un balayeur qui ramasse les papiers tombés par terre, les feuilles mortes et les crottes de chien n'a pas besoin de talkie-walkie, sans vouloir dévaloriser cette profession. Non, de deux choses l'une : ou bien cet homme est le dénommé Rafael dont son père lui a parlé, ou bien… il vaut mieux ne pas y penser.

Elle préfère rester assise un peu plus longtemps mais un Italien s'approche d'elle pour l'aborder, les yeux brillants, laissant échapper autour de lui des vapeurs d'alcool.

« Eh, bella… como state ? »

Sans lui répondre, Sarah se lève immédiatement et descend l'escalier vers la place. Elle n'aurait pas supporté l'haleine de l'Italien une seconde de plus. Elle cherche le balayeur des yeux et dès qu'elle le repère, il tourne rapidement la tête, mais pas assez vite pour que Sarah ne remarque pas son geste. Il dit quelques mots dans son talkie-walkie puis pousse sa poubelle un peu plus loin pour tenter de sortir du champ de vision de la jeune Portugaise. Intriguée, elle essaie de localiser d'autres balayeurs, et les deux autres qu'elle aperçoit ne font rien pour dissimuler leur présence. Ils ne possèdent pas de talkie-walkie et ne semblent s'intéresser ni à elle ni à personne d'autre ; ils balaient tout simplement leur coin de trottoir puis se déplacent un peu plus loin.

Où es-tu, Rafael ? Montre-toi ! pense-t-elle en s'approchant de l'une des deux fontaines, tendue, craintive et vigilante.

Elle cherche à se mêler aux groupes de personnes pour éviter de se transformer en une cible facile mais le problème, c'est que ses poursuivants pourraient faire la même chose. À tout moment, elle pourrait être tirée par le bras et kidnappée, une lame de couteau ou un canon de revolver discrètement planté dans le dos. Ou abattue d'une seule balle avec une arme pourvue d'un silencieux. Ou empoisonnée par une piqûre au cours d'une fausse bousculade, son agresseur pouvant même se payer le luxe de s'excuser avant de s'éloigner tranquillement. Tant d'interrogations, de scénarios possibles ou délirants peuplent l'esprit de Sarah au point que, dans un réflexe de panique, brusquement persuadée d'être surveillée de tous les côtés à la fois, elle se retourne soudain pour traverser la place. Décidée à s'en remettre à la grâce de Dieu, elle se dirige d'un pas rapide vers l'autre fontaine. Là-bas, peut-être…

« Sarah Monteiro ? »

Quelqu'un – le balayeur – vient de l'appeler. Son sang ne fait qu'un tour et paralysée par la peur, elle n'ose pas tourner la tête dans sa direction.

« Sarah Monteiro ? répète l'homme qui s'est approché d'elle. Suivez-moi, lui dit-il sur un ton complice. Ça vaut beaucoup mieux pour vous. »

Sans attendre son consentement, mais sans violence non plus, il la prend par le bras et l'entraîne avec lui.

« Où m'emmenez-vous ? » se risque-t-elle à lui demander.

L'homme reste silencieux.

« Vous êtes Rafael ? »

Sans lui répondre, il continue à l'entraîner du côté de la colonne Nelson.

« Tschhh… Tschhh… »

Elle entend un grésillement sortir de l'une des poches du gilet fluorescent de l'homme, puis elle le voit monter son talkie-walkie à sa bouche avant de dire :

« La porto alla centrale… sì, l'obiettivo è con me… Negativo. Non posso finirla qui… benissimo. »

Elle sait que c'est de l'italien, mais il a parlé assez vite et elle n'a pas compris ce qu'il a dit. La voix qui sortait de l'appareil lui a paru forte et caverneuse, avec le ton de celle d'un chef. Son père ne lui a parlé que d'un seul homme, Rafael, mais le balayeur pourrait préparer un plan de fuite.

Dix mètres devant eux, elle aperçoit un individu en costume noir et a l'impression de l'avoir déjà vu. L'homme au talkie-walkie la conduit vers lui et elle le reconnaît subitement : c'est lui, le tireur qui l'a poursuivie et a tenté de l'abattre dans le métro, celui qui a vidé son chargeur dans les vitres de la rame et blessé la grosse dame à la jambe.

Dans un sursaut de frayeur, elle essaie de se libérer de la main du balayeur qui l'entraîne, mais il la retient fermement en la regardant dans les yeux :

« Ne soyez pas stupide. Inutile de précipiter l'inévitable. Mais si vous m'y obligez… »

Elle laisse alors retomber les bras, dans un geste d'abandon. Elle a tout essayé, mais elle a fini par échouer. Elle a même réussi à leur échapper par miracle une première fois, puis à venir au rendez-vous de Trafalgar Square aussi discrètement que possible… Qu'aurait-elle pu faire de plus ? Son père aurait pu choisir un autre endroit, c'est vrai, mais dans l'urgence et avec son téléphone sur écoute, il était difficile de faire mieux. S'il lui avait donné un lieu de rencontre par message codé, par exemple, qui aurait pris une éternité à être déchiffré, elle aurait eu de grandes chances d'être capturée entre-temps. Non, il était impossible de leur échapper.

Mais quand bien même pourrait-on penser le contraire, ce n'est pas l'homme qui distribue les cartes ici-bas – qu'on l'envisage avec un petit ou un grand *h* –, et une grosse berline noire monte brusquement sur le trottoir pour déboucher à toute allure entre la statue de Sir Henry Havelock et la colonne Nelson. Faisant crisser ses pneus en freinant, elle s'immobilise brutalement en faisant volte-face.

« Je m'occupe d'elle, dit l'homme au costume noir vers lequel le balayeur s'avance en tirant Sarah.

— Va bene... »

Sans ajouter un mot, l'homme en noir pousse Sarah vers la voiture, l'installe sur la banquette arrière et a tout juste le temps de bondir lui-même à l'intérieur avant qu'elle ne démarre à toute vitesse.

Dans la berline qui roule vers Parliament Street, Sarah Monteiro, rongée par l'angoisse, regarde l'homme en noir, la quarantaine, très calme, le regard fixé devant lui. Et elle sent naître en elle un tourbillon de doutes et de sentiments contradictoires.

« Qui êtes-vous ? » lui demande-t-elle.

Silence. Il ne jette même pas un coup d'œil dans le rétroviseur.

« Qui êtes-vous ? »

Pas de réponse.

Sarah ne saurait dire avec précision au bout de combien de temps, mais arrive un moment où le chauffeur arrête le véhicule près d'un pont à la demande de l'homme en noir, et ils s'éloignent tous les deux hors de la vue de la jeune femme. Quelques instants plus tard, l'homme en noir revient seul pour prendre le volant et après avoir roulé une vingtaine de minutes, ils entrent dans un quartier résidentiel, très élégant, où ils ralentissent pour rouler au pas. Le cœur de Sarah se serre. Le moment est venu. La porte automatique d'un garage s'ouvre et ils y pénètrent pour se garer à côté d'une Jaguar flambant neuve.

« Allons-y, suivez-moi », ordonne-t-il froidement.

Il ouvre la portière arrière de la Jaguar et n'a pas besoin de donner d'autres instructions. Sarah descend de la première voiture et entre dans la seconde.

« Où allons-nous ? »

Il ne répond pas.

Alors, brusquement, elle craque nerveusement et fond en sanglots. Ressortant de la Jaguar, elle tombe à genoux devant l'homme en l'implorant.

« Assez ! Finissez-en avec moi une fois pour toutes !

— En finir avec vous ? Sans savoir quel trésor vous possédez ? Jamais de la vie. »

La voix de l'homme a changé, elle se fait amicale et rassurante.

« Par ailleurs, quelle sorte d'aide pensez-vous que votre père vous a envoyée ?

— Hein ? Qu'est-ce que vous dites ? Qui êtes-vous ? lui demande-t-elle, ne comprenant plus rien.

— Mon nom est Rafael. Et vous êtes ce soir mon invitée. »

XVIII
Pecorelli

20 mars 1979

Il fait déjà nuit et Mino Pecorelli est encore dans son bureau, via Orazio, finissant de travailler à la prochaine édition de *L'Osservatore politico* qu'il a fondé et qu'il dirige – un hebdomadaire sulfureux, familier de scandales, habitué à dénoncer, entre autres, des affaires, des détournements d'argent public, des morts suspectes et des meurtres inexpliqués.

La cinquantaine, il peut s'enorgueillir d'avoir accès à des informations exclusives, que personne d'autre ne pourrait obtenir, principalement du fait de connaître personnellement un certain nombre de décideurs et de puissants et de pouvoir fréquenter leurs milieux fermés. Il faut dire que *L'Osservatore* est financé par un de ces puissants, appartenant à la classe politique italienne.

En ce début de soirée, il a l'oreille collée au téléphone et un léger sourire de satisfaction se dessine sur ses lèvres tandis qu'il s'appuie confortablement sur le dossier de son fauteuil. C'est un appel qui ne concerne pas directement son journal, un sujet plus personnel qui pourrait lui rapporter beaucoup d'argent s'il parvenait, comme il le pense, à faire plier son interlocuteur en menaçant de publier des informations qui lui porteraient grand préjudice ; un interlocuteur qui n'est pas n'importe qui en l'occurrence, mais rien de moins que le grand maître de la loge maçonnique « Propaganda Due », Licio Gelli, à laquelle Pecorelli appartient lui aussi.

« Le mieux est que nous nous rencontrions pour en parler, propose Gelli.

— Entendu.

— Nous pourrions dîner ensemble demain soir, ici à Rome.

— C'est parfait. N'oublie pas d'apporter l'argent.

— Même si je payais, quelle garantie aurais-je que tu n'utiliseras pas ces informations, Mino ? Aucune. As-tu idée des ennuis que tu pourrais causer à notre organisation en publiant cette liste ?

— Ce ne serait que du journalisme, Licio. Du pur journalisme.

— Et qu'est-ce qui me garantit que tu ne vas pas continuer à faire du pur journalisme à l'avenir ?

— Quinze millions sont une garantie plus que suffisante.

— Quinze millions ! » laisse-t-il échapper, presque en criant.

Pecorelli laisse volontairement s'établir quelques secondes de silence. Il sait que Gelli n'est pas en mesure de discuter.

« Nous n'avions pas convenu de ce montant, Mino !

— Mais je suis arrivé à la conclusion que les informations valent ce prix.

— La liste ne vaut pas quinze millions.

— La liste seule, non, précise Mino. Mais l'assassinat du pape et l'aide que vous avez apportée, toi et mon patron, à Mario pour kidnapper puis éliminer Moro, valent bien plus.

— Jusqu'à maintenant, ton journal a toujours servi nos intérêts, Mino. Pourquoi ce brusque changement d'attitude ? On ne te paie pas assez ?

— Quinze millions seront suffisants. »

Licio Gelli réfléchit un instant ; il n'a jamais vu Mino aussi intransigeant.

« Nous en reparlerons demain soir. Tu dois baisser le prix.

— Je ne vais pas baisser le prix. Apporte l'argent. »

Pecorelli est inflexible. Il veut quinze millions et il pourrait même envisager d'augmenter cette somme si Gelli tarde à la lui verser.

« Rendez-vous demain, dit Gelli pour conclure. À vingt heures, à l'endroit habituel. »

Et il raccroche.

En souriant de manière prononcée, Mino Pecorelli éteint les lumières, ferme son bureau et sort en direction de sa voiture. Tout va bien pour le moment. Il ne sait pas qu'au même instant, Gelli est en train de téléphoner à celui qui finance son journal, membre éminent du gouvernement italien, pour lui raconter le résultat de leur conversation.

« Ça n'a servi à rien. Mino reste toujours aussi inflexible. Ou on paie ou il publiera, résume Gelli.

— Je n'arrive pas à comprendre ce qu'il a derrière la tête ! se plaint son interlocuteur.

— Si on paie, il est capable de recommencer. Et nous savons déjà que nous ne pouvons pas lui faire confiance. Il en sait beaucoup trop.

— Rassure-toi, Licio. Je m'en suis déjà occupé. Il ne nous dérangera plus. Nous lui avons donné toutes les chances. S'il ne veut pas comprendre, tant pis pour lui.

— Ciao, Giulio.

— Ciao, Licio. »

Carmine Mino Pecorelli est si content qu'il se met à siffloter, les mains dans les poches, sur la via Orazio presque déserte, s'approchant de sa voiture. De l'argent facile à gagner, il n'y a aucun regret à avoir, d'autant plus qu'il le prend dans la poche d'une sombre crapule qui en possède à profusion. Il ne lui serait jamais passé par la tête d'extorquer quelqu'un qui ne pourrait pas payer, ce n'aurait pas été raisonnable. Mais un homme aussi fourbe que Gelli, un homme de l'ombre toujours impliqué dans les affaires les plus louches, un conspirateur volant d'un côté pour corrompre l'autre camp sans jamais s'oublier au passage, capable de tout pour arriver à ses fins, méritait une bonne leçon.

Pecorelli ouvre la portière de sa voiture et s'assoit au volant. Mais une main inconnue l'empêche de refermer la portière. En tournant la tête, il voit deux hommes debout à côté du véhicule. L'un d'eux, celui qui tient la portière, avance une main pour le saisir par les cheveux et le tirer par la tête. Son autre main lâche la portière et brandit un pistolet dont il enfonce le silencieux dans la bouche de Pecorelli avant de tirer deux fois.

Pong ! Pong !

Le problème de Licio Gelli est maintenant réglé une fois pour toutes.

XIX

L'homme qui dit être Rafael roule à vitesse modérée, ni trop vite ni trop lentement, pour éviter d'être remarqué. Il a l'air de savoir parfaitement ce qu'il fait. Saisissant un sac en papier posé sur le siège à côté de lui, il le tend à Sarah, assise sur la banquette arrière.

« Qu'est-ce que c'est ? demande-t-elle.

— À manger.

— Je n'ai pas faim.

— Si j'étais vous, je mangerais. Un hamburger et un Coca-Cola pour toute la nuit, ce n'est pas très consistant…

— Comment le savez-vous ? »

Mais devant un nouveau silence, Sarah préfère se raviser. *Oublie*, se dit-elle, *il ne te dira que ce qu'il veut bien.*

Son attitude laisse Sarah de plus en plus perplexe. C'est l'homme qui l'a poursuivie et lui a tiré dessus dans le métro, il n'y a de cela aucun doute. Mais alors, pourquoi ce revirement ? Pourquoi prétendre être Rafael ? Ne serait-il pas en train de la tromper ? Oui, c'est le plus probable. Il doit attendre qu'un de ses supérieurs fasse son apparition pour l'interroger avec des méthodes atroces avant de la tuer, qu'elle leur dise ce qu'ils veulent entendre, ou non. Qu'elle leur remette la liste, ou non. Une liste sur laquelle ils en savent infiniment plus qu'elle… Des professionnels qui dans une ville aussi vaste que Londres ont réussi à la localiser en un temps record. Mais qui sont-ils ? Pourquoi ont-ils d'abord essayé de l'éliminer, avant de finalement la capturer vivante ? Plus le temps passe et plus son esprit, dominé par le doute, se remplit de questions sans réponses. Sa seule chance de comprendre serait que ce prétendu Rafael accepte de délier sa langue, lui explique précisément ou du moins commence à lui expliquer ce qu'ils veulent. En attendant, ouvrant le sac en papier qu'il lui a tendu, elle ne résiste pas à la tentation de croquer dans une cuisse de poulet rôti.

Comme s'il lisait dans ses pensées, le chauffeur de la Jaguar lui dit tranquillement, sur un ton affable :

« J'imagine que vous avez beaucoup de questions à me poser.

— Hein ? »

Elle s'attendait à tout sauf à cette courtoisie de gentleman avec laquelle il la traite depuis son entrée dans la nouvelle voiture.

Un silence pesant pour Sarah grandit entre eux, sans qu'il ne semble nullement affecter l'homme en noir, concentré sur sa conduite. Un homme qui dégage une grande sérénité et qui ne tente pas de cacher son sourire, comme si la confusion de la jeune femme l'amusait. Mais ce n'est peut-être après tout qu'une impression qu'il laisse à Sarah dont l'imagination tourne à pleine vitesse, même si tout ce qu'elle est en train de vivre n'a vraiment rien d'imaginaire.

« Je suis à votre disposition, ajoute-t-il dans un anglais parfait pour essayer de la mettre à l'aise.

— Euh… »

Toutes les questions qu'elle se posait se sont subitement comme volatilisées. *Quelle sorte de journaliste suis-je donc*, pense-t-elle, *incapable de poser les bonnes questions au moment crucial ? Concentre-toi.*

« Oui. Euh… Avez-vous un stylo et une feuille de papier ? »

L'homme éclate de rire.

« Nous n'allons pas noter cette conversation, Sarah. Vous n'êtes pas ici en reportage. D'ailleurs, je nierais toute mention que vous pourriez faire de mon nom à l'avenir. Je ne vous connais pas, nous ne nous sommes jamais rencontrés et il en sera ainsi jusqu'à la fin de nos jours, qu'ils se terminent aujourd'hui, demain ou que nous vivions encore de nombrcuses années. »

Après cette mise au point, Sarah décide de commencer par le plus simple, ce qui, plus que tout le reste, l'intrigue fortement.

« La première question qui me vient est la suivante : pourquoi avez-vous essayé de me tuer dans le métro ?

— Vous tuer ?

— Quoi ? Comment pouvez-vous nier avoir tiré sur moi ? Juste avant de faire voler en éclats les vitres du wagon où je me trouvais, vous le savez très bien.

— Hum… Je reconnais avoir vidé mon chargeur contre les vitres d'une rame de métro, blessant, paraît-il, une femme à la jambe au passage, mais je n'ai pas tiré sur vous.

— Que voulez-vous dire ?

— Je veux dire que si j'avais réellement tiré sur vous, nous ne serions pas en train d'en parler maintenant.

— Quoi ? Mais alors… dois-je en déduire que vous n'appartenez pas à cette organisation appelée "Le dernier pape" ?

— Elle n'existe pas. Aucune organisation ne porte ce nom.

— Comment ça, elle n'existe pas ? Les journaux m'accusent d'en être membre. Ils disent que j'ai tué trois hommes et…

— Ou vous êtes très dangereuse, ou tout n'est que pure fiction. Vous savez mieux que moi que les médias sont facilement manipulables. »

Les lèvres de Rafael dessinent un léger sourire.

« Il est vrai que ces hommes sont morts. L'un d'eux s'est suicidé et les autres ont été convaincus de quitter la vie terrestre un peu plus tôt que prévu. Nous savons tous les deux que ce n'est pas vous, à moins que les événements récents vous aient déstabilisée au point que vous avez du mal à discerner le réel de l'imaginaire, que vous ne savez plus ce que vous avez fait ou pas…

— Je sais exactement ce que je fais, lui répond

Sarah, piquée au vif. Et assassiner ne fait pas partie de ma liste de péchés.

— Pas encore… mais personne ne sait de quoi l'avenir sera fait. En tout cas, je suis content que nous ayons clarifié ce point.

— Quels sont ceux qui me poursuivent ? Que pouvez-vous me dire sur eux ?

— Je peux vous dire certaines choses. La question est de savoir si vous êtes prête à les entendre ou non, lui répond-il très sérieusement.

— Je ne suis pas prête, non, mais je n'ai pas le choix. Je voudrais enfin comprendre tout ce qui m'arrive.

— Bien sûr, lui dit-il avec un sourire un peu forcé avant de la regarder gravement. Avez-vous déjà entendu parler d'Albino Luciani ?

— Non, ça ne me dit rien.

— Vous êtes pourtant journaliste.

— Oui, et alors ?

— Ce nom ne vous dit vraiment rien ? »

Sarah est bien obligée d'admettre son ignorance.

« Franchement, non.

— Albino Luciani s'est fait connaître dans le monde entier sous le nom de Jean-Paul Ier, le “pape souriant”. Vous n'avez jamais entendu parler de lui ?

— Si, bien sûr. Jean-Paul Ier… Attendez… »

Sarah essaie de se souvenir. Si tant est qu'elle ait su un jour quelque chose sur ce pape, à part lire ou entendre prononcer son nom.

« Ah, oui… C'est ce fameux pape qui ne l'a été que très peu de temps, n'est-ce pas ?

— Oui, c'est ça.

— À peine une centaine de jours, il me semble. Ce devait être au XIXe siècle, mais je ne me souviens plus quand exactement.

— Non, Sarah, non. Vous devez confondre avec un autre, lui dit Rafael en soupirant.

— Alors, dites-moi.

— Albino Luciani n'a été pape que pendant trente-trois jours, et beaucoup plus récemment que vous semblez vous souvenir. C'était en 1978, plus précisément en août et septembre.

— Trente-trois jours à peine ? Si peu de temps ?

— Oui. Beaucoup trop peu de temps pour certains, mais déjà beaucoup trop pour d'autres. La mort de Jean-Paul Ier est entourée d'un grand mystère. La version officielle du Vatican est une simple crise cardiaque, mais certains pensent, à juste titre, qu'il a été assassiné.

— Assassiné ? Un pape ?

— Oui. Ce n'est d'ailleurs pas une grande surprise. Ce n'est pas la première fois.

— Mais par qui ?

— La question qui se pose ici n'est pas tellement qui, mais pourquoi. Le mobile est plus important que l'auteur du crime.

— OK. Alors pourquoi a-t-il été assassiné ?

— Plutôt que vous assommer avec trop de détails, je préfère vous poser une autre question. Avez-vous déjà entendu parler de la loge P2 ?

— P2 ? Non, jamais.

— P2 est la contraction de Propaganda Due. C'est une loge secrète, d'inspiration maçonnique, qui vise systématiquement la conquête du pouvoir politique, financier, militaire et religieux de tous les milieux dans lesquels elle est infiltrée. Elle a été fondée en 1877 comme loge satellite du Grand Orient d'Italie, et a été longtemps composée de membres qui n'avaient plus la possibilité de fréquenter leurs loges d'origine. En 1960, elle ne possédait plus que quatorze membres. Mais quand un certain Licio Gelli en est devenu le grand maître, ce nombre est passé à plusieurs centaines en un an. Et à son apogée, elle a possédé deux mille quatre cents membres : généraux, hommes politiques, juges, journalistes, dirigeants de télévision, banquiers, chefs d'entreprise, enseignants, prêtres, évêques, cardinaux, tout ce que vous pouvez imaginer. »

Rafael cesse de parler lorsqu'une voiture de la police métropolitaine les dépasse à grande vitesse, faisant hurler sa sirène. L'espace d'un instant, Sarah craint qu'elle ne leur donne l'ordre de s'arrêter et de sortir de la Jaguar les mains sur la tête, mais rien ne se passe et la police les sème rapidement.

« En 1976, le Grand Orient d'Italie expulse Licio Gelli et tous ses membres liés à la P2 pour prendre de la distance avec cette mouvance souterraine plus que douteuse, la laissant livrée à son grand maître dont l'objectif était d'infiltrer le gouvernement italien avec son Piano di Rinascita Democratica della Loggia P2, un prétendu "plan de renaissance démocratique" de la loge P2. En réalité, il s'agissait d'une tentative totalitaire de contrôle du gouvernement, un objectif qui avait presque été atteint en 1978, au moins par la grande influence que la loge avait su conquérir dans la sphère politique. Tous ceux qui osaient les affronter ou leur faire barrage se risquaient, bien entendu, à quitter prématurément la surface terrestre. Beaucoup de crimes, d'attentats et même de massacres portent le sceau de la P2.

— Vous voulez dire que la P2 a tué le pape en 1978 ?

— Nous sommes toujours dans le "pourquoi", pas encore à "qui".

— D'accord. Avant de m'expliquer pourquoi la P2 avait intérêt à tuer ce pape, je voudrais savoir ce qu'ils ont contre moi aujourd'hui, presque trente ans plus tard, pour se jeter subitement à mes trousses ? »

Rafael regarde un instant Sarah pour capter toute son attention.

« Parce que Dieu a voulu que vous receviez une liste précieuse et recherchée. Une liste de noms de membres de l'organisation. Elle est très ancienne, plus de vingt-sept ans, et certains d'entre eux sont déjà morts, mais elle causerait beaucoup d'ennuis à de nombreuses personnes encore en vie si elle était rendue publique. Une raison suffisante pour qu'ils ne prennent aucun risque et cherchent à éliminer tous ceux qui en sauraient trop. »

Sarah ne l'écoute plus avec autant d'attention qu'au début. Toutes ces révélations l'entraînent vers des eaux de plus en plus troubles. La liste qu'elle possède est celle de membres ou d'ex-membres de la loge P2. Propaganda Due. Une liste dans laquelle apparaît un nom qui l'inquiète, lui serre le cœur et la jette dans le courant agité de la perplexité : le nom de son père, Raul Brandão Monteiro. Comment est-ce possible ? Comment peut-il être membre d'une telle organisation ? Rafael lit dans ses pensées, mais reste coi. Découvrir la vérité est un chemin qu'elle va devoir se frayer toute seule. La seule chose qu'il puisse faire est lui donner le point de départ et quelques indications, comme s'il lui donnait une machette pour l'aider à le défricher. Tant d'interrogations se bousculent dans l'esprit de la jeune femme qu'elle ne sait pas par où continuer, jusqu'à ce que lui vienne une question très simple.

« Vous appartenez à la P2 ? »

Rafael réfléchit quelques instants avant de lui répondre.

« J'appartiens à quelque chose de plus grand. Ce qui me guide est un plan, le Grand Plan, dans lequel, incidemment, entre la P2.

— Je ne comprends pas. Vous voulez dire que l'organisation qui est à mes trousses n'est pas la P2 mais une autre, plus grande ?

— Non, je n'ai jamais dit cela. C'est bien l'actuelle P2 qui vous poursuit. Et quant à ma relation avec elle, elle vient de prendre fin il y a quelques minutes, lorsque vous êtes entrée dans cette voiture. En réalité, j'étais un agent infiltré.

— Infiltré ? *Pour les affaiblir, rejoins leurs rangs ?*

— Quelque chose comme ça, oui… »

Rafael réfléchit un instant avant d'ajouter :

« Ou plutôt : *Rejoins leurs rangs et détruis-les de l'intérieur*. Bien entendu, ma situation est fortement compromise à partir de maintenant. La P2 n'est plus seulement sur les traces d'une femme, mais sur celles d'un homme également. Et croyez-moi, je peux vous assurer qu'ils vont nous trouver tôt ou tard.

— Alors, à quoi bon tenir cette conversation si c'est pour finir par mourir… commente Sarah, découragée, comme si elle se posait la question à elle-même.

— Tout dépend des cartes qui nous restent en main, lui répond Rafael avec un petit sourire. Vous avez la liste sur vous ? »

La jeune Portugaise sort une enveloppe de la poche de sa veste, en retire les deux feuilles de papier qui composent la liste et les tend à Rafael. Il les lit attentivement en silence puis les rend à Sarah.

« Reconnaissez-vous d'autres noms au-delà de celui de votre père ? lui demande-t-il.

— Après ce que vous m'avez dit, je suis sûre que pratiquement tous ces noms sont susceptibles d'apparaître sur Google ou dans Wikipédia, probablement décrits comme de grands hommes.

— Vous avez sûrement raison. Mais regardez avec attention. »

Sarah parcourt des yeux les deux colonnes de la première page, ligne par ligne, très attentivement. Le faible éclairage rend sa lecture difficile. Maintenant qu'elle en sait un peu plus, elle n'est plus étonnée de la prédominance de noms à consonance italienne. Elle note que les numéros qui précèdent chaque nom ne semblent pas suivre une logique particulière. Après chaque numéro, une, deux ou trois lettres majuscules.

« Les numéros ne sont pas dans l'ordre. Et ils sont suivis de lettres.

— Ce sont les numéros d'enregistrement de

chaque membre dans l'organisation. Regardez, par exemple… »

Il se penche sur la liste pour lui montrer un nom du doigt.

« … celui-ci. Il tombe à pic, c'est le grand maître. "*440ARZ Licio Gelli*". Il est le 440e membre enregistré de l'organisation et il est d'Arezzo. Vous comprenez ?

— Oui », répond Sarah dont les yeux tombent rapidement sur le nom de celui qui la concerne le plus.

« *843PRT Raul Brandão Monteiro.* »

« PRT pour Portugal, dit-elle, j'ai compris.

— Vous n'étiez pas encore née à l'époque.

— Et vous non plus, certainement ! »

Rafael sourit de sa réplique.

« Si, je devais avoir cinq ou six ans. »

Sarah continue à observer minutieusement la liste jusqu'à tomber, bouche bée, sur un nom très connu même si rien ne devrait plus l'étonner. Il est là, tapé à la machine à écrire, sans être souligné ni annoté à la main en marge.

« MIL veut dire… ?

— Milan. Mais attention, il n'avait pas commencé sa carrière politique à ce moment-là. Et il n'est plus membre de la P2 aujourd'hui.

— Oui, mais il l'a été. Même un Premier ministre italien ? Cette histoire prend des dimensions… je veux dire… je ne sais vraiment plus quoi penser.

— Ne pensez pas.

— Un ramassis de crapules et de salauds… laisse-t-elle échapper avant de regarder Rafael en rougissant, un peu honteuse. Pardon.

— Vous pouvez les insulter. Pour moi, ça ne fait aucune différence, et je suis sûr que pour eux non plus. »

Sarah baisse à nouveau les yeux sur la liste. L'horreur de ce qu'il a commencé à lui raconter – probablement une goutte d'eau dans l'océan de crimes, de trahisons et de machinations perpétrés par les membres de cette loge noire, ou du moins avec leur complicité – transforme subitement son père en un grand mystère, en un parfait inconnu. Comment est-il possible qu'après toutes ces années, quelqu'un de si proche, de si important dans sa vie, un homme qui l'a élevée avec amour et tendresse, qui lui a transmis des valeurs qu'elle a adoptées, son propre géniteur, puisse soudain lui apparaître comme un fourbe manipulateur, totalement dépourvu de principes éthiques ? Et jusqu'où a-t-il été ? Jusqu'où serait encore capable d'aller le capitaine Raul Brandão Monteiro ? Évincer ? Trahir ? Torturer ? Tuer ?

« Quelles sont ces notes écrites à la main ? demande-t-elle en essayant d'oublier un instant ces sombres pensées.

— Une des choses qui confèrent une valeur inestimable à cette liste. Des annotations de Jean-Paul Ier.

— Vraiment ? Et qu'est-ce qu'elles disent ?

— Laissez-moi voir. »

Il se penche sur les documents.

« C'est une classification. Il a souligné les noms

qu'il connaissait et leurs fonctions. Par exemple celui-ci : Jean-Marie Villot.

— Oui, mais je ne comprends pas l'italien.

— Il note : "Cardinale Segretario di Stato." Le cardinal secrétaire d'État du Vatican.

— Il était également membre de la P2 ?

— Bien sûr.

— C'est donc lui qui l'a tué.

— C'est une conclusion hâtive, une simple supposition journalistique. Essayez de ne pas céder à ces tentations.

— C'est une supposition naturelle. S'il appartenait à la P2 et que c'est la P2 qui a tué le pape, alors…

— Nous sommes encore au stade du pourquoi, pas du qui. »

Sarah soupire, un peu agacée. Tout reviendra-t-il enfin un jour à la normale dans sa vie ?

« OK. Et sur ce document, c'est également une annotation du pape ? »

Sarah lui tend la troisième feuille de papier qu'elle a reçue avec la liste, où apparaît l'étrange phrase écrite à la hâte encadrée de séries de chiffres et de quelques lettres en majuscules.

« 18, 15-34, H, 2, 23, V, 11
Dio bisogno e IO fare lo. Suo augurio Ÿ mio comando
GCT (15) – 9, 30-31, 15, 16, 2, 21, 6-14, 11, 16, 16, 2, 20 »

Rafael l'examine avec attention et son visage blêmit un instant.

« Qu'est-ce que cela signifie ? lui demande-t-elle.

— Quelque chose comme : “Dieu exige et je réalise. Ses désirs sont des ordres.” Dans un italien un peu rude. »

Quelques secondes plus tard, Rafael fait brusquement demi-tour en donnant un grand coup de volant à cent quatre-vingts degrés sur la droite, manquant de peu toucher un autre véhicule qui klaxonne en signe de protestation.

« Qu’est-ce qui se passe ? lui demande Sarah, étonnée.

— On retourne sur nos pas, et vite !

— Pourquoi ?

— Pour trouver quelqu’un qui sait.

— Qui sait quoi ? »

Rafael roule à haute vitesse dans une rue étroite. Il ne semble pas disposé à lui répondre.

« Qui sait quoi ? Qu’avez-vous découvert ? » insiste-t-elle.

Ils entrent dans une rue plus large pour se diriger vers les quartiers est de Londres. Rafael accélère sans se soucier des conséquences que cela pourrait avoir s’ils étaient repérés par un véhicule de police comme celui qui les a dépassés il y a peu.

« J’ai vu quelque chose », dit-il enfin, comme si ces quelques mots étaient une explication suffisante.

Puis il compose un numéro avec son pouce sur son téléphone portable, le tenant d’une seule main.

« Qu’avez-vous vu ? lui demande Sarah, clairement exaspérée.

— J’ai vu un code. »

XX

La Bentley roule presque au pas sur un chemin de terre. Un chemin soigneusement entretenu avec une bande d'herbe dans sa partie centrale et bordé d'arbustes bien taillés qui conduit à une maison invisible de la route, profondément dissimulée dans les bois. Cette unique voie d'accès permet de contrôler plus aisément les allées et venues, de repérer d'éventuels curieux ou individus suspects qui tenteraient de s'approcher de la propriété, même s'ils ne sont pas nombreux dans la région.

L'automobile de marque anglaise parcourt les deux mille neuf cent quarante-trois mètres qui séparent la route du grand portail de fer forgé automatique qui s'ouvre dès qu'elle s'en approche, indiquant que ses occupants – un chauffeur et un passager sur la banquette arrière – sont soit attendus, soit des familiers qui disposent d'un libre accès au domaine sans avoir à se présenter.

La Bentley s'arrête devant les trois marches du perron qui mène à la porte d'entrée d'une luxueuse villa. Contrairement à la tradition, le passager n'attend pas que le chauffeur vienne lui ouvrir la portière ; il l'ouvre lui-même et saute immédiatement du véhicule. Sans frapper ni appuyer sur la sonnette, il entre un code à six chiffres sur un petit clavier fixé à côté de la porte et celle-ci s'entrouvre de quelques centimètres. Avant d'entrer dans la villa, il tire sur les manches de son costume Armani, en chasse la poussière du dos de la main et ajuste le col de sa chemise : il sait que son patron, ou plutôt son maître – ce dernier terme étant le plus approprié compte tenu de la déférence qu'il lui témoigne –, est en train de l'attendre. Non pas qu'il en ait l'habitude mais ce soir-là, le déroulement des opérations l'exige.

Après avoir traversé le hall d'entrée, le nouvel arrivant pénètre sans tarder dans une grande salle de séjour où un vieil homme est occupé au téléphone, l'air livide, et il comprend immédiatement que tout ne va pas pour le mieux sur les terres de Sa Majesté. Si les informations dont il dispose sur la mission en cours se confirment, alors Geoffrey Barnes a échoué d'une manière ou d'une autre.

Je ne sais pas comment ces Américains sont capables de rôtir et de couper leur dinde le jour de Thanksgiving. Ils doivent avoir besoin d'un manuel d'instruction, se dit l'homme au costume Armani, annonçant son entrée en toussotant. Le maître lève les yeux vers lui et le salue d'un signe de tête. Son assistant s'avance alors vers un bahut pour leur servir deux vodkas qui les aideront à retrouver leur calme. Il sait que les pires décisions sont celles qui sont prises à chaud, et rien de tel qu'un verre d'alcool pour retrouver son sang-froid et se préparer aux plus rudes batailles. L'esprit est une arme précieuse qui perd toute son efficacité quand il est assombri par la colère ou par le doute, les plus grands ennemis de l'homme. Une fois les deux verres remplis, il sirote immédiatement le sien, pensif, tout en écoutant à distance la fin de la conversation téléphonique. Un des mots qu'il entend est particulièrement inquiétant.

Un « infiltré » ? Une complication assez grave pour mettre à terre n'importe quel plan, et qui explique la pâleur du vieil homme. La présence d'un agent double est toujours quelque chose d'extrêmement dangereux, surtout quand il n'est pas détecté à temps.

Maintenant que son vieux chef a raccroché le téléphone, il est temps de s'asseoir et de boire en réfléchissant ensemble aux décisions à prendre.

« J'ai l'impression que les choses ne se sont pas arrangées depuis notre dernière conversation », dit l'homme au complet Armani en tendant son verre à son maître avant de s'asseoir sur un canapé.

Le vieil homme s'assoit à son tour sur un fauteuil avec difficulté tout en soupirant. Il est très rare de le voir soupirer même si ces derniers temps, il commence à le faire plus souvent. C'est à ces moments-là que l'assistant réalise qu'il y a plus de quinze ans qu'il accompagne ce vieil homme, devenu pour lui comme un père. Un vieil homme qu'il voit aujourd'hui peu à peu décliner sous ses yeux, une image douloureuse pour quelqu'un qui l'a connu encore en pleine vigueur physique et intellectuelle.

« Elles ont changé de manière radicale, répond le maître après avoir bu deux gorgées de vodka. Le genre de complications impossibles à prévoir quand on élabore un plan.

— Je t'ai entendu parler d'un infiltré, lui dit son assistant, qui sait qu'ils n'ont pas de secrets entre eux. Geoffrey Barnes a un traître dans ses rangs ? »

Le vieil homme boit lentement une nouvelle gorgée de vodka. Puis vide son verre d'un trait.

« Ce serait un moindre mal, marmonne-t-il.

— Comment ça, un moindre mal ? lui demande son assistant, le regard plein d'inquiétude.

— Il est arrivé ce qui n'aurait jamais dû arriver.

— Un traître parmi nous ? Je ne peux même pas imaginer un tel scénario.

— Eh bien, tu peux commencer.

— Mais où ? Ici en Italie ? Parmi les nouveaux membres ?

— Non. L'infiltration a eu lieu dans la garde.

— Dans la garde ! Ah, le fils de pute ! Sais-tu déjà qui c'est ? »

Le vieil homme hoche la tête.

« Il s'est lui-même dénoncé.

— Qui est-ce ? demande l'assistant avec colère. Je me chargerai moi-même de l'éliminer, après m'être assuré qu'il n'oubliera jamais qui l'a envoyé en enfer !

— Jack, dit froidement le vieil homme.

— Jack ? Jack Payne ?

— Lui-même, complète le vieux après avoir laissé quelques secondes à son assistant pour assimiler l'information.

— Et qui est-il vraiment ? Pour qui travaille-t-il ?

— On est en train de chercher. Mais il y a de

fortes chances qu'on ne trouve rien. Sa véritable identité doit être très bien camouflée. Dans le cas contraire, on l'aurait débusqué depuis longtemps. »

Le vieil homme soupire à nouveau et conclut :

« C'est une situation délicate, à laquelle nous devons faire face très rapidement. »

L'assistant se lève. Il a recouvré tous ses esprits. Maintenant, oui, ils vont pouvoir prendre des décisions avec sang-froid.

« Bien sûr, mais je pense que nous devrions nous concentrer d'abord sur l'élimination de la cible, comme prévu. Où en sommes-nous de ce côté-là ?

— Tu ne comprends pas. La femme est avec lui. Dès qu'on en aura localisé un, on aura localisé l'autre du même coup, résume le vieil homme en se levant à son tour.

— Penses-tu qu'un saut à Londres soit nécessaire ?

— Je ne pense pas. Pour le moment, mieux vaut rester fidèle à notre plan initial, tout en adaptant nos efforts pour gérer ce "petit souci", évidemment. La CIA finira par les retrouver.

— Mais elle peut mettre du temps.

— Quoi qu'il en soit, se rendre personnellement à Londres ne servirait pas à grand-chose. Cela ne ferait que mettre Barnes sous pression.

— Que proposes-tu dans ce cas ?

— Fais préparer le jet pour le voyage que nous avons prévu. Pour l'instant, laissons Barnes faire son travail. Personne ne peut vivre sans finir par dénoncer sa présence, où qu'il se cache.

— Surtout à Londres ! Mais n'oublie pas qu'elle

est accompagnée par un homme qui sait comment tromper la surveillance.

— Oui, je sais. Et tu connais Jack aussi bien que moi : le fait qu'il se soit dénoncé n'y change rien, tu sais qu'il n'est pas homme à faiblir ou à se rendre facilement. Même si d'un autre côté, il ne doit pas non plus rêver de passer le reste de sa vie en cavale.

— C'est peut-être la meilleure chose à faire, tu as raison. Je vais donner des ordres à l'équipage. »

Au moment où son protégé quitte la pièce, le fax commence à crépiter. Après quelques secondes, il avale une feuille blanche qui ressort imprimée de l'autre côté de l'appareil. Le maître saisit la feuille de papier qui montre une photographie de Jack Payne, l'homme qui s'est présenté à Sarah sous le nom de Rafael. Au bas de la page, à peine trois mots en lettres capitales :

« *NO DATA AVAILABLE* »

Le vieil homme froisse la feuille de papier dans sa main. Mais sa colère est apaisée.

« Je vais te retrouver, Jack », dit-il sûr de lui, appuyant fermement sur sa canne du côté de sa jambe blessée pour faire un premier pas.

Puis, jetant un dernier coup d'œil sur le papier froissé, il marmonne avant de le jeter par terre :

« Elle va te conduire à moi. »

XXI

Le célèbre British Museum est dédié à l'histoire et la culture de l'humanité. Il abrite une collection à la valeur inestimable de plus de sept millions d'objets qui illustrent le passage de l'homme sur la surface du globe, aussi bien terrestre que liquide ou congelée. Ouvert au public en 1759, il a depuis lors été visité par des millions de personnes désireuses de se délecter des trésors que renferme le monde, conservés dans leur meilleur état possible pour qu'une fois découverts, ils puissent être admirés dans des espaces comme celui-ci. Parmi ses joyaux, on trouve les momies royales, exposées dans l'aile égyptienne, ainsi que la pierre de Rosette, la fameuse dalle gravée qui permit à Champollion de déchiffrer les hiéroglyphes ; pièces archéologiques remarquables, présentes au musée depuis 1802.

Rafael gare sa Jaguar dans Great Russell Street juste devant la façade d'un immense bâtiment, et s'avance avec Sarah vers les grilles surmontées de flèches d'or du musée. À côté du large portail, la petite porte vitrée de la cabine d'un gardien est entrouverte.

« Good evening, dit Rafael en s'approchant.

— 'Evening », lui répond le gardien en mâchant un chewing-gum.

C'est un jeune homme vêtu de l'uniforme d'une entreprise de sécurité.

« Je voudrais parler au professeur Joseph Margulies, s'il vous plaît.

— Au professeur Margulies ? À cette heure-ci ? répond le jeune homme, étonné et méfiant.

— Oui, il nous attend.

— Un moment, s'il vous plaît. »

Sans quitter Sarah des yeux, le gardien décroche son téléphone pour se faire confirmer le rendez-vous.

Rafael a appelé le professeur Margulies en cours de route, lui disant qu'il souhaitait le rencontrer de toute urgence. Si le professeur s'est d'abord montré surpris et réticent, il a fini par accepter, lui expliquant qu'il travaillait à la préparation d'une exposition temporaire au British Museum et qu'il n'avait qu'à venir le voir là-bas. Sarah rumine encore ce qu'a commencé à lui raconter Rafael, et le silence de cette courte attente devant la cabine du gardien fait place à des pensées douloureuses. C'est une question difficile à aborder, mais inévitable.

« Où… (*allons, courage, c'est indispensable !*), à quel niveau intervient mon père dans cette histoire ? Quelle est sa position dans l'organisation ?

— Il appartient à votre père de vous le dire, pas à moi.

— Et que vient faire le pape au milieu de tout ça ?

— Il a un rôle de catalyseur.

— Catalyseur ? Comment ça ? »

Le gardien zélé les interrompt en confirmant le rendez-vous et les laisse passer les grilles pour pénétrer à l'intérieur de l'enceinte du musée.

« Le professeur va venir vous chercher au fond de la cour, devant l'entrée principale.

— Merci beaucoup.

— Ce n'est pas la première fois que vous venez voir le professeur Margulies, n'est-ce pas ?

— Non, mais jamais à une telle heure, lui répond Rafael avec un sourire timide, faussement gêné.

— Puisque vous connaissez les lieux, vous pouvez commencer à vous avancer si vous voulez. »

Un gardien très sympathique, finalement. La méfiance avec laquelle il les a d'abord reçus est bien naturelle à deux heures du matin, et ce ne devait être qu'un masque dû à son habitude d'être prudent face à d'éventuels intrus. La vie nous pousse presque tous à nous mettre dans la peau de divers personnages au cours de la même journée : un à la maison, l'autre au travail, souvent un autre avec nos amis ou face à des inconnus. Et le visage que l'on montre aux uns et aux autres est parfois bien différent.

Rafael et Sarah marchent vers l'entrée proprement dite du musée, située au fond de la grande cour intérieure bordée par les deux ailes du bâtiment en forme de U. Quarante-cinq colonnes de style corinthien courent le long des trois façades qui délimitent cette cour en lui donnant un air impérial, tandis que d'autres supportent le fronton triangulaire décoré de bas-reliefs de l'imposante entrée principale des bâtiments. Sarah trébuche sur les marches qui conduisent à ce porche d'entrée en faisant un peu de bruit et Rafael lui conseille avec une note d'humour :

« Regardez où vous mettez les pieds, Sarah. À supposer que nous ayons voulu entrer discrètement, *incognito*, ce serait plutôt raté !

— Dans ce cas, on ne se serait pas présentés au gardien.

— C'est vrai.

— Dites-moi plutôt comment le pape a agi comme un catalyseur ?

— La liste que vous avez reçue était entre ses mains la nuit de sa mort. C'est Mino Pecorelli, un membre important de la P2, avocat et journaliste, qui l'avait envoyée au pape. Il dirigeait à l'époque un hebdomadaire habitué à publier toutes sortes de scandales, *L'Osservatore politico*, un journal en réalité financé par un ancien Premier ministre italien.

— Qui ?

— Il vaut mieux que vous ne le sachiez pas.

— Et qu'est-ce que je suis autorisée à savoir, alors ?

— Pour l'instant, l'histoire que j'essaie de vous raconter. »

Sarah soupire et s'assoit, fatiguée, sur la plus haute marche de l'escalier qui mène au large perron.

« Continuez, je vous écoute.

— Cet ancien Premier ministre était un ami proche de Licio Gelli…

— Attendez une minute. Qui est ce Licio Gelli, déjà ?

— Licio Gelli, comme je vous l'ai dit, était à

l'époque le grand maître de la loge P2. Un manipulateur et un véritable caméléon. Parfois d'extrême droite, parfois d'extrême gauche, il est passé par tous les bords selon ses intérêts du moment. Pour vous donner un exemple, la P2 combattait la menace communiste et en même temps, Gelli a aidé à fonder les Brigades rouges. Ça vous montre de quel genre d'individu nous parlons.

— OK. Mais pourquoi ce Pecorelli a-t-il envoyé cette liste au pape ?

— Croyez-le ou pas, parce qu'il pensait gagner beaucoup d'argent au passage. La liste était un moyen de faire pression sur Gelli pour le faire payer. Pendant longtemps, *L'Osservatore politico* a servi les objectifs de Gelli. Mais Pecorelli s'est ensuite mis en tête qu'il pourrait s'enrichir sur le dos de la P2 par laquelle transitait beaucoup d'argent, y compris volé. Il faut dire qu'il avait de quoi faire chanter Gelli, impliqué dans un scandale financier qui a détourné plus de deux milliards de dollars de taxes pétrolières qui auraient dû revenir à l'État italien. Le tout avec l'aide de membres de la P2 haut placés, bien sûr. Si Pecorelli avait déjà publié quelques noms dans son journal, il n'était jamais allé aussi loin que le jour où il a eu l'idée d'établir une telle liste, envoyée deux ans auparavant à Paul VI mais passée inaperçue.

— Et pourquoi est-elle passée inaperçue ? »

Rafael hausse les épaules avant de lui dire, visiblement hésitant :

« Il vaudrait mieux ne pas s'engager sur ce chemin-là.

— C'est pourtant vous qui avez commencé à nous y engager ! Qu'est-ce qui a changé avec l'élection de Jean-Paul Ier ?

— Ce dernier s'est intéressé à cette liste secrète. Il a même mis quelques personnes de confiance au courant pour se faire confirmer son authenticité. Et le Vatican n'est pas le meilleur endroit pour de telles indiscrétions… Les murs y ont des oreilles et des yeux perçants, peut-être davantage que partout ailleurs au monde. Et avant que certaines informations n'arrivent au pape, elles sont déjà passées par mille autres mains. »

Sarah se relève et commence à marcher d'un côté à l'autre, songeuse.

« Si, lorsque le pape est mort, la liste était entre ses mains, comment a-t-elle fini par tomber dans celles d'un certain Firenzi, et pourquoi me l'a-t-il envoyée ?

— Firenzi ?

— Oui, Valdemar Firenzi. Ce nom ne m'est d'ailleurs pas totalement étranger, même si je n'arrive pas à me souvenir qui c'est. Vous le connaissez ?

— Non.

— Vraiment ?

— Sarah, je ne peux pas vous dire comment et pourquoi ces documents vous sont parvenus, pour la simple et bonne raison que je l'ignore. La seule chose que je sais, c'est que Firenzi travaille au Vatican. Les autres questions, vous devrez les poser à votre père.

— À mon père ? Mais quel est son rôle dans tout ça ? »

Un bruit de pas clôt temporairement leur conversation. Sarah regarde Rafael avec un air de reproche.

« Que sommes-nous venus faire ici précisément ? lui demande-t-elle à voix basse.

— Déchiffrer un code. »

Un homme corpulent dans une blouse de laboratoire, la soixantaine, s'approche d'eux, venant de l'intérieur du musée. Rafael reconnaît son ami le professeur Margulies.

« Professeur Margulies.

— Bonjour, jeune homme. Ou plutôt bonne nuit. Est-ce une heure pour déranger un bon chrétien ?

— Toutes les heures sont celles du Seigneur, Professeur.

— Qui est-ce ? » demande-t-il à Rafael en se tournant vers Sarah.

Un des traits de caractère du professeur Joseph Margulies est d'avoir la langue bien pendue et de rarement mâcher ses mots.

« C'est une amie. Sharon… euh… »

L'art difficile d'inventer des noms n'est pas le point fort de Rafael.

« Sharon Stone.

— Sharon Stone ? répète Sarah, ahurie.

— Enchanté, Sharon, lui dit le professeur d'un air entendu. Je vous aurais bien serré la main, mais je n'ai malheureusement pas eu le temps de me les laver.

— Pas de problème. (*Drôle de bonhomme*, pense-t-elle.)

— Je suppose que si tu viens me déranger à deux

heures et quart du matin, c'est que ta petite amie doit être enceinte et que…

— Quoi ? dit Sarah en poussant un cri.

— Non, Joseph. Nous sommes en mission secrète de la plus haute importance sans pouvoir vous dire en quoi elle consiste, car nous serions sinon obligés de vous éliminer. Je suis tombé sur une énigme et je suis sûr que vous pouvez m'aider à la déchiffrer. »

Rafael sort une feuille de papier de sa poche et la tend au professeur.

« Hum », laisse-t-il échapper en baissant les yeux sur le document avant de rester silencieux et immobile un long moment, en l'observant attentivement.

Une, deux ou trois minutes peut-être, avant de se réveiller de sa méditation.

« Bon, le problème aurait été beaucoup plus facile à résoudre si tu l'avais mise enceinte, tu sais ? Mais je vais voir ce que je peux faire. Suivez-moi. »

Sarah lance un sourire figé au professeur, vraiment peu d'humeur à apprécier son style d'humour.

Ils pénètrent à l'intérieur du musée proprement dit et après avoir monté un grand escalier, tourné à droite puis à gauche, ils s'engagent dans un très long couloir sombre.

« Ne faites surtout pas de bruit, vous pourriez réveiller les momies », leur recommande très sérieusement le professeur à voix haute.

Cette fois-ci, Sarah se surprend à sourire. Malgré toutes les graves questions qui lui trottent dans la tête, elle se sent subitement dans la peau d'un détective qui cherche à percer un secret dont elle devine qu'il pourrait ébranler les fondements de l'Église… ou même de certains gouvernements.

« Ça fait longtemps qu'on n'a pas eu de tes nouvelles, où étais-tu passé ? demande le professeur à Rafael en lui donnant une tape amicale sur l'épaule.

— Oh… J'étais en mission à l'étranger, comme je vous disais.

— Tu parles, tu parles… Tu penses que je vais tomber dans le panneau de ce secret d'État ? Croire que si tu me racontais tout, tu devrais ensuite m'éliminer ?

— C'est la vérité, Joseph.

— Et où as-tu dégoté cette perle ?

— Il ne m'a pas… tente de clarifier Sarah.

— Eh bien… euh… à Rio… dans un couvent, lui répond Rafael en interrompant l'élan d'indignation de Sarah.

— Une religieuse ? Tiens donc ! »

Le professeur la regarde avec admiration.

« Tu veux plutôt dire pendant le carnaval, couverte de paillettes… J'ai tout compris.

— Pas du tout… » proteste Sarah, mais Rafael la retient par le bras en lui faisant signe de ne pas répondre.

« Nous sommes arrivés », annonce le professeur, ouvrant une double porte qui donne sur une salle remplie d'étagères de bois sombre couvertes de livres le long des murs et de plusieurs superbes vieilles tables au milieu.

Une sorte de bibliothèque. Bien sûr, tout cela ne devient visible que lorsque le professeur Margulies allume des lampes ; pas toutes, seulement deux abat-jour qui par leur lumière tamisée donnent un air mystérieux et plutôt sinistre à l'endroit. Sarah se sent de plus en plus transportée dans un palais d'une autre époque, un ou deux siècles en arrière…

Margulies pose la feuille de papier avec l'énigme sur une table et s'avance vers une des étagères.

« Voyons voir… *Cryptographie*, voilà, c'est ici.

— Besoin d'aide ? se propose Rafael.

— Non, tu peux t'asseoir avec ta petite amie. »

Rafael se tourne vers Sarah et ils se regardent dans les yeux quelques instants. Ceux de Sarah tentent de pénétrer son regard, aussi perçants que ceux d'un oiseau de proie.

« Pourquoi le laissez-vous…

— Parlez plus bas, lui dit-il à voix basse en la coupant. Je lui ai dit ce qu'il voulait entendre.

— Vraiment ? Que vous avez dégoté une religieuse brésilienne nommée Sharon Stone et que…

— Ne faites pas attention. Ça correspond tout à fait à son style d'humour. Un moyen comme un autre de lui cacher la vérité.

— Mais la vérité est la vérité. Il n'y a pas à en avoir honte. »

Rafael prend Sarah par les bras, juste en dessous de ses épaules, et la serre avec une certaine vigueur pour qu'elle l'écoute attentivement. Effet obtenu.

« La vérité peut nous tuer tous, Sharon. Vous en êtes la preuve ; encore vivante, heureusement. Ne l'oubliez pas. »

Effet doublement obtenu. *La vérité peut nous tuer tous*… se répète-t-elle silencieusement. Sages paroles que celles-là. Il est terrifiant de penser de cette façon, de regarder le monde de cette façon, mais pour le moment, il vaut mieux en effet se montrer prudent : il a raison.

Rafael la lâche et regarde le professeur assis à une table, trois livres ouverts devant lui, la feuille sur laquelle est inscrite l'énigme entre les mains.

« Où l'avez-vous connu ? lui demande Sarah.

— Le professeur Margulies ? Il a été mon professeur il y a de nombreuses années, et même s'il ne le paraît pas au premier abord, il est très sérieux. Il a étudié au Vatican et possède des connaissances profondes en cryptographie. Si c'est un message codé, il va le déchiffrer.

— Professeur de quoi ?

— C'est un interrogatoire ?

— Non, simple curiosité.

— Il a été mon professeur de théologie.

— De théologie ? Il est diplômé en théologie ?

— Entre autres, oui.

— Alors, que pensez-vous du point où la religion en est arrivée ? Un point où un cardinal – un des principaux dignitaires de l'Église – a peut-être ouvert une porte pour faire assassiner un pape, appuyé lui-même sur la détente ou versé du poison dans sa tasse de thé ?

— Religion ? Qui a parlé de religion ? Dieu n'a rien à voir avec tout ça », lui rétorque Rafael avant d'aller retrouver Joseph Margulies, toujours plongé dans ses livres de cryptographie, laissant Sarah méditer ses dernières paroles.

De fait, cette histoire n'a rien à voir avec la religion. Avec Dieu le Père Tout-Puissant, Jésus-Christ, fils de Dieu le Père, le Saint-Esprit, les saints, la communion des saints, le *Je vous salue Marie* et tutti quanti. Rien de tout cela ne s'inscrit dans ce qu'elle a commencé à entendre de la bouche de Rafael où tout n'est qu'affaire d'ambition, de pouvoir, d'argent, de corruption, de politique. Rien de plus.

« Mon garçon, cela va sûrement me prendre au moins une heure ou deux. Peut-être plus. Je vais devoir opérer par tentatives successives pour découvrir quel type de technique a été utilisé. Savoir s'il s'agit d'un simple codage ou d'un cryptage. Tu n'as rien à faire entre-temps ? »

Rafael réfléchit un moment.

« Si, bien sûr. Mais je vais d'abord recopier le message sur un papier. »

Sarah s'approche de Rafael.

« Qu'allons-nous faire maintenant ? lui demande-t-elle, intriguée.

— Tu vas réussir à ressortir d'ici tout seul ? demande le professeur à son ancien élève.

— Oui, ne vous inquiétez pas. Dès que vous trouvez quelque chose, appelez à ce numéro », lui répond Rafael en lui tendant un bout de papier.

Puis il sort de la pièce, suivi de Sarah.

« Où allons-nous ?

— Chez le coiffeur.

— Comment ? À l'heure qu'il est ? »

Ils suivent le long couloir en sens inverse et retombent un peu plus loin sur l'escalier qui les ramène à l'entrée principale du bâtiment. Après avoir traversé la cour, ils se dirigent vers la cabine du gardien qui regarde un film sur une petite télévision en noir et blanc. Dès qu'ils ont franchi le portillon, ils sont en quelques pas devant la Jaguar.

« Nous avons bien réussi à rencontrer le directeur du British Museum à deux heures et demie du matin, alors, réveiller un coiffeur à trois heures devrait être possible, non ? répond enfin Rafael à Sarah.

— Mais est-ce vraiment nécessaire ? Vous ne pouvez vraiment pas attendre au moins jusqu'à demain ?

— Je ne parlais pas de mes cheveux, ma chère. Ce sont les vôtres qui sont beaucoup trop longs. »

XXII

Certaines rencontres semblent prédestinées. C'est ce que pense depuis quelques jours ce vieil homme qui approche en marchant lorsqu'il se souvient du soir où il a rencontré à Rome celui qui allait devenir son meilleur ami, un être cher qu'il n'a pas revu depuis longtemps mais qui lui a écrit récemment. Il marche avec lucidité, droit devant lui, bien équilibré sur ses jambes au milieu des hordes d'étrangers qui l'entourent et qui, selon la théorie des six degrés de séparation, pourraient éventuellement connaître quelqu'un qu'il connaît déjà.

Cette drôle de théorie, prise très au sérieux par certains, explique parfaitement pourquoi cet homme est suivi depuis deux jours sans qu'il s'en soit aperçu. Ceux qui le surveillent veulent découvrir s'il établit des contacts et identifier tous ceux qu'il pourrait rencontrer. Ils veulent savoir à la fois qui il connaît, quels sont ceux qui le connaissent et qui connaissent ceux qu'il connaît dans cette ville. S'il ne s'est pas encore aperçu de cette surveillance rapprochée, c'est que c'est difficile au milieu d'une telle foule ; mais c'est surtout à mettre à l'actif de l'agent très expérimenté qui ne le lâche pourtant pas d'une semelle.

Ils viennent de sortir du Hilton Theater où ils ont vu l'excellent *Chitty Chitty Bang Bang* et descendent maintenant l'Avenue des Amériques, autre nom de la Sixième Avenue, vers le sud. Au bout d'à peine quelques mètres, juste après l'intersection avec la 38e rue, le vieil homme entre dans un immeuble résidentiel au bas duquel un portier en uniforme le salue avec respect.

L'homme à la gabardine qui l'a pris en filature observe une distance de sécurité. Il regarde le numéro de la porte de l'immeuble et le compare avec les informations qu'il possède. Pas de surprise, c'est la résidence du vieil homme.

Dès que ce dernier est hors de vue, il sort son téléphone portable de sa poche et passe un bref appel. Quelques instants plus tard, un véhicule noir s'arrête à côté de lui et il y entre pour s'asseoir sur le siège du passager, à l'avant, demandant au chauffeur de couper le moteur. Il s'agit maintenant d'être patient.

« Il habite ici ? » demande le chauffeur à l'homme à la gabardine dans une langue à consonance slave qui pourrait être du polonais.

Son camarade acquiesce d'un signe de tête sans quitter des yeux l'entrée du luxueux bâtiment. Car New York est en effet un endroit glamour, chic, plein de luxe à offrir. Du moins Manhattan, bien sûr, parce que comme toutes les grandes villes, elle possède aussi ses quartiers chauds, sales, malfamés, ses taches d'ombre, mais qui sont en l'occurrence en dehors de Manhattan, éloignés de cette Sixième Avenue où les deux hommes montent la garde.

« Il paraît que les choses se sont mal passées à Londres, commente le chauffeur.

— Exact.

— Dis-moi, pourquoi n'entrons-nous pas tout simplement chez ce vieillard pour le faire parler avant de l'envoyer en enfer ? »

Son camarade prend son temps pour lui répondre, paraissant réfléchir à plusieurs choses en même temps.

« Parce qu'il est la clé. »

Ils continuent leur surveillance attentive pendant un certain temps, puis l'homme à la gabardine demande à son chauffeur de garder un œil sur la porte de l'immeuble et sort une photo de sa poche. Une photo du pape Benoît XVI. Il allume alors un briquet et commence à réchauffer avec sa flamme le dos de la photo, prenant soin de ne pas la brûler. Peu à peu, l'image de Benoît XVI s'efface, laissant place à une autre, celle du visage du vieil homme qu'ils surveillent. Lorsqu'il éteint son briquet, l'image du pape réapparaît rapidement avec son sourire mielleux, le bras levé pour saluer les fidèles.

« Il est la clé. »

XXIII
Moro

9 mai 1978

L'homme que nous voyons assis ici à une table s'appelle Aldo Moro. Il écrit une lettre à sa famille – l'une des nombreuses lettres qu'il a écrites, y compris au pape Paul VI et aux principaux dirigeants de son parti depuis qu'il est prisonnier des Brigades rouges, il y a maintenant cinquante-cinq jours.

Même s'il ne le paraît pas à première vue, cet homme apparemment calme et serein en train d'écrire a été Premier ministre du gouvernement italien à cinq reprises. Le nouveau gouvernement, dirigé par Giulio Andreotti, refuse de négocier avec les organisations terroristes telles que les Brigades rouges, qui exigent la libération de plusieurs prisonniers politiques. Et à partir du moment où il est hors de question de céder, le Premier ministre en exercice faisant valoir que le captif lui-même a toujours été contre tout type de marchandage avec ce genre d'individus, il est difficile de prédire ce qui pourra arriver à Aldo Moro, chef du parti de la Démocratie chrétienne au moment de son enlèvement, le 16 mars 1978.

Depuis ce jour, Aldo Moro n'a de contact qu'avec un certain Mario, apparemment le chef du groupe qui l'a kidnappé. Au début, Mario l'a soumis à des interrogatoires, tenté de lui arracher des informations, mais ces séances se sont vite transformées en longues conversations plus tranquilles où Moro est apparu comme un homme admirable à son ravisseur, gagnant son respect et même sa bienveillance.

La position du gouvernement et des militants de son propre parti a profondément déçu Moro. Même s'il a tenté d'expliquer dans ses lettres que le gouvernement doit donner priorité à la vie, personne n'a levé le petit doigt pour l'aider. La plupart des membres de la Démocratie chrétienne et du gouvernement, dont le Premier ministre lui-même, ont cru qu'Aldo Moro avait écrit ces lettres sous la contrainte, sans qu'elles reflètent son opinion sur la question. Or rien n'est plus faux.

Moro a pensé un moment que Mario allait peut-être abandonner ses revendications et le relâcher. Mais il a vite compris que ce serait montrer un signe de faiblesse, et la logique voudrait plutôt qu'il envoie un signal fort, quitte à le tuer, pour garantir le succès de futurs enlèvements. À moins que Mario ne soit qu'un simple exécutant, se contentant d'obéir à des ordres. Quoi qu'il en soit, Moro s'est assez vite convaincu qu'il n'en ressortirait pas vivant.

Laissons Aldo Moro écrire sa lettre dans cette chambre où il est secrètement retenu prisonnier, via Gradoli, à Rome, et dirigeons-nous dans une autre pièce du même appartement dans laquelle Mario répond au téléphone. Trois hommes sont avec lui ;

deux en train de regarder la télévision, et un autre de lire le journal.

« Allô ?

— C'est pour aujourd'hui, lui dit une voix masculine à l'autre bout du fil. Procédez comme prévu.

— Entendu, répond Mario.

— Je te rappelle dans une heure. L'Américain veut que ce soit réglé le plus tôt possible.

— Ce sera fait », confirme Mario avant de raccrocher.

Il s'adresse alors à ses trois compagnons :

« Il est temps d'en finir.

— Tu... Tu penses que c'est la meilleure solution ? lui demande, hésitant, celui qui lit le journal.

— Son destin n'est plus entre nos mains. La décision ne nous concerne plus. Et nous ne pouvons plus revenir en arrière.

— Je continue de penser que le mieux est de le libérer. Nous sommes déjà allés plus loin que ce que nous pensions. Notre message a été entendu. Ils savent désormais qu'ils ne sont plus en sécurité, dit le même homme.

— Ce n'est plus notre lutte, Mario, dit l'un des deux qui regardent la télévision.

— Lorsque nous avons commencé, nous savions comment ça pourrait finir. Et nous l'avons accepté, dit Mario.

— Ne compte pas sur moi pour appuyer sur la détente, le prévient le même homme.

— Ni sur moi, ajoute le troisième qui n'avait encore rien dit.

— Nous devrions le libérer. Nous ne sommes les sbires de personne, ajoute celui qui tient le journal.

— Hors de question. Il va mourir aujourd'hui. Nous n'allons pas reculer », affirme Mario en essayant de se persuader qu'il s'agit d'une décision politique, et non la sienne.

Le sort de Moro était déjà scellé le 16 mars, ce n'était qu'une question de temps. Et le jour est venu.

Mario va jusqu'à la chambre du prisonnier et tourne la clé dans la serrure. Aldo Moro est toujours assis devant sa table, en train d'achever une lettre pour ses proches.

« Lève-toi. On s'en va, lui dit Mario, feignant d'être pressé.

— Où allons-nous ? lui demande Moro, se dépêchant de signer et de plier sa lettre.

— Tu vas être transféré ailleurs, lui répond Mario, saisissant une couverture pour la plier sans regarder son prisonnier dans les yeux.

— Pouvez-vous l'envoyer ? lui demande Moro en lui tendant la lettre.

— Elle sera envoyée », lui répond Mario en la prenant et en mettant la couverture sous son bras.

Les deux hommes s'observent brièvement. Mario ne supporte pas le regard franc et limpide d'Aldo Moro, et il est le premier à détourner la tête. Il est inutile d'ajouter quoi que ce soit. Moro a compris.

Ils descendent l'escalier qui mène au garage. Leur captif, les yeux bandés, marche le premier, guidé par Mario. Les trois autres les suivent. Une fois arrivés dans le garage, ils le font monter dans le coffre d'une Renault 4 rouge.

« Couvrez-vous avec cette couverture », lui ordonne Mario.

Une fois que Moro s'est couvert, Mario – et Mario seulement – les yeux fermés, en essayant de se convaincre que c'est inévitable, qu'il n'y a pas d'autre alternative, lui tire onze balles dans le corps. Aucun de ses compagnons n'a saisi son arme. Leur mission a été remplie.

« Avec les compliments de messieurs Kissinger et Andreotti. »

XXIV

C'est Rafael lui-même qui a coupé les cheveux de Sarah dans la chambre d'hôtel où nous les retrouvons, la transformant presque en une autre femme. Une expérience terrible, qu'elle n'aurait jamais imaginée. Il y avait si longtemps qu'elle les laissait pousser, qu'elle en prenait soin en les lavant, les démêlant et les traitant avec toutes sortes de produits, tant d'années qu'elle les peignait tous les jours… et pourquoi ? Pour les perdre brusquement sous quelques coups de ciseaux ? Ah non, ce n'est pas juste !

« Je vous déteste, lui lance Sarah en sortant de la salle de bains couverte d'une serviette, après avoir pris une douche.

— Pensez de manière positive. Donnez-leur un peu de temps et ils repousseront vite, la console Rafael, couché sur le lit.

— Vous avez blessé mon amour-propre comme aucun homme ne l'a jamais fait.

— Dit de cette façon, je me sens presque honoré. »

Sarah s'assoit sur le bord du lit et soupire de découragement, de fatigue, de frustration. Tout ceci à cause d'une mystérieuse organisation qui lui a tout pris, tout volé, jusqu'à ses propres cheveux !

« Je me sens encore plus perdue que quand je ne savais rien. »

Rafael laisse échapper un sourire.

« C'est naturel. »

Pendant un certain temps ils ne disent plus rien, respectant chacun le silence de l'autre. Ils ont tant de facteurs à considérer, tant de choses à digérer, en particulier Sarah : une multitude de personnes impliquées, de noms de personnalités politiques et religieuses, y compris celui de son père ; des histoires tordues, des meurtres, des révélations terribles impliquant des organisations souterraines, des loges maçonniques, des grands maîtres… Quel est donc ce monde où nous vivons, si même des êtres en qui nous avions toute confiance, comme d'éminents hommes d'Église, gardiens de notre foi, ou même notre propre père, se mettent à nous inspirer le doute ? S'ils se révèlent menteurs, calculateurs, manipulateurs et prêts à s'entre-tuer pour leurs intérêts mesquins et partisans ? Idem pour les politiciens, bien sûr, et toute la clique de prétendus hommes de bien qui remplissent les quatre pages de la liste qu'elle a reçue.

« Pour résumer, un certain Pecorelli a envoyé cette liste au pape et c'est pour cela qu'il est mort. C'est bien ça ?

— Ne laissez pas l'esprit journalistique vous dominer. Je n'ai pas dit que le pape était mort à cause de la liste.

— Non ?

— Non. Ce que j'ai dit, c'est que Sa Sainteté avait cette liste entre les mains quand il est mort. »

Il laisse le temps à la jeune femme de comprendre la nuance.

« Je n'ai jamais dit que c'était la raison de sa mort. Les mauvais articles naissent de suppositions hasardeuses.

— Très bien. Ça suffit. Je vois que vous adorez les journalistes. »

Elle reprend le fil de son raisonnement.

« Pecorelli a envoyé au pape cette liste de membres de la P2. Et ensuite ? Qu'est devenu ce Pecorelli ?

— Il est mort en mars 1979, de deux balles dans la bouche.

— Quelle horreur ! Je suppose que c'est Gelli qui l'a tué ?

— Vous pouvez. Mais l'hypothèse la plus probable n'est pas toujours la bonne. Celui qui a ordonné son exécution est l'ancien Premier ministre italien dont je vous ai parlé.

— Un ex-Premier ministre ? Quel est donc ce pays ?

— Un pays comme un autre. Si vous saviez le dixième de ce qui se passe dans le vôtre, ou même ici en Angleterre, ou ailleurs dans le monde, vous seriez consternée.

— Hum… La civilisation n'est qu'un vaste mirage.

— Vous pouvez le dire.

— Et pourquoi cet ancien Premier ministre l'a fait assassiner ?

— Parce que Pecorelli en savait trop. Par exemple,

son implication dans l'opération Gladio. Je ne sais pas si vous en avez entendu parler.

— J'en ai une vague idée. Une sorte d'armée d'espions prêts à défendre la démocratie contre les forces communistes dans presque toute l'Europe. Une Stay-Behind Operation dirigée par la CIA, le MI6 et l'OTAN…

— Et aussi par la P2. Mais il est inutile d'en dire plus à ce sujet. L'affaire Gladio est une affaire classée et jugée par les tribunaux. Cet ancien chef de gouvernement avait d'ailleurs reconnu son existence depuis longtemps. Mais Pecorelli en savait plus. En particulier son implication dans l'enlèvement et le meurtre d'Aldo Moro, également en 1978. »

Sarah ouvre de grands yeux, se lève et se met à arpenter la pièce.

« Mon Dieu ! Ce ne sont donc pas les Brigades rouges ?

— Si, mais fondées par qui ? »

Elle réfléchit deux secondes.

« Mon Dieu ! »

Sarah revient s'asseoir sur le bord du lit avec un air pensif. Elle regarde fixement Rafael.

« On peut boire quelque chose ?

— Bien sûr. »

Il se lève pour aller ouvrir le frigo-bar situé près de la porte de la chambre et en revient avec une bouteille d'eau et une canette de soda.

« Eau ou Fanta ?

— De l'eau, s'il vous plaît. »

Elle vide en quelques secondes la bouteille d'eau que Rafael lui tend sans pour autant étancher sa soif. Elle sent ses lèvres et sa bouche encore asséchées comme par l'aridité de ce qu'il lui raconte – des révélations qu'elle met du temps à assimiler.

« Vous dites que la P2 a participé à l'opération Gladio aux côtés de la CIA. Cela signifie que les services de renseignement du monde entier étaient non seulement au courant de l'existence de la P2, mais collaboraient avec elle ?

— Exactement. Mais il faut conjuguer au présent, en disant "collaborent", et non pas "collaboraient". Pour vous donner une idée, la CIA continue à financer la P2 en lui versant mensuellement onze millions de dollars. Et ils sont en train de dépenser une fortune pour essayer de vous capturer.

— Ils les soutiennent toujours aujourd'hui ?

— Toujours. Conséquence de la fin de la Seconde Guerre mondiale. La chute d'Hitler a certes mis fin à la guerre, mais n'a apporté qu'une paix fragile. Des conflits d'intérêts sont vite apparus entre l'Est et l'Ouest, et la méfiance a grandi en donnant naissance à la guerre froide, qui a été préjudiciable à tout le monde. Les Alliés comme les Allemands avaient lancé de plus en plus d'espions sur le terrain à partir de 1943, et le rôle des services secrets a été crucial pour l'issue de la guerre. Depuis lors, chacun se défend comme il peut pour défendre ses intérêts dans un bras de fer politico-économique constant et les services secrets sont devenus primordiaux pour les États, en particulier les plus puissants. Et il faut ajouter à cela le trafic d'influence, qui est l'arme des démocraties modernes. Au sein du club des pays les plus développés, c'est l'argent qui règne en maître, pas le bon sens.

— Hommes politiques, militaires, services secrets, loges maçonniques… Qui nous dirige, finalement ?

— Théoriquement, nous sommes des citoyens libres.

— Oui, mais qui nous gouverne ? Une sorte d'immense pieuvre invisible téléguidée par des organisations secrètes qui manipulent les gouvernements que nous avons élus ?

— C'est une belle image.

— C'est une question.

— Une question et une réponse.

— C'est effrayant.

— Alors n'y pensez pas.

— Comme si c'était facile !

— Ce n'est pas si difficile que ça. Dites-vous que depuis que le monde est monde, l'humanité fonctionne de cette façon, c'est tout. Regardez l'Empire romain, par exemple. Il n'y est question que de lutte de pouvoir entre rivaux et de conjurations de palais. Oubliez les ambitieux et les puissants, pensez à autre chose. »

Sarah pose la bouteille d'eau qu'elle tenait encore entre les mains et se les tord nerveusement. Il lui est difficile d'admettre que derrière son masque moderne et souvent démocratique, le monde n'a au fond pas changé. Un tissu de mensonges où seule compte la domination au prix du sang de ses adversaires.

« Je voudrais bien les oublier, mais ce sont eux qui me poursuivent ! »

Ils censurent Hitler en en faisant le symbole de l'horreur absolue mais au fond, beaucoup d'entre eux ne sont guère meilleurs que lui, pense-t-elle. *Tous les moyens sont bons pour accéder au pouvoir, à l'argent et à tous les privilèges qui vont avec, y compris supprimer tous ceux qui s'interposent sur leur chemin. Dans ce but, ils n'hésitent jamais à tuer les témoins gênants… et même ceux dont ils ont l'intuition qu'ils pourraient leur créer des complications.* Et ensuite, ils font porter le chapeau à des innocents comme Sarah Monteiro, par exemple, en train de couler de paisibles jours de vacances dans la propriété de ses parents à Beja, au Portugal. Et quand elle rentre en Angleterre, elle est accusée d'avoir tué plusieurs personnes aux quatre coins du monde – aucun d'entre eux près d'où elle se trouvait, ni même ailleurs dans son pays ! Le genre de meurtres inexpliqués comme il y en a des centaines et dont les coupables ne sont jamais arrêtés, qu'ils concernent des anonymes ou des personnalités mondialement connues comme JFK, Aldo Moro, le pape Jean-Paul Ier ou le Premier ministre portugais Sá Carneiro[1], invités prématurément à quitter le monde des vivants.

« Ce que vous me dites est effrayant, répète-t-elle, mais d'accord, n'y pensons plus. Qu'allons-nous faire maintenant ?

— Il faut que nous rencontrions votre père.

— Mon père ? Où ça ? Il est à Londres ?

— Pourquoi devrais-je le savoir ? C'est vous qui êtes sa fille.

1. Mort lors du crash de son avion, le 4 décembre 1980.

— Je ne suis même plus certaine d'être sa fille. Je ne sais plus rien sur rien. Tout est si confus dans ma tête.

— Je le comprends parfaitement, Sarah. Et laissez-moi vous dire qu'étant donné les circonstances, votre comportement est pour l'instant exemplaire. Mais je suis persuadé que votre père doit posséder des informations essentielles, qui nous font défaut. Il faut absolument que nous le rencontrions.

— Mais ne pensez-vous pas qu'ils doivent surveiller étroitement les frontières ?

— Oui, bien sûr. Mais je suis en train de m'en occuper. »

Rafael se lève et va chercher son téléphone portable dans la poche de sa veste. Il appelle un numéro et attend un instant, l'appareil collé à l'oreille. Dès qu'on lui répond, il demande dans un allemand impeccable :

« Hallo. Ich benötige einige Pässe. Ich bin dort in fünf Minuten[1]. »

1. Allô, j'ai besoin de passeports. Je serai là dans cinq minutes.

XXV

« Qui avez-vous appelé ? lui demande Sarah, installée sur le siège passager de la Jaguar.

— Un Allemand qui va vous faire un passeport.

— Uniquement pour moi ?

— Uniquement, oui. J'en ai déjà plusieurs.

— Et ce type est sûr ?

— Non.

— Comment ça, non ?

— Non. On ne peut évidemment pas lui faire confiance.

— Mais… ne prend-on pas le risque de se jeter dans la gueule du loup ?

— La seule chose qui motive ce genre de faussaire est l'argent. Ce qui signifie que si quelqu'un lui glisse un gros billet en lui demandant s'il nous a fabriqué un faux passeport, il ne niera pas.

— Mais alors… s'inquiète Sarah.

— Il ne nous trahira que si on le paie, ou avec le canon d'une arme sur la tempe. Mais si vous craignez qu'il aille prévenir quelqu'un que nous sommes en route vers chez lui, vous pouvez être tranquille.

— Je suis on ne peut plus calme, ironise Sarah. Ça ne se voit pas ?

— Parfait. »

Au bout de quelques minutes à peine, ils se garent en face d'un pub animé. À côté, une porte est entrouverte, par laquelle ils se glissent sans sonner. Ils montent au troisième étage en frôlant un couple d'adolescents enlacé sur les marches de l'escalier. Rafael les ignore complètement tandis que Sarah ne peut s'empêcher de leur jeter un regard de réprobation. Mais il est certain que pour le jeune garçon et la jeune fille, c'est comme si personne n'était passé ; ils sont plongés dans leur passion, un effet de l'alcool qui a libéré leur instinct animal, certainement, avec un risque de conséquences à moyen terme, disons… au bout de neuf mois.

« Vous avez vu ? demande Sarah avec indignation.

— Oui, c'est un acte naturel.

— Un acte naturel sur les marches d'escalier d'un immeuble ?

— Lorsque le besoin taraude…

— Quelle horreur !

— Ne me dites pas que vous ne faites pas la même chose.

— Pas sur les marches d'un escalier !

— Ne faites pas attention. Demain, ils ne s'en souviendront plus.

— Mais imaginez les conséquences possibles. Elle pourrait tomber enceinte !

— Je n'ai pas l'impression que qui que ce soit la force à faire ce qu'elle fait. »

Arrivés devant une porte, Rafael appuie sur la sonnette.

« Ne vous préoccupez pas tant à ce sujet. Je parle très sérieusement. Nous avons tous notre karma, et il est impossible de lui échapper.

— À qui le dites-vous ! »

La porte s'ouvre brusquement, faisant pousser un cri à Sarah.

« Ah, te voilà… Comment vas-tu ? le salue avec effusion l'Allemand.

— Bien. Et toi ?

— Impeccable, comme toujours. Entrez. Je vois que nous avons de la compagnie… C'est cool…

— Oui, tu sais ce que c'est… » lui glisse Rafael avec un clin d'œil en entrant.

Hans est un grand artiste d'à peine un peu plus de vingt ans. Ses faux papiers sont plus vrais que nature, propres et sans bavure. Ils ne provoquent aucune suspicion aux postes-frontières, du moins pas que l'on sache. Dans ce genre de business, il ne s'agit pas de laisser sa signature ou la moindre trace. L'idée, pour le faussaire comme pour le client, est de passer totalement inaperçu.

« Qu'est-ce qui t'amène, chef ? Dis-moi vite ce dont tu as besoin.

— J'ai besoin d'un passeport pour cette dame. Et tout de suite, chef ! »

Rafael entre dans le jeu de l'Allemand.

« Pour cette dame ? Et tout de suite ? Alors, c'est parti… »

Le jeune homme saisit un appareil photo et prend Sarah par le bras.

« Appuie-toi contre ce mur. »

Un mur gris clair, uni. Un fond neutre qui convient parfaitement aux photos d'identité.

« Ne souris pas.

— Quoi ?

— Ne souris pas. Les photos de passeport doivent montrer le titulaire avec une expression neutre. Capito ? Et c'est toi la titulaire.

— OK. (*J'ai surtout compris que t'es un peu givré sur les bords.*) »

Sarah essaie de prendre une expression neutre, sans sourire, tandis que Rafael observe un mur couvert de photographies.

« Qui sont tous ceux-là ?

— Qui ça ? Ah, tous ceux-là. Ce sont tous les pèlerins qui sont déjà passés par ici.

— Eh bien, tu ne manques pas de clients !

— Je ne peux pas me plaindre… »

Hans connecte l'appareil photo à un ordinateur par un cordon USB et commence à travailler.

« À quel nom ? De quelle nationalité ? »

Sarah est embarrassée. Elle n'a pas réfléchi à la question.

« Euh…

— Sharon Stone, les interrompt Rafael.

— Mec, tu vois, j'aime ce nom. Il me semble même que je connais déjà quelqu'un qui s'appelle comme ça. »

Quel phénomène ! pense Sarah.

« En ce qui concerne le pays, n'importe lequel de la zone Schengen.

— OK, man. T'as les cinq mille ?

— Voyons, tu plaisantes. J'ai une tête à venir te voir sans les avoir sur moi ? »

Sarah en profite pour s'approcher de Rafael.

« D'où le connaissez-vous ? lui demande-t-elle à voix basse.

— Je ne le connais pas, je connais quelqu'un qui le connaît.

— On dirait qu'il vous connaît depuis des années.

— Je sais. N'est-ce pas fantastique ? »

Hans entre les informations dans l'ordinateur et travaille sur la photographie qu'il vient de transférer de l'appareil. Peu de temps après, il se lève et ouvre la porte d'un placard. Il réfléchit quelques secondes en prenant à la main plusieurs passeports vierges de différentes nationalités. Les gestes d'un vrai maître du déguisement transfrontalier.

« Tu ne vas voyager qu'en Europe, brother ? demande le jeune Allemand.

— Bonne question. Nous pourrions devoir nous rendre en Amérique », lui répond Rafael en réfléchissant.

Sarah le regarde, perplexe.

« En Amérique ?

— Très bien, chef. Je vais donc prendre un français et un américain. Tu pourras utiliser le français en Europe et l'autre aux États-Unis.

— C'est parfait. »

Sarah, intriguée, observe Hans sortir deux passeports vierges de son placard, l'un avec une couverture américaine et l'autre française.

« Ces passeports sont vrais ?

— Pourquoi penses-tu qu'ils passent toujours

inaperçus ? lui rétorque Hans, comme si sa question était vraiment stupide.

— C'est presque comme aller au consulat ; seulement, ici, on a la possibilité de choisir son nom et sa nationalité, lui explique Rafael. Et c'est un peu plus cher.

— La qualité, brother. La qualité se paie », se défend Hans.

Le téléphone de Rafael sonne et il répond immédiatement.

« Allô ?… Tout va bien… Aucun problème pour l'instant… Où ça ?… Il nous reste un arrêt à faire en cours de route et nous y allons juste après… OK, bye.

— Qui était-ce ? lui demande Sarah avant même qu'il ait le temps de ranger son téléphone.

— Qu'est-ce qui vous fait penser que je dois tout vous expliquer en permanence ?

— Mec, tu es mon héros ! » l'interrompt Hans, admiratif devant la réponse de Rafael.

Puis il place les deux passeports vierges dans une imprimante spéciale, posés ouverts sur la vitre d'une sorte de scanner dont il referme soigneusement le couvercle.

« C'est presque fini, chef. Encore deux minutes et c'est prêt. »

XXVI

Geoffrey Barnes est encore au téléphone. Il parle cette fois-ci en anglais et son ton de voix autoritaire montre qu'il ne s'adresse pas à un supérieur. Et si ce n'est pas une preuve suffisante, il suffit de noter quel téléphone il a dans la main : ce n'est pas le rouge, la ligne du président des États-Unis, ni le deuxième par ordre d'importance, la ligne sur laquelle l'a appelé l'homme qui parle italien. C'est son troisième appareil, celui, sauf exception, qui lui sert à superviser les opérations dont il a la charge. Vingt-sept années de bons et loyaux services, sans le moindre accroc, offrent certains privilèges. Notamment celui de pouvoir presque toujours déjeuner et dîner aux heures traditionnelles, ce qu'apprécie particulièrement Geoffrey Barnes qui aime la bonne chère, même si sa première passion reste le travail. Un autre grand privilège de sa position est le fait de ne pas avoir à descendre dans l'arène en risquant de se salir les mains, mais d'être celui qui déplace, confortablement installé dans son bureau climatisé, les pièces sur l'échiquier à son bon vouloir.

Il a au bout du fil le chef de son équipe d'agents

sur le terrain, un certain Charlie – un nom de code, bien sûr –, pour s'informer des progrès de l'opération « Dernier pape ».

« Disparue ? »

Barnes ne veut pas donner l'impression d'être inquiet à ses subalternes, mais la vérité, c'est qu'intérieurement, cette mission le rend de plus en plus nerveux, mal à l'aise, devenant pour lui une véritable épine dans le pied. Et maintenant, on vient lui dire que la femme a disparu alors que la garde était sur ses talons ! Quelque chose de tout à fait étonnant. L'Italien lui a ordonné de maintenir ses hommes à l'arrière tandis que la garde allait neutraliser la cible. Ce nouvel échec va certes l'affecter indirectement, mais porte surtout gravement atteinte à la réputation d'infaillibilité de la garde.

« Un infiltré ? Un agent double ? »

Mon Dieu… pense-t-il intérieurement.

« OK, Charlie. Continuez à battre le terrain. Ils ne peuvent pas devenir invisibles. »

Il raccroche le téléphone et s'appuie sur le dossier de son fauteuil de ministre, les mains derrière la tête. Il respire profondément. *Si on ne les retrouve pas, nous sommes foutus !*

« Sir ? »

C'est Staughton, qui apparaît à la porte de son bureau.

« Je t'écoute, lui dit Barnes.

— Nous sommes toujours confinés à l'arrière ou nous avons l'autorisation d'agir ? »

Barnes réfléchit un instant, pas longtemps, pour

ne pas paraître indécis. Tout est affaire ici de psychologie, y compris la gestion des silences.

« Désormais, nous avons tous une canne à pêche entre les mains. Le premier à les localiser peut lancer son leurre pour les ferrer.

— OK, dit Staughton avec un grand sourire. Nous avons intercepté un appel téléphonique adressé à la Metropolitan Police, donné du Bristish Museum. »

XXVII

La Jaguar roule à vitesse raisonnable en direction du British Museum. Sarah regarde droit devant, pensive, contrariée, boudeuse. Une femme n'oublie jamais lorsqu'elle est maltraitée et laisse rarement à ceux qui se sont permis de le faire la possibilité de l'oublier, comme en témoigne la gravité de son expression. La part essentielle de la communication humaine passe par les gestes, les expressions du visage, les attitudes, et non pas par ce que l'on dit. Et cette moue silencieuse de ressentiment est un véritable message adressé à l'homme assis à côté d'elle, les mains sur le volant et les yeux sur la route.

« Ne vous attendez pas à des excuses de ma part », dit Rafael en supposant que l'apparente rancœur de la jeune femme doit provenir de la phrase malheureuse par laquelle il lui a répondu dans l'appartement de Hans.

S'il espérait ainsi clore le chapitre, c'est une tentative bien maladroite, car elle jette plutôt de l'huile sur le feu.

« Vous vous trompez ! lui lance Sarah encore visiblement blessée, le faisant regretter ce qu'il a dit et longuement hésiter à ajouter quoi que ce soit ou à ne serait-ce que se tourner vers elle.

— Je me trompe ? finit-il par oser lui demander.

— Oui. Je n'attendais pas d'excuses.

— Alors tant mieux.

— Mais contrairement à ce que vous pourriez penser, vous me devez des explications. Et beaucoup.

— Je sais, mais je n'avais pas le choix.

— Qu'est-ce que vous voulez dire ?

— Si je vous ai répondu de cette façon, c'est parce que l'antre d'un faussaire n'est pas l'endroit indiqué pour certaines conversations.

— Et maintenant, vous allez me dire qui vous a appelé ?

— Votre père.

— Mon père ?

— Oui, lui-même.

— Et que voulait-il ? »

Même si son père est un dissimulateur, membre ou ancien membre d'une affreuse organisation et donc au minimum complice d'atrocités, son besoin de savoir est plus fort que sa révolte.

« Il m'a demandé si tout se passait bien, où en étaient les choses.

— Et alors ? Où en sont-elles ?

— Disons qu'elles pourraient être pires, lui répond Rafael sans quitter la route des yeux. Mais il va falloir jouer serré pour avoir une chance de leur échapper. »

Sarah regarde elle aussi la route en silence. Comment une existence peut-elle basculer en quelques heures, ou même en quelques secondes ? Hier soir, elle menait encore une vie normale et en une courte nuit, alors qu'il n'est pas encore quatre heures du matin, elle ne sait plus du tout à quel saint se vouer. Elle a totalement perdu les rênes d'une existence qu'elle pensait à peu près contrôler. Mais ce n'était qu'une illusion, bien sûr. Les vies humaines ne sont que des jouets entre les mains du destin ou des puissants, et les plus dangereux ne sont pas ceux qui apparaissent sous le feu des projecteurs. Les détenteurs du vrai pouvoir restent dans l'ombre, n'hésitant jamais à sacrifier des vies comme ils déplaceraient de simples pions en fonction de leurs intérêts, de possibles menaces – y compris celles de leurs prétendus alliés qui d'un seul claquement de doigts peuvent devenir des ennemis à abattre.

« Si la CIA finance la P2, on peut donc supposer qu'elle était au courant du complot fomenté contre le pape. Ou est-ce une nouvelle hypothèse journalistique ?

— C'est une bonne supposition.

— Et en quoi la CIA avait-elle intérêt à éliminer le pape ?

— Répondre à cette question serait très compliqué.

— Je commence en effet à comprendre que tout est très compliqué. Faites de votre mieux ! » lui rétorque Sarah en le regardant, décidée à le faire parler.

Les questions même les plus complexes ne peuvent pas être éludées, c'est vrai, et Rafael observe la jeune femme une seconde avant de respirer profondément, tournant à nouveau les yeux vers la route.

« Si vous analysez la carte géopolitique du monde des soixante dernières années, vous ne trouverez pas un seul changement qui ne se soit produit sans l'intervention ou du moins l'approbation de la CIA, et par conséquent des États-Unis.

— Attendez un peu.

— Je vous ai dit que c'était compliqué.

— Ce n'est pas ça. Mais êtes-vous conscient de ce que vous dites ?

— Parfaitement. Dans les soixante dernières années, il n'y a pas une révolution, un coup d'État ou un assassinat politique suspect qui ne soit pas l'œuvre ou n'ait pas reçu le soutien de la CIA.

— Mais… ne sont-ils pas souvent considérés comme les bons, les gentils protecteurs de la paix dans le monde ?

— Tout dépend du point de vue. Si vous demandez aux familles des milliers de personnes assassinées avec l'aval de la CIA ce qu'elles en pensent, elles auront une tout autre opinion.

— Donnez-moi un exemple.

— Je vais vous en donner plusieurs. Salvador Allende au Chili. Tué au cours d'un coup d'État orchestré par Pinochet, mais entièrement financé par la CIA. Meurtre auquel il faut ajouter les centaines de milliers de personnes torturées, emprisonnées et assassinées pendant le régime de Pinochet. Sukarno, en Indonésie, écarté pour ses trop bonnes relations avec l'URSS. Les Américains ont aidé les militaires, menés par Suharto, à le renverser et ont financé une opération de nettoyage au cours de laquelle plus d'un million de communistes présumés ont été tués. Au Zaïre, ils ont mis Mobutu au pouvoir ; en Iran, l'opération Ajax a éliminé le Premier ministre Mohammad Mossadegh, démocratiquement élu ; en Arabie Saoudite, ils ont manipulé la carte comme bon leur semblait.

— L'Irak, complète Sarah.

— Oui, mais c'est un exemple trop évident. La CIA a affirmé avec véhémence l'existence d'armes de destruction massive. Ils auraient pu au moins tenter d'en cacher sur place et faire ensuite semblant de les trouver pour être plus crédibles. C'est ce que j'aurais fait.

— Aujourd'hui, ils reçoivent la monnaie de leur pièce.

— Non. Aujourd'hui, des milliers d'innocents paient pour les erreurs colossales d'organisations qui ne connaissent pas ou plus vraiment leur place. Ces organisations ne reflètent pas l'opinion des citoyens des pays auxquels elles appartiennent. Elles agissent souvent pour leur propre compte.

— Nous sommes tous des victimes potentielles du terrorisme.

— Ils ont inventé le terrorisme. Et ils en sont aujourd'hui victimes. Les armes qu'ils ont créées se retournent contre eux. »

Sarah fait la moue.

« Profonde observation, en effet. Et le pape ? Il a été une autre de leurs victimes ?

— Disons qu'ils ont laissé faire. La P2 avait besoin de l'éliminer et ils ne s'y sont pas opposés.

Comme lors du meurtre d'Aldo Moro, même si dans ce second cas cela servait plus directement leurs intérêts.

» Il n'y a qu'une seule personne au monde que la CIA n'a jamais réussi à neutraliser, malgré de nombreuses tentatives. »

Sarah ouvre grand les oreilles.

« Fidel Castro. »

XXVIII

Normalement, Geoffrey Barnes déplace ses pièces sur le terrain sans quitter son bureau, situé au troisième étage d'un immeuble dans le centre de Londres, et dont l'emplacement restera ici dans le secret des dieux. Toutefois, un appel passé à une certaine adresse à Rome, plus précisément via Veneto, l'a obligé à lever le cul de sa chaise et à marcher beaucoup plus que d'habitude. Il a dû sauter dans sa voiture, accompagné par une dizaine d'hommes se répartissant dans trois autres véhicules de l'agence, sans compter les autres déjà disséminés sur le terrain.

« Je vais faire un voyage, lui a dit la voix en italien au téléphone. Je veux que tout soit résolu quand je vous rappellerai en arrivant à destination. Occupez-vous-en personnellement. Et vous avez intérêt à réussir. Bougez-vous. »

Très peu d'hommes peuvent se permettre de parler en ces termes à Geoffrey Barnes mais ils sont si puissants qu'il n'ose rien leur répondre, se contentant de baisser la tête en signe d'acquiescement ou de balbutier un « Yes, Sir » ou un « Si, Signore » pour leur faire comprendre qu'il a parfaitement saisi le message.

« Vous avez carte blanche », lui a précisé la voix pour conclure avant de raccrocher subitement, lui laissant donc les mains libres pour procéder à sa guise, la seule exigence étant le résultat. Quant aux conséquences d'un échec, il vaut mieux ne pas y penser.

C'est ainsi que nous retrouvons Geoffrey Barnes ébloui par les lumières de la ville, son arme de service glissée dans son holster sous son aisselle, assis sur le siège arrière de sa confortable MG de fonction conduite par son chauffeur. Comment une infiltration à si haut niveau a-t-elle pu se produire ? Les conséquences vont être désastreuses. Et pour couronner le tout, cet espion est venu leur pourrir la vie en les rendant pour l'instant incapables de mener à bien une mission facile. Il est impératif de mettre la main sur les documents que possède leur cible avant de l'éliminer, mais s'il se confirme que le traître la protège, la chose ne sera pas facile.

Tout ça va mal finir, pense-t-il avant de chasser une fois pour toutes ces sombres pensées. Ce qui doit être fait le sera, un point c'est tout. Ce ne sera pas une femme ou un agent double – même si ce n'est pas n'importe quel agent – qui le fera échouer devant ses supérieurs. Ça va mal finir, c'est sûr, mais pas pour lui : pour cette Sarah Monteiro et son ange gardien.

Damn ! Comment as-tu pu me faire une chose pareille ? se demande-t-il en pensant à Jack.

L'homme de la CIA saisit un talkie-walkie et s'appuie sur le dossier de la banquette arrière de sa MG en prenant un air dominateur. Ils vont bientôt arriver et il est impératif de positionner correctement les pièces sur l'échiquier.

« Répartissez les voitures dans un rayon d'une centaine de mètres. Nous ne devons pas attirer l'attention. »

« Roger that », entend-il dans son talkie-walkie.

XXIX

Lorsque le téléphone portable de l'homme à la gabardine en train d'attendre dans une voiture noire stationnée sur la Sixième Avenue sonne, il répond toujours immédiatement, car il sait que celui qui l'appelle a horreur qu'on le fasse attendre. La seule excuse acceptable pour ne pas répondre serait d'être mort. Une nouvelle fois, la langue italienne domine la conversation, avec sa musicalité typique. Même si parler de conversation n'est pas vraiment ici le terme approprié puisque l'homme qui a reçu l'appel se limite à quelques interjections ou à acquiescer de temps en temps d'un signe de tête tout en écoutant attentivement son interlocuteur. Celui-ci parle d'un ton ferme et autoritaire. La voix de quelqu'un qui sait ce qu'il veut et où il va, quel que soit le prix à payer.

L'esprit de synthèse est également une grande qualité de son interlocuteur, qui lui fournit en quelques secondes toutes les informations nécessaires, claires et parfaitement compréhensibles. L'homme à la gabardine, un homme d'action et non de discours, le compare secrètement à un lion, un être né pour commander et dominer, un chef incontestable, capable de régner sur l'humanité. S'il rêve de voir son maître un jour en chair et en os, cette seule pensée le fait trembler de la tête aux pieds, lui que pas même un pistolet pointé sur sa tempe ou une lame de rasoir sur sa gorge ne ferait frémir.

C'est encore dans cet état d'extase – comme d'avoir parlé à Dieu lui-même – qu'il raccroche son téléphone. Et son masque habituel se recompose rapidement : il n'est pas homme à se montrer avec un sourire béat devant son équipe, même si elle ne se compose en l'occurrence que d'un chauffeur.

« Alors ? Des nouvelles ? »

Le chauffeur n'a jamais entendu la voix du maître mais ressent un immense respect – il serait peut-être plus juste de dire une immense crainte – pour lui, influencé en cela par l'incroyable vénération que l'homme à la gabardine lui témoigne.

« Les choses ne s'arrangent pas à Londres.

— Tuer une femme est si difficile ? Surtout avec l'aide de la CIA ?

— Nous avons eu une infiltration.

— Qui ça, "nous" ? La garde ? »

L'homme à la gabardine ne lui répond pas tout de suite. Il regarde le trafic incessant de la ville qui ne dort jamais, les néons clignotants des enseignes publicitaires, cet appel permanent à la consommation : « Achetez ceci et nous vous offrons cela. Emportez-en trois pour le prix de deux. Réduction tous les lundis. Mangez jusqu'à exploser pour cinq dollars... » Toutes des manières de dire : « Donnez-nous votre argent ! » Et il en est de même dans toutes les villes du monde : l'argent domine toutes les transactions, tous les échanges de services, comme la planque de ces deux hommes devant l'entrée d'un immeuble. L'enlèvement de Firenzi à Rome leur a été payé, bien sûr, tout comme l'élimination du père Pablo à Buenos Aires ou du vieux Felipe à Madrid, même s'il s'est suicidé dans le musée du Prado avant leur arrivée. Car toute mission déjà lancée, même avortée au dernier moment, occasionne des coûts qui doivent être indemnisés. Rien n'est gratuit… et les idéaux ne remplissent le ventre de personne.

« Jack, répond-il enfin.

— Jack ? Tu es sûr ?

— Il a disparu avec la femme après avoir tué Sevchenko.

— Sevchenko, le chauffeur ? »

L'homme à la gabardine se contente d'acquiescer d'un signe de tête.

« Le fils de pute ! laisse échapper son chauffeur, peut-être encore plus touché par la perte d'un camarade du fait qu'il exerçait la même fonction que lui. Jack ? Qui aurait imaginé une chose pareille ? Ça va sérieusement compliquer notre affaire.

— Exactement. Au point que le maître vient ici de toute urgence. »

XXX

« Nous voudrions parler au professeur Margulies, demande un homme corpulent au jeune gardien du British Museum, debout devant sa cabine à côté du portail.

— Le professeur est occupé. Qui dois-je lui annoncer ?

— Nous sommes de la police. Nous avons reçu un appel et…

— Ah, c'est vous ? Vous avez été très rapides : il n'y a pas un quart d'heure que j'ai téléphoné. Je m'attendais plutôt à vous voir en uniforme, mais entrez, entrez, je vous en prie… lui dit aimablement le gardien en ouvrant un portillon pour laisser pénétrer cinq hommes en complets sombres derrière les grilles du musée.

— Mon équipe est toujours en civil, discrétion oblige… répond le gros homme avec un petit sourire, montrant rapidement sa plaque distinctive pour rassurer le gardien. Il semblerait que deux criminels recherchés à travers toute l'Europe soient passés par ici.

— C'est exactement pour cette raison que j'ai appelé, lui dit le gardien. Je veux dire, l'homme, je ne sais pas. Ce n'est pas la première fois qu'il vient au musée. Mais la femme, il n'y a pas de doute. Je l'ai reconnue tout de suite. C'est la jeune Portugaise recherchée pour plusieurs meurtres dont ils ont parlé à la télévision.

— Vous avez dit dans votre appel qu'ils sont venus voir un certain professeur Margulies, c'est bien ça ?

— C'est ça. C'est le directeur du Museum.

— Savez-vous ce qu'ils voulaient ?

— Aucune idée.

— Très bien. Pouvez-vous nous guider jusqu'au bureau du professeur ?

— Bien sûr. Suivez-moi. »

Les six hommes s'avancent dans la cour en file indienne, le gardien devant, le gros chef juste derrière lui et ses quatre agents derrière eux. Ils marchent vers le bureau du professeur Joseph Margulies, encore occupé au décryptage du message laissé par Rafael. Le sourire du gardien zélé exprime sa satisfaction. Il se dit qu'il a bien fait d'appeler la police au numéro qui passait en bandeau au bas de l'écran sur Sky News.

« La police métropolitaine demande à tous ceux qui verraient la jeune femme représentée sur cette photo d'appeler au 0202… »

Il a été très choqué d'apprendre qu'elle avait tué un agent américain et surtout deux prêtres catholiques, d'autant plus que son visage angélique n'aurait jamais laissé prévoir une telle cruauté. Quoi qu'il en soit, ce visage est gravé dans sa mémoire et il a imploré la justice divine dans ses prières, loin de penser que cette jeune femme surgirait devant ses yeux un peu plus tard, accompagnée d'un homme. Ce fut le signe dont il avait besoin. La justice divine implorée. Dieu lui envoyait un être corrompu, malade, déviant, capable des actes les plus terribles, en lui disant : « Fais quelque chose pour sauver cette âme. » Au début, il a eu peur pour la vie du professeur Margulies et les a donc surveillés discrètement. Et quelque temps plus tard, il les a vus repartir, regrettant amèrement d'avoir perdu une si belle occasion. Intrigué par leur étrange visite en pleine nuit, il est allé voir le professeur, le trouvant entouré de livres ouverts, plongé dans ses réflexions.

« Tout va bien, Professeur ?

— Parfaitement, Dobins.

— Avez-vous besoin de quelque chose ?

— Non, merci, vous pouvez retourner à votre poste. Je suis en train d'étudier quelque chose pour un ami, lui dit Margulies sans lever les yeux de ses documents éparpillés sur la table. Ils vont bientôt revenir et je dois me dépêcher. »

Ce qui ne tomba pas dans l'oreille d'un sourd. Elle allait revenir. C'était sa chance, la volonté de Dieu ! Sinon, il ne lui aurait pas envoyé deux signaux consécutifs. Dès son retour à son poste de garde, il a donc décroché sans hésiter son téléphone et vingt minutes plus tard, accompagné de cinq agents en civil, il s'arrête en face de la porte de la salle où se trouve le professeur Joseph Margulies.

« C'est ici. »

Immédiatement, le prétendu chef d'équipe de la

police de Londres pointe un pistolet avec un silencieux sur la tempe du gardien. Pong !

« Sortez-le d'ici », commande-t-il à ses hommes.

Puis il ouvre la porte et entre dans la pièce.

« Professeur Margulies ? Quel plaisir de vous rencontrer. Mon nom est Geoffrey Barnes. »

XXXI

Tout est calme dans Great Russell Street lorsque Rafael se gare au même endroit que la première fois. Le même trottoir les ramène devant les grilles du célèbre Museum, mais le gardien n'est pas dans sa cabine et Rafael appuie sur une sonnette avant d'attendre devant le grand portail avec Sarah.

Muette, la jeune femme semble perdue dans ses pensées et il n'est pas difficile pour Rafael de deviner lesquelles : elle est en train de ruminer tout ce qu'il a commencé à lui raconter. Il est un peu inquiétant, bien sûr, de réaliser que beaucoup de prétendus héros d'outre-Atlantique ne sont en fait que des loups déguisés en agneaux. Que le rêve américain, ce mythe de la même chance pour tous, cet idéal d'égalité entre les hommes, tout cela n'est que de la propagande, un simple effet d'annonce pour les spectateurs. Car la réalité n'est pas celle que l'on voit au cinéma ou à la télévision, où les méchants sont pratiquement toujours des étrangers – le plus souvent des hommes de l'Est ou des Hispaniques – mais pour ainsi dire jamais des Américains. La vérité, c'est qu'il n'existe pas de héros ; ou alors, ils ne sont pas ceux qu'on nous présente. Ils préfèrent garder discrètement le silence, sans se glorifier de leurs actes ni chercher à voir récompenser leur bravoure.

Finalement, un autre gardien – un homme chauve – arrive presque en courant de l'intérieur du musée.

« Qu'est-ce que vous voulez ?

— Le professeur Margulies nous attend », lui dit Rafael.

L'homme les regarde pendant quelques secondes avec une expression glaciale. Il les examine de la tête aux pieds et à la grimace qu'il ne tente pas de dissimuler, on comprend que s'il n'en tenait qu'à lui, il inventerait un prétexte pour refuser de leur ouvrir. Mais il les laisse entrer, tel Pilate se lavant les mains : c'est le professeur Margulies qu'ils veulent voir et il n'a pas le pouvoir de les en empêcher.

« Donnez-vous la peine d'entrer. »

Sarah n'aime pas les mimiques de cet homme qui vient contrarier l'idée qu'elle se fait des chauves, qu'elle pensait tous sympathiques. C'est décidément une nuit où beaucoup de choses en quoi elle préférait croire par facilité, par manque de volonté, ou de courage peut-être pour les remettre en cause, se révèlent n'être qu'une vaste illusion – une perruque si bien placée que dans la plupart des cas elle exerce très bien sa fonction de trompe-l'œil en masquant ce qu'elle recouvre. Pendant quelques instants, Sarah se dit qu'il aurait sûrement mieux valu ne jamais soulever ce postiche mais elle n'a pas eu le choix, c'est quelqu'un d'autre qui l'a fait pour elle : un certain Firenzi, dont le nom lui dit décidément quelque chose…

Sarah suit Rafael en ignorant qu'elle a raison, que cet homme chauve est habituellement charmant, sauf lorsqu'on lui pointe une arme sur la tempe pour le forcer à agir comme une marionnette. Indifférent aux états d'âme de la jeune femme, Rafael marche d'un pas ferme vers la salle où le professeur Margulies doit encore être en train de travailler.

« Pensez-vous que le professeur a déchiffré le message ? » lui demande Sarah à voix basse, toujours intimidée par l'austérité des lieux.

Elle sait que les murs du Museum avaient autrefois des oreilles, et comme ils évoquent profondément l'Histoire, voire les conspirations de palais, qui sait qui pourrait se cacher derrière les yeux d'un personnage de tableau ou derrière l'entrée invisible d'un passage secret ?

« Non, je ne pense pas.

— Comment pouvez-vous en être si certain ?

— S'il l'avait déchiffré, il m'aurait certainement déjà appelé.

— C'est si compliqué à déchiffrer que ça ?

— Je ne sais pas.

— Ça ressemble à une note écrite à la hâte. L'écriture de quelqu'un de pressé par le temps. Pensez-vous qu'il ait eu le temps d'imaginer un code compliqué ?

— Je ne sais pas. Parfois, le plus simple est le plus difficile à percer. C'est sous nos yeux, mais on ne voit rien. »

Lorsqu'ils arrivent à la porte derrière laquelle

ils ont laissé le professeur, ils commencent par frapper poliment. Faute de réponse, ils pénètrent bientôt dans la salle pour tomber nez à nez avec deux hommes entourant le professeur Margulies agenouillé à leurs pieds, le visage tuméfié, en sang.

« Jack ! Ça par exemple… s'exclame un troisième homme très corpulent, placé un peu plus loin.

— Barnes, lui répond Rafael comme s'il n'était pas surpris de le trouver là, sentant la porte se refermer dans son dos.

— Jack ? » répète Sarah, étonnée par ce nouveau nom au moment où deux hommes en costume sombre surgissent de nulle part derrière Rafael pour lui asséner un coup sur la nuque.

Peut-être les yeux qu'elle avait imaginés derrière un tableau ou derrière l'entrée d'un passage secret.

Rafael s'écroule mais ne perd pas connaissance ; dans un geste instinctif, il se passe la main derrière la tête, là où il vient d'être frappé.

« Et cette jeune femme ne peut être que la célèbre Sarah Monteiro », ajoute Geoffrey Barnes, assis confortablement devant la table du professeur.

Barnes ? Sarah se recroqueville sur elle-même, paralysée par l'effroi. L'homme qui vient de prononcer son nom n'a vraiment pas l'air de plaisanter et elle se souvient des mots de Rafael : « Croyez-moi, ils vont finir par nous trouver, et tout dépendra des cartes que nous aurons alors à jouer. »

« Ce n'est pas Sharon Stone ? » demande le professeur Margulies en grimaçant de douleur.

Geoffrey Barnes éclate de rire, un rire terrifiant qui fait frémir Sarah.

« Non, Professeur. Je peux vous assurer que ce n'est pas Sharon Stone !

— Je présume alors que ce n'est pas non plus une bonne sœur brésilienne, ajoute Margulies, qui reçoit cette fois-ci un coup sur la tête.

— Assez plaisanté, Professeur ! lui lance sèchement Barnes avant de se tourner vers Sarah. Donnez-moi les papiers », lui ordonne-t-il.

Les papiers ? Sarah a presque oublié cette maudite liste et elle cherche désespérément de l'aide en essayant de croiser le regard de Rafael, en train de se relever avec difficulté. L'un des hommes derrière lui en profite pour l'attraper par le col tandis qu'un autre le fouille de la tête aux pieds, lui confisquant deux pistolets à silencieux avant de lui asséner un nouveau coup qui le fait s'écrouler une seconde fois sur le sol.

« Il va vous en falloir beaucoup plus pour en finir avec moi, lance Rafael, déterminé, à l'agent qui l'a frappé.

— Assez ! Ton tour viendra en temps voulu, lui dit Geoffrey Barnes avant de se tourner à nouveau vers Sarah. Les papiers ! Et vite ! Nous avons assez perdu de temps. »

Une idée surgit alors dans la tête de la jeune femme, comme si elle entrevoyait soudain une lumière au bout du tunnel.

« C'est trop tard. Ils sont déjà en sécurité. »

Sa voix n'est pas très sûre, comme si elle n'avait pas autant d'atouts dans son jeu qu'elle voudrait le laisser croire.

« Ne me faites pas rire. Vous me faites perdre mon temps. »

L'avertissement est lancé.

« Vous pensiez que je viendrais ici avec un document d'une telle valeur dans la poche, en prenant le risque de le livrer sur un plateau à des malfrats ? Vous me prenez pour qui ? » (*Le livrer à des malfrats, je dois être devenue folle.*)

Geoffrey Barnes en reste bouche bée. Il s'attendait à tout sauf à une telle résistance de sa part. Une fois Jack – ou Rafael – neutralisé, il pensait que la jeune femme lui remettrait la liste sans difficulté.

« Vous ne saviez pas que nous serions ici ! Ne me faites pas perdre patience.

— C'est vous qui commencez à abuser de la mienne. Comment osez-vous me sous-estimer ? (*Tu es en train de creuser ta propre tombe, ma fille, mais tu ne peux déjà plus revenir en arrière.*) Je savais parfaitement que… euh… je savais parfaitement que vous nous trouveriez tôt ou tard. Ce n'était qu'une question de temps. »

Rafael, temporairement hors de combat, la regarde tout en se massant la nuque, intrigué. *Qu'est-ce qui lui prend ? J'espère qu'elle a une bonne idée.*

Il vaudrait mieux pour elle ; sinon elle risque de bientôt connaître le sort du gardien qui l'a dénoncée, celui de Rafael et du professeur Margulies certainement, qui ne comprend toujours pas dans quel imbroglio il s'est retrouvé mêlé malgré lui.

Barnes, silencieux, les yeux fixés sur Sarah, se fait menaçant. Elle aurait préféré l'entendre la menacer en criant, mais elle comprend que ce regard la teste et qu'elle ne doit pas baisser la garde. Elle doit le soutenir fermement sans montrer la peur qui la ronge – peur de lui, peur de tout le monde, peur de tout ce qui lui arrive.

Barnes fait un signe de tête à l'un de ses hommes :

« Fouillez-la. »

Voilà. C'est fini, pense Rafael maintenant assis par terre, appuyé contre le pied de l'une des tables qui occupent la pièce.

L'un des agents s'approche de Sarah qui écarte docilement les bras pour se laisser fouiller. Si elle s'attendait à un certain respect de la part d'un inconnu obligé de la toucher, elle se trompait lourdement, car l'homme commence par la palper sans retenue des pieds à la tête comme personne ne l'a jamais fait. Et quand il ne reste à ce goujat qu'à passer les mains sous ses vêtements, l'une d'elles se glissant déjà sous la ceinture de son pantalon, elle sent subitement son souffle chaud sur sa nuque. Quiconque les verrait dans un autre contexte pourrait penser qu'il tente de la violer, et il est temps de mettre un terme à cette scène qui commence à aller trop loin.

« Ça suffit ! ordonne Geoffrey Barnes.

— Rien », lui dit son agent qui s'écarte immédiatement de Sarah.

Rafael regarde Sarah de plus en plus intrigué. *Rien ?*

« Rien », répète Barnes pour lui-même, réfléchissant à ce qu'il va faire.

Sarah est tendue comme un arc. Elle sait qu'ils viennent d'atteindre la croisée des chemins, un point de non-retour que seuls quelques-uns seront capables de franchir sans encombre.

Barnes choisit de faire diversion en changeant de stratégie. Il décide de la laisser souffler, respirer plus librement quelques instants.

« Oublions les papiers pour le moment. »

Tiens ! Qu'est-ce qu'il a derrière la tête ? se demande Sarah qui navigue en eaux troubles depuis quelques heures et qui ne peut en aucun cas se permettre de perdre le maigre avantage – sûrement illusoire, d'ailleurs – qu'elle a réussi à prendre sur ses adversaires.

« Nous avons trouvé votre ami le professeur Margulies plongé dans un travail acharné. Nous savons qu'il n'a pas la liste sur lui, mais ces livres de cryptographie sont un indice assez clair. Vous savez à quoi sert ce genre de livres ? demande-t-il en regardant Sarah.

— À l'étude des cryptes ? »

La réponse provocatrice de Sarah fait bouillir Barnes de rage et il bondit de sa chaise pour la gifler. Sarah ferme les yeux sous la douleur et elle sent immédiatement un goût de sang sur la langue, dont un filet commence à couler d'un coin de sa bouche.

Salaud ! Tu m'as presque cassé le cou !

Sarah rouvre des yeux fulminants qui fixent son agresseur en se mouillant de larmes, mais aucune ne coule sur son visage.

« Je vous conseille de ne plus vous moquer de moi, lui lance Barnes avec froideur après être revenu s'asseoir sur sa chaise. Je vais vous dire ce qui s'est passé. Vous avez reçu d'autres documents qui accompagnaient la liste. Au moins un, en tout cas, un message codé qu'étant donné votre esprit limité, vous n'avez pas su déchiffrer, et vous avez donc fait appel au professeur. Je me trompe ?

— Si vous dites vrai, il doit alors avoir le message sur lui, intervient Rafael en essayant de déplacer l'attention vers lui.

— Juste, concède Barnes. Malheureusement, votre fidèle ami l'a avalé avant que nous ne puissions le lui arracher. Comme vous pouvez le voir à son état, nous avons essayé de le faire parler mais apparemment, il n'avait encore rien découvert. »

Il a avalé le message ? pensent Sarah et Rafael en même temps. Grand Margulies. Un homme plus courageux qu'ils n'auraient pensé.

« Il ne nous est donc plus d'aucune utilité », conclut Barnes avant de faire signe à l'un de ses hommes qui traîne le professeur, les mains liées derrière le dos, au centre de la pièce.

Sarah ne veut même pas penser à ce qui risque de se passer et tourne la tête. Elle n'a jamais vu personne mourir, même de mort naturelle… Alors, quelqu'un se faire abattre à bout portant… Le seul fait de sentir la présence du professeur trois ou quatre pas devant elle, agenouillé face à un destin inévitable, la rend incapable de retenir ses larmes. Une douleur plus grande que n'importe quelle torture physique, même si elle ne connaît le professeur que depuis deux heures et n'apprécie pas vraiment son sens de l'humour.

« La courageuse Sarah qui détourne le visage du

spectacle que nous lui avons préparé ? lui dit Barnes, ironique. Il n'en est pas question ! »

L'homme qui l'a fouillée s'approche d'elle par-derrière et pose sa grosse patte sur sa nuque pour lui faire tourner la tête et la forcer à assister à la scène.

« Non ! balbutie-t-elle, au bord de craquer.

— Regarde bien, lui glisse à l'oreille l'homme qui la tient par la nuque. Tu vas assister au spectacle de la vie qui abandonne un corps. Tu n'en verras jamais d'aussi beau ! »

Un rire sarcastique et répugnant lui entre dans l'oreille en la faisant trembler.

Le professeur Margulies, à genoux, murmure une prière d'adieu, se remettant tout entier entre les mains du Créateur, l'implorant d'accueillir son âme. La vie n'est pas éternelle, comme nous le savons tous, mais c'est la façon dont il affronte ses derniers instants, ajoutée à la liste de ses actes lors de son passage sur la terre, qui fait finalement la dignité d'un homme. Et le professeur Margulies s'abandonne avec beaucoup de dignité et de courage, comme si face au bilan de sa vie, il attendait l'instant de sa mort avec sérénité. Comme si le rôle qui lui avait été assigné dans l'Au-delà arrivait à son terme et qu'il se préparait tout simplement à sortir de scène.

Rafael regarde le professeur sans laisser transparaître aucune émotion. Son habitude d'être confronté avec la mort et son entraînement à masquer ses sentiments font qu'il ne paraît en aucune manière affecté par ce triste spectacle.

La tête du professeur se penche en avant, signal

qu'attendait peut-être son bourreau, car le silencieux de son arme vient s'appuyer sur la nuque du condamné qui relève une dernière fois les yeux pour regarder Rafael.

« Compte les lettres », a-t-il le temps de lui murmurer juste avant que l'homme n'appuie sur la détente.

Sarah n'a pas entendu ce qu'a dit le professeur. Au bord du précipice mental, elle n'entend plus rien. Ils peuvent la forcer à tourner le visage vers le condamné, mais pas à garder les yeux ouverts. *Ne les laisse pas te torturer*, se dit-elle.

Un petit bruit étouffé – pong ! – vient couper les dernières racines auxquelles s'accrochait la vie, et le corps du professeur tombe lourdement sur le sol, inerte, dans une mare de sang que Sarah ne voit pas mais imagine. Des larmes incontrôlées coulent sur son visage et elle garde longtemps les yeux fermés. Et lorsque, retrouvant le courage d'affronter la dure réalité, elle ose les rouvrir, la première chose qu'elle voit est le corps du professeur gisant à plat ventre sur le sol, le visage tourné vers Rafael avec un trou rouge dans le haut de la nuque.

Salauds ! Bande de sauvages sans aucune humanité… pense-t-elle en prenant conscience que quoi qu'elle puisse tenter, elle n'en sortira pas vivante.

« Un de plus dans ton CV », dit Barnes avec un sourire.

Puis, se redressant sur sa chaise :

« Revenons maintenant aux documents. Je suis sûr que je vous ai ouvert l'esprit et que vous êtes désormais bien plus disposée à nous révéler où ils se trouvent. »

Mais laissons un instant Geoffrey Barnes pour nous tourner vers l'agent qui a exécuté le professeur Margulies – Dieu puisse lui donner le repos éternel. Il a encore son arme à la main, cet objet de métal qui crache le verdict final sur le sort des hommes. Concentrons-nous sur cette arme, prête à lui servir une seconde fois, prête à tuer cet espion qu'il connaît sous le nom de Jack et qui s'est révélé être un agent double, la plus haute trahison qu'on puisse imaginer. Jack mort, la femme parlera…

Mais subitement, comme venant de nulle part, un violent coup de pied lui brise le genou droit et il s'écroule en lâchant son arme, poussant un cri atroce. Et avant d'avoir le temps de comprendre ce qui lui arrive, une balle de son propre pistolet vient se loger dans son cœur, une arme que Rafael a saisie au vol. Ce qui se passe ensuite doit être décomposé au ralenti pour être bien compris, même si dans la pratique, tout s'est déroulé en trois ou quatre secondes.

Rapide comme la foudre, Rafael roule sur le dos comme un chat pour venir se plaquer derrière le cadavre de l'homme qu'il vient d'abattre, tirant au passage une seconde balle qui atteint en plein front l'agent placé à la droite de Barnes, qui ne se retrouve donc plus qu'avec deux hommes. L'effet de surprise passé, Barnes et l'agent qui se trouve à sa gauche bondissent pour se protéger derrière la première chose qu'ils trouvent devant eux. Barnes renverse une table pour se cacher derrière et l'autre s'accroupit derrière le dossier de la chaise la plus proche. Pendant ce temps-là, l'homme qui se tient derrière Sarah, celui qui l'a tenue par la nuque pour la forcer à regarder le professeur mourir, tente de la prendre en otage, mais avant d'avoir le temps de dire « ouf ! », il reçoit un terrible coup de coude dans le ventre qui le laisse plié en deux. Sarah n'aurait jamais pensé être capable de frapper aussi fort et dans la seconde suivante, le même homme est abattu d'une balle par Rafael.

« Filez ! Dépêchez-vous ! crie Rafael à Sarah en utilisant le corps du premier agent pour se protéger. Courez ! Vite ! Ils ne peuvent pas vous tuer ! »

Sarah court vers la porte sans regarder derrière elle tandis que Barnes et son dernier homme ouvrent le feu sur Rafael qui, derrière son bouclier humain, se glisse à reculons vers la sortie. Tirant lui-même quelques coups de feu pour se couvrir, il franchit enfin la porte, laissant le cadavre de l'agent entièrement criblé de balles coincé entre le battant et le dormant tel un pantin désarticulé. Barnes se relève d'un bond et met les mains devant sa bouche en porte-voix :

« Alerte rouge ! Alerte rouge ! Les objectifs sont en fuite. La femme doit être capturée vivante. Je répète : la femme doit être capturée vivante ! »

Il regarde le corps sans vie de son agent glisser par terre sur le seuil de la porte, le visage tourné vers lui, affichant toujours une grimace de surprise.

« Fils de pute ! »

XXXII

Rafael s'engage dans le couloir du côté qu'il ne connaît pas et commence à ouvrir des portes au hasard. S'il avait pris le chemin par lequel ils sont entrés, tenter de ressortir vivant aurait peut-être été plus facile mais il a vu Sarah, paniquée, tourner de ce côté-ci, et sa mission est d'abord de la sauver. En marchant rapidement, il démonte son arme dont le chargeur est vide, en jetant les pièces par terre les unes après les autres. Son idée est de ne pas donner une arme supplémentaire à ses adversaires, tout en marquant volontairement son chemin comme le Petit Poucet. En découvrant précisément par où il est passé, ses poursuivants seront plus prudents et donc plus lents, ne sachant jamais à quoi s'attendre à chaque coin de mur ou derrière chaque porte. En réalité, Rafael n'a pas d'autre arme sur lui, mais au milieu de la confusion qu'il a causée, ils ne doivent pas en être certains. La priorité de Rafael est de retrouver Sarah, les bâtiments du musée devant être farcis d'agents sur ses traces. Avec lui, elle pourrait avoir une chance, même s'il a vu qu'elle s'est très bien débrouillée toute seule devant un homme comme Barnes. Étonnamment bien, même.

Leurs retrouvailles sont beaucoup plus rapides qu'il ne l'imaginait. En tournant au bout d'un couloir, Rafael parvient de justesse – il s'en faut de quelques millimètres – à éviter un extincteur jeté vers sa tête, et ses yeux tombent sur ceux de Sarah, visiblement paniquée.

« Vous et les extincteurs, décidément !

— Désolée, lui dit Sarah, soulagée. Je pensais que c'étaient eux.

— Je vous ai dit de vous enfuir. Si c'étaient eux, vous seriez maintenant dans de beaux draps.

— Je suis dans de beaux draps depuis longtemps, Jack, lui rétorque-t-elle sur un ton sarcastique.

— Assez parlé, allons-y. Il faut sortir d'ici au plus vite. »

Ils s'engagent dans un nouveau couloir sur la gauche, particulièrement sombre, mais il y a longtemps que leurs pupilles se sont habituées à l'obscurité. Rafael avance comme un animal qui se sait traqué par des prédateurs, tous les sens aux aguets, vérifiant chaque recoin, chaque passage avant de s'y engager, car le British Museum est un véritable labyrinthe rempli de cachettes.

« Où avez-vous caché les papiers ? » demande-t-il soudain à Sarah qui le suit comme son ombre.

Mais ils arrivent déjà au bout du couloir et ils tombent sur une porte entrouverte qui donne sur un escalier. Sans attendre la réponse, Rafael s'approche à pas de loup, hume l'air en fronçant les yeux pour s'assurer que la voie est libre et lorsqu'il en est sûr, il saisit la main de Sarah pour descendre l'escalier à tâtons.

« Les documents sont à l'abri en lieu sûr, lui répond enfin Sarah avec un petit air de défi. Vous avez pris beaucoup de risques tout à l'heure, avec Barnes.

— Je n'en ai pris que pour moi, mais c'était notre seule chance de leur échapper. À partir du moment où vous n'aviez pas la liste sur vous, vous ne risquiez pas qu'ils vous tuent, du moins en théorie.

— En théorie ?

— Oui. Ils m'auraient d'abord tué sous vos yeux, et si ça n'avait pas suffi pour vous faire parler, ils vous auraient torturée. Vous auriez fini par ouvrir le bec, croyez-moi. »

Sarah l'écoute, abasourdie.

« Faites-moi sortir d'ici, et vite !

— C'est ce que je suis en train d'essayer de faire, mais chut ! Nous arrivons. »

Une fois à l'étage inférieur, Rafael ouvre très délicatement une porte et attend un instant en tendant l'oreille avant de s'y engager.

« OK. Dorénavant, marchez toujours collée à moi. Ne vous éloignez pour rien au monde.

— Et si quelque chose vous arrive ?

— Alors utilisez-moi comme bouclier humain. »

Elle le regarde, horrifiée, et soudain tout s'éteint, même les rares et lointaines lumières allumées çà et là qui perçaient légèrement par les fenêtres. L'obscurité devient presque totale, seuls restant éclairés, très faiblement, les signaux indiquant les sorties de secours.

« Et maintenant ? s'inquiète-t-elle.

— Suivez-moi. Ils sont eux aussi désormais dans le noir. »

C'est au moment où ils débouchent dans une immense salle, la King's Library, qu'ils remarquent un faisceau de lumière qui bouge dans les ténèbres. Se cachant derrière un piédestal qui supporte une épée de l'âge du fer, ils devinent qu'un homme, pointant une arme bras tendu munie d'un fin mais puissant projecteur, fouille l'obscurité en venant du grand atrium. L'inconnu marche très prudemment dans leur direction, concentré sur le petit cercle de lumière vive qu'il déplace à droite et à gauche, cercle dans lequel Rafael et Sarah ont interdiction d'apparaître sous peine d'être capturés.

Sarah est prise d'une telle frayeur qu'elle se fige en retenant sa respiration. Rafael la regarde en tentant de la rassurer, l'index posé sur les lèvres pour lui interdire le moindre bruit. L'homme approche lentement, silencieusement, pas à pas. C'est sûrement cette lenteur qui lui est fatale, car il n'est pas assez rapide pour se défendre lorsque Rafael bondit brusquement sur lui par-derrière en l'étranglant avec un lacet. Rafael a déjà la main sur son arme et la première chose qu'il fait est d'éteindre la lampe torche, une fine Maglite couplée à son canon.

« Venez vite ! » ordonne-t-il.

Sarah se relève et pose les yeux sur l'homme allongé par terre, immobile. Une lueur venant d'on ne sait où confère des nuances de gris à son visage. Elle regarde ses yeux figés, perdus dans le vide, mais c'est sa langue, qui dépasse de sa bouche, qui la choque le plus.

« Il est mort ? »

Rafael la regarde, incrédule.

« Bien sûr qu'il est mort. Vous vouliez qu'il donne l'alarme ? Allez, venez, vite ! »

Continuant leur chemin, ils s'arrêtent à côté de la large entrée qui donne sur le grand atrium couvert du British Museum. Une extension récente, très vaste, avec un bâtiment arrondi au centre qui abrite la Reading Room et différentes boutiques au rez-de-chaussée, et un restaurant à l'étage. Au fond de cette grande verrière, une des sorties du musée, et de chaque côté, des terrasses de café pour accueillir les milliers de visiteurs quotidiens en provenance des quatre coins du monde. Évidemment, tout est apparemment désert à l'heure qu'il est, encore que le musée n'a peut-être jamais reçu autant de visiteurs en pleine nuit.

« Vous ne pouviez pas vous contenter de l'assommer ? Ou de l'endormir ?

— Comment vouliez-vous que je fasse ? soupire-t-il avec impatience. Je sais, dans les films, le héros endort ses adversaires sans un bruit avec une piqûre ou un chiffon de chloroforme. Ou alors il les assomme d'un seul coup de poing. Mais dans la réalité…

— C'est pourtant la meilleure solution.

— Peut-être théoriquement, mais c'est rarement possible. Croyez-moi, s'ils nous capturent vivants, ils seront sans pitié. Et quand ils n'auront plus besoin de vous, ils ne vont pas vous endormir gentiment avec une piqûre pour vous relâcher ensuite sur une île à l'autre bout du monde. Ils vous tireront une balle dans la tête. »

Sarah frissonne et Rafael la prend par le bras

pour l'entraîner rapidement le long d'un des murs du grand atrium, en direction de la sortie. Sur leur chemin se dresse le comptoir circulaire en granit de la réception, là où le public retire le petit appareil destiné aux visites avec support audio, une sorte de guide électronique portatif. Cependant, il est encore à bonne distance tant la longueur et la largeur de cet espace sont considérables. Le pire qui puisse arriver à quelqu'un de poursuivi est d'être surpris à ciel ouvert ou dans un espace libre n'offrant pratiquement aucun abri comme cette grande cour couverte d'un toit de verre, qui sous le faible clair de lune est moins sombre que l'intérieur des bâtiments.

« Je n'aime pas ça, murmure Rafael avançant en frôlant le mur. Tout est trop silencieux.

— Vous n'avez pas dit que l'obscurité était notre alliée ?

— Justement, il fait trop clair maintenant. Et j'ai aussi dit ça pour vous rassurer. »

Avant que Sarah n'ait le temps de lui répondre, Rafael se plaque subitement contre le mur en poussant un râle et en se figeant un instant avant de se laisser glisser au sol. La tache de sang qui apparaît sur la cloison ne laisse aucun doute : il vient d'être touché par une balle silencieuse. Instinctivement, Sarah se penche pour essayer de le relever par un bras. Rafael gémit.

« Non, pas de ce côté. Voilà, c'est mieux », dit-il en lui tendant son autre bras, celui qui n'a pas été atteint.

Au prix d'un grand effort, Sarah parvient à le relever en lui permettant de s'appuyer sur elle. En se retournant une seconde, elle aperçoit dans leur dos, du côté d'une des terrasses de café, une silhouette émerger de la pénombre et commencer à avancer dans leur direction.

« Plus vite, dit Sarah qui l'aide à marcher, ils arrivent.

— Prenez mon arme.

— Vous êtes fou ?

— Prenez mon arme et tirez deux ou trois coups de feu au hasard », insiste Rafael.

Le comptoir de granit est à une vingtaine de mètres devant eux, une bien longue distance à parcourir. Sarah se retourne et voit que la silhouette gagne du terrain. Se décidant soudain, elle saisit l'arme que lui tend Rafael et la brandit, un bras tendu en arrière, sans tourner la tête dans cette direction. Elle s'arrête un instant, respire profondément en fermant les yeux, serre fermement l'arme dans sa main et tire un, deux, trois coups de feu. Mission accomplie : elle a dû au moins faire peur à leur poursuivant et le stopper dans son élan.

Encore huit mètres pour atteindre le comptoir de la réception. Elle jette un rapide coup d'œil en arrière en accélérant le pas. Plus que cinq mètres, mais… non, ce n'est pas possible. Le mieux est de s'en assurer. Elle se retourne pour regarder attentivement : la silhouette est couchée par terre, apparemment immobile, hors jeu.

Je suis un assassin !

Mais elle n'a pas le temps de penser. Au moment où ils sont sur le point d'atteindre la réception, des balles, tirées du bâtiment situé au centre de la grande verrière, viennent ricocher sur le sol et la paroi à côté d'eux, faisant jaillir des étincelles et sauter des éclats. Rafael plonge instantanément derrière le comptoir, entraînant Sarah au passage avec son bras valide. Enfin protégés, ils entendent siffler encore quelques balles autour d'eux, des tirs d'intimidation qui ne durent pas longtemps, pour laisser à nouveau place au silence.

« Vous avez fait de moi un assassin, lui dit-elle, les larmes aux yeux : j'ai tué celui-là !

— Bienvenue au club.

— Bienvenue au club ? Espèce de salaud, je ne regardais même pas où je visais !

— Si vous pensez que c'est moins grave pour autant, détrompez-vous. Vous irez tout droit en enfer », ajoute-t-il, ironique, avant de retirer sa veste et de déchirer sa chemise à l'endroit de sa blessure, juste en dessous de son épaule gauche.

La balle est entrée dans son deltoïde mais sans toucher d'os. Elle n'est d'ailleurs pas restée logée dans son muscle ; elle est ressortie de l'autre côté.

« Ce n'est pas très grave, dit-il, j'ai de la chance. Aidez-moi. »

Déchirant complètement la manche de la chemise de Rafael, Sarah lui fait un pansement de fortune en couvrant sa plaie sanglante d'une bande de tissu qu'elle serre fortement avec un nœud.

« Une petite blessure de rien du tout, lui dit-elle, ironique à son tour. À peine plus qu'une éraflure… et moi qui pensais que vous alliez mourir dans mes bras.

— Cela peut encore arriver. »

Sarah le regarde sans répondre. Elle reprend son souffle en se disant que finalement, l'histoire est peut-être loin d'être terminée. Mais quelle que soit la façon dont elle finira, elle sait qu'elle ne sera plus jamais la même femme.

« Jack, s'écrie une voix forte quelque part dans l'atrium. As-tu idée de ce que tu es en train de me coûter ?

— Quel dommage, hein, mon cher Barnes ! Mais je ne te crois pas une seconde… lui répond Rafael. L'argent n'a jamais été un sujet de préoccupation pour toi. Car ce n'est pas le tien. Celui que tu dépenses est soit de l'argent sale soit celui des contribuables.

— Jack, Jack… le coupe Barnes. Je ne parle pas d'argent. C'est le cadet de mes soucis. Et tu sais quoi ? Demain, le musée ouvrira ses portes comme si rien ne s'y était passé.

— Je sais.

— Je parlais de la réputation que tu es en train de me bâtir. Imagine la tête que vont faire mes supérieurs si je ne leur présente pas ton scalp après tous les dégâts que tu as causés. Sois raisonnable et rends-toi. Tu espères encore sérieusement voir une nouvelle fois le soleil se lever ?

— Dieu en décidera.

— Laisse Dieu où il est ! hurle Barnes. Donne-moi les papiers et tu le rejoindras de manière totalement indolore, je te le promets.

— Même si j'étais disposé à t'aider, je ne pourrais pas. Je ne sais pas où ils sont.

— Alors à quoi me sers-tu encore, hein, Jack ?

— À rien. Mais toi, tu peux m'être très utile. »

Rafael se lève en tirant violemment Sarah pour la plaquer contre lui. Elle frémit mais ne dit rien, décidant de lui faire confiance. Le comptoir cache leurs mains à Barnes et aux quatre hommes qui l'accompagnent, ce qui permet à Rafael de prendre le pistolet dans la main de Sarah sans être vu. À l'exception de Barnes, tous ont leur arme pointée sur eux, ce qui fait blêmir Sarah.

« Qu'est-ce que vous faites ? demande-t-elle à Rafael à voix très basse, une boule coincée dans la gorge.

— Qu'est-ce que tu veux dire ? lui lance Barnes avec impatience.

— Tu ne peux pas te permettre qu'il lui arrive le moindre mal parce que tu ne sais pas où elle a caché les documents. Comme elle est ta seule chance de les trouver, que penses-tu qu'il t'arriverait si je la tuais maintenant ? lui répond Rafael en brandissant son pistolet pour le pointer sur l'une des tempes de Sarah.

— Que faites-vous ? » lui dit Sarah, se sentant presque défaillir.

Barnes assiste, muet, à la scène pendant de longues secondes. Jack vient de le toucher au point le plus sensible, lui séchant tout argument, le laissant soudain démuni, incapable de riposter. Les cartes sont en train de s'échapper de ses mains et ses options s'amenuisent. Malgré ses quatre hommes le pistolet pointé sur Rafael, il se retrouve impuissant, paralysé par une seule arme qui n'est même pas braquée sur lui.

« Voyons, Jack. Tu ne serais tout de même pas

capable d'attenter à la vie d'une pauvre innocente… lance-t-il avec un sourire jaune, révélateur de son malaise.

— Tu me connais, Barnes. Je suis fait de la même merde que toi. »

Geoffrey Barnes ignore l'insulte. Il sait que ce n'est qu'une provocation destinée à tenter de le faire réagir en lui faisant perdre son sang-froid. Destinée à lui faire commettre une erreur. Il est habitué à ce genre de lutte psychologique. Non, Geoffrey Barnes réfléchit le plus froidement possible et il se sent soudain acculé comme un roi attaqué dans un jeu d'échecs, devenu incapable de manœuvrer ses pièces pour se défendre. Sa position est devenue extrêmement difficile à sauver, surtout face à un adversaire qui a l'initiative et dont la stratégie s'avère gagnante. Le moindre faux mouvement de sa part peut conduire rapidement à l'échec et mat, ce qui signifierait la fin immédiate de sa carrière, il le sait : et cela, il veut à tout prix l'éviter. Le mieux est de laisser temporairement l'avantage à l'adversaire, lui donner du mou pour tirer subitement sur la corde un peu plus tard et le faire chuter. Les grands stratèges de l'Histoire ont toujours su quel était le meilleur moment de reculer pour mieux ensuite désarçonner l'ennemi. C'est cette sagesse qui en a fait des vainqueurs, et c'est ainsi qu'il agira. Avec du tact et du doigté, rien n'est jamais perdu.

« Qu'est-ce que tu veux ? lui demande Barnes, devinant déjà sa réponse.

— Je vais sortir d'ici avec elle et tu vas dire à tes hommes de ranger sagement leurs armes et de rester tranquilles en nous regardant passer. À ceux-là (il montre les quatre hommes qu'il a devant lui) et à tous les autres dispersés un peu partout pour boucler le quartier.

— Soyons raisonnables, Jack…

— Plus raisonnables que ce que je propose ? lui rétorque Rafael avec sarcasme. Agissant ainsi, nous nous comportons comme des adultes, tu ne trouves pas ?

— Nous pouvons certainement parvenir à un accord de gentlemen », suggère Barnes.

Un accord de gentlemen ? pense Sarah. *Ça ne peut être qu'une blague !*

« Tu as raison. Soyons raisonnables, lui dit Rafael. Je vais sortir d'ici avec elle et tu vas dire à tous tes hommes de ranger leurs armes et de rester tranquilles en nous regardant passer », répète-t-il.

Geoffrey Barnes n'a pas le choix et monte la main devant sa bouche pour parler dans le microphone caché dans la manche de sa veste.

« Opération avortée. Baissez les armes et laissez-les passer. »

Si son ordre est exécuté dans les autres parties des bâtiments et à l'extérieur, on ne sait pas ; mais ici, dans la grande verrière du British Museum, personne n'obtempère.

« Baissez les armes, c'est un ordre ! » répète Barnes vigoureusement.

Aucun de ses agents ne peut s'opposer durablement à sa volonté et finalement, à contrecœur, les quatre hommes qui les entourent obéissent.

« Laissez-les passer », ajoute le directeur de la division britannique de la CIA.

Sarah a tellement peur que des larmes coulent sur ses joues. Si Barnes est contraint de céder devant Rafael – ou Jack, peu importe son nom – c'est que son soi-disant protecteur n'est pas celui qu'elle croyait. Un homme décidé et cruel comme Barnes ne recule ou ne se rend que devant un adversaire qu'il sait prêt à tout, un être de la même trempe que lui. Rafael ne bluffe donc pas : il serait vraiment capable de la tuer.

Gardant toujours Sarah collée contre lui, l'ancien agent infiltré la pousse lentement hors du comptoir et ils commencent à marcher à reculons vers la sortie. La tension est telle des deux côtés qu'il semble qu'au moindre geste suspect, tout pourrait dégénérer en tragédie. Le canon froid du pistolet appuyé contre sa tempe préoccupe Sarah au plus haut point, bien sûr, mais pas autant que la nouvelle situation dans laquelle elle se retrouve, sans connaître les intentions de son prétendu ange gardien, le fameux « Grand Plan » dont il lui a parlé.

Après avoir quitté la grande verrière, ils doivent d'abord rejoindre l'entrée principale des bâtiments puis traverser la cour jusqu'aux grilles surmontées de flèches dorées. Dès qu'ils sortent dans la cour, ils sentent l'air froid de la nuit sur leur visage et aperçoivent plusieurs agents appuyés contre les colonnes de style corinthien, les armes baissées, incrédules devant cette scène surréaliste. Le canon du pistolet toujours collé à la tempe de Sarah, ils s'avancent rapidement jusqu'au grand portail orné du blason d'Elizabeth II. Une fois dehors, ils sont en un instant devant leur voiture et démarrent sur les chapeaux de roue.

Quelques secondes plus tard, Geoffrey Barnes surgit avec quelques hommes sur le trottoir à l'extérieur du Museum. La sueur coule sur son visage et il y a de la rage dans ses yeux.

« Ne les perdez pas de vue ! Je veux connaître chacun de leurs mouvements ! »

XXXIII

« Qu'est-ce qui vous a pris ? lui hurle Sarah, furieuse, alors que la Jaguar tourne à grande vitesse pour entrer dans Bloomsbury Street.

— Je nous ai sauvé la vie, non ? lui répond Rafael sans la regarder, les yeux rivés à la route.

— Vous appelez ça “sauver” ? Vous croyez vraiment que notre situation s'est améliorée ?

— Je peux vous dire qu'elle est pire, bien pire. Ils sont sur nos talons et il ne va pas être facile de les semer. Mais au moins, nous sommes vivants. »

Rafael tourne à droite dans New Oxford Street. La grimace qu'il n'arrive pas à dissimuler montre que sa blessure lui fait mal. La douleur, qui s'était un peu atténuée dans le feu de l'action, se réveille maintenant de plus belle. Au carrefour avec Tottenham Court Road, le feu passe au rouge et Rafael en profite pour s'arrêter.

« Changez de place avec moi, lui dit-il.

— Quoi ?

— Prenez le volant à ma place. Je ne suis pas en mesure de conduire. »

Après un difficile changement de places sans sortir de la Jaguar qui leur fait manquer le feu vert et provoque quelques coups de klaxon, Rafael, grimaçant, fait signe à Sarah de démarrer.

« Ne vaudrait-il pas mieux vous faire soigner ?

— Nous n'avons pas le temps pour l'instant. Mais je vais le supporter, rassurez-vous.

— C'est bien fait. Vous l'avez bien mérité !

— Démarrez et allez tout droit, vite ! lui ordonne-t-il.

— Pourquoi tout droit ?

— Parce que je vous le demande ! s'énerve Rafael. Mais vous avez raison, choisissez la route. Après tout, vous êtes la seule qui sache où vous avez caché les papiers. »

Sarah roule dans Oxford Street, la plus grande rue commerçante de Londres. Elle se penche pour ouvrir la boîte à gants et en sort la liste, qu'elle jette sur les genoux de Rafael.

« Les voici ! Je les avais rangés ici et je les ai oubliés quand nous sommes sortis de la voiture.

— Votre oubli nous a sauvés… cette fois-ci. »

Pendant plusieurs minutes, ils gardent le silence, tous deux enfermés dans leurs pensées. Sarah plongée dans ses doutes et ses angoisses, se demandant s'ils vont en réchapper vivants, et Rafael tentant d'élaborer un plan de sortie.

« Je ne sais pas où je vais, dit enfin Sarah.

— Ce n'est pas grave. Roulez au hasard. Nous allons les faire mariner un peu. Peu importe si vous passez plusieurs fois au même endroit. »

Le silence qui se réinstalle devient pesant.

« Vous auriez tiré ? finit par lui demander Sarah.

Si les choses avaient mal tourné, vous m'auriez tuée ?

— Je vous aurais abattue, oui, lui répond Rafael sans hésiter. Et puis j'aurais retourné l'arme contre moi. »

Sarah ferme les yeux un court instant. Elle voudrait pouvoir ne plus jamais les rouvrir mais elle est au volant, et les quelques autres automobilistes qui circulent à cinq heures du matin n'ont cure des tonnes de problèmes qui l'assaillent. Il n'aurait pas hésité à la tuer, et Barnes le savait. Et la seule image qui lui vient subitement, même si cette comparaison la fait frémir, est celle d'Eva Braun à côté d'Hitler.

« Croyez-moi, si les choses avaient mal tourné, comme vous dites, ç'aurait été une faveur que je vous aurais faite, lui explique Rafael en se tenant le bras avant de pousser un léger râle de douleur. Il valait mieux mourir que de tomber entre leurs mains. Ne pas avoir la liste sur vous, que vous l'ayez oubliée ou non, a été un trait de génie.

— Vous voulez dire que si nous nous retrouvons une seconde fois dans la même situation, mais cette fois-ci sans échappatoire possible, sans plus aucun atout dans notre manche, vous serez le premier à appuyer sur la détente ? L'arme d'abord pointée sur moi, puis sur vous-même ?

— Exactement, lui répond Rafael sans manifester aucune émotion.

— C'est mon père qui vous a donné l'ordre ? »

Rafael se tourne vers Sarah qui détourne un instant les yeux de la route pour le regarder à son tour.

« Non, mais je suis sûr qu'il m'approuverait dans une telle situation.

— Bien sûr, Jack. Bien sûr… »

Elle semble réfléchir quelques secondes, puis elle lui demande :

« Vous vous appelez vraiment Rafael ?

— Qui sait ?

— Jack ?

— Non.

— Quel est votre vrai nom, alors ?

— Il vaut mieux que vous ne le connaissiez pas.

— Bien sûr. Ma sécurité est primordiale… du moins jusqu'à un certain point », lui dit-elle, cinglante.

Rafael la regarde. Après tout, au point où ils en sont, il peut lui en dire un peu plus.

« Rafael est le nom de votre sauveur qui ne s'en est pas trop mal sorti jusqu'ici. Avec des hauts et des bas, bien sûr, mais plutôt bien dans l'ensemble. Jack est le surnom de John Payne, membre de la P2 qui s'est avéré hier soir être un agent infiltré. Donc, techniquement, John Payne est mort.

— Barnes paraissait vous traiter avec un certain respect, voire de la crainte. Qui est-il ?

— Un des principaux chefs de la CIA en Europe. Une crapule corrompue. J'ai fait quelques missions sous ses ordres et je peux vous dire que s'il a quitté son bureau pour participer personnellement à l'opération sur le terrain, c'est que nous leur donnons du fil à retordre.

— C'est plutôt bien ou plutôt mal ?

— C'est bien, parce que cela signifie que nous

sommes encore en vie. Et c'est très préoccupant parce qu'il va mobiliser encore plus de ressources. Il ne va pas tarder à demander de l'aide à Langley.

— OK, Jack Payne ou archange Rafael, comme vous voudrez, faites-moi confiance et dites-moi votre vrai nom. »

Rafael rit pour la première fois depuis qu'ils se connaissent.

« Bien essayé.

— Ça ne coûtait rien, lui répond Sarah en détournant brièvement une seconde fois ses yeux de la route. Et maintenant, Rafael John Payne, que faisons-nous ? »

Rafael la regarde attentivement avant de lui répondre.

« Maintenant ? Nous allons disparaître. »

XXXIV

Comment une opération qui avait si bien commencé peut-elle avoir si mal tourné, si près de sa conclusion ?

« Il est encore temps de mettre le cap sur Londres, dit l'homme au complet Armani à l'oreille du vieil homme confortablement assis dans le fauteuil rembourré de son jet privé. Cette escale ne serait après tout qu'une légère déviation.

— Non, c'est totalement exclu, lui répond-il avec fermeté. Nous allons respecter notre plan jusqu'au bout.

— Ne courons-nous pas le risque qu'ils fassent tout irrémédiablement échouer ?

– Garde confiance, mon fils. Les choses vont finir par s'arranger.

— Entendu, lui répond son assistant visiblement inquiet, estimant pour sa part qu'un arrêt à Londres aurait pu être utile. Mais il est essentiel de récupérer les documents.

— Tu n'as pas besoin de me rappeler que les documents sont la raison de tous nos agissements ! Y compris de ce voyage. Mais comme je te l'ai dit, notre présence à Londres ne servirait à rien. Les choses sont en bonne voie.

— Comment ça, en bonne voie ? Ils sont en train de se promener dans Londres en nous faisant perdre du temps, et les Yankees paraissent incapables de les contrôler.

— Ne t'inquiète pas, ils restent à notre portée. »

Les yeux de l'assistant brillent subitement. Le vieux lion a un plan.

« Que leur as-tu préparé ? lui demande-t-il pour lui montrer qu'il a compris.

— Tu verras bientôt. Tu es mieux renseigné que quiconque sur cette affaire. Tu joindras bientôt toutes les pièces du puzzle et tu découvriras tout.

— Comme tu voudras », lui dit son assistant non sans une certaine déception, en retournant s'asseoir sur son siège.

Le vieil homme adore lui cacher des informations ou ne les lui délivrer qu'au compte-gouttes ou au dernier moment, quand le fait de les apprendre devient presque inutile. Une discrétion certes nécessaire dans ce genre d'activités, mais qui agace particulièrement son assistant. S'il ne le connaissait pas aussi bien, il dirait que le vieil homme ne lui fait pas confiance, même s'il sait qu'il n'en est rien. L'explication est très simple : ce n'est qu'une manière pour le vieux chef de se convaincre qu'il est toujours aux commandes, que c'est toujours lui qui distribue les cartes et qui décide de son destin – et de celui des autres.

Le hublot à côté du fauteuil du vieil homme permet de voir qu'ils volent en pleine nuit et le ronronnement régulier des moteurs associé à la pénombre de la cabine leur donne envie de somnoler. Mais ce n'est pas le moment de dormir. Les pièces sont en mouvement sur l'échiquier onze mille pieds plus bas, de part et d'autre de l'Atlantique. Certaines ne se sont pas comportées comme prévu, mais ça pourrait finalement se transformer en atout. Lorsqu'on se bat avec les mêmes armes, le plus astucieux l'emporte. Sa stratégie a toutes les chances de s'avérer gagnante. Son ennemi n'est pas la femme, comme il l'a d'abord pensé. La cible à abattre est Jack Payne, et dès qu'il l'a compris, il a aussi réalisé que tout reviendrait rapidement à la normale.

Un téléphone satellite est logé dans l'accoudoir gauche de son fauteuil blanc crème, et le vieil homme en décroche le combiné pour taper du bout du doigt la dizaine de chiffres d'un numéro. Il laisse sonner patiemment et quelqu'un lui répond au quatrième coup.

« Ciao, Francesco, lance-t-il assez froidement, avec un petit sourire sur les lèvres. J'ai appris qu'un de tes amis vient de rejoindre l'Au-delà… Qui tu sais, oui… C'est vraiment très malheureux et je tenais à t'en informer personnellement… Non, rassure-toi, son corps sera rendu en temps voulu… »

Il fait une courte pause pour que l'information fasse son effet chez son interlocuteur.

« Mais ce n'est pas la seule raison pour laquelle je t'appelle. Je vais sûrement avoir besoin de tes services… Quand ? Très bientôt, si ça se confirme. Tu vas filer à l'aéroport prendre le prochain avion. Sur place, on te donnera toutes les instructions nécessaires. Puis tu attendras, prêt à intervenir, jusqu'à ce que je t'en donne l'ordre ou te dise de rentrer. »

Il raccroche aussitôt sans un mot de plus.

« D'ici peu, ils seront tous les deux en face de moi, murmure-t-il pour lui-même, les yeux fixés au hublot. Et nous verrons alors qui est le plus malin. »

À ce moment-là, son assistant s'approche à nouveau de lui, apparemment inquiet.

« Londres vient d'appeler, dit-il à voix basse, très discrètement pour que même les hôtesses ne puissent l'entendre. Le pire vient d'arriver. »

XXXV

À César ce qui appartient à César

Septembre 1978

Le Saint-Père fronce les sourcils en consultant son agenda, vérifiant que c'est ce matin-là qu'il doit rencontrer des représentants du département de la Justice de l'État de New York. Quelques jours auparavant, on lui a annoncé dans une note que cette délégation serait accompagnée par des membres du FBI et de la Banca d'Italia.

Cette sollicitation de rencontre avec le pape date déjà de plusieurs mois, à l'époque où Paul VI était encore vivant, mais sa maladie et la faiblesse de son état ont toujours empêché qu'elle se tienne. Dans les pages des mois de juillet et août de l'agenda papal, c'est-à-dire juste avant la mort de Paul VI, la réunion est plusieurs fois reportée tandis qu'il était spécifié que les membres de cette ambassade seraient reçus en audience publique, entre un groupe de religieuses belges et un groupe d'orphelins venant de Gênes.

La dernière note adressée au nouveau pape n'a pas annulé la rencontre mais l'a placée un matin du mois de septembre, toujours en audience publique, entre un groupe de veuves pieuses du Piémont et les représentants d'un collège catholique espagnol.

Jean-Paul Ier entre dans un cabinet situé non loin du sien au palais apostolique et observe tranquillement les deux prêtres qui sont devenus ses secrétaires particuliers.

« Ces messieurs ne vont pas se sentir à l'aise à l'audience : faites-les plutôt venir dans mon bureau dès que possible. Ah, oui, c'est une simple visite de courtoisie. Il n'est pas nécessaire d'informer le cardinal Villot. Merci. »

Quelques minutes plus tard, Albino Luciani est en train de préparer du café lorsque l'un de ses jeunes secrétaires vient le chercher. Six hommes l'attendent dans son bureau et le pape se sent un peu intimidé devant un si nombreux comité, dont tous les membres se prosternent humblement à son entrée. Quelques heures plus tard, il ne se souviendra déjà plus précisément ni de leurs noms ni de leurs fonctions, mais les Italiens sont des auditeurs de la Banca d'Italia et les quatre Américains appartiennent au département de la Justice et au FBI, tous membres d'équipes spécialisées dans les délits financiers.

« Monsieur, dit l'un des Américains visiblement peu au courant du protocole, nous vous sommes profondément reconnaissants de nous avoir permis…

— Oh… l'interrompt Jean-Paul Ier avec un sourire avant de continuer dans un anglais acceptable, je ne vous ai même pas offert quelque chose, les bonnes habitudes se perdent dans la maison du Seigneur. Accepterez-vous une tasse de café ? J'allais justement m'en servir un. »

Puis il les invite à s'asseoir dans de confortables fauteuils devant une table basse ornée d'un simple crucifix en argent. Et alors qu'Albino Luciani s'apprête à écouter ses visiteurs un peu embarrassés de se retrouver soudain en sa présence, les laissant d'abord se mettre à l'aise, l'un des agents du FBI, craignant que la réunion ne se transforme en causerie de salon de thé, entre directement dans le vif du sujet.

« Votre Sainteté, nous vous apportons un rapport conjoint qui dénonce des activités illicites dans des établissements financiers liés au Saint-Siège. »

Le pape regarde l'agent avec une expression très grave.

« Dites-moi vite ce que dénonce ce rapport conjoint. Dieu vous écoute.

— L'IOR, l'Istituto per le Opere di Religione, poursuit l'agent américain, est étroitement lié à la Banco Ambrosiano de Roberto Calvi dont il est l'actionnaire majoritaire, qui, à son tour, est liée aux affaires de Michele Sindona et à sa banque privée. Nous savons que Roberto Calvi est le lien entre Sindona et monseigneur Marcinkus. Je vous rappelle que Sindona est appelé le "banquier de la mafia" et qu'aux États-Unis un mandat d'arrêt pour fraude fiscale, délits financiers et crimes mafieux a été émis contre lui. Je me permets aussi de vous rappeler que Roberto Calvi appartient à la loge maçonnique P2, dirigée par le fasciste Gelli, un des instigateurs de l'opération Gladio. Vous n'avez certainement pas oublié les bombes de la piazza Fontana, en 1969.

— Vous êtes en train de me dire que l'argent du Vatican a servi à poser des bombes à Milan ?

— Non, je suis en train de vous dire qu'il a non seulement servi à poser des "bombes" à Milan, mais dans de nombreux autres endroits du monde, de la Pologne au Nicaragua. »

Don Albino Luciani ne bouge pas un seul muscle du visage, même si le feu qui lui brûle la gorge pourrait suffire à enflammer le palais apostolique.

L'agent du FBI est soutenu par ses cinq collègues, qui l'incitent tous du regard à continuer.

« Roberto Calvi et monseigneur Paul Marcinkus, qui règne sur les finances du Vatican, ont fondé en 1971 à Nassau, aux Bahamas, la Cisalpine Overseas Bank. Je vais vous dire à quoi sert cette banque : à blanchir de l'argent provenant du trafic de drogue, de trafic d'armes, de réseaux de prostitution et de pornographie, et à couvrir des spéculations immobilières frauduleuses. De cette banque des Bahamas, à travers une succession de sociétés intermédiaires – des sociétés écrans qui apparaissent clairement dans le rapport – des fonds sont détournés vers différents endroits. Par exemple, vers les organisations syndicales de Pologne, vers des dictatures comme celle de Somoza, au Nicaragua, ou des organisations révolutionnaires ou terroristes.

— Ne vous paraît-il pas étrange que nous financions en même temps des dictateurs fascistes et des révolutionnaires ? demande le pape.

— Cet argent ne finance pas des idéologies ou des

politiques, mais des crimes et des délits. En Italie, il sert à corrompre et faire chanter des politiciens de tous bords. Si vous lisez attentivement le *Corriere della Sera*, vous pouvez le voir clairement. En fin de compte, c'est presque le journal officiel de Gelli, Sindona, Calvi et Marcinkus.

— Votre Sainteté, dit l'un des deux auditeurs financiers de la Banca d'Italia en prenant la parole. La Banco Ambrosiano a un déficit d'un milliard quatre cents millions de dollars. Et comme vous le savez, la Banca Vaticana détient vingt pour cent du capital de la Banco Ambrosiano. Vous devez prendre des mesures, la Banca d'Italia ne peut risquer de…

— Saint-Père, l'interrompt un procureur du département américain de la Justice, l'administration américaine fera tout ce qui est en son pouvoir pour aller jusqu'au bout de cette affaire. Nous sommes venus vous dire qu'il va être difficile que ce scandale n'éclabousse pas le Saint-Siège. J'obéis à des ordres supérieurs en venant vous présenter ce rapport. Il ne sera peut-être rendu public que dans un an ou deux mais il le sera, c'est certain. D'ici là, Saint-Père, il serait bon que vous fassiez tout ce que vous pouvez pour que le Saint-Siège reste le plus éloigné possible de ce réseau mafieux.

— Oui, mon fils. Mais je ne sais pas si je disposerai d'autant de temps.

— Votre Sainteté, s'écrie l'autre auditeur financier italien, éloignez-vous de Marcinkus, de De Bonis, de Calvi… »

Albino Luciani se lève de son fauteuil, visiblement ébranlé. Il y a de nombreuses années, lorsqu'il présidait la Banca Católica de Veneto, il avait déjà suspecté que Marcinkus et sa clique ne géraient pas les finances de l'Église selon les préceptes de Dieu, mais selon les règles troubles et sans scrupules de Wall Street.

Le pape s'avance à grands pas vers le fond de son bureau et le quitte sans un mot par une petite porte.

Devant un miroir, dans un des vestibules de ses quartiers privés, accoudé à une table de marbre couverte de boîtes en ébène, d'un ostensoir en argent, de petites coupes en cristal de Venise et de cadres avec des photos, Albino Luciani serre les dents avec colère. Et soudain, il balaie la table d'un revers de main en faisant tomber tous les bibelots, dont la plupart se brisent par terre en mille morceaux.

« Les misérables ! Ils ont transformé la Maison du Père en une caverne de voleurs ! »

XXXVI

Geoffrey Barnes n'a pas fermé l'œil de la nuit. Et contrairement à d'habitude, il n'a même pas pu se consoler avec un repas décent pour atténuer sa mauvaise humeur. Son petit déjeuner s'est résumé à une tasse de café réchauffé et un sandwich rassis bacon-cheddar. Si certains osent appeler ça un petit déjeuner, pour Geoffrey Barnes, c'est une insulte. Une double insulte si l'on tient compte qu'au milieu de la nuit, lorsqu'il a rejoint les locaux qu'il occupe à Londres, il n'a trouvé à grignoter que des biscuits au beurre accompagnés d'une tasse de thé, les seuls produits alimentaires disponibles. Geoffrey Barnes n'est pas du genre à boire du thé noir… ou de toute autre couleur, et encore moins à grignoter des petits gâteaux.

Maudits Anglais. Ils ne mangent que de la merde, a-t-il pensé lorsqu'on lui a apporté ces délicieuses collations. À coup sûr, le sandwich qu'on lui a fourgué était celui d'un agent qui n'a pas eu le temps de le manger, probablement l'un de ceux tombés au cours de la mêlée dans le British Museum, la pire tache sur sa feuille de service depuis qu'il a rejoint l'agence, il y a vingt-sept ans.

Bien qu'en l'occurrence le donneur d'ordre soit un Italien – c'est du moins dans cette langue qu'il lui parle –, Geoffrey Barnes est beaucoup plus inquiet que s'il était sous les ordres du président des États-Unis lui-même, plus facile à manipuler que ce mystérieux chef de la P2.

Ils se sont parlé deux fois au cours de la nuit tandis que l'Italien était en plein vol, en voyage vers Dieu sait où, et Barnes lui a expliqué les raisons qui l'ont amené à prendre les décisions qu'il a prises. Le vieil homme, sans manifester aucune réaction ni le moindre signe de colère, lui a simplement répondu :

« Les documents sont le cœur du processus. Apparemment, nous avons sous-estimé nos adversaires, mais cela ne se reproduira plus. Mobilisez tous les moyens nécessaires. Une fois que vous aurez les documents en votre possession, éliminez tous les témoins. C'est compris ?

— Certainement, Monsieur », lui a répondu Barnes en abaissant légèrement la tête en signe de soumission.

Enfermé tout seul dans son bureau, bien sûr, car il n'est jamais bon de montrer la moindre faiblesse devant ses hommes.

L'homme l'a appelé une seconde fois pour lui ordonner de ne jamais les perdre de vue quoi qu'il arrive, quel qu'en soit le prix à payer, quels que soient les « sacrifices » ou les « dommages collatéraux » que cela pourrait engendrer.

« S'il y a de gros dégâts, rendez-en responsable une quelconque organisation islamiste. Le lendemain, on organisera quelques défilés, on rendra hommage aux victimes, on condamnera le terrorisme et le problème sera résolu.

— Entendu », lui a répondu Barnes en hochant la tête, pensant évidemment qu'ils n'auraient pas besoin d'en arriver jusque-là, ses instructions étant de toujours faire tout ce qu'il peut pour empêcher que des civils, des innocents, soient touchés au cours des opérations qu'il conduit.

Mais Barnes sait aussi que lorsque la lutte fait rage, il est difficile d'éviter les balles perdues. Une bombe peut parfois exploser inopinément, ou les cibles peuvent se retrouver accompagnées au plus mauvais moment d'inconnus qui devront malheureusement suivre leur sort, car il est évidemment exclu de laisser des témoins ou des traces à nettoyer derrière soi.

« Autre chose : appelez-moi dès que vous avez des nouvelles pour connaître mes instructions. Ne faites rien sans mon aval. »

Et son interlocuteur a brusquement raccroché, manière de conclure ses appels à laquelle Barnes est maintenant habitué.

Il était cinq heures du matin.

Une heure s'est écoulée depuis ce deuxième appel et c'est à peu près le temps depuis lequel Jack et la jeune journaliste font le tour de Londres, entraînant ses hommes dans une visite guidée à travers le centre historique et les principales attractions de la ville, passant par exemple le long du palais de Buckingham pour ensuite suivre The Mall jusqu'à Trafalgar Square, où Rafael a réussi à arracher Sarah à ses poursuivants. Une promenade à vitesse réduite pour ne rien rater, comme toute visite digne de ce nom. Les rapports que lui apporte toutes les dix minutes le méthodique Staughton ne révèlent pas de changement, ce qui commence à inquiéter le chef de la CIA et ses hommes.

« Ils n'essaient même pas de s'enfuir, c'est bizarre, pense Barnes à haute voix, seul dans son bureau. Et ils ne se sont encore jamais arrêtés pour faire le plein. Ils vont bien devoir le faire, tôt ou tard. »

Il continue à méditer en attendant de nouvelles informations, même si elles ne varient pas depuis son retour à son quartier général.

J'ai besoin d'un bon repas. C'est ça dont j'ai besoin ! Jack et la femme vont bien finir par trahir leurs intentions, ils ne vont pas pouvoir nous faire tourner en bourrique encore longtemps.

Quelle désillusion, Jack…

Fils de pute !

Jack Payne était une légende dans la P2, de sorte que la CIA l'a recruté pour certaines tâches délicates. Jack était synonyme de compétence, de travail bien fait, et il a encore du mal à croire ce que ce salaud vient de lui faire.

Cette bande d'égoïstes nous utilise, pense-t-il.

Car si Barnes sait que la P2 exige de temps en temps l'aide de la CIA – une façon intelligente de profiter gratuitement de la technologie américaine en plus du financement qu'elle reçoit par ailleurs des États-Unis – il n'ignore pas que cette organisation secrète ne voit pas d'un bon œil le prêt de ses éléments à l'agence de renseignement de l'oncle Sam en échange, en particulier l'élite de ses agents comme Jack Payne. Le directeur de la division britannique de la CIA sait trop bien qu'elle n'y consent que lorsque cela peut servir directement ses intérêts, comme cela s'est produit avec Jack lors de trois ou quatre missions qu'il a effectuées sous ses ordres. Jack Payne est le genre d'homme qu'un chef aime avoir dans son équipe, et Barnes en est même arrivé à lui proposer d'adhérer à l'agence pour travailler avec lui de façon permanente.

Quelle stupidité j'ai failli faire, quand j'y pense ! Ç'aurait sonné le glas de ma carrière, se dit Barnes, appuyé sur le dossier de son fauteuil, fatigué de sa longue nuit blanche. Le glas de cette place privilégiée, dans ce bureau, conquise par beaucoup de travail et de dévouement. « No Pain, no Gain », ont l'habitude de dire les Américains, et avec raison. Cette place lui a coûté cher, résultat de beaucoup d'efforts, beaucoup de souffrances, beaucoup d'heures sans dormir et sans manger, comme aujourd'hui. Cette nuit lui rappelle le temps de la guerre froide, quand le monde était devenu fou. Aujourd'hui, les folies sont différentes mais les objectifs et les méthodes sont restés les mêmes : acquérir par tous les moyens un avantage sur ses adversaires, le plus longtemps possible.

Barnes ne se laissera pas dépouiller de tout ce qu'il a conquis avec tant de sueur. Après tout, il coordonne en Europe la machine la mieux huilée du pays le plus puissant du monde.

Une des choses qu'il a apprises au cours de toutes ses années de service, c'est que quels que soient les coups durs, la vie continue. Même si le fait de découvrir que Jack Payne est un agent double est pour lui presque du même ordre que s'il apprenait que le président des États-Unis était en réalité du côté des Russes, il sait que tout reviendra bientôt à la normale. Il doit l'oublier au plus vite : l'histoire de Jack Payne appartient déjà au passé. *Avec en prime pour ce salaud*, pense-t-il en souriant, *qu'il n'apparaîtra jamais dans les livres d'Histoire : il restera à jamais un traître passé sous silence, quelqu'un qui aurait pu être grand mais qui a creusé sa propre tombe.* La seule chose qui agace l'homme de la CIA dans tout ça, c'est que Jack Payne – ou quel que soit son vrai nom – y semble complètement indifférent. Il ne paraît défendre aucun idéal nationaliste, mais n'être fidèle qu'à ses propres idéaux. Un anarchiste parmi beaucoup d'autres, et qui ne manquera à personne quand le grand Geoffrey Barnes l'éliminera.

Tu devais être fou, Jack, quand tu as décidé de jouer avec moi…

Tout à coup, la porte s'ouvre et Staughton fait irruption dans le bureau de son chef en mettant un point final à ses rêveries.

« Sir !

— Staughton…

— Ils ont disparu. »

XXXVII

« Et maintenant ?

— Maintenant ? Nous allons disparaître », a répondu Rafael à Sarah dans la Jaguar, peu après leur sortie victorieuse du British Museum.

Ils ont d'abord continué pendant quelque temps leur promenade dans la capitale britannique qui commence à se réveiller, et déjà sur la réserve, au bord de la panne sèche, Rafael demande à Sarah de tourner à gauche au croisement de King's Cross pour s'engager dans Euston Road en ralentissant.

Passant alors sur le siège arrière sous le regard étonné de sa conductrice, il baisse la moitié du dossier de la banquette pour accéder au coffre et en sort une caisse de bois qu'il place à côté de lui. Puis, après avoir remis le dossier de la banquette à sa place et baissé les vitres des deux côtés, il ouvre la caisse et commence à en sortir des petites boules qu'il jette à intervalles réguliers par les vitres ouvertes de part et d'autre de la rue, de manière qu'elles roulent sous les voitures garées le long des trottoirs.

« C'est parfait : quoi que je fasse, ne vous arrêtez

pas avant que je vous le dise, dit-il à Sarah de plus en plus intriguée par son petit manège.

— Mais que faites-vous ? » lui demande-t-elle en se retournant.

Sans lui répondre, Rafael poursuit méthodiquement son geste de semeur : une boule à droite, une boule à gauche, tandis que Sarah remonte la rue au pas, désormais à peine à une centaine de mètres de la gare d'Euston. Elle roule si lentement que la file de voitures qui les suit commence à augmenter considérablement.

« Maintenant, accélérez et arrêtez-vous devant la gare, lui dit Rafael en jetant une dernière boule. Le spectacle va bientôt commencer. »

Au moment où elle s'arrête devant la gare d'Euston, des explosions commencent à l'intersection avec King's Cross et remontent dans leur direction en éclatant toutes les trois ou quatre secondes, projetant des voitures en l'air, en incendiant d'autres, déclenchant des alarmes et laissant s'échapper des nuages de fumée. Boum ! Boum ! Boum ! Boum ! Les bombes explosent les unes après les autres, semant la panique et la destruction.

« Vous êtes devenu fou ? lui dit Sarah.

— Allons-y, lui dit-il sans lui répondre, nous n'avons pas de temps à perdre. »

Ils sortent de la voiture dans laquelle Rafael jette deux dernières boules avant de claquer sa portière. Le feu d'artifice continue à remonter la rue et on entend des cris dans les courts intervalles entre deux explosions. Les habitants du quartier, réveillés en sursaut, commencent à sortir de chez eux en pyjama pour essayer de comprendre ce qui se passe ou tenter de s'enfuir pour se mettre à l'abri.

Rafael lance encore quelques boules loin vers l'avant, dans la direction vers laquelle ils se dirigeaient, et ils se précipitent vers la porte de la gare.

« La liste ! J'ai oublié la liste ! » s'écrie-t-il soudain, faisant immédiatement demi-tour pour aller la récupérer dans la boîte à gants de la Jaguar arrêtée au milieu de la rue.

Les explosions cessent pendant quelques instants. Du côté de King's Cross, un nuage de fumée et de poussière forme comme une barrière à une centaine de mètres. Comptant les secondes avec angoisse, Sarah attend Rafael qui revient bientôt en courant et l'entraîne par la main. En quelques enjambées, ils sont à la porte de la gare dans laquelle s'engouffre une multitude de gens paniqués, fuyant les explosions. Seuls quelques policiers en uniforme, avec leurs gilets fluorescents, courent en sens inverse.

Au moment où Sarah se retourne une dernière fois, la Jaguar explose dans un fracas énorme à une trentaine de mètres derrière eux, soulevée à trois mètres au-dessus du sol.

« Vous êtes un monstre ! crie-t-elle alors qu'il la tire fortement par le bras pour l'entraîner vers l'avant.

— C'était la seule façon de leur échapper. »

Et sans ajouter un mot, il lui fait dévaler l'escalier qui mène au sous-sol. De là, dans la confusion générale, ils s'engouffrent dans un taxi pour Waterloo Station, y arrivant juste à temps pour attraper le dernier Eurostar pour Paris. Le dernier, parce que le gouvernement britannique décide rapidement de fermer l'espace aérien et les liaisons ferroviaires et maritimes avec le continent pour une période indéterminée, mesure habituelle en cas d'attentats ou de catastrophes de ce genre.

Ils profitent du confortable voyage en TGV pour se reposer un peu ; Sarah, épuisée, s'endort rapidement tandis que Rafael fait deux fois le tour des wagons avant de revenir s'asseoir à côté d'elle, satisfait : ils ont apparemment bel et bien échappé à la CIA et disparu aux yeux du monde, du moins pour un certain temps.

Deux heures trente-sept minutes plus tard, ils entrent dans la gare du Nord, porte d'entrée de la Ville Lumière, de la mode, de la bonne cuisine et des bateaux-mouches.

Encore somnolents, ils prennent un petit déjeuner dans une brasserie de la gare où presque tous les clients ont les yeux fixés sur un écran de télévision, anxieux d'en savoir plus sur ce qu'on appelle déjà « l'attentat de Londres ». Certains essaient d'appeler des parents ou des connaissances qu'ils savent être sur place, mais les lignes téléphoniques avec la capitale britannique sont coupées ou encombrées. Beaucoup de passagers attendent le prochain Eurostar, ignorant totalement quand la liaison sera rétablie. Comme il arrive désormais régulièrement, le monde s'est réveillé sous le choc d'une nouvelle catastrophe.

« L'attentat de Londres ! Vous rendez-vous compte de ce que vous avez fait ? » lui lance Sarah, épouvantée, à bout, avec le sentiment amer que son cauchemar ne prendra jamais fin.

Rafael l'ignore et demande dans un français sans accent au serveur qui passe devant leur table s'il y a des estimations de morts et de blessés.

« Il y a beaucoup de blessés, Monsieur, je ne sais pas combien, y compris pas mal de blessés graves, et certaines chaînes de télévision parlent d'un mort. D'autres parlent de trois, mais à la radio, ils disent qu'il n'y aurait aucun décès, lui répond le garçon sur le même ton qu'il aurait employé pour lui décrire le menu.

— Sait-on déjà quels sont les auteurs de l'attentat ?

— Non, pas encore. Mais ce doit être des islamistes, à coup sûr !

— Sûrement. C'est horrible. Merci », lui dit Rafael en se levant pour lui régler les consommations en lui laissant un bon pourboire en livres sterling.

De la gare du Nord, ils prennent un taxi pour l'aéroport d'Orly, fatigués, sans plus faire la moindre allusion à « l'attentat de Londres ».

Étonnamment, la vie continue, et ils ont pour l'heure bien d'autres priorités.

XXXVIII

L'Airbus A320 se stabilise à trente-cinq mille pieds d'altitude et vole à une vitesse de neuf cents kilomètres à l'heure. Dans environ deux heures il atterrira à l'aéroport de Portela, à Lisbonne, la destination des cent onze passagers de cet avion parmi lesquels Sarah Monteiro, voyageant sous le nom de Sharon Stone, citoyenne française, et Rafael, son sauveur qui ne manque pas de pseudonymes, mais dont celui inscrit sur son passeport est John Doe, citoyen britannique. Le vol TP 433 a décollé de l'aéroport d'Orly il y a un peu plus de vingt minutes, en retard pour ne pas changer, et maintenant qu'ils sont tous les deux mieux réveillés, Rafael accepte de répondre à de nouvelles questions de sa compagne de voyage.

Il est assis côté fenêtre, Sarah à la place du milieu, et par chance, le siège à côté d'elle, côté couloir, est inoccupé. Rafael regarde par le hublot. Le ciel est clair mais à cette altitude, la seule certitude qu'il peut avoir est qu'ils survolent la terre. Sarah le regarde fixement, la tête remplie de pensées angoissantes. Il n'est pas juste d'avoir blessé, fait souffrir ou peut-être tué autant d'innocents, même si c'était sans doute la seule manière de réussir à échapper aux griffes de la CIA, et il est révoltant de voir que Rafael ne pense apparemment pas un seul instant à ces victimes. Sarah a été élevée dans le profond respect de la valeur inestimable de la vie humaine, et le peu de cas que beaucoup font de la vie des autres, s'en servant à leur seul profit et même prêts, s'il le faut, à les écraser comme des fourmis, l'a toujours choquée. Toutes les fois qu'elle apprend une nouvelle catastrophique avec des morts et des blessés, la première chose qu'elle fait est toujours de se mettre à leur place, et à celle de leurs proches. Mais Rafael ne semble éprouver aucune compassion pour ceux qu'il n'a pas hésité à sacrifier délibérément pour parvenir à s'enfuir, comme s'ils n'existaient pas, comme s'il ne doutait pas un instant d'avoir agi correctement ; ce qui est fait est fait, un point c'est tout, sans qu'il soit nécessaire d'y revenir.

« Vous n'avez aucun remords ? finit-elle par lui demander.

— De quoi ?

— Vous osez me demander de quoi ? »

Il se donne quelques secondes avant de répondre.

« Non. Nous n'avions pas d'autre solution pour leur échapper. Quant aux victimes, dites-vous que la mort n'est qu'un instant à passer et que les blessures guérissent. Mais venons-en à ce qui compte.

— Qu'est-ce qui compte davantage ? lui demande Sarah, offusquée.

— Écoutez-moi attentivement, je vais vous raconter une histoire. »

Les hôtesses de l'air commencent la distribution habituelle du plateau-repas, en l'occurrence un sandwich, une tranche de gâteau et une boisson. Elles repasseront tout à l'heure pour proposer un thé ou un café, et des passagers pressés ne trouveront rien de mieux à faire que de se lever pour aller aux toilettes alors qu'elles bloquent le couloir avec leurs chariots. Sarah ignore ces va-et-vient, tournée vers Rafael pour l'écouter.

« Un jour, j'ai entendu dire : "Les pères étaient à Jérusalem...", l'expression se référant probablement aux constructeurs mythiques du temple de Salomon. Et ces vénérables architectes auraient transmis leurs connaissances aux charpentiers, tailleurs de pierres et bâtisseurs d'Occident, ceux qui au Moyen Âge ont érigé les cathédrales. C'étaient les maçons. Les maîtres artisans qui maniaient le maillet, le ciseau, l'équerre, le compas et le fil à plomb. De puissantes corporations véritablement initiées aux secrets de Dieu, comme la magie de Notre-Dame de Paris, des cathédrales de Reims, de Chartres ou d'Amiens semblent encore le montrer aujourd'hui. Jésus-Christ, Notre Seigneur, avait averti les pharisiens en leur disant : "Il faut rendre à César ce qui appartient à César, et à Dieu ce qui appartient à Dieu." Et tout le monde le savait – du pape aux politiciens et aux universitaires, des médecins aux banquiers, des hauts fonctionnaires aux militaires, des journalistes aux écrivains. "Dieu est partout, mon fils, jusque dans les coffres des banques et les usines d'armement."

» J'ai aussi entendu dire que les maçons étaient derrière les échafauds de la France révolutionnaire, à l'époque où les têtes ensanglantées des nobles et des rois roulaient dans les corbeilles de la guillotine. Et qu'ensuite, ils furent derrière la plupart des guerres et des violents changements de régime, en Europe et en Amérique. Les membres de la P2 pouvaient être fiers : ils appartenaient à la même saga que plusieurs présidents européens et des États-Unis. »

Une hôtesse arrive à leur niveau pour leur servir leur collation et tous deux baissent leur tablette. Sarah demande un Coca-Cola, Rafael de l'eau. Ils boivent en silence, pensifs, puis Rafael reprend son récit.

« À Rome, le Gran Oriente de Italia commença à souffrir de scissions internes à la fin du XIXe siècle, et c'est alors que fut fondée la loge Propaganda Massonica, qui deviendra ensuite la Propaganda Due. Certains de ceux qui tiraient les ficelles du monde déploraient le fait que la maçonnerie était désormais sur toutes les lèvres, que des noms de membres importants apparaissaient dans la presse et que leur liberté d'action était de plus en plus bridée par des politiciens ineptes et faibles. Cette nouvelle loge leur donna la clandestinité qu'ils cherchaient. Plus d'infiltrations, de fuites, de déclarations et de photos. Officiellement, la Propaganda Massonica n'existait pas. Personne ne devait rien savoir sur elle. Cette Loggia Coperta accueillit progressivement beaucoup de ceux qui, nantis de la connaissance des secrets divins, dédiaient leurs efforts, comme leurs ancêtres bâtisseurs du temple ou des cathédrales, à instaurer le royaume des cieux sur la terre.

» Ce furent pour eux des temps amers, continue Rafael pour Sarah qui l'écoute attentivement. Dans les années trente, ils furent fascinés par Hitler et Mussolini même si, selon eux, l'un comme l'autre trahissaient leur esprit.

» Licio Gelli, qui commença à fréquenter la franc-maçonnerie italienne dans les années cinquante, fut l'homme qui donna sa véritable impulsion à la Loggia P2. Bien que dépourvu des qualités nécessaires pour accéder à des responsabilités de plus en plus importantes, il avait beaucoup d'idées et réussit à séduire le grand maître du Grand Orient d'Italie, qui finit par lui octroyer de grands pouvoirs. Gelli était au départ un petit chef d'entreprise de Toscane qui vénérait le Führer, le Duce et Franco, et il s'était engagé comme volontaire pour combattre aux côtés des nationalistes dans la guerre d'Espagne. Il fut aussi espion nazi dans les Balkans, collabora plus tard activement avec la CIA et soutint même quelques coups d'État en Amérique du Sud.

» La montée de Gelli dans l'organisation est un mystère, continue Rafael. Les voies du Seigneur sont impénétrables, et il est surprenant de constater combien d'ambitieux irresponsables et malintentionnés atteignent le pouvoir et la notoriété.

» Ce qui est sûr, c'est que Licio Gelli, à la tête de la Loggia P2 au début des années soixante-dix, est devenu l'un des hommes de l'ombre les plus puissants du monde. Toujours prêt à conspirer, il fonda la Loggia P1, encore plus secrète, destinée exclusivement à accueillir des présidents, des secrétaires généraux, des directeurs et des hauts dignitaires.

» Des camarades plus âgés de la garde m'ont parlé de réunions avec une vingtaine de voitures blindées noires, brillantes et aux vitres fumées stationnées devant un hôtel de luxe près du lac de Côme, à Genève ou à Baden-Baden. Elles y restaient garées pendant deux ou trois heures puis repartaient chacune de leur côté sur des routes secondaires pour se perdre sur le réseau routier européen.

» C'est probablement Gelli qui convainquit une grande partie des maçons de l'organisation Justice et Liberté de venir grossir les rangs de la P2. Essentiellement des politiciens de toutes couleurs, des militaires et des banquiers ravis d'intégrer une société si sélective.

» La vanité est une grosse erreur, Sarah, et Gelli n'a pas résisté au plaisir de se laisser photographier à côté de Juan Domingo Perón à la Casa Rosada lorsqu'il est brièvement revenu au pouvoir, en 1973.

» Lorsque, au milieu des années soixante-dix, Gelli commença à être pisté par la justice, il prétendit démanteler sa loge pour mieux l'encapsuler et coupa ses liens avec toute autre obédience maçonnique. C'est ainsi que la P2 devint une organisation ultrasecrète et que Gelli commença à arborer le titre de grand maître. Ces années furent celles de la famille, du clan. La P2 fonctionnait exactement de la même manière que la mafia ou la Camorra, et on les appelait "Les Gelli". Les idées néofascistes de son grand maître s'écartaient sensiblement de l'idéal maçonnique du Grand Plan divin, mais son travail fut très constructif d'un autre point de vue, car des membres de sa loge clandestine réussirent peu à peu à s'infiltrer dans toutes les institutions de l'État italien, au Vatican et dans plusieurs agences de renseignement étrangères.

» Beaucoup d'hommes politiques pensaient à l'époque que le véritable président du pays était Licio Gelli, qui manipulait les médias, les sondages, les campagnes électorales et même les votes pour placer à la tête de l'État le candidat qu'il avait préalablement désigné. »

Rafael fait une courte pause et observe le visage de Sarah.

« Gelli creusa sa propre tombe quand il permit qu'une liste de leurs membres tombe entre les mains de Pecorelli. Celui-ci publia quelques noms et les juges commencèrent à poser des questions, obligeant Gelli à se réfugier en Uruguay.

» C'est ainsi que nous arrivons à la direction actuelle de la loge, poursuit Rafael. Affaibli, vieillissant, Gelli a été progressivement écarté par d'autres, qui ont beaucoup œuvré pour réorienter l'organisation, la mettre enfin sur la "bonne voie". Un long travail, qui leur a pris des années. Il leur a fallu modifier la Constitution, remodeler le système judiciaire et le système d'éducation, et pour cela convaincre des hommes clés. Craxi, Andreotti, Bisaglia… et d'autres. Leur parti politique ne comptait pas beaucoup ; l'important était qu'ils coopèrent, et certains l'ont fait sans même savoir exactement à quoi ils collaboraient. Les journalistes, dans l'ensemble, ont été conciliants et discrets. L'argent aide beaucoup à tenir les langues », conclut Rafael.

« Aujourd'hui, la loge est un organisme de

l'ombre totalement invisible et insaisissable. Son nom ne persiste plus que comme un fantasme pour les adeptes des théories du complot, une mystérieuse légende aux objectifs mal définis. L'organisation n'existe pas. Ses membres n'existent pas. Ils n'ont pas d'identité. Et ne pas exister est hautement recommandable pour travailler à la réalisation d'un plan comme le leur.

» L'organisation a peu à peu étendu – et étend encore aujourd'hui – son réseau dans le monde entier. Y compris au Vatican, où la loge P2 se cache sous le nom de Loggia Ecclesia. Lorsque le pape Jean-Paul Ier est mort subitement, la Loggia possédait de nombreux membres qui exerçaient des fonctions dans les palais de la ville sainte.

» Dans les années quatre-vingt, Rome était le meilleur endroit du monde. Monseigneur Marcinkus s'occupait des finances, et tout ce qui passait entre ses mains se changeait en or. Il est vrai qu'il a même investi à l'époque dans la pornographie et dans les laboratoires qui fabriquent des contraceptifs – des secteurs d'activité bien éloignés de l'image qu'on se fait de l'Église ; mais il investissait en réalité bien davantage dans les usines d'armement, l'infiltration politique, la corruption, le chantage ou le blanchiment d'argent qui sont bien plus productifs à long terme.

— Je ne sais pas si vous voulez me donner une image de la réalité ou m'épouvanter, lui lance Sarah en le regardant, mais en tout cas c'est réussi. »

Rafael l'observe à son tour sans lui répondre et un silence paisible s'installe entre eux quelques instants.

« Ce sandwich est immangeable, finit par se plaindre Sarah en en reposant la moitié sur son plateau.

— Je ne trouve pas. C'est le genre de choses auxquelles on s'habitue.

— Ce dont je rêve, c'est de prendre un bon bain. Hmmm… comme ce serait agréable, dit-elle en s'étirant sur son siège, allongeant les bras et les jambes.

— Ça fait partie des choses possibles, lui dit Rafael en terminant son sandwich, les yeux déjà baissés vers sa tranche de gâteau. Nous nous en occuperons dès notre arrivée.

— Est-ce une promesse ? lui demande Sarah avec un demi-sourire.

— Oui. Vous avez ma parole. »

Bercés par le ronronnement des réacteurs, fatigués de leur longue nuit blanche, ayant à peine dormi une heure ou deux dans l'Eurostar, ils s'enferment un long moment dans le silence, en profitant pour se reposer en somnolant.

« Pensez-vous que mon père va bien ? demande Sarah, inquiète, en rouvrant les yeux.

— Oui. N'ayez pas peur. »

L'assurance de Rafael la tranquillise.

« Ma crainte est maintenant que nous soyons arrêtés à l'aéroport à notre atterrissage, dit-elle sans plaisanter.

— Ne vous inquiétez pas. Cela n'arrivera pas.

— Comment pouvez-vous en être si sûr ?

— C'est l'un des avantages d'être un ex-espion infiltré. On a la moitié du monde à ses trousses, mais on sait ce qu'ils pensent et comment ils fonctionnent. On a donc toujours une longueur d'avance sur eux. Et la chose la plus importante est de la garder.

— Et que font-ils dans un cas comme le nôtre ? »

Sarah se penche vers Rafael, vraiment curieuse de le savoir.

« La première chose qu'ils font est nettoyer la scène et mener leur propre enquête. Le gouvernement britannique a certainement déjà fermé toutes les frontières. Personne ne peut plus entrer ni sortir d'Angleterre.

— Jusqu'à quand ?

— Jusqu'à ce que ce soit nécessaire, ou jusqu'à ce que la pression des tour-opérateurs et des compagnies aériennes se fasse trop forte. Ainsi que celle de ceux qui se sont retrouvés bloqués et qui doivent voyager d'urgence à l'étranger ou rentrer dans leurs pays. Deux jours tout au plus.

— Cela signifie que ce salaud de chef de la CIA qui a tué le professeur ne peut pas quitter le pays d'ici là ?

— Ce serait formidable, mais non. Ils ont des autorisations spéciales, et leurs propres avions. Ils se lanceront sur nos traces dès qu'ils nous localiseront, mais pour l'instant nous sommes encore en sécurité. Au moins pour quelques heures, je peux vous le garantir. »

La voix de Rafael l'apaise inexplicablement. Celle d'un tueur impitoyable, sans remords, qui a jusqu'à présent rempli sa mission avec réussite, mais à quel prix ! Les dégâts sont déjà considérables.

« Que ferons-nous après avoir parlé à mon père ? lui demande-t-elle pour le sonder.

— Chaque chose en son temps, lui répond-il. Vous verrez en temps voulu.

— Vous avez l'air d'avoir un plan.

— C'est vrai. Mais pour l'instant, il s'agit de vous conduire jusqu'à votre père. C'est la première partie du plan, l'objectif principal. Ensuite, la marche à suivre se dessinera d'elle-même.

— Thé ou café ? » leur demande l'hôtesse qui passe à côté d'eux.

Thé pour Sarah, café pour Rafael.

« Quand nous arriverons à Lisbonne, notre photo sera déjà dans tous les journaux et la police sera à notre recherche, dit Sarah avec un sourire nerveux.

— C'est totalement exclu, ne vous inquiétez pas. Il est dans leur intérêt que nous n'existions pas aux yeux du monde. Comme il sera dans leur intérêt que nous quittions ce monde le plus tôt possible une fois qu'ils auront récupéré les documents. Six pieds sous terre ou jetés dans un fleuve lestés d'un poids de cent kilos, peu importe. Mais tant qu'ils n'auront pas les papiers entre les mains, notre portrait ne sortira pas dans les colonnes des journaux. S'ils le faisaient, ils risqueraient de tout perdre. »

Sarah comprend la logique de son explication. Ce qui l'impressionne le plus est le calme qu'il parvient à conserver dans une telle situation, son assurance, sa connaissance des intentions de leurs adversaires, sa capacité à savoir exactement quoi faire même sans avoir toutes les données entre les mains.

Pourvu que tu aies raison, Jack ! Et que tu saches ce

que tu fais, pense Sarah en l'espérant de tout son cœur.

« Maudit Firenzi ! Où a-t-il bien pu trouver mon adresse ? réfléchit-elle à haute voix en changeant de sujet, se souvenant de l'enveloppe avec les documents trouvée dans son courrier. D'où me connaît-il ? Et pourquoi me mêler à cette histoire, à votre avis ? »

Rafael ne tente même pas de lui répondre et touche délicatement du bout du doigt sa blessure sur le haut de son bras gauche.

« Ça vous fait mal ?

— Oui », lui répond-il en se massant légèrement le bras blessé.

Plus tôt, elle lui a nettoyé la plaie au savon et lui a fait un bandage de fortune dans les toilettes du TGV. Il a changé de chemise à Paris et sous sa veste, sa blessure n'est plus visible. La douleur avait un peu diminué, mais elle se réveille maintenant.

« Je peux faire quelque chose ?

— Non merci, ça va aller. Je l'ai bien mérité, n'est-ce pas ? C'est bien ce que vous avez dit ? » lui lance Rafael en la regardant, un brin provocateur.

Les hôtesses viennent ramasser les plateaux et peu après, la voix du commandant de bord informe l'équipage que l'avion commence sa descente vers Lisbonne, où il fait 23 °C avec un ciel clair et où il est une heure de moins qu'à Paris. Puis une voix féminine prend le relais pour remercier les passagers d'avoir choisi Air Portugal et espère les revoir bientôt sur les lignes de la compagnie.

Sarah ne les écoute pas et au fur et à mesure qu'ils

descendent, survolant le nord de son pays natal, son angoisse grandit, grossit comme une boule dans le haut de sa poitrine en rendant sa respiration difficile.

« Vous savez qui sont ces personnes qu'on m'accuse d'avoir tuées ?

— Oui », lui répond simplement Rafael avant de se renfermer dans le silence, se tournant pour regarder à travers le hublot.

L'atmosphère est transparente et les lignes des fleuves et des routes, les crêtes des montagnes, commencent à se faire plus nettes au fur et à mesure que l'avion perd de l'altitude, même si tout paraît encore parfaitement plat au ras du sol.

« Qui étaient-elles ? insiste Sarah.

— L'agent secret américain que vous êtes censée avoir tué chez vous était en réalité d'origine tchèque, naturalisé américain, mais peu importe. Le prêtre espagnol s'appelait Felipe Aragón et le prêtre argentin, Pablo Rincón. Ils détenaient tous deux des informations concernant les documents de Jean-Paul Ier.

— Des documents comme les miens ?

— Comme vous pouvez l'imaginer, le pape possédait un ensemble de documents sensibles. La liste que vous avez reçue n'en constitue qu'une partie.

— Ils ont donc reçu ces autres documents ?

— Je suis incapable de vous le dire. La seule chose que je sais, c'est que, malheureusement, ils n'ont pas pu leur échapper.

— S'ils ont reçu des documents, ils doivent maintenant être entre les mains de la P2. Et s'ils ne détenaient, disons, que des indications permettant d'accéder à ces documents, par exemple, la P2 a certainement récupéré cette information avant de les liquider », spécule Sarah.

Employer le mot « liquider » est moins douloureux que de dire « assassiner », même si c'est exactement la même chose. Une manière pour elle de tenter d'adoucir la dure réalité.

« Oui, c'est probable. Je ne connais pas les détails. Votre père en saura certainement plus.

— Comment faites-vous pour savoir à qui faire confiance, que faire, quelle décision prendre si vous n'avez pas accès à toutes les données ? Comment parvenez-vous à agir en en détenant qu'une partie ?

— Nous ne sommes qu'un rouage d'une grande machine. Ce qui compte, c'est de connaître notre rôle et de bien le jouer ; de connaître nos objectifs et de savoir les atteindre tout en continuant à être convaincu qu'on a choisi le bon camp. Quant à la finalité de la grande machine elle-même, elle nous dépasse souvent. Et s'il nous faut parler de l'édifice dans son ensemble, ne le visualisent et ne le modèlent vraiment que celui ou ceux qui sont capables de le concevoir et de le bâtir.

— Et vous n'êtes pas curieux de savoir à quoi vous servez, finalement ?

— La curiosité est un vilain défaut, lui répond Rafael. Beaucoup en sont morts prématurément. »

L'avion, qui a perdu beaucoup d'altitude, se prépare à faire son approche, et quelques minutes plus tard, il atterrit en douceur.

Nous venons d'atterrir à l'aéroport de Portela

à Lisbonne, dit la voix stéréotypée de l'hôtesse de l'air dans son habituel message final ; veuillez ne pas détacher vos ceintures tant que l'appareil…

« Au moins, ils ne nous ont pas abattus avec un missile en plein vol », soupire Sarah pour essayer de se détendre, préférant ne pas penser à ce qui les attend.

Elle n'y pense pas sérieusement, bien sûr, encore que la course-poursuite dans le métro sous le feu de balles réelles, les événements du British Museum où elle a peut-être involontairement tué un homme et les bombes d'Euston Road dignes d'une production hollywoodienne dépassent de très loin tout ce qu'elle aurait pu imaginer.

« Un missile ? N'exagérez pas. Ce n'est arrivé qu'une fois, et par erreur, lui dit Rafael.

— Le célèbre cas du vol TWA-800, je sais. Mais ça n'a jamais été prouvé.

— Vous savez maintenant que les vérités officielles sont le meilleur mensonge possible. »

Elle hoche la tête sans rien ajouter.

« Surtout que cet avion a été touché par erreur.

— Par erreur ?

— La cible initiale a modifié sa trajectoire à la dernière minute.

— Et quelle était cette cible ?

— L'Air Force One. »

XXXIX

Jeronimo Staughton sue comme un beau diable pour satisfaire les ordres de son chef, dont la mauvaise humeur est notoire. Staughton ne peut pas se permettre un tel luxe, car s'il a également passé une nuit blanche, il n'a pas de subordonnés ou de famille à proximité sur lesquels déverser sa colère. Ses parents coulent une retraite paisible à Boston, Massachusetts, et les femmes n'ont jamais supporté son rythme de travail. Travailler à l'agence exige de se consacrer corps et âme à son devoir qui finit par dévorer même les plus tenaces, couper leurs liens familiaux et les amitiés les plus solides. Pour faciliter l'exécution de leurs missions, elle transforme ses fonctionnaires en véritables agents secrets pratiquement coupés de tout lien avec le monde extérieur.

Jeronimo Staughton n'est pas très différent des autres à cet égard, même s'il a réussi à maintenir ses liens avec ses parents et le reste de sa famille. Un peu plus tôt dans la journée, il a rassuré sa mère en lui disant que tout allait bien et qu'il n'avait pas été touché par l'attentat de Londres, qu'il s'était seulement retrouvé sans bus ni métro pour aller travailler, tous les transports en commun ayant été suspendus. Pour sa mère, Staughton est technicien en informatique à la succursale de Londres d'une société américaine, ce qui, dans le fond, n'est pas très loin de la vérité. Ses amis d'enfance ont disparu avec le temps, conséquence de l'éloignement de chacun et de la raréfaction progressive de leurs contacts. Quant aux femmes, Jeronimo Staughton a essayé, nous devons lui accorder ce crédit. Par deux fois, il a été tout près de se marier devant Dieu et devant la loi. Le 11 septembre 2001 a jeté à terre sa première tentative sans qu'on puisse en blâmer sa fiancée, car il est resté trois mois sans pouvoir retourner chez lui après l'attaque des tours jumelles, n'appelant la jeune femme qu'une fois par semaine pour lui dire à chaque fois qu'il espérait pouvoir rentrer la semaine suivante. La même chose est arrivée à la seconde femme qu'il devait épouser en 2003, à l'époque de la seconde guerre du Golfe. Leur mariage était prévu le 9 avril : le jour de l'arrivée des troupes américaines à Bagdad. Staughton est resté injoignable, maintenu au secret pendant cinq mois, n'envoyant qu'occasionnellement un e-mail pour informer ses proches de son état physique et psychologique, disant qu'il reviendrait le mois suivant. Lorsqu'il est effectivement rentré, l'ex-future mariée avait déjà pris la poudre d'escampette, si fâchée qu'elle ne répondit plus à ses appels. Il a ensuite décidé de mettre un terme à des relations durables et aujourd'hui, à trente-deux ans, mal habitué à la privation sexuelle, il ne vit plus que pour son travail, espérant un jour décrocher un poste qui lui permette d'avoir une famille qu'il puisse aimer, à laquelle il puisse consacrer du temps et dont il puisse prendre soin. Ce qui lui fait le plus peur serait qu'il devienne avec le temps une espèce de Geoffrey Barnes bis, apparemment sans aucune vie sentimentale, dont la plus grande préoccupation à la sortie du travail est d'aller se remplir la panse dans un restaurant où l'on mange bien – quelque chose qui est en soi presque impossible à Londres, une ville où on ne peut pas manger plus mal. Non, c'est impensable. Il est exclu qu'il se transforme en un être qui envoie tout balader autour de lui s'il est de mauvaise humeur ou s'il n'a pas bien mangé. D'autant plus que pour Staughton, Geoffrey Barnes n'est qu'un salaud insensible, cruel et sans scrupules. Un sale chef.

« C'est prêt ? lui lance Barnes qui fait irruption dans la salle, se penchant sur l'écran d'ordinateur de Staughton.

— Pas encore. Mais presque.

— Tu as déjà quelque chose ?

— J'ai sorti ce que j'ai sur l'imprimante. »

Barnes va tout droit vers l'imprimante placée sous une fenêtre et saisit la liasse de papiers qu'elle a débitée, une énorme liasse de plus de deux centimètres d'épaisseur qui va demander des heures à être épluchée. C'est le milieu de la journée et il regarde ses troupes s'agiter dans la grande salle. Des hommes et des femmes vont et viennent en s'interpellant parfois entre eux d'un geste ou à haute voix, d'autres sont assis, affairés devant leurs écrans ou passant des appels téléphoniques, mais les yeux de

Barnes s'arrêtent soudain sur un groupe de trois agents qui discutent en ayant l'air de s'amuser.

« Hé, vous trois, leur dit-il, examinez-moi ça en détail. Et surveillez cette imprimante, il va en sortir d'autres. »

Leurs sourires s'estompent et ils obéissent immédiatement.

« Signalez à Staughton tout ce que vous trouverez.

— Yes, Sir. »

Barnes retourne dans son bureau, inquiet : les heures passent, et toujours aucune nouvelle. La situation commence à devenir critique, très critique.

Les trois agents s'assoient à une table pour exécuter leur tâche et l'un d'eux, le plus hardi, demande à Staughton, assis juste à côté d'eux :

« Il n'a pas mangé aujourd'hui ?

— Il n'a pas mangé, pas bu, pas dormi et pas baisé, lui crache Staughton sans quitter des yeux son écran.

— Alors on est foutus !

— Prie pour qu'on les retrouve rapidement car sinon, tu n'imagines pas à quel point ! »

L'agent se penche vers Staughton pour lui parler en aparté.

« Je viens à peine de rentrer de mission. Sur les traces de qui êtes-vous ? Je n'ai aucune idée de ceux que nous cherchons.

— Jack Payne, un traître, et Sarah Monteiro, une journaliste bien gaulée. Recherchés vivants.

— Jack Payne ? Le fameux Jack Payne ?

— Lui-même.

— J'ai travaillé une fois avec lui. Il m'a sauvé la vie.

— Aujourd'hui, tout a changé. S'il te retrouve, il n'hésitera pas à te tuer. La nuit dernière, il a liquidé cinq d'entre nous avant de faire sauter Euston Road.

— Euston Road ? C'est lui ?

— Oui, et uniquement pour pouvoir s'enfuir dans la panique générale alors qu'on lui collait aux fesses. Ce fils de pute est l'auteur de l'attentat de Londres dont ils nous rebattent les oreilles.

— Putain, il ne plaisante pas !

— Mets-toi au boulot, Thompson. Aide-les, il n'y a pas de temps à perdre, lui dit Staughton en lui montrant ses deux compagnons.

— Qu'est-ce que tu es en train de faire ?

— D'accéder aux listes de passagers qui ont quitté le pays ce matin. Une liste interminable de noms.

— C'est comme chercher une aiguille dans une botte de foin. D'autant plus qu'ils doivent avoir de faux papiers.

— Je sais. Mais pour le moment, c'est tout ce que nous avons. Nous devons trouver cette aiguille.

— Laisse-moi passer un coup de fil, je reviens tout de suite », lui dit Thompson qui semble avoir une idée et qui s'éloigne vers un bureau dont le téléphone n'est pas occupé.

Même si le monde du renseignement ne s'arrête jamais, la récolte d'informations se faisant à l'échelle mondiale, vingt-quatre heures sur vingt-quatre et sept jours sur sept, cet immeuble banalisé de Londres, siège secret de la CIA, connaît un évident regain d'activité au cours de la journée. Des hommes et des femmes concentrés sur leurs écrans ou en perpétuel mouvement d'une pièce à l'autre, qui analysent des données recueillies par des agents sur le terrain disséminés aux quatre coins du monde.

Geoffrey Barnes bénéficie aux horaires de bureau d'une secrétaire particulière qui filtre ses appels et satisfait à presque tous ses désirs. Aussi, sa mauvaise humeur devrait bientôt être soulagée par un déjeuner décent que son assistante a commandé dans un restaurant convenable de la rue d'à côté. Bien entendu, le livreur ne dépassera pas la réception au rez-de-chaussée – une réception tout à fait banale, comme celles de tous les autres immeubles londoniens du même genre, avec un portier ordinaire qui donnera l'impression qu'il ne se passe absolument rien de suspect dans cet immeuble résidentiel.

Assis dans son fauteuil, le chef de l'antenne londonienne de la CIA observe à travers la cloison vitrée la grande salle où travaillent la plupart de ses effectifs. Il aurait besoin de mettre tout le monde au travail sur cette sale affaire, mais ce n'est malheureusement pas possible. Le monde est grand et les États-Unis ont d'autres priorités – du moins c'est ce que pense le bureau du président. Il hésite un instant à demander à Langley des moyens supplémentaires, qui ne lui seront pas refusés : mais ce serait tendre le bâton pour se faire battre. Cela signifierait avouer à ses supérieurs qu'il ne maîtrise pas la situation. Non, pour le moment, il va continuer avec les moyens dont il dispose. Et si à la fin de la journée ils n'ont toujours pas retrouvé leur trace, il réfléchira à nouveau à la question.

Subitement, quelque chose d'étrange attire son attention : il ne voit plus Staughton à sa place dans la grande salle. Se levant d'un bond, il sort de son bureau pour s'avancer à grands pas jusqu'à la table où deux des trois agents à qui il a donné l'ordre sont en train d'analyser les listes de passagers qui ont quitté le Royaume-Uni juste avant la fermeture de l'espace aérien et des frontières terrestres.

« Alors ? Quelque chose ? leur demande-t-il, énervé.

— Rien. Avez-vous considéré l'hypothèse qu'ils n'aient pas encore quitté le pays ? lui demande l'un des agents.

— Ils l'ont quitté. J'en suis sûr. »

Il regarde la chaise vide de son analyste en temps réel de données sensibles.

« Où est passé Staughton ?

— Il est sorti avec Thompson.

— Avec Thompson ? Où sont-ils allés ?

— Aucune idée.

— Certainement pas vérifier quelque chose sur le terrain ! Avec ces deux-là, je suis foutu ! »

Il revient encore plus énervé vers son bureau, mais il est intercepté au passage par sa secrétaire.

« Monsieur…

— Mon déjeuner est arrivé ?

— Il va certainement arriver d'une minute à l'autre.

— Qu'est-ce qui se passe ? Ils sont beaucoup plus lents que d'habitude.

— Je ne crois pas, Monsieur. Ils mettent toujours vingt-cinq minutes. »

Barnes claque la porte de son bureau. Il a l'impression que le monde entier est ligué contre lui. *Je sens que cette histoire va mal finir*, se dit-il en s'asseyant sur son fauteuil de ministre.

« Monsieur Barnes, le rappelle sa secrétaire en entrouvrant la porte pour passer la tête.

— Qu'y a-t-il encore ?

— J'ai un appel sur la ligne deux. »

Le cœur de Barnes se serre.

« Il ne me manquait plus que ça ! Et qui est-ce ? »

La secrétaire avale sa salive avant de lui dire :

« Le Vatican, Monsieur. »

Le Vatican ? répète Barnes mentalement en fronçant les sourcils, abasourdi. *Les choses sont en train de chauffer*.

XL

Dans les jardins du Vatican

Septembre 1978

Sœur Vincenza a cherché Don Albino tout l'après-midi dans le palais apostolique. Un petit plateau avec un verre d'eau et une pilule posée sur une soucoupe à la main, elle vient enfin de l'apercevoir par une fenêtre. Assis sur un banc du jardin, le Saint-Père se tient la tête dans les mains, semblant être aux prises avec des pensées douloureuses.

« Mon Dieu ! » murmure sœur Vincenza sans le vouloir.

La vieille femme descend les escaliers qui conduisent aux magnifiques jardins du Vatican et s'avance dans une allée gravillonnée jusqu'à une petite fontaine. Un peu plus loin, elle aperçoit la soutane blanche de Don Albino, assis en train de contempler ses chaussures, et elle vient se planter devant lui.

« Les médecins vous ont recommandé de vous promener dans les jardins, Saint-Père, pas de vous asseoir si longtemps. »

Don Albino regarde sa fidèle servante avec un sourire plein de bonté.

« Oui, ils m'ont recommandé de marcher pour que les enflures de mes pieds se résorbent, c'est vrai. Mais le fait est qu'avec les pieds enflés, je ne peux pas beaucoup marcher. Alors, que puis-je faire ? »

Sœur Vincenza, habituée à la logique implacable de Don Albino, reconnaît que les médecins n'ont pas été très habiles en prescrivant ces promenades et elle préfère lui tendre le plateau sans lui répondre.

Sans rien dire, le pape prend la pilule dans une main et le verre d'eau dans l'autre ; après avoir regardé le médicament avec résignation, il l'avale, se délectant davantage du verre d'eau fraîche que n'attendant vraiment des effets bénéfiques promis par la pilule.

« Vous avez connu mon père, sœur Vincenza ? Quand je suis entré au séminaire de Feltre, à l'âge de onze ans, mon père a passé deux mois sans adresser un mot à ma mère. Comme vous savez, ma mère était une femme très pieuse, mais mon père…

— Don Giovanni était un rebelle, lui répond Vincenza.

— Non, Don Giovanni, comme vous dites, était socialiste. Et dans le monde qui est le nôtre, je ne vois pas comment un immigrant, un journalier ou un travailleur qui a toujours vécu dans la misère pourrait être autre chose. Mais le fait est que lorsque je suis entré au séminaire, mon père a dit : “Enfin, il faudra faire un sacrifice.” Je dirais que pour un farouche anticlérical, il a eu une prémonition très similaire à une vision spirituelle. J'étais en train de penser à lui quand vous êtes arrivée.

— Dieu vous aidera à porter le fardeau, Saint-Père. »

Don Albino regarde sœur Vincenza avec bienveillance. Il serait inutile d'entamer avec elle une conversation sur la façon dont les dirigeants de la Banca Vaticana se sont servis de lui à l'époque où il présidait la Banca Católica de Veneto. Que penserait cette religieuse ingénue s'il lui disait que l'argent de la mafia était blanchi, avec la complicité de la Banco Ambrosiano et de celle du Vatican, par le biais de sociétés écrans dans les Bourses de Zurich, de Londres et de New York ? Dans quel état se retrouverait la foi sensible de sœur Vincenza s'il lui apprenait que l'affable cardinal Villot apparaissait avec le numéro 041/3 dans les archives de la loge P2 depuis le 6 août 1966 ? Comment pourrait dormir cette sainte femme si elle apprenait que Don Albino n'était pas à la tête de l'Église de Notre Seigneur, mais d'un conglomérat financier qui finirait par exploser entre ses mains s'il ne remédiait pas à la situation ? Et en ce qui le concernait, comment pourrait-il regarder dans les yeux cette vieille religieuse en sachant que leur si chère Église est devenue une caverne de voleurs ?

« Je peux supporter le fardeau, Vincenza, lui dit Don Albino. Mais je ne sais pas si les autres sont prêts à me supporter.

— Ayez confiance en Dieu, Don Albino, lui dit la vieille femme en reprenant lentement l'allée de gravier en direction du palais apostolique. Ayez confiance en Dieu… »

Jean-Paul Ier reste encore quelques minutes sur le

banc près de la fontaine, immergé dans ses pensées en regardant ses pieds enflés.

Mais il est temps de retourner à son bureau : il a tellement de choses à faire, et après un geste de résignation de la main, il se lève avec une petite grimace qui reflète la douleur de ses chevilles.

« Enfin, comme a dit le vieux Don Giovanni, il va falloir faire un sacrifice. »

Et il prend le chemin de son bureau en marchant lentement, les mains derrière le dos.

XLI

Il n'y a que deux heures que Rafael et Sarah ont atterri dans la capitale portugaise établie en ce lieu par le roi Dom Afonso III en 1255, et qui reste encore aujourd'hui la ville aux sept collines fondée par Ulysse, roi d'Ithaque, selon la légende. Leur temps est compté et chaque minute est précieuse pour ne pas perdre l'avantage qu'ils ont chèrement acquis. Leur destin est entre les mains de Dieu, à moins qu'il ne soit malheureusement entre celles de Geoffrey Barnes ou du vieil homme au nom inconnu qui lui donne ses ordres.

À l'hôtel Altis, rue Castilho, où ils ont déjeuné tardivement, Sarah peut enfin prendre un bain. Elle n'est évidemment pas habituée à partager une chambre avec un inconnu, même si elle vient de passer avec lui par des situations tragiques qui les lient désormais pour toujours, et c'est un peu gênée qu'elle sort de la salle de bains emballée dans sa serviette.

Au moment où elle entre dans la chambre, les nouvelles qui passent à la télévision sont bien évidemment axées sur l'attentat de Londres.

« L'attentat a été revendiqué par l'organisation terroriste Al-Qaïda », informe le journaliste.

« Quoi ? » laisse échapper Sarah en augmentant le volume de la télévision et en venant s'asseoir sur le bord du lit, encore enveloppée dans une serviette blanche. En temps normal, elle en aurait enroulé une seconde en turban autour de sa tête, mais c'est désormais inutile : sa longue chevelure est presque entièrement restée, sauvagement coupée par Rafael, dans la poubelle d'une autre chambre d'hôtel, à Londres.

« Qu'est-ce que c'est que cette histoire ?

— Ce sont les services secrets au travail, lui dit Rafael les yeux fermés, assis les jambes allongées sur le lit et le dos appuyé contre un oreiller.

— Peut-être, mais pourquoi inventer un si gros mensonge ? Personne n'est donc capable de découvrir la vérité ?

— Ils choisissent la vérité qu'ils veulent. Ils sont la vérité. Et comme vous voyez, nous n'avons rien à craindre de ce côté-là. »

Sur l'écran apparaissent les photos des terroristes qui ont posé les bombes avant de se suicider en faisant sauter la Jaguar dans laquelle ils se trouvaient. Trois portraits d'Arabes en noir et blanc avec leurs noms écrits en dessous. Sarah les observe attentivement, complètement abasourdie par l'ampleur qu'est en train de prendre l'affaire à laquelle elle s'est retrouvée mêlée. Le pouvoir nécessaire à une telle mise en scène, la complicité indispensable entre les agences de renseignement pour pouvoir se permettre d'inventer une histoire de cet ordre sont si inimaginables, a priori, que Sarah se demande comment ils ont réussi à monter ce scénario en seulement six ou sept heures. Mais ils y sont parvenus, elle en a la preuve sous les yeux, et tout ce que cela présuppose sur le fonctionnement du monde et la manipulation de l'information lui donne des frissons.

« Le bilan est pour l'instant de treize morts parmi lesquels les trois kamikazes… » poursuit le correspondant en direct de Londres – du moins apparemment, puisque la cathédrale Saint-Paul apparaît derrière lui en arrière-plan.

« Treize morts ! Quelle horreur ! » répète Sarah avec la chair de poule avant de réfléchir soudain.

Parmi lesquels les trois kamikazes… Qu'est-ce que ça veut dire, puisqu'ils n'existent pas ? Auraient-ils aussi inventé le nombre de victimes ?

Mais peu importe le nombre exact, se dit-elle. S'ils en annoncent treize, bilan provisoire, c'est qu'il y a certainement au moins plusieurs morts, des enfants peut-être, elle en est persuadée, et elle ne peut empêcher son cœur de se serrer et ses yeux de s'embuer en pensant qu'elle est involontairement la cause de cette catastrophe.

Sarah se tourne vers Rafael qui continue à se reposer, serein, impassible, comme si l'annonce de ces morts ne l'affectait pas le moins du monde. Cette attitude, si différente de l'image qu'il transmet par ailleurs, la révolte. La distance avec laquelle il semble observer les choses, l'apparente insensibilité qu'il démontre, ne correspondent pas à la douceur de son regard et à la chaleur de sa voix quand il parle. Il est évident que cet homme qui se fait appeler Rafael lui cache quelque chose.

Sur l'écran de télévision, les images d'un Londres dévasté passent derrière un journaliste en studio entouré d'experts en tout genre qui s'apprêtent à exposer en détail leurs théories sur ce qui s'est passé, et pourquoi. Des experts en terrorisme et en géopolitique qui ignorent la vérité mais commenteront de long en large ce mensonge avec l'assurance de véritables connaisseurs. Des idiots. Entre-temps, l'antenne est rendue au correspondant de Londres.

« Une information de dernière minute en ce jour de deuil où le monde s'est réveillé à l'annonce d'une nouvelle tragédie, même si cette information n'a rien à voir avec l'attentat. La journaliste portugaise Sarah Monteiro, qui était recherchée par toutes les polices européennes, a finalement été arrêtée ce matin, ici même à Londres. »

L'image montre une femme, se cachant la tête avec sa veste, qui sort d'une voiture de police et entre dans les célèbres bâtiments de Scotland Yard.

« Vous entendez ? dit Sarah, bouche bée.

— C'est parfait. Nous voilà doublement tranquilles pour circuler librement, lui répond Rafael en s'étirant.

— Pourquoi font-ils cela ?

— Pour avoir les mains libres. Sans que la police s'en mêle. Cela prouve qu'ils sont convaincus que nous avons quitté l'Angleterre.

— C'est le message que vous retenez de tout ça ?

— Exactement, lui dit-il en se levant. Je vais

prendre une douche et on s'en va. Nous n'avons pas de temps à perdre. »

Lorsque dix minutes plus tard Rafael sort de la salle de bains avec une serviette autour de la taille, il ne trouve pas Sarah dans la chambre. Sans s'en inquiéter, il commence à se rhabiller et elle entre au moment où il est en train d'enfiler son pantalon. Sarah a le réflexe de tourner la tête, un peu gênée.

« Où étiez-vous passée ? lui demande-t-il, ignorant son embarras.

— Je suis descendue à la réception.

— Pour quoi faire ?

— Je suis obligée de vous dire tout ce que je fais ?

— Non, mais si je ne sais pas où vous êtes, je ne peux pas vous protéger.

— Je suis seulement descendue cinq minutes et je suis de retour saine et sauve, ça vous va ? » lui dit Sarah, un brin provocatrice.

« Et maintenant, vous êtes prêt ? lui demande-t-elle pour vite changer de sujet.

— Juste le temps de finir de m'habiller et on y va », lui dit-il.

Les yeux de Sarah s'arrêtent alors sur sa blessure. Deux vilaines incisions dans le muscle de son bras, purulentes, gonflées, juste en dessous de son épaule gauche. L'entrée et la sortie de la balle.

« Votre blessure n'est pas jolie, et elle est en train de s'infecter.

— Elle guérira vite : allons-y.

— Laissez-moi au moins la désinfecter. »

Et sans attendre de réponse, Sarah se dirige vers la salle de bains où elle trouve une trousse de premiers secours dans le placard sous le lavabo. Elle mouille un gant de toilette avec de l'eau très chaude, attrape une serviette propre et revient dans la chambre en posant le tout sur le lit.

« Asseyez-vous ici.

— C'est inutile. J'ai déjà vu pire.

— Asseyez-vous ! »

Cette fois-ci, c'est un ordre.

Rafael obéit et s'assoit sur le lit. Sarah nettoie soigneusement sa blessure, d'abord avec le gant humide puis, après l'avoir séchée, avec de l'eau oxygénée. Enfin, elle la recouvre d'une compresse propre imbibée de désinfectant et d'un bandage. Quand elle a terminé, Sarah lève les yeux vers Rafael et s'aperçoit qu'il la regarde. Elle soutient son regard sans rien dire un certain temps avant de lui demander, un peu gênée :

« Qu'y a-t-il ?

— Rien, rien… lui répond-il en détournant les yeux et en se levant pour terminer de s'habiller. Merci.

— Pas de quoi », lui dit-elle avant d'ajouter en regardant son autre bras :

« Votre tatouage est impressionnant.

— Si vous voyez le même sur le bras de quelqu'un d'autre, fuyez vite sans vous retourner.

— Pourquoi ?

— Parce que c'est le tatouage de la garde.

— La garde ? Quelle garde ?

— La garde avancée de la P2. Une sorte de troupe d'élite entraînée pour les missions les plus délicates sur le terrain. Aujourd'hui, vous avez mis fin à son infaillibilité.

— Moi ? Non, vous », corrige Sarah tandis que le tatouage de serpent, qui descend jusqu'au poignet de Rafael, disparaît sous la manche de sa chemise.

Puis elle ajoute :

« Voulez-vous que je téléphone à la réception pour qu'elle appelle un taxi ?

— Ce n'est pas la peine.

— Nous ne partons pas en taxi ?

— Non. Pas cette fois-ci. Vous êtes déjà montée dans un hélicoptère ?

— Comment ? »

*

Les voici donc survolant Lisbonne en direction du nord. Sarah sait qu'elle verra bientôt son père et n'arrête pas d'y penser. Si elle pouvait, elle préférerait ne pas le revoir si vite, pas avant d'avoir éclairci le rôle qu'il tient au milieu de ce cauchemar, pas avant d'avoir compris quelle est sa véritable implication au sein de cette terrifiante organisation. Ce dont elle rêve, c'est d'entendre quelqu'un en qui elle pourrait avoir totalement confiance lui dire : « Votre père est innocent » ou « Votre père était un agent infiltré, comme Rafael, et il n'a jamais tué personne ».

« C'est la première fois que vous venez à Lisbonne ? demande Sarah à son sauveur en essayant de penser à autre chose.

— Non. J'y suis déjà venu plusieurs fois. Il passe

beaucoup d'informations par ici et nous devons toujours être là où elle circule.

— Ici, à Lisbonne ?

— Ici et ailleurs au Portugal. À Porto, à Coimbra…

— Intéressant. Et comment trouvez-vous Lisbonne ?

— C'est une très belle ville. Le Portugal dans son ensemble est d'ailleurs très beau, et nous allons bientôt pouvoir admirer un de ses joyaux.

— Où allons-nous exactement ?

— Vous le saurez bientôt. »

Toujours la même réponse, qui ne fait qu'attiser sa curiosité et son anxiété.

L'hélicoptère poursuit son vol, le cap désormais au nord-ouest en direction de l'océan, laissant Lisbonne et le Tage derrière lui.

« Vous savez qu'elle fut jadis la capitale du monde, lui lance Sarah avec fierté.

— Je sais. Vous êtes le peuple d'avant-garde qui a permis de découvrir le Nouveau Monde, qui l'a en quelque sorte offert au reste de la terre.

— Ah, si nous pouvions encore jouer un tel rôle !

— C'est une question de volonté. Le Portugal est le plus vieux pays d'Europe. Il faudrait qu'il commence à se comporter comme tel. »

Alors qu'ils se renfoncent dans le silence, le pilote se tourne vers Rafael pour lui signaler qu'ils approchent de l'objectif. Ce dernier se lève pour se passer un baudrier autour de la taille et des épaules, sur lequel il fixe un jeu de sangles munies chacune d'une paire de mousquetons. Puis il attrape une corde et enfile un sac à dos.

« Que faites-vous ? lui demande Sarah.

— Enfilez ça, lui ordonne Rafael en lui tendant un autre baudrier.

— Pourquoi ? Vous n'imaginez tout de même pas que…

— Ne compliquez pas les choses, d'accord ? »

Et Rafael se penche pour l'aider à passer les bras et les jambes au bon endroit avant d'ajuster une sangle autour de sa taille.

« Maintenant, tournez-moi le dos », lui demande-t-il pour finir.

Sarah se tourne et il en profite pour fixer en un tournemain son baudrier à celui de sa protégée à l'aide de quatre mousquetons.

« Qu'est-ce que vous faites ? Ne me dites pas que…

— Vous êtes prête ?

— Arrêtez ! Vous êtes fou ! »

Mais elle n'a même pas le temps de se débattre car l'instant d'après, ils ont déjà sauté.

XLII

Assise sur une marche, concentrée sur sa PlayStation portable, la petite fille ne remarque pas les deux hommes qui passent à côté d'elle en montant l'escalier. Les consoles de jeux ont ce pouvoir hypnotique, capable de tenir les enfants et les adultes en haleine, sourds à leur entourage, pendant des heures et où que ce soit. Sinon, la petite fille aurait entendu protester l'un des deux hommes, se plaignant à l'autre qu'il n'a rien à faire ici à l'heure qu'il est.

Ils ne croisent personne jusqu'au troisième étage. La presque totalité des habitants de Londres sont enfermés chez eux, les yeux fixés sur leur écran de télévision, en train d'écouter les dernières informations sur l'attentat. Ou alors dans les hôpitaux ou les commissariats de police, cherchant par tous les moyens possibles à obtenir des nouvelles de leurs parents ou de leurs amis qui n'ont pas encore donné signe de vie depuis le moment des explosions. Un jour triste pour la capitale britannique, qui s'est réveillée sous le joug du terrorisme islamique ; et avec les heures qui passent, le seul coup de téléphone que tout Anglais ne veut pas recevoir est celui qui lui annoncerait la mort d'un proche jusque-là seulement disparu.

Le feu d'artifice provoqué par Rafael restera dans toutes les mémoires comme un attentat perpétré par des terroristes islamistes, que tout le monde condamnera évidemment. Même si ce sera pour certains avec la peur au ventre au début, la grande majorité des Londoniens reprendront très vite leurs activités routinières, chaque jour qui passera atténuant cette crainte jusqu'à la faire disparaître. Mais quelques autres conserveront en eux, ou sur eux, les marques indélébiles de cette catastrophe pour le reste de leur vie : la brûlure, l'amputation, la douleur ou la cicatrice physique ou psychologique, ou même dans le pire des cas l'être cher à jamais perdu, et qui ne sera jamais oublié. L'acte d'une seule personne peut affecter le monde entier. Dans ce cas, les kamikazes étaient trois, mais les autorités affirment déjà être à la poursuite du ou des cerveaux de l'opération et, bien entendu et plus que jamais, de Ben Laden.

Totalement étrangère à la tragique actualité, la petite fille essaie de se faufiler au milieu d'une pluie de météorites qu'elle doit traverser avec son vaisseau spatial. Elle est un peu trop jeune pour comprendre toutes les implications de ce qui vient de se passer dans sa ville, et avec un peu de chance, elle ne vivra jamais une situation comparable.

Les écouteurs sur ses oreilles empêchent la fillette d'entendre les violents coups de pied donnés contre la porte d'un appartement au troisième étage. Quant au locataire, réveillé en sursaut, il voit cette porte s'écrouler littéralement sur le sol en sortant de sa chambre. Il tente de s'échapper par une fenêtre, mais l'arme brandie dans sa direction par le premier homme qui surgit dans l'appartement le dissuade promptement de le faire.

« Hans, mon cher Hans, lui dit Thompson, le sourire aux lèvres, tandis que Staughton entre derrière lui, un revolver à la main, comment vont les affaires ? »

XLIII

Après une nuit entière les yeux fixés sur la porte de l'immeuble du vieillard sur la Sixième Avenue, les deux hommes n'ont pas changé de place, toujours immobiles dans leur véhicule noir, et au moins celui qui est assis sur le siège du passager surveille encore cette porte avec la même attention que la veille au soir. Ils se sont relayés toutes les deux heures pour pouvoir dormir un peu, même si le chauffeur n'a plus fermé l'œil après avoir entendu à la radio, vers une heure du matin, d'impressionnantes nouvelles d'outre-Atlantique : l'attentat de Londres. Depuis lors, les commentateurs et les experts ne cessent de propager des tonnes de thèses et de théories sur ces événements à travers les ondes.

Bien que New York se soit réveillée pour un nouveau jour de travail – même si dire « se réveiller » pour une ville qui ne dort jamais est un peu un abus de langage – l'humeur est à la consternation, et l'atmosphère est grave et pesante suite à ce nouvel attentat. Le 11 septembre 2001 a laissé des traces profondes dans la société américaine, en particulier à New York bien sûr. Les New-Yorkais comprennent mieux que quiconque la douleur profonde, l'impact psychologique dévastateur que les Londoniens ressentent à ce moment-là. Cet événement lointain rouvre des plaies, renvoie à des souvenirs qu'ils essaient d'oublier jour après jour, même s'ils les garderont à jamais.

« J'ai des courbatures partout, se plaint le chauffeur.

— Les voitures ne sont pas faites pour dormir », lui répond l'homme à la gabardine.

Ils avalent les beignets sucrés et les cappuccinos que ce dernier est allé acheter dans un bar, à moins de cinquante mètres. Pendant la nuit, c'est le chauffeur qui s'est levé plusieurs fois pour leur ramener des cafés d'une boutique ouverte vingt-quatre heures sur vingt-quatre, s'interrogeant même au passage, en plaisantant, sur la nécessité pour ce genre d'établissements d'avoir une porte, puisqu'ils ne la ferment jamais. Tout cela mentalement, en silence bien sûr, car son camarade n'apprécie guère ce genre de conversation. Et au milieu de ses réflexions solitaires, il a beaucoup pensé à Jack, le grand Jack Payne, et à sa chance. Car même s'il le censure, il l'envie aussi beaucoup, d'une certaine façon. Il faut un sacré courage, des « couilles », pour faire ce qu'il a fait. Il lui a fallu beaucoup de maîtrise et de sang-froid pour se mêler si longtemps à la garde sans être démasqué, mais au contraire choisir de sortir par la grande porte au moment où il l'a voulu en se dénonçant lui-même. Un vieux renard, ce Jack Payne…

Subitement, une silhouette qu'ils connaissent bien sort de l'immeuble qu'ils surveillent.

« La cible vient de sortir, dit le chauffeur à son camarade.

— Je vois.

— Tu vas le suivre ?

— Non. C'est toi qui vas le faire.

— Et toi ?

— Je vais faire une petite visite dans son appartement.

— Voilà qui est parlé, se félicite le chauffeur, ravi qu'ils se lancent enfin dans l'action.

— Ne le perds pas de vue. Dès que j'ai terminé, je t'appelle pour savoir où tu es. »

Le chauffeur sort calmement de la voiture et commence à suivre discrètement le vieil homme. Une filature à pied comporte toujours des risques. Celui que l'individu suivi monte dans un taxi ou tout autre véhicule. Si cela se produit, la première chose à faire est de noter le numéro de la plaque d'immatriculation dudit véhicule et d'immédiatement le prendre en chasse en taxi, mais il y a toujours un risque de le perdre de vue. Si c'est le cas, le véhicule emmenant la cible pourra être localisé grâce au numéro de sa plaque d'immatriculation transmis à une centrale de surveillance mais cela prendra un certain temps, nécessitera du renfort et pourra se transformer en un complexe jeu du chat et de la souris.

Dans le cas qui nous occupe, aucune complication de ce genre n'apparaît : le vieil homme est adepte de la marche à pied, ce qui explique peut-être la très bonne forme physique qu'il présente pour son âge. Il se dirige vers Central Park, loin de penser qu'il est suivi à une certaine distance.

Pourquoi ne pas lui mettre une balle entre les deux yeux pour régler la question une fois pour toutes ? se demande le chauffeur. *Qu'est-ce que ce vieux a donc de si spécial, qui le rend différent des autres ?*

*

L'homme à la gabardine a mis un quart d'heure pour pénétrer dans l'appartement du vieil homme. Du travail de professionnel, exécuté avec grand soin pour ne laisser aucune trace de son passage. Les ordres du maître sont très clairs et ne prévoient pas d'entrer dans cet appartement, du moins pas pour l'instant. Ils interdisent expressément tout acte qui pourrait mettre leur plan en danger. Comment expliquer alors l'attitude de cet homme qui risque de compromettre tout le travail effectué, et surtout de mettre sa tête à prix, sachant que le maître n'hésitera pas à la couper s'il découvre cette imprudence ? Une seule raison peut expliquer ce comportement : cet homme cherche à se valoriser, rêve de découvrir quelque chose qui fasse grandement plaisir à son maître sur le point d'arriver.

Il a bien préparé sa visite et il se présente à la réception de l'immeuble comme un vendeur de bibles, faisant presque s'étouffer le portier de rire.

« Ce monsieur doit avoir plus de bibles chez lui que toutes celles que vous vendez, lui dit-il encore tout rouge, essuyant les larmes de rire qui lui viennent aux yeux.

— Il a l'habitude d'en acheter. Mais je ne me souviens pas de l'étage où il habite, lui dit l'homme à la gabardine.

— Il habite au septième, lui répond le portier. De toute façon il est absent, il vient de sortir. Laissez-moi vos coordonnées, je les lui donnerai.

— Très bien. »

L'homme lui laisse une carte et commence à attendre discrètement, un peu plus loin sur le trottoir. Moins de dix minutes plus tard, une voiture de luxe se gare devant l'entrée de l'immeuble et le portier en uniforme s'empresse de venir ouvrir la portière arrière du véhicule, pour laisser sortir une dame et ses enfants. Pendant ce temps-là, le prétendu vendeur de bibles s'est déjà glissé discrètement dans l'escalier de service pour monter au septième étage. Personne ne l'a vu entrer.

Il ouvre la porte de l'appartement du vieillard en un tournemain avec un passe, et une fois à l'intérieur, il le fouille méthodiquement en prenant soin de tout remettre ensuite en place. Il y trouve un grand nombre d'exemplaires du Nouveau et de l'Ancien Testament, dans de nombreuses éditions différentes et de toutes tailles. Probablement une collection : certains volumes, reliés de cuir, sont très anciens, reflets de siècles de propagation de la parole chrétienne dans le monde.

La décoration de l'appartement, qui ne contient que de vieux meubles, est très sobre : rien de luxueux. Les tons sombres prédominent et il y a des crucifix ou de simples croix de bois dans toutes les pièces. La grande foi catholique de l'occupant de l'appartement est également reflétée par un autel en bois trônant dans une petite pièce qui pourrait permettre de réunir une douzaine de personnes pour une prière ou pour dire la messe.

Une heure et trois appels téléphoniques plus tard, passés pour prendre des nouvelles du vieillard qui continue à se promener tranquillement dans Central Park au grand dam du chauffeur qui commence à s'ennuyer ferme en le suivant, l'homme à la gabardine décide de mettre un terme à sa fouille. La rougeur de sa face et l'expression de ses yeux trahissent sa colère. Ce qu'il espérait trouver n'est assurément pas dans cet appartement. Il l'a passé au peigne fin, regardant même minutieusement derrière chaque tableau, chaque miroir, cherchant partout la présence possible de cachettes discrètes ou d'un coffre-fort dissimulé quelque part. Il regarde dans la rue par la fenêtre. Le trafic de voitures et de piétons est incessant sur la Sixième Avenue. Il vérifie la présence de son véhicule, toujours stationné au même endroit. Il ferme les yeux un instant en respirant profondément pour retrouver tout son calme ; il pourrait sinon commettre une erreur en ressortant de l'immeuble.

Il soupire, pensif.

« Rien. »

XLIV

Le palais national de Mafra est une précieuse relique du patrimoine architectural portugais et européen. Situé dans la localité qui lui donne son nom, il est le fruit de la promesse faite par le roi Dom João V à son épouse, la reine Maria Ana Josefa, archiduchesse d'Autriche, de lui faire construire un palais si elle lui donnait des descendants. Ainsi, à la naissance de la princesse Dona Maria Bárbara en 1711, le roi n'épargna aucune dépense pour faire bâtir cette œuvre d'art de style baroque. Outre le luxueux palais royal qui occupe l'étage supérieur, l'édifice comprend un couvent qui abritait jadis plus de trois cents moines franciscains, une basilique et l'une des plus belles bibliothèques baroques rococo d'Europe, en marbre et bois exotiques, qui renferme plus de quarante mille livres reliés de cuir doré à l'or fin. Parmi d'autres ouvrages de valeur inestimable, elle possède un exemplaire de la première édition des *Lusiades* de Luís Vaz de Camões, la célèbre épopée qui fait l'orgueil de la nation portugaise. Il y a longtemps que les moines franciscains ont déserté les lieux, suite à la dissolution des ordres religieux au Portugal en 1834, mais cet ensemble unique en son genre a en revanche su conserver ses trésors, par exemple les six orgues de la basilique au dôme imposant, dont le rare répertoire pour six instruments ne peut être entendu nulle part ailleurs, ou deux carillons totalisant quatre-vingt-douze cloches fabriquées à Anvers, considérés comme les meilleurs du monde.

« Qu'est-ce que nous venons faire ici ?

— Rencontrer votre père.

— Ici ? »

Sarah est d'une humeur massacrante. Comme si son appréhension de revoir bientôt son père ne suffisait pas, Rafael l'a forcée à sauter en parachute d'un hélicoptère attachée à lui, sans même lui demander son avis. Que pense-t-il donc ? Qu'elle est prête à tout pour le suivre jusqu'au bout ? Quoi d'autre, après ce baptême de l'air ? Une escalade libre, sans corde ni points d'assurance, avec seulement les pieds et les mains pour se retenir aux reliefs de la muraille ? Une plongée sans bouteille ? Un voyage sur la Lune ? Qui sait ? Car apparemment, il n'y a que là-bas qu'ils se mettraient à l'abri de la horde d'agents secrets lancée à leurs trousses. Ou peut-être même pas. La P2, avec l'aide de la CIA, pourrait être capable de lancer une navette spatiale pour continuer à les poursuivre. Ne sera-t-elle donc nulle part en sécurité ? Tout va dépendre du résultat des cartes qu'elle a déjà jouées et de celles qui lui resteront dans sa manche – s'il lui en reste – le long du chemin.

« Quand viendra-t-il ? demande Sarah sur un ton

agacé, celui qui ne la quitte pas depuis leur atterrissage sur une colline et leur descente au milieu d'une pinède.

— Il est déjà là. »

Ils passent les immenses portes du couvent pour accéder à son magnifique intérieur. Rafael semble parfaitement savoir où il va, mais sans rien expliquer à la jeune femme, ce qui a le don de l'irriter profondément.

« Il n'est pas censé être dans sa caserne ?

— Non, pourquoi ? Le fait qu'il soit militaire ne veut rien dire. »

Sarah abandonne. Rafael ne lui en dira pas plus. Ou alors au compte-gouttes et seulement quand il le décidera, selon son habitude.

En admirant les fresques, les chandeliers, les murs fleuris de véritables dentelles de pierre, elle sent l'atmosphère du couvent apaiser son esprit, et une énergie positive, une sérénité contagieuse la gagner peu à peu. Un groupe scolaire est devant eux, guidé par un professeur qui leur raconte l'histoire des lieux.

« José Saramago, le prix Nobel de littérature, décrit dans son livre, *Le Mémorial du couvent*[1] – je ne sais pas si vous l'avez lu, mais je vous conseille de le faire –, les aventures et mésaventures de la construction de ce couvent que le roi Dom João V a décidé de faire ériger en signe de gratitude pour la naissance de sa fille, Dona Maria Barbara. »

1. Le titre de la traduction française est *Le Dieu manchot*, Métailié & Albin Michel, 1987, traduit du portugais par Geneviève Leibrich.

Rafael et Sarah se joignent d'abord au groupe, écoutant attentivement le guide. Puis ils le laissent s'éloigner et dès qu'ils sont hors de vue, ils disparaissent à travers une porte interdite au public. Le cœur de Sarah se met à battre plus fort.

« Savez-vous qu'on dit que ce couvent possède de profonds souterrains ? lui dit-elle nerveusement.

— Je l'ai entendu dire », lui répond évasivement Rafael, sur le ton de quelqu'un qui réfléchit à la marche à suivre.

Ils entrent dans ce qui était naguère l'hôpital, doté d'une chapelle adjacente où les malades pouvaient entendre la parole sacrée du Seigneur. Dans un coin, Rafael ouvre une petite porte dérobée qui donne sur un étroit escalier en colimaçon et ils en entament la descente à la lumière d'une lampe de poche qu'il vient d'allumer. Un véritable puits de plus de dix mètres de profondeur.

« On dit aussi que les sous-sols sont inaccessibles depuis des siècles à cause des millions de rats qui les infestent, complète Sarah à voix basse, de moins en moins rassurée. Et que des trésors inestimables auraient été perdus à cause de cela. »

Au bas de l'escalier, une très vieille porte aux charnières rouillées et au bois moisi, qui paraît ne pas avoir été ouverte depuis une éternité, leur bouche le passage. L'obscurité est presque totale et Sarah se met à imaginer des vampires ouvrant leurs yeux rouges en se réveillant de leur sommeil séculaire pour les attaquer dans des claquements d'ailes et les vider de leur sang en quelques secondes. Rafael pousse la vieille porte qui s'ouvre difficilement en grinçant.

« Attention à votre tête », la prévient-il en se baissant pour passer à travers son étroite ouverture.

Sarah le suit en rêvant – qui sait ? – que cette porte pourrait déboucher sur une autre époque, à l'âge d'or des XVe et XVIe siècles par exemple, quand le Portugal distribuait les cartes un peu partout dans le monde, se permettant même le luxe de le diviser en deux, avec les Espagnols, lors de la signature du fameux traité de Tordesillas. Mais la vérité, c'est que le couvent a été construit plus tard, au début du XVIIIe siècle, quand l'or du Brésil permettait presque toutes les folies au roi du Portugal tandis que son influence internationale, en revanche, déclinait à vue d'œil.

Mais ce n'est qu'un fantasme de la jeune femme, bien sûr, et l'étroit passage ne donne que sur l'obscurité d'une galerie que le mince faisceau de leur lampe ne permet de percer que sur une courte distance.

« Où sommes-nous ?

— Tenez ceci », lui dit Rafael sans lui répondre en lui tendant la lampe de poche.

Sarah en profite pour éclairer de tous les côtés autour d'elle, mais elle n'aperçoit que de la terre et des parois de roche sombre et humide.

« Pouvez-vous éclairer par ici ? lui demande Rafael en lui indiquant un endroit de la paroi sur leur gauche. Elle doit être quelque part par là.

— Quoi donc ? Que cherchez-vous ? »

Dissimulé dans une irrégularité de la roche, il

trouve bientôt un bâton dont l'une des extrémités est enveloppée dans une sorte de bande d'étoupe. Une torche. Quelques instants plus tard, il l'allume avec un briquet, et elle commence à répandre une lumière orangée qui perce l'obscurité sur quelques mètres. Des rats courent se cacher dans les trous les plus proches, fuyant devant les intrus, mais ils sont loin d'être des millions. Si Sarah a un instant rêvé d'un somptueux souterrain éclairé par des chandeliers, d'une armée de domestiques qui les guideraient vers une grande salle de bal où danseraient des gentilshommes à perruques et des belles dames de la cour en longues robes, elle ne se retrouve qu'à l'entrée d'un grand tunnel désert creusé dans la pierre qui s'enfonce dans le noir.

« Où sommes-nous ? répète-t-elle.

— Bienvenue dans les catacombes du couvent de Mafra, lui annonce Rafael en regardant son expression béate. Allons-y ! »

Sarah ne lui répond pas. Figée par la surprise, elle est pendant quelques instants incapable de prononcer le moindre mot.

« C'est ici que nous allons rencontrer mon père ? demande-t-elle enfin.

— Oui. Il a coutume de venir ici de temps en temps. »

XLV
Marcinkus

29 septembre 1978

Ce n'est pas une nuit ordinaire. Bien au contraire. C'est la nuit de toutes les décisions, celle qui déterminera son avenir et celui de quelques autres. Elle est si importante que pour le meilleur ou pour le pire, elle restera pour eux comme « la nuit ». Si tout se passe comme prévu, ils n'aborderont plus jamais le sujet ; si, en revanche… mais il vaut mieux ne pas y penser.

Ils ont convenu que la nouvelle ne serait annoncée au monde que dans la matinée, pour ne pas être assommés de coups de téléphone en pleine nuit. Regardant pour la centième fois la montre en or qu'il porte au poignet, il lit quatre heures quarante-cinq du matin. Le plus dur est d'attendre, de supporter cette longue et lente attente capable d'éroder les âmes les plus sereines. Il n'est pourtant pas homme à s'inquiéter pour des bagatelles. Ni à conserver des regrets, non : la fin justifie toujours les moyens. La moitié du monde dépend de ses actions conjointes avec les autres. Mais il est vrai que ces autres ne sont cette nuit ni au Vatican, ni à Rome, ni même en

Italie. Si un impondérable, un caprice du destin faisait échouer leur plan, il serait certainement un des premiers inquiétés, voire arrêté et jeté en prison… mais il vaut mieux ne pas y penser.

Il est important d'éliminer cet obstacle, la principale entrave à la poursuite du schéma financier qu'ils ont mis sur pied.

C'est sûrement cette appréhension qui fait qu'il ne s'est pas approché de son lit ces dernières heures. Essayer de dormir serait pourtant la meilleure chose à faire, mais seule une personne d'une froideur extrême serait capable d'y parvenir dans sa situation. Le corps et l'âme, dans ces moments-là, ne se laissent pas dominer par la raison. Pas quand leur vie dépend de ce que vont réussir ou pas à faire les autres.

Il préfère allumer un cigare. Rien de tel que la saveur et la fumée bleue d'un havane. Celle-ci forme des ronds et des spirales insoupçonnées qui montent lentement, sereinement, dans l'air de la pièce envahie par son parfum d'une élégance et d'un raffinement incomparables.

Paul Marcinkus le déguste avec délice et allume la télévision qui retransmet le résumé d'un tournoi de golf. À cette heure-ci, alors qu'un élégant joueur avec un pull-over jaune dispute une partie décisive contre le tout-puissant Jack Nicklaus, cette nuit pleine de tensions commence à s'approcher de sa fin. Seuls le Masters d'Augusta ou le British Open peuvent atténuer les angoisses de la vie. Même s'il est juste de reconnaître que rien ne peut être comparé à Wimbledon.

Ce qui rend malade l'évêque de l'Illinois est l'odeur de sacristie, et il n'arrive pas à comprendre le dégoût de certains cardinaux devant l'exaltation des plaisirs de la vie. « Trêve de bondieuseries », ose-t-il parfois répondre quand un humble prêtre lui rappelle que l'image qu'il montre de l'Église n'est pas un bon exemple pour les croyants du monde entier. Et même si la critique vient d'un membre de la curie, monseigneur Marcinkus lui rappelle un passage de l'Évangile qui laisse son adversaire désarmé. « *Le Fils de l'homme est venu, mangeant et buvant, et ils disent : "C'est un mangeur et un buveur, un ami des publicains et des gens de mauvaise vie." Mais la sagesse a été justifiée par ses œuvres*[1]. » Heureusement pour lui, les prélats qui le réprouvent ne lui ont jamais rappelé le passage dans lequel Jésus dit : « *Nul ne peut servir deux maîtres. (...) Vous ne pouvez pas servir à la fois Dieu et l'Argent*[2]. »

« C'est un fer 3 ! » grogne-t-il contre le commentateur de la RAI qui ne sait apparemment pas quelle canne utilise l'adversaire de Jack Nicklaus.

Paul VI chargea Marcinkus de la direction des affaires financières du Vatican alors que celui-ci n'avait que quarante-neuf ans, en 1971, et l'évêque américain se souvient encore du pape, malade, admettant devant lui que malgré le concile Vatican II, les coffres du Saint-Siège étaient encore pleins de toiles d'araignée. *C'est une mission divine qui m'est confiée*, pensa alors Marcinkus avec une

1. Matthieu 11:19.
2. Luc 16:13.

pointe d'ironie. Il est vrai que l'Institut pour les œuvres de religion, l'IOR, composé de plusieurs prestigieux organismes financiers, avait grand besoin d'être dépoussiéré et modernisé.

L'un des premiers établissements bancaires modernes à dépendre du Saint-Siège fut la Banco Ambrosiano, fondée en 1896 par monseigneur Tovini. Cette institution financière, comme Marcinkus l'avait lu dans de vieux rapports, était destinée au soutien d'organisations de charité et d'œuvres pieuses.

« Naturellement, dit l'évêque américain à haute voix en se souvenant que l'un des directeurs de la Banco Ambrosiano fut le neveu du pape Pie XI. La charité est le plus important. »

Dans les années soixante, la Banco Ambrosiano transféra son siège social au Luxembourg, un petit État qui adore l'argent comme de nombreux autres : Monaco, Andorre, le Vatican, les Bahamas… et ce nouveau Banco Ambrosiano Holding commença à propager ses œuvres pieuses à travers le monde.

Le sourire sur le visage de Marcinkus montre qu'il est en train de penser au début de ces grandes années soixante-dix, au cours desquelles Michele Sindona, surnommé « le banquier de la mafia », commença à tisser des liens d'amitié avec Roberto Calvi, directeur de la Banco Ambrosiano. L'évêque de l'Illinois a toujours trouvé que Sindona n'avait pas été assez avisé, comme s'il pouvait déjà pressentir que ce dernier finirait par être rattrapé par la patrouille aux États-Unis et condamné plus tard en Italie pour transactions financières illégales. Mais par respect pour Calvi, tandis que les relations se renforçaient entre l'IOR et la Banco Ambrosiano, l'Américain n'a jamais osé ouvertement critiquer Sindona, feignant même de l'admirer. Grâce à des techniques de haute ingénierie financière, Marcinkus décida d'absorber la Banca Católica de Veneto, alors présidée par un sombre ignorant nommé Albino Luciani. Même s'il doit faire un effort surhumain pour se souvenir des brèves et amères réunions tenues à l'époque avec le patriarche de Venise, tout récemment – il y a de cela trente-trois jours, lorsque Luciani a été élu pape –, Marcinkus a immédiatement pensé que le Vénitien n'aurait que la vengeance à l'esprit. Et il peut se rendre compte aujourd'hui qu'il avait raison. Luciani a accusé une partie des membres de la curie de corruption morale et prétend vouloir mener une profonde réforme au sein de l'Église. Heureusement, Villot doit être en train de s'occuper de lui.

Marcinkus est convaincu que l'Église a été sauvée grâce à ses efforts, grâce à ses relations avec les grands noms de la finance, grâce à des hommes pieux qui l'ont bien conseillée. Il n'y a rien de mal à essayer d'obtenir le meilleur rendement pour ses investissements tout en continuant à financer, parallèlement, bien sûr, des œuvres de charité.

Mais Albino Luciani ne veut pas comprendre. Il n'a pas changé. Il n'a rien appris depuis toutes ces années. Et il menace de tout détruire.

Sur l'écran de télévision, Jack Nicklaus fait un birdie ; sa balle, parfaitement dosée, glisse lentement dans le trou.

« Génial ! Incroyable ! »

À plusieurs reprises, Marcinkus est tenté d'appeler le cardinal Villot, qui doit être le premier à savoir si tout s'est bien passé. Mais il préfère finalement s'en abstenir. Le secrétaire d'État du Vatican doit être très occupé, si Dieu le veut bien, à commencer à organiser les funérailles du Saint-Père… ou à nettoyer la scène le mieux possible après une tentative ratée d'assassinat si le Très-Haut en a décidé autrement. Quoi qu'il en soit, Villot est certainement trop loin de son téléphone à l'heure qu'il est pour lui répondre, ce qui rendrait Marcinkus encore plus nerveux. Il pourrait éventuellement appeler Gelli ou Calvi à Buenos Aires… Mais non ; réflexion faite, il ne vaut mieux pas, cela ne ferait que trahir son immense appréhension. Non, mieux vaut prendre son mal en patience et attendre. Dans une heure, une heure et demie tout au plus, la nouvelle lui parviendra. Même si ce doit être la pire heure et demie de sa vie.

Un comble pour un homme comme lui, habitué à tout contrôler dans les moindres détails, même si quiconque à qui l'on demanderait de le décrire ne mettrait pas plus de cinq secondes pour dire que c'est un paresseux gai et extraverti d'un mètre quatre-vingt-dix. Et il est vrai qu'à l'exception de ces dernières semaines, monseigneur Marcinkus a toujours été un homme joyeux, démonstratif et même un brin exubérant. Il faut reconnaître ce mérite au petit homme par la taille qui vient d'être élu pape : il a réussi à faire peur à l'évêque américain, au point que certains disent qu'il n'est plus le même homme.

Surtout ces derniers jours, où il est devenu incapable de dissimuler l'angoisse qui s'est emparée de lui.

Un homme qui gère une fortune colossale, qui à travers des partenariats bien établis déplace à sa guise des milliards de dollars dont il préfère garder la provenance dans le secret le plus absolu, non pas par mauvaise conscience mais afin d'éviter d'hypothétiques déboires judiciaires et peines d'emprisonnement. De l'argent de la drogue, de vente d'armes illégales et de détournement de fonds ; de l'argent des contribuables volé à l'État italien et à d'autres États ; de l'argent de faux titres de paiement. Oui, réussir à voler les Américains en demandant d'émettre cent cinquante millions de dollars en faux titres fut un véritable coup de génie. Car si Marcinkus est un homme d'Église, un évêque, c'est avant tout un gestionnaire. Gestionnaire des œuvres de Dieu le Père Tout-Puissant. Et pour servir au mieux la volonté du Très-Haut, il faut de l'argent, du patrimoine, un empire capable de canaliser des fonds pour lutter contre les maux prioritaires, comme le communisme et tous ceux qui s'écartent de la ligne tracée par la parole du Seigneur. Et non pas pour ne faire qu'aider les pauvres et les miséreux. Le Vatican est trop grand pour se permettre de ne se soucier que de ces futilités.

Il relit pour la centième fois le dossier qu'il garde sans cesse à portée de main depuis quelques jours, dans lequel apparaissent quelques-uns des plus fabuleux coups que Gelli, Calvi et lui-même ont montés pour leurs propres bénéfices. Un jour quelqu'un découvrira peut-être le stratagème, non pas grâce à ce dossier qu'il a l'intention de détruire, mais en levant le voile sur une ou quelques-unes des milliers de transactions qui blanchissent encore aujourd'hui de l'argent sale, le changeant en or brut dès qu'il pénètre entre les murs sacrés du Saint-Siège. Mais ce n'est pas demain la veille, et il fera tout pour que cela n'arrive jamais.

Il ne peut s'empêcher de sourire en pensant qu'il est sous cet aspect dans une position plus confortable que ses complices. En partant du principe que le verdict qu'ils ont prononcé contre Jean-Paul Ier a été exécuté avec succès, bien entendu. Ce confort est dû au fait qu'il réside au Vatican – un État à l'intérieur d'un autre État –, ce qui lui accorde une immunité vis-à-vis de la justice italienne ou internationale. Privilège clérical propre à ceux qui défendent les intérêts du Seigneur. Des êtres à part qui ne peuvent en aucun cas être jugés par les hommes, car Dieu s'en chargera. D'autres n'ont pas cette chance. Marcinkus a appris qu'une enquête secrète est en train d'être menée sur les activités de Roberto Calvi, le « banquier de Dieu ». Un « ami » de la Banca d'Italia vient de l'avertir à ce sujet. Rien de suffisamment sérieux pour le mettre lui-même en danger, mais c'est le signe que quelqu'un bouge, que des comptes doivent commencer à paraître étranges à un quelconque auditeur d'une brigade financière. Tôt ou tard, Calvi aura une enquête officielle sur le dos. Sindona, à New York, a déjà les Américains sur les talons. Ils sont tout près de le tenir et il ne s'en sortira que très difficilement. Marcinkus sait mieux que personne l'entêtement de ses bâtards de compatriotes. Gelli, lui, est un vieux renard qui possède une vision experte du tableau de jeu. Si un jour il est pris, il y aura déjà longtemps que tous les autres seront en train de pourrir en prison.

C'est pour cela que cette nuit est d'une importance capitale, qu'il est essentiel que le mal soit expurgé de l'intérieur du Vatican. Il y a moins de quinze jours, des agents du département d'État nord-américain ont secrètement rencontré le pape – mais rien n'est jamais vraiment secret au Vatican, Dieu merci ! – pour lui parler de lui. De sa gestion condamnable, de ses affaires véreuses, comme ils disent, et de son association criminelle avec des hommes comme Calvi et à travers lui Sindona, entre autres. Rien de moins que cela : ils ont eu le culot de le traiter de criminel. Mais ils se trompent lourdement. Pas ici. Pas ici, dans ce petit État. Ici, les lois américaines n'ont aucune valeur. Ici ne comptent que ses décisions – celles de Paul Marcinkus.

Il range le dossier dans son coffre-fort et décide de sortir. Il est six heures et quart du matin et il a besoin de prendre l'air. En ces derniers jours de septembre, le jour ne se lève qu'un peu plus tard à Rome, mais il sent déjà les prémices de l'aube. À cette saison, l'air commence à se rafraîchir le matin, mais c'est encore tout à fait supportable. De la vapeur ne sort pas encore de la bouche en respirant, comme en hiver. Si une de ses connaissances le voyait se promener dehors à cette heure-ci, il lui demanderait sûrement s'il se sent bien. Paul Marcinkus n'est en effet pas réputé pour se lever avec les poules, et encore moins avant elles.

Une petite bruine mouille le sol de la place Saint-

Pierre, à cette heure presque déserte. Même si beaucoup de touristes aiment rentabiliser au maximum leur séjour dans la ville sainte, pas plus d'une dizaine de personnes ne s'y promènent déjà de si bon matin.

L'évêque américain regarde, complètement absent, absorbé dans ses pensées, cette plénitude terrestre. Il ne remarque pas le garde suisse qui le salue à son passage.

« Buongiorno, monsignor Marcinkus.

— Ah… Buongiorno. »

L'homme s'approche de lui avec un air conspirateur.

« Dans une heure, on ne pourra plus marcher ici.

— Quoi ? Que dites-vous ? lui demande Marcinkus en revenant à la réalité.

— Vous ne savez pas ? lui dit le garde à voix basse en regardant autour de lui pour vérifier que personne ne peut les entendre.

— Je ne sais pas quoi ?

— Le pape. Le pape a été retrouvé mort.

— Oh ! Par la Sainte Vierge Marie ! » s'exclame Marcinkus.

Si pour le garde suisse cette exclamation semble exprimer parfaitement la surprise du monsignore, il ignore que c'est en réalité pour lui une manière de remercier le ciel.

Le visage de Marcinkus reste d'abord comme figé par la consternation puis, dès qu'il est sûr d'être sorti du champ de vision du garde, il ébauche un léger sourire.

Tout va bien. Tout va bien se passer.

XLVI

Le jet fend l'air à sa vitesse maximale à une altitude de quarante-deux mille pieds. Le temps est ce qui manque le plus à ses passagers, qui contrairement à ceux des avions de ligne ne restent pas sagement assis sur leurs sièges avec leurs ceintures de sécurité attachées. La cabine de ce jet privé ressemble aux bureaux qu'ils occupent à Londres, avec des employés s'agitant de tous les côtés, parlant au téléphone ou penchés sur des ordinateurs ou d'autres appareils ; la même activité débordante qu'ils pratiquent tous les jours au ras du sol. La seule différence, c'est qu'ils ne peuvent pas sortir boire un café dans la rue. Comme l'équipage dans les autres avions, les seuls moments où ils sont obligés de rester assis attachés sont le décollage et l'atterrissage.

Sur la terre comme au ciel, Geoffrey Barnes a son bureau séparé du reste de la populace, avec un fauteuil en cuir très confortable d'où il dirige son équipe dans cette partie de cache-cache qui commence à durer beaucoup trop longtemps à son goût. L'arrivée de Thompson, qui se sert un café avant de s'asseoir devant son directeur, a été providentielle :

il les a sortis de l'impasse pour les remettre sur la bonne piste.

« Sharon Stone. Quels fils de pute ! dit Barnes pensivement. Le gars ne plaisantait pas.

— Quel gars ? lui demande Thompson.

— Un gars du British Museum. Mais peu importe. »

Contrairement à son bureau de Londres, cette cabine ne dispose pas de cloisons vitrées qui permettent à Barnes de surveiller le travail de ses agents, mais ce n'est au fond pas plus mal. Personne ne peut ainsi voir ce qu'il fait.

À sa place devant son ordinateur, Staughton est concentré dans la tâche qu'il préfère : l'analyse et le recoupement de données. Que ce soit dans un avion, dans un bureau ou dans un fourgon banalisé, il a toujours préféré rester devant les écrans de ses appareils que d'avoir à courir sur le terrain pour soutirer des informations… quelquefois par la force, comme il y a quelques heures dans l'appartement de Hans. Jeronimo Staughton n'a pas l'étoffe nécessaire pour cela. Son arme est l'ordinateur, et l'imprimante à côté de lui commence à crépiter et à cracher de l'encre, débitant des feuilles de papier à une vitesse vertigineuse.

« Ces gars jouent avec mes nerfs ! » grommelle-t-il, tendu, jetant un coup d'œil vers quatre hommes vêtus de noir assis à l'arrière de la cabine, totalement immobiles depuis que l'avion a décollé. À aucun moment ils n'ont ouvert la bouche, figés comme ces hommes statues qui font la manche dans la rue en attendant une pièce de monnaie pour changer de position. Comme les agents du film *Matrix*, ils portent tous le même costume noir, impeccablement repassé. Il ne leur manque que des lunettes noires pour être tous les quatre parfaitement identiques. C'est d'ailleurs ce costume noir d'agent secret qui agace aussi Staughton au plus haut point. Il préfère les jeans ou toute autre tenue plus décontractée. Et il peut tout à fait se le permettre dès lors qu'il ne vient pas travailler avec une barbe de trois jours et les cheveux en bataille, comme s'il venait de se réveiller. Si l'agence les obligeait un jour à porter un costume-cravate, il serait le premier à présenter sa démission.

L'imprimante crache une dernière feuille de papier et Staughton les rassemble toutes dans un dossier avant de se lever pour aller les apporter à son chef.

« Je ne peux pas supporter de regarder ces types ! se plaint-il lorsqu'il entre dans le bureau de Barnes.

— Tu n'as qu'à pas les regarder, lui suggère Thompson.

— Ce sont des gars de la garde ? demande Staughton. Ils n'ont pas l'air bien dangereux.

— Parle plus bas, Staughton. Ce sont de véritables fauves, l'avertit Barnes. À part ça, quoi de neuf ?

— Pas grand-chose, sinon qu'après avoir attrapé le dernier Eurostar à Waterloo Station pour Paris, j'ai la confirmation que l'avion qu'ils ont pris à Orly a atterri à Lisbonne il y a deux heures. Nous avons déjà des hommes sur place qui tentent de découvrir ce qu'ils ont fait depuis, et de les localiser.

— Sharon Stone, soupire Barnes. Quels fils de pute !

— A-t-on une idée de l'objet de leur visite au Portugal ? demande Thompson.

— Parler avec son père, très certainement, lui répond Barnes.

— Mais il n'est pas dans leur propriété familiale à Beja, on a déjà vérifié, ajoute Staughton. On est en train de chercher dans la famille et chez ses proches.

— Nous n'aurons pas de deuxième chance, les enfants, les avertit Barnes. Ils ne vont pas utiliser les mêmes passeports une seconde fois. Jack ne fera pas cette erreur.

— C'est vraiment le boxon quand la cible est quelqu'un qui sait comment s'y prendre, observe Thompson.

— Staughton, dans combien de temps arriverons-nous ? lui demande Barnes.

— Nous devrions atterrir dans deux heures sur l'aéroport militaire de Figo Maduro.

— OK. Lance immédiatement les gars pour ratisser le terrain. Qu'ils fassent le tour des hôtels, des agences de location de voitures, des compagnies de taxis, des loueurs d'avions, d'hélicoptères, de bateaux… Trouve des interprètes si besoin. Qu'ils montrent des photos de Jack et de la fille, mais qu'ils ne les laissent à quiconque sous aucun prétexte. Je ne veux pas la police portugaise sur le dos, et encore moins les journalistes, bien sûr. Profil bas, mais qu'ils se bougent. Occupe-t'en tout de suite. Je veux des résultats dès notre atterrissage. »

Staughton, entré avec une tonne de papiers, ressort avec une tonne de choses à faire, mais c'est comme ça qu'il se sent bien, submergé de paperasse, d'instructions et d'informations à traiter ou à faire passer. En quelques coups de téléphone, il met la machine en route pour qu'elle trouve des pistes le plus rapidement possible. Ne reste qu'à espérer que Jack Payne ne soit pas plus malin qu'eux tous réunis, et qu'il n'ait pas le don de se rendre invisible. S'il ne réapparaît pas avec la femme sur leurs écrans radars, les têtes vont tomber à l'agence.

La vache, ces enfoirés figés comme des statues commencent à me courir sur le haricot…

« Pourquoi sont-ils allés trouver son père ? demande Thompson encore assis dans le bureau de Barnes.

— Je pense qu'ils cherchent des réponses. Pour mieux définir leur stratégie.

— Mais il n'est pas membre de la P2 ?

— Théoriquement, non.

— Théoriquement ?

— En théorie, il existe deux factions de la P2, l'ancienne et la nouvelle. Son père appartenait à l'ancienne.

— Il y a donc deux P2.

— On ne peut pas vraiment dire ça. Il n'y a qu'une P2. Les membres de l'ancienne ne sont plus aux commandes aujourd'hui. Mais ils existent toujours. Et ils nous donnent un travail de tous les diables…

— Toute cette grande merde, c'est eux ?

— Oui. Même le Vatican est déjà en alerte. Nous devons mettre la main sur les documents le plus tôt possible, sinon, toute cette merde comme tu dis va nous retomber sur la figure.

— Et alors ?

— Et alors, Thompson, comme nous tous, tu pourras dire adieu à ta carrière. »

XLVII

« Qu'entendez-vous par : “Il a coutume de venir ici de temps en temps” ? demande Sarah tandis qu'ils s'enfoncent dans la longue galerie, un passage suffisamment haut et large pour qu'ils puissent y marcher debout à deux de front sans craindre de se cogner la tête contre la paroi rocheuse.

— C'est sa résidence secrète, lui répond Rafael en levant la torche pour éclairer plus loin, semblant savoir parfaitement où il va.

— Vous plaisantez ? s'étonne Sarah qui n'arrive pas à imaginer comment quelqu'un pourrait vivre dans ces obscurs souterrains humides.

— Nous sommes les descendants des hommes des cavernes, et vous verrez bientôt que ces sous-sols sont un luxe par rapport aux grottes de nos ancêtres.

— Un luxe ?

— Il n'y a pas de fumée sans feu, commente Rafael alors que la galerie tourne sur la gauche. S'ils ne sont heureusement pas peuplés de millions de rats, comme le dit la légende, ces souterrains existent bel et bien, comme vous pouvez le constater. »

Le cœur de Sarah se serre un peu plus à chaque pas,

appréhendant le moment des retrouvailles avec un père devenu un mélange de mystère et de désillusion. Que reste-t-il encore de cet homme digne et exemplaire de qui elle n'avait jamais douté ? Car depuis quelques heures, son monde s'est effondré, et celui qui était son héros n'est plus désormais pour elle que le sombre capitaine Monteiro, un homme dont elle n'attend plus qu'une chose : qu'il lui fournisse des explications sur tout ce qui lui arrive… elle l'espère en tout cas. Si vite de retour au Portugal par la force des choses, elle s'enfonce dans les catacombes du couvent de Mafra dont bien peu connaissent l'entrée et où presque personne ne pénètre jamais, essayant de se convaincre d'être forte, de ne pas plier devant cet étrange père biologique qu'elle n'a pas choisi. Ses yeux s'embuent de larmes et elle met un certain temps à apercevoir la grande porte en bois qui obstrue le bout du tunnel. Lorsqu'ils s'en approchent, quelque chose qui surgit en volant rapidement pour leur passer sur la tête fait pousser un cri à Sarah.

« Ce n'est qu'une chauve-souris », la rassure Rafael.

L'animal est sorti d'une ouverture creusée sur la gauche, l'entrée d'une galerie qui croise la leur pour s'enfoncer aussi dans la paroi de droite.

« Quelles sont ces ouvertures ?

— Des passages vers d'autres ailes des catacombes.

— D'autres ailes ?

— Il existe tout un réseau de galeries menant je ne sais où : un véritable labyrinthe avec plusieurs sorties mais je n'ai jamais eu le temps de l'explorer en détail, lui explique Rafael calmement. Savez-vous que lors de l'invasion française de 1808, la famille royale a même envisagé un moment de se réfugier ici ?

— Sérieusement ? Dom João VI ? Le roi qui a émigré au Brésil ?

— Lui-même. Évidemment, ils ont préféré fuir au Brésil. Un lieu beaucoup plus sûr.

— Et plus lointain. »

De fait, le Portugal a été envahi trois fois par les Français au début du XIXe siècle – les fameuses invasions napoléoniennes. Et les trois fois, les grandes et terribles armées de l'empereur furent expulsées des frontières portugaises à l'aide de l'armée anglaise dirigée par le célèbre duc de Wellington – alias le général Arthur Wellesley, comte de Vimeiro et duc de Vitoria.

Lorsqu'ils arrivent devant l'épaisse et large porte, Sarah s'attend à voir Rafael l'ouvrir, mais il ne fait qu'y frapper trois coups secs et espacés du plat de la main.

Quelques instants plus tard, ils entendent de lourds verrous actionnés de l'autre côté et Sarah sent monter irrésistiblement son angoisse. Après un bref silence qui lui paraît durer une éternité, elle voit la porte commencer à s'ouvrir en grinçant sur ses gonds. Quand elle est suffisamment ouverte pour leur permettre de passer, elle aperçoit un homme qui les regarde avec un sourire sincère. Sarah sent un nœud se serrer dans sa gorge et elle ne peut s'empêcher de trembler. Elle est en face de Raul Brandão Monteiro, son père.

« Comment vas-tu ? lui demande Rafael en le serrant chaleureusement dans ses bras.

— Pour l'instant tout va bien, lui répond Raul, visiblement gêné. Sarah, ma fille… » dit-il en s'avançant vers elle.

Le premier réflexe de la jeune femme est de lever le bras pour le frapper mais il attrape sa main au vol, avant de faire de même avec l'autre, qui manque de peu l'atteindre sur la joue.

Des larmes de rage commencent à mouiller les yeux de sa fille mais Raul, qui la tient par les poignets, l'attire avec force vers lui pour l'embrasser.

« Pardon, mon amour ! Pardon ! » lui dit-il à l'oreille, apparemment sincère.

Sarah essaie d'abord de le repousser, mais le contact et la chaleur du corps de son père lui transmettent bientôt une telle sensation de sécurité – qui lui faisait tant défaut – qu'elle finit par le serrer dans ses bras en éclatant en sanglots. Des larmes réparatrices qui la soulagent, la vident enfin de la tension qu'elle ne cessait d'accumuler pour lui redonner courage et une lueur d'espoir, lui faire peut-être entrevoir la lumière au bout du tunnel…

Comme celle qu'elle pourrait voir de l'autre côté de la porte si elle ouvrait les yeux, lumière qui éclaire un couloir couvert d'azulejos blancs et bleus sur lesquels sont représentées des scènes des découvertes portugaises. Les caravelles de l'ordre du Christ affrontant les mers agitées, le géant Adamastor[1], les navigateurs et leurs pilotes, le compas ou l'astro-

1. Un personnage du grand poème *Les Lusiades*, qui raconte l'épopée des découvertes des navigateurs portugais des XVe et XVIe siècles.

labe à la main, les nouveaux peuples, les forêts luxuriantes avec leurs singes et leurs oiseaux… Chaque scène séparée de la suivante par une strophe du poème *Les Lusiades*, l'œuvre symbole de la nation portugaise, écrite par le grand Luís Vaz de Camões, plus grand mort que vivant et qui mourut dans la misère en entraînant sa patrie dans les mains des Espagnols, une nation qui ne retrouvera son indépendance que soixante ans plus tard, en l'an 1640 de Notre Seigneur, plus précisément le 12 décembre, date encore commémorée aujourd'hui au Portugal.

Sarah finit par se calmer et son père la prend par la main.

« Viens, lui dit-il affectueusement. Venez, allons-y. »

Rafael referme la porte derrière eux, remettant les verrous à leur place. Puis il éteint sa torche, car les chandeliers fixés aux murs du couloir sur toute sa longueur sont allumés. Des dalles de marbre clair recouvrent le sol, conférant à l'endroit un certain luxe, et ce passage semble conduire vers un large espace encore plus éclairé. Sarah comprend alors que les sombres galeries si peu accueillantes qui conduisent jusqu'ici sont un moyen de dissimuler ces véritables abris souterrains. La grande porte qu'ils viennent de franchir constitue réellement, comme elle l'avait rêvé auparavant, la séparation de deux mondes.

Au bout du couloir, ils débouchent sur un large balcon qui surplombe une grande salle voûtée dont les arcs sont soutenus par plusieurs colonnes. Des balustrades en fer forgé permettent de s'appuyer pour admirer ce vaste salon souterrain. Un espace richement décoré, apparemment pourvu d'un grand confort. Deux escaliers symétriques, élégamment courbés, y descendent de chaque côté du balcon. À la clé de la voûte centrale est suspendu un immense lustre en verre qui illumine l'ensemble de la salle. Quelques chandeliers d'argent sont disséminés dans les coins, des tapisseries anciennes recouvrent les murs et un clavecin en bois précieux est placé sur la gauche, non loin de plusieurs canapés de velours vert aux pieds desquels sont posés de grands tapis couverts de coussins en brocart. Sur la droite s'étend une longue table capable d'accueillir une vingtaine de convives. Un décor à la fois baroque et oriental, qui pourrait faire penser à l'intérieur d'un harem vidé de ses odalisques.

Appuyée à la rambarde du balcon, Sarah remarque également plusieurs portes percées dans les parois latérales. Des portes qui donnent probablement accès à des quartiers privés, une bibliothèque ou des cuisines. Raul leur fait descendre l'escalier de gauche au pied duquel il les invite à s'asseoir sur un canapé.

« Voulez-vous quelque chose à manger ou à boire ? » leur demande-t-il.

Sa voix trahit son soulagement de les retrouver sains et saufs.

« Tu es seul ? lui demande sa fille, ignorant sa proposition.

— Oui.

— Et maman ?

— Elle va bien, ne t'inquiète pas.

— Pourquoi ne l'as-tu pas amenée ici avec toi ?

— Parce qu'elle ne tiendrait pas vingt-quatre

heures dans cette grotte. Sans téléphone, sans télévision, sans radio, sans internet…

— Où est-elle ? » ajoute Sarah sur un ton à la fois inquiet et de reproche.

Le choc de revoir son père passé, ses larmes séchées, sa raison reprend le dessus. Elle n'oublie pas ce qui s'est passé, ce qui est en jeu et ses doutes reviennent l'assaillir.

« En lieu sûr. Près de Porto, lui répond son père. Je lui ai déjà tout expliqué et sa réaction n'a pas été la meilleure qui puisse être, comme tu peux l'imaginer… Elle aurait voulu sauter dans un avion pour aller te chercher à Londres mais quand elle a réalisé ce dont ils sont capables, elle s'est rangée à mes arguments. Il est totalement exclu qu'elle aille se donner en pâture car s'ils la capturaient, ils pourraient l'utiliser comme monnaie d'échange. J'ai d'ailleurs été informé que la CIA est déjà très active ici, au Portugal.

— J'imagine, dit Rafael. Mais nous devons encore être en sécurité pendant quelques heures.

— Quelques heures ? demande Sarah, qui ne semble pas avoir bien compris.

— Oui, nous n'avons que peu d'avance sur eux, lui explique son père. Ce sont des gens très bien informés. On a beau prendre des précautions, on laisse toujours une trace de son passage et ils vont finir par retrouver votre piste. »

La peur revient s'emparer de Sarah, dont le cœur s'accélère.

« Ils peuvent nous trouver ici ?

— Ici même, non, clarifie Rafael immédiatement. Mais ils peuvent nous localiser à Mafra.

— Comment ?

— Grâce à l'hélicoptère que nous avons loué. Je l'ai envoyé jusqu'à Porto pour brouiller les pistes et gagner du temps, mais quand le pilote y atterrira sans ses passagers, il ne gardera pas longtemps le secret.

— Alors, ils peuvent aussi savoir dans quel hôtel nous sommes descendus à Lisbonne ?

— Théoriquement, oui, s'ils interrogent toutes les réceptions de tous les hôtels. Mais même s'ils découvrent quel taxi nous avons pris à l'aéroport, ils vont en baver car…

— Je sais », l'arrête Sarah.

Rafael a en effet pris la précaution de se faire déposer devant l'hôtel Le Méridien sans y entrer. Et dès que leur taxi est reparti, il a entraîné Sarah sur le trottoir pour la faire marcher jusqu'à l'hôtel Altis, où il s'est présenté sous le nom de l'un de ses multiples passeports.

« Pourquoi s'être jetés dans un hélicoptère au lieu de venir à Mafra en taxi ou en voiture de location, comme aurait fait n'importe qui ?

— Parce que je devais vous conduire ici, où nous sommes temporairement en sécurité, le plus rapidement possible. Il aurait été absurde de perdre le peu d'heures d'avance que nous avons sur eux. En voiture ou en taxi, nous courions le risque qu'ils nous rattrapent avant que nous puissions rejoindre votre père. Comprenez-moi bien : je ne dis pas qu'ils nous encerclent déjà, mais ils vont retrouver notre piste et nous localiser tôt ou tard et nous devons nous y préparer.

— Je vois », dit Sarah, pensivement.

Après quelques instants de silence, elle se tourne vers son père pour le regarder dans les yeux.

« Visiblement, nous n'avons pas de temps à perdre, alors dépêche-toi de t'expliquer. Raconte-moi tout ce que tu sais depuis le début, sans rien omettre. »

Raul s'assoit devant eux, séparé par une table de bois sombre finement ouvragée.

« C'est juste. Tu as maintenant le droit de savoir. Qu'est-ce que Rafael t'a déjà dit ?

— Rien de rassurant, bien au contraire. Un tas de choses terrifiantes à apprendre. Surtout après avoir reçu une liste de crapules et d'assassins qui comprend le nom de son père.

— Calme-toi, ma fille, lui demande Raul, je vais tout t'expliquer.

— Me calmer ? Tu me demandes de me calmer ? Une bande de dangereux malfrats appartenant à une étrange secte mafieuse est à mes trousses, avec la complicité et les moyens de la CIA, et tu veux que je me calme ? Des bandits qui ont déjà assassiné des dizaines de personnes, y compris un pape ! D'ailleurs, qu'est-ce qui me dit que ce n'est pas toi, hein ? » ajoute-t-elle même, provocatrice.

Raul, blessé par l'insinuation de sa fille, lui répond gravement, d'une voix ferme :

« Ce n'est pas moi. Je peux te le garantir. Et maintenant, tu vas te calmer pour écouter ce que j'ai à te dire. Mais d'abord, je vais nous servir un verre à chacun : je crois qu'on en a bien besoin pour se détendre et retrouver tous nos esprits. »

Il se lève et revient bientôt avec une bouteille de porto et trois verres qu'il remplit aux deux tiers tandis que Rafael, toujours à côté de Sarah, reste imperturbable et serein, comme à son habitude. Dès qu'il est rassis à sa place, Raul se mouille d'abord les lèvres avec le fin nectar avant de commencer à parler.

« Au cours de sa vie, un homme fait des erreurs, et je ne fais pas exception. En 1971, nous vivions sous la dictature au Portugal et je suis entré dans la P2 parce que je pensais, comme d'autres, qu'elle pourrait nous aider à changer les choses, à renverser ce régime ; du moins, nous voulions le croire. Quand j'ai réalisé les vrais objectifs de ses dirigeants, j'ai rapidement cherché à m'en écarter. Malheureusement, personne ne quitte une organisation de ce genre de son plein gré sauf si c'est dans leur intérêt, et j'ai mis assez longtemps à y parvenir. Comme tu as pu le voir sur la liste, j'étais loin d'être le seul membre portugais. Et beaucoup d'autres ont eu la chance de ne pas apparaître sur cette liste ni sur une autre, rendue publique en 1981.

— J'ai remarqué, lui répond Sarah. Y compris quelques noms bien connus de la classe politique. »

Raul ignore le commentaire de sa fille.

« Pour aller à l'essentiel, ma relation avec la P2 s'est terminée en 1981 ; la mienne et celle de beaucoup d'autres. Mais l'organisation existe toujours, comme tu as pu le vérifier de la pire des façons. Au cours de mon "séjour", si l'on peut dire, dans la

P2, durant ces dix ans, je n'ai jamais tué personne ni même mis la vie de quelqu'un en danger : tu dois me croire. »

Raul prononce sa dernière phrase en regardant sa fille dans les yeux, tentant de chasser ses doutes.

« J'ai espionné beaucoup de personnes ici au Portugal, des gens que l'organisation tenait à maintenir sous surveillance constante. Des Portugais et des étrangers résidents ou de passage. À ma connaissance, seules deux de ces "cibles" sont mortes "accidentellement" par la suite, mais évidemment pas entre mes mains. L'un d'eux était Sá Carneiro.

— Rafael m'en a parlé, laisse échapper Sarah. Un de plus sur la liste de leurs crimes.

— Ceci conclut mon implication dans la P2.

— Admettons, mais qu'est-ce que je viens faire au milieu de cette histoire, vingt-cinq ans plus tard ?

— J'y viens. Mais je dois d'abord t'expliquer l'importance des documents que tu as reçus, de l'ensemble des treize feuilles.

— Treize ? Je n'en ai que deux. Je veux dire, j'en ai reçu trois, mais l'une a été malheureusement perdue… dans le ventre d'un homme. »

Elle se tourne vers Rafael pour ajouter :

« Celle avec le message codé.

— Quel message codé ? demande immédiatement son père, avant de se reprendre. Non, attendez, nous en parlerons ensuite. Laisse-moi d'abord finir. Ces treize documents comprennent les quatre pages de la liste de la P2 ; quelques pages avec des informations confidentielles sur de hauts responsables du Vatican et d'autres institutions ; une décision officielle indiquant de nouvelles nominations à des postes clés de la curie, déjà signée par le pape, et dont certaines allaient prendre effet le lendemain de sa mort ; plusieurs notes et réflexions de la main même de Jean-Paul Ier, notamment sur des mesures qu'il envisageait de prendre à moyen et long termes et qui laissaient prévoir un pontificat controversé par l'aile conservatrice de l'Église ; et enfin, le troisième secret de Fátima.

— Le troisième secret de Fátima ? répète Sarah, surprise. Celui que Jean-Paul II a révélé en l'an 2000 ? »

Raul lance un regard surpris à sa fille.

« Bien sûr que non. Le véritable troisième secret.

— Celui qui a été révélé en l'an 2000 n'était pas le vrai ?

— L'authentique troisième secret de Fátima, écrit de la main même de sœur Lúcia, révèle la mort d'un homme vêtu de blanc entre les mains de ses pairs. »

Raul fait une pause pour lui laisser le temps d'assimiler ce qu'il vient de lui dire et en profite pour boire une gorgée de porto.

Sarah réfléchit à la curieuse information que son père vient de lui donner, essayant de mesurer son poids et ses conséquences. Mais cette question la dépasse. Elle lui paraît trop grave pour être traitée à la légère. S'il ne tenait qu'à elle, elle choisirait de tout réenterrer pour que personne ne découvre jamais rien.

« Mais alors, cette histoire qu'ils nous ont racontée en l'an 2000 ?

— Il fallait inventer quelque chose pour calmer

les attentes qui se faisaient de plus en plus pressantes, et ils ne pouvaient évidemment pas dire que le troisième secret était la révélation de l'assassinat d'un pape, surtout s'il a eu lieu à l'intérieur même du Vatican.

— Bien sûr, dit Sarah, pensive. (*C'est somme toute logique*, pense-t-elle.) Je comprends que cette question est très délicate.

— Elle l'est. C'est ce qui explique qu'il leur a fallu tant de temps pour la résoudre. Finalement, en l'an 2000, ils se sont décidés à faire cette “révélation”, plutôt bien mise en scène. Elle a été prise pour argent comptant par pratiquement tout le monde, croyants ou pas, et l'affaire a été réglée.

— Je comprends, répète Sarah, son verre de porto encore plein devant elle, contrairement à celui de Rafael, déjà vide. Mais comment se fait-il que ces documents réapparaissent maintenant ?

— Ça…

— Ou plutôt, précise-t-elle, si le pape a été tué par des membres du Vatican, pourquoi n'ont-ils pas gardé les documents en lieu sûr ou ne les ont-ils pas détruits ?

— Il faut d'abord préciser un point important : le Vatican en tant qu'institution n'a rien à voir avec ce meurtre. Un petit groupe d'hommes malintentionnés, même cachés sous une soutane et un bonnet rouge, ne représentent pas toute l'Église. Aujourd'hui comme en 1978, il y a des brebis égarées au Vatican ; la différence, c'est qu'ils ne sont plus aussi influents. La curie romaine, bien qu'aussi rigide et conservatrice qu'en 1978, peut-être même davantage, n'est plus soumise à l'influence de la P2 et n'est plus en mesure de manipuler avec autant d'efficacité les conclaves et de contrôler aussi rigoureusement l'action du pape. Bien sûr, d'autres phalanges jouent actuellement ce rôle, mais elles ne vont plus jusqu'à blanchir de l'argent sale ou émettre de faux titres, comme à l'époque. »

Sarah écoute, scandalisée :

« Manipuler des conclaves ? Et les cardinaux dans tout ça ? Et le Saint-Esprit ?

— Le seul Saint-Esprit que je connaisse est une banque, lui dit son père avec ironie. Il est évident qu'un conclave est avant tout un processus politique, soumis à des influences et des manipulations – ou des tentatives de manipulations – internes comme externes. Et le fait que cette élection soit secrète rend ces tentatives encore plus faciles. Rien ne se passe au grand jour, mais derrière le rideau noir des portes de la chapelle Sixtine. Certains "candidats" font campagne avant le début du conclave pour tenter de recueillir le plus de voix possible. La curie choisit son candidat, généralement soutenue par les courants les plus forts à l'intérieur de l'Église, et lorsque les cardinaux entrent en conclave, presque tout est déjà décidé.

— Alors tout n'est que façade ?

— Pas complètement. Et pas toujours.

— Pas complètement ?

— L'Église possède diverses tendances. La plus conservatrice, représentée par la curie, et d'autres plus libérales, plus ouvertes à une certaine évolution – inutile de toutes les citer. À partir du moment où l'une de ces tendances commence à devenir prédominante, elle crée un effet d'attirance qui entraîne les autres cardinaux dans son sillage.

— Comme des brebis qui suivent le mouvement du berger et de ses chiens qui les rabattent sur les flancs du troupeau.

— Si tu veux, oui, tu peux le dire en ces termes.

— Et c'est ce qui s'est passé en 1978 ?

— Non, justement. La curie a échoué à faire élire le cardinal Siri, qui était son candidat. Un groupe de cardinaux non italiens s'est constitué en portant son choix sur Albino Luciani, et ils ont réussi à l'emporter. Ce faisant, ils ont prononcé sa sentence de mort. »

Le silence se réinstalle quelques instants sous la voûte, quelque part dans les profonds sous-sols du couvent de Mafra. Sarah ingurgite ces informations les unes après les autres pour commencer à les interpréter à sa manière. Rafael, de son côté, n'a pas encore entendu grand-chose qu'il ne savait déjà.

« Au cours du second conclave de 1978 – l'année des trois papes –, les cardinaux, encore sous le choc de la mort prématurée de Jean-Paul Ier, n'ont pas voulu prendre de risques et ont élu quelqu'un de beaucoup plus conservateur, reprend Raul. Autant dire qu'ils ont visé dans le mille. Ils ont choisi un pape non seulement totalement contrôlé par la curie, mais qui a réussi ensuite à établir une relation fantastique avec les fidèles.

— Ce n'était pas l'idée que je me faisais de Jean-Paul II.

— Tu n'es pas la seule. Mais personne de bonne

foi ne peut le blâmer. D'abord parce qu'il a reçu un sérieux avertissement en 1981, même si l'attentat manqué contre lui visait un écartement définitif, bien sûr, et n'était pas un simple avertissement. Et ensuite, parce que le Vatican, indirectement, a versé près d'un milliard de dollars dans la poche de Solidarité.

— Solidarité ?

— Solidarność, le célèbre syndicat polonais dirigé par Lech Walesa, fondé à Gdansk, qui a finalement réussi à renverser le régime communiste en Pologne. Grâce aux fonds du Vatican et aux Américains.

— L'éternelle cible communiste, affirme Sarah.

— Oui. Les Américains ne sont pas les seuls à être obsédés par le communisme. Le Vatican aussi.

— Mais tu n'as pas répondu à ma question. Pourquoi celui ou ceux qui ont tué le pape n'ont pas caché, ou même détruit, ces documents compromettants ? C'est ce que j'aurais fait.

— Écoute bien, poursuit son père en essayant d'être plus clair. Jean-Paul Ier n'est pas mort à cause de quelques papiers qu'il avait dans les mains. Et d'ailleurs, l'un des commanditaires du crime a pris soin de faire disparaître ces documents des appartements du pape. Il les a remis à l'exécutant qui les a rapidement fait sortir du Vatican. L'ordre était de les détruire, mais il ne l'a jamais fait.

— Pourquoi ?

— Bonne question. Par prudence, certainement. Pour conserver un moyen de pression au cas où les choses tourneraient mal. Pour se protéger peut-être, au cas où les commanditaires auraient plus tard voulu l'éliminer pour ne laisser aucune trace.

— OK, dit Sarah en hochant la tête pour montrer qu'elle a compris. Mais alors, si ce n'est pas à cause de ces documents, ou pas seulement, pourquoi ont-ils tué le pape ?

— Vous allez boire votre porto ? lui demande subitement Rafael, resté silencieux jusque-là.

— Non, lui répond-elle en se tournant vers lui et en lui tendant son verre. Vous pouvez le prendre.

— Merci », lui dit Rafael avant de le vider d'un trait.

Pour en finir au plus vite, Sarah se décide soudain à poser directement à son père les questions qui la préoccupent le plus.

« Papa, je veux savoir qui a tué le pape, pourquoi, qui est Firenzi et surtout ce que je viens faire au milieu de tout ça.

— Désolé de vous interrompre, leur dit Rafael, mais le temps passe et il vaudrait mieux continuer cette conversation dans la voiture.

— Quelle voiture ? demande Sarah, étonnée.

— Une voiture qui nous attend en dehors du couvent, lui explique son père. Tu pensais que nous partirions comment ? À pied ?

— Je ne sais pas. Avec lui tout est possible, lui répond Sarah en regardant Rafael. Mais pour aller où ? On n'est pas bien ici, à l'abri ?

— On est encore tranquilles un certain temps, c'est vrai, mais Mafra sera bientôt infesté d'agents de la CIA et on ne peut pas courir le risque de se retrouver bloqués ici, piégés comme des rats sans nulle part vers où pouvoir s'enfuir. Il est impératif que nous conservions une marge de manœuvre, toujours une longueur d'avance, lui explique Rafael.

— Pensez-vous vraiment qu'ils vont nous localiser rapidement à Mafra ?

— J'en suis sûr. »

XLVIII

Rome, quelques jours auparavant.

Alors que le mouvement est presque constant durant la journée dans les couloirs et les escaliers de cet immeuble de la via Veneto, il règne un étrange silence dans un des appartements du troisième étage, où trois hommes sont entrés la nuit précédente. Quiconque les aurait vus passer saurait que deux d'entre eux ne sont restés que dix minutes, laissant le troisième seul à l'intérieur. Mais personne ne les a vus passer.

Ce troisième homme n'a pas donné signe de vie depuis ce moment-là, pas le moindre bruit de pas ni celui d'une chasse d'eau, ou même de la simple ouverture d'un robinet ou d'une porte grinçante d'armoire. Le voisin idéal. Peut-être dort-il encore comme une pierre après que des amis l'ont raccompagné chez lui pour le coucher à la fin d'une soirée arrosée dans un bar ou une trattoria ? Peut-être travaille-t-il de nuit et que deux collègues l'ont suivi chez lui à la sortie du travail pour boire rapidement un coup avant de rentrer eux-mêmes dormir chez eux ? La vérité, c'est qu'on ignore totalement la raison de son silence.

Observons maintenant cet homme âgé qui monte l'escalier du même immeuble avec difficulté en s'appuyant sur une canne, accompagné d'un homme portant un costume Armani de couleur noire et qui l'aide en le tenant par le bras. Dès qu'ils arrivent au troisième étage devant la porte derrière laquelle on n'entend pas respirer âme qui vive, l'homme au costume Armani enfonce une clé dans la serrure.

« Attends, lui ordonne le vieil homme, essoufflé par la montée. Laisse-moi respirer un instant. »

Sa voix à peine audible ressemble à celle d'un asthmatique et son assistant lui obéit immédiatement, se redressant comme un militaire au garde-à-vous. Il faut une ou deux minutes au vieil homme pour reprendre son souffle ; mais une fois reposé, il se redresse en adoptant une pose seigneuriale et indique d'un geste à son assistant qu'il est maintenant prêt à entrer. Celui-ci ouvre la porte avant de s'écarter docilement pour laisser passer son maître, la refermant ensuite silencieusement derrière eux.

« Où est-il ? demande le vieil homme avec impatience.

— Ils m'ont dit l'avoir laissé dans la chambre. »

Lorsqu'ils y pénètrent, un homme est attaché sur le lit. Le couvre-lit sur lequel il est allongé est taché du sang provenant d'une blessure à son épaule gauche. Il ne porte que des sous-vêtements et son visage, et même son corps tout entier, sont couverts de sueur. Il relève la tête pour regarder ses deux visiteurs approcher, et en dépit de sa position humiliante, son regard reste digne et ferme.

« Monseigneur Firenzi, comment allez-vous ? le salue le vieil homme avec un sourire cynique.

— Vous ? balbutie le prisonnier abasourdi lorsqu'il le reconnaît.

— Moi-même. »

S'avançant de quelques pas, le vieil homme vient s'asseoir sur une chaise placée à côté du lit.

« Vous pensiez pouvoir vous échapper ?

— Échapper à quoi ? lui répond Firenzi, encore étonné par cette visite.

— Ne jouez pas à ce petit jeu avec moi, Monsignore. Vous savez pertinemment que vous avez quelque chose qui m'appartient. Je ne viens que récupérer mon bien. »

Valdemar Firenzi regarde l'assistant enlever sa veste noire satinée pour la poser sur le dos d'une chaise.

« Je ne sais pas de quoi vous parlez. »

Un coup de poing parti de nulle part vient s'écraser sur la lèvre inférieure du captif, d'où se met à couler un filet de sang. Il a fermé les yeux sous le choc et lorsqu'il les rouvre, il sent le poids du regard de l'assistant qui l'observe comme s'il n'avait rien fait, avec une expression profondément calme.

« Cher monsignore, j'espérais ne pas être contraint d'utiliser des méthodes abjectes pour récupérer mon bien. Mais vous me décevez profondément et j'ai l'impression que je ne vais pas avoir le choix. Et pourquoi hésiterais-je ? Vous n'êtes qu'un voleur, après tout ! »

Il pose la main droite sur le bras de Firenzi pour capter toute son attention.

« Vous rendez-vous compte de la gravité de la situation ? Vous n'êtes qu'un fourbe voleur, oui, et si je ne peux pas faire confiance à un homme d'Église comme vous, alors à qui pourrais-je faire confiance ? »

Le vieil homme se lève et commence à marcher lentement de long en large dans la pièce, pensif.

« Vous imaginez dans quel dilemme vous me placez ? Ne plus pouvoir faire reposer mes espoirs sur notre Église bien-aimée à cause de vous, qui avez trahi l'immense confiance que je vous portais. Quelle désillusion ! Et maintenant ? Je vous le demande, cher monsignore, dites-moi ce que je peux faire.

— Vous savez en tout cas très bien ce que vous avez fait, lui dit Firenzi.

— Qu'est-ce que j'ai fait ? Hein ? Dites-le-moi. N'est-ce pas ce que nous faisons tous, ou presque ? N'est-ce pas ce qui fait tourner le monde ?

— Ne soyez pas stupide ! » lui dit Firenzi.

Un deuxième coup de poing s'abat sur sa figure pour le rappeler à l'ordre. Au même endroit que la première fois, pour bien lui montrer que l'on ne peut pas parler sur ce ton au vieil homme.

« Je n'ai pas toute la journée devant moi. Il me faut les papiers le plus vite possible. Je vous conseille de me dire tout de suite où ils sont. »

Un autre coup s'abat sur l'ecclésiastique avant qu'il n'ait eu le temps de prononcer le moindre mot. Le sang commence à couler plus abondamment de ses lèvres gonflées, salissant son maillot de corps blanc.

« Dieu pose quelquefois un fardeau sur nos

épaules, mais Il nous donne aussi la force de le porter, dit-il simplement.

— Très bien. Nous allons voir quelle force Dieu vous a donnée », lui dit le vieil homme en faisant signe à son assistant.

*

Deux heures plus tard, ils sont toujours tous les trois dans la même chambre. L'élégante chemise italienne de l'assistant est maculée de sang et trempée de sueur, le vieil homme est encore sereinement assis à côté du lit, les deux mains posées sur le pommeau d'or de sa canne, et monseigneur Firenzi n'est plus que dans un état de semi-conscience, marmonnant des versets de la sainte Bible.

Une sonnerie de téléphone portable interrompt son passage à tabac qui, en dépit des marques de plus en plus visibles qu'il laisse sur son corps, ne produit pas la confession tant espérée. L'assistant va calmement chercher son téléphone dans la poche de sa veste Armani tandis que le vieil homme, les traits tirés, fatigué, déjà trop vieux pour assister à ce genre de spectacle, se penche à nouveau sur leur prisonnier.

« Allons, Monsignore, dites-moi juste où sont les documents et vos souffrances cesseront immédiatement, je vous en donne ma parole. Pourquoi vous entêter davantage ? »

L'homme d'Église, le visage et le corps couverts de sang, regarde le vieil homme droit dans les yeux, cherchant à rassembler les dernières forces que Dieu lui a données et sans lesquelles il n'aurait pas pu résister à cette longue séance de torture. Sa voix sonne encore ferme, même si elle trahit son atroce souffrance et son humilité.

« Dieu vous a déjà pardonné. Et s'Il l'a fait, je le fais aussi. »

Le vieil homme, les mains toujours posées sur sa canne, met deux ou trois secondes à comprendre puis lance aussitôt un regard furieux, rempli de haine, à l'agonisant.

« Alors, que Sa volonté soit faite ! »

À ce moment-là, l'assistant raccroche son téléphone et vient parler à voix basse à l'oreille du vieil homme :

« On a retrouvé trois adresses dans sa chambre, au Vatican.

— Quelles adresses ?

— Deux de prêtres, l'un à Madrid et l'autre à Buenos Aires. Et celle d'une journaliste portugaise qui vit à Londres.

— Hmmm… curieux.

— On a déjà vérifié. À part la femme, bien sûr, ce sont d'anciens membres de l'organisation. »

Sa décision est immédiate.

« Appelle Mischka. Qu'il aille faire une petite visite à ces prêtres avant d'attendre les prochaines instructions à Gdansk. Tu iras les lui apporter personnellement.

— Entendu, lui dit son assistant en s'inclinant avec respect. Et que faisons-nous du monsignore ?

— Donne-lui l'extrême-onction, lui répond-il sans hésiter. Je t'attends dans la voiture. »

Après une petite tape paternelle sur l'épaule de son assistant, le vieil homme se retire sans un dernier regard vers Valdemar Firenzi. Déjà dans l'escalier, il n'entend pas le son étouffé de l'arme équipée d'un silencieux qui met fin aux souffrances de l'homme de Dieu. Son téléphone portable collé à l'oreille, il descend lentement les marches en s'aidant de sa canne à pommeau d'or. Fatigué, seul, il n'a plus besoin de poser dignement. Au numéro qu'il vient d'appeler, quelqu'un répond enfin.

« Geoffrey Barnes ? Nous avons un petit problème. »

XLIX

« Le pape est mort parce qu'il en savait trop, poursuit Raul, assis sur le siège passager de la Volvo en se retournant pour regarder sa fille installée sur la banquette arrière. Et qu'il était prêt à prendre des mesures en rapport avec ce qu'il savait.

— Et que savait-il donc de si grave ?

— Outre avoir eu connaissance que des membres importants de l'Église catholique, y compris son secrétaire d'État, le cardinal Jean-Marie Villot, appartenaient à des loges maçonniques, acte passible d'excommunication immédiate, il a également eu le malheur d'apprendre que son Institut pour les œuvres de religion, l'IOR, avait à sa tête un homme corrompu qui, avec la complicité du directeur de la Banco Ambrosiano, blanchissait de l'argent sale provenant de la mafia et d'autres sources douteuses.

— De quel homme parles-tu ?

— De Paul Marcinkus, de la Banca Vaticana. Mais aussi de Roberto Calvi, de la Banco Ambrosiano, et bien sûr de celui qui les manipulait : Licio Gelli, le cerveau qui a orchestré l'ensemble du plan de blanchiment.

— Mais comment une telle chose a-t-elle été possible ?

— Pour résumer, à travers des sociétés écrans établies en Amérique du Sud et en Europe du Nord ; et par la suite, en achetant des banques étrangères ou avec l'aide de succursales de la Banco Ambrosiano pour faire entrer l'argent dans le circuit. Beaucoup d'argent. Du temps où tout fonctionnait bien, où ces affaires prospéraient, Calvi a été surnommé par Paul VI le "banquier de Dieu". Mais ils ont voulu aller trop loin, ou plutôt, c'est Gelli qui a voulu aller trop loin, en exigeant de blanchir toujours plus d'argent. En dépit d'être de brillants banquiers, Calvi et Marcinkus ont fait des erreurs, commis trop d'imprudences, et des soupçons sont peu à peu apparus. Le scandale a fini par éclater quelques années plus tard, avec la fameuse affaire de la Banca Vaticana, mais bien après la mort du pape.

— Ils ont donc tué le pape parce qu'il allait ruiner leurs plans, conclut Sarah.

— Exactement. Non seulement ruiner leurs plans, mais dévoiler leur stratagème, et ils auraient certainement tous fini en prison. Pour te donner un exemple de la gravité de la situation, la Banca Vaticana, à travers la P2, était inextricablement liée à l'achat de missiles Exocet utilisés par les Argentins dans la guerre des Malouines, contre les Britanniques. Tu réalises les implications que cela aurait pu avoir ?

— Mon Dieu !

— Mais il est important de préciser que je parle ici de la Banca Vaticana sous la direction de Marcinkus, pas de l'institution elle-même, qui n'était pas coupable d'être dirigée par une crapule. Ils collaboraient même avec un truand nommé Michele Sindona, lié à la mafia, qui leur fournissait de grandes quantités d'argent sale.

— Il faisait également partie de leur bande ?

— Il en faisait partie, oui, mais il n'a pas été complice de l'élimination du pape. Sindona s'est par ailleurs sali les mains en étant impliqué dans la mort de pas mal de monde – des magistrats et un avocat de renom, entre autres – mais en septembre 1978, il était plongé dans ses propres problèmes, la justice sur ses talons. Il a d'ailleurs dû répondre un peu plus tard à soixante-cinq chefs d'accusation devant une cour nord-américaine, à New York, avant d'être extradé en Italie où il a finalement été condamné à vingt-cinq ans de prison.

— Et les autres n'ont jamais été inquiétés ? Personne ne s'est aperçu de rien ?

— Si, bien sûr. Plusieurs polices européennes et le département américain de la Justice ont fini par faire la liaison entre différents faits troublants et par découvrir de nombreuses irrégularités. Mais le système qu'ils avaient mis en place avait tant de ramifications, ou si tu préfères, la pieuvre avait de si nombreux tentacules, que reconstituer toute l'affaire leur a pris du temps. Ce n'est que lorsqu'ils ont possédé suffisamment d'éléments à charge qu'une délégation du département américain de la Justice a secrètement rencontré le pape pour le mettre au courant de la situation et le pousser à prendre des mesures pour y remédier. Jean-Paul Ier a alors découvert que le Vatican abritait des criminels et a compris qu'il fallait qu'il s'en débarrasse. Mais ils ont été plus rapides que lui.

— Ce sont donc eux qui l'ont tué ?

— Ce sont les commanditaires du meurtre, oui, tout aussi coupables que l'assassin lui-même.

— Peux-tu préciser ? Je veux entendre des noms.

— Licio Gelli, Paul Marcinkus, Jean-Marie Villot et, dans une moindre mesure, Roberto Calvi. Villot a d'ailleurs activement participé au meurtre, puisque c'est lui qui a facilité l'entrée du bourreau dans l'enceinte du Vatican et a ensuite effacé toutes les traces en un temps record. Sa Sainteté a été trouvée morte à quatre heures quarante-cinq du matin ; et à six heures, ses appartements étaient déjà nettoyés et scellés, la clé entre les mains du camerlingue, le cardinal Villot lui-même. Et ce pour la deuxième fois en l'espace d'un peu plus d'un mois, puisque Paul VI était mort début août. En moins de douze heures, Villot a fait disparaître toute trace du passage de trente-trois jours d'Albino Luciani dans le palais apostolique.

— Voilà qui s'appelle de l'efficacité.

— Ce fut surtout de sa part un signe de fébrilité et d'une trop grande hâte, inutile, suspecte. Le même jour à cinq heures et demie du matin, à peine quarante-cinq minutes après que le pape a été retrouvé mort dans son lit, les embaumeurs officiels étaient déjà sur place. Étant donné toutes les mesures plus urgentes à prendre dans une telle situation, cette arrivée si précoce des frères Signoracci avait de quoi éveiller les soupçons. Surtout en sachant que la loi italienne n'autorise l'embaumement que vingt-quatre heures après la mort. »

Sarah, abasourdie, se contente de secouer silencieusement la tête devant toutes ces révélations.

« Le même jour à six heures de l'après-midi, Jean-Paul Ier était déjà embaumé.

— Et les vingt-quatre heures légales ? Ils en ont fait fi ?

— Exactement. Villot a commis ici une irrégularité monumentale, même si on comprend aisément pourquoi.

— Pour effacer le plus tôt possible toute trace de la *causa mortis*, je suppose.

— Évidemment.

— Quel genre de poison a pu induire les médecins en erreur ?

— Il n'a pas été empoisonné.

— Non ?

— Non, et aucun médecin n'a été induit en erreur.

— Ce qui veut dire…

— Ce qui veut dire, l'interrompt son père, que même un parfait profane, face à de tels éléments, comprendrait que quelque chose ne tient pas. Un simple infarctus n'aurait jamais poussé Villot à agir de manière si imprudente ni avec tant de précipitation. Surtout si l'on tient compte de son expérience. Un homme avisé, qui fut secrétaire d'État de Paul VI et qui n'avait pas agi de la même façon à sa mort un mois auparavant. Bien au contraire.

— De fait, son attitude est difficile à comprendre.

— Ou plutôt trop facilement compréhensible, même s'il n'a pas su garder le calme nécessaire.

Jean-Marie Villot était impliqué dans le complot contre le pape. En tant que secrétaire d'État entre les mains duquel passaient tous les dossiers, il a d'abord conservé l'espoir de parvenir à contrôler l'action de Luciani. Mais le nouveau pape a décidé de prendre le taureau par les cornes et d'arracher les mauvaises herbes, c'est-à-dire de procéder à des substitutions aux postes clés du Vatican, des changements qui concernaient notamment Marcinkus et Villot lui-même, qui devaient être respectivement remplacés par monseigneur Giovanni Abbo et le cardinal Benelli. Dès qu'elle l'a su, la bande des quatre a réalisé qu'elle était perdue et Gelli, le plus entreprenant, a rapidement imaginé un plan mis en œuvre dans la nuit du 28 au 29 septembre.

— Qui l'a tué exactement ?

— Personne ne connaît le nom de l'assassin. Mais je crois que c'est l'homme qui est à nos trousses.

— Il contrôle donc la P2.

— Oui. Celui qui a exécuté Jean-Paul Ier était et est toujours membre de la P2.

— Et personne ne connaît son nom ?

— Seulement son surnom.

— Qui est ?

— JC.

— Et qu'est-ce que je viens faire dans tout ça ? lui demande Sarah pour revenir au point de départ.

— Voilà, j'y arrive maintenant. Mais tu avais besoin de savoir ce qui précède pour comprendre les tenants et les aboutissants de cette affaire de documents à laquelle tu te retrouves mêlée malgré toi.

» Valdemar Firenzi est comme moi un ancien

membre de la P2 et il a trouvé ces documents extrêmement sensibles. Pendant des années, il a vainement essayé de collecter des indices pour retrouver leur piste et finalement, au moment où il allait abandonner, il est tombé sur eux là où il les attendait le moins.

— Où donc ?

— Dans les archives secrètes du Vatican.

— Dans les archives du Vatican ? Comment ont-ils atterri là-bas ?

— Aucune idée. Il faudrait que tu demandes à JC. Bien que je ne te souhaite pas de le rencontrer ! Ce serait très mauvais signe. Je suppose que lorsque ceux qui étaient impliqués dans cette affaire ont commencé à mourir les uns après les autres, il a commencé à se sentir plus en sécurité et n'a plus vu de raisons de les garder. Il en est peut-être même arrivé à penser qu'au contraire, il n'était plus prudent de conserver ces documents avec lui, mais ce ne sont que des suppositions ; on ne connaît pas ses véritables motifs. Les faire cacher au Vatican plutôt que les détruire a peut-être été aussi de sa part une sorte de provocation, un signe de force qu'il a voulu lancer… Personne n'en sait rien.

— OK, peu importe. Firenzi a donc trouvé les documents, et ensuite ?

— Dans l'enceinte du Vatican, les yeux indiscrets sont partout, les murs ont des oreilles, et tout finit par se savoir. Un jour, Firenzi a compris que son secret avait été découvert et qu'à la fois les documents et lui étaient en danger. Il a donc placé en lieu sûr, on ne sait pas où, la plupart des documents. Puis il a envoyé une photo de Benoît XVI à Felipe Aragón et Pablo Rincón, deux amis prêtres de grande confiance. Et enfin, il t'a envoyé la liste.

— Mais pourquoi moi ? D'où me connaît-il ?

— Tu es sa filleule.

— Quoi ?

— Tu ne te souviens pas de lui, tu étais trop petite, mais c'est ton parrain. Il avait besoin de quelqu'un qui n'appartienne pas au réseau, car nous risquions d'être surveillés. Il a dû penser qu'en voyant mon nom sur la liste, tu m'en parlerais immédiatement et que je comprendrais tout. Une manière habile de me la faire parvenir indirectement. Le seul risque qu'il prenait était que tu jettes l'enveloppe à la poubelle. Mais il ne pensait pas être surpris ; hélas, d'une manière ou d'une autre, ils ont tout découvert.

— Ils l'ont capturé ?

— Oui.

— Et maintenant ?

— Maintenant, il doit être mort », lui dit gravement son père.

Sarah soupire tristement avant de réfléchir à haute voix.

« Mon parrain… Je me souviens maintenant. Je me disais bien que ce nom me disait quelque chose. Ce fameux parrain qui ne s'est jamais manifesté, que je n'ai jamais connu…

— Il ne t'a jamais oubliée et il prenait de tes nouvelles. Petite, il t'a toujours envoyé des cadeaux.

— Et alors ? Est-ce cela l'important ? C'est la présence qui compte et dans ce domaine, il n'a pas rempli son rôle. Un parrain désastreux qui ne se souvient de moi que pour me mettre en danger de mort ! Je ne me souvenais pas qu'il était italien.

— Il ne l'était pas. Malgré la consonance de son nom, Firenzi était portugais de souche.

— Et après ? Tout ce que je vois, c'est qu'il nous a mis dans la pire des situations possibles !

— Ne dis pas cela.

— Et pourquoi pas ? C'est pourtant vrai ! Pourquoi être allé déterrer une bombe qui serait sûrement restée sagement inoffensive pour peut-être encore des décennies, voire des siècles, là où elle était cachée ? Qu'est-ce qui lui a pris ? Je ne comprends pas. Qu'avait-il donc à l'esprit ?

— Dévoiler la vérité.

— Mais pourquoi se mêler, et surtout nous mêler à tout ça en nous mettant en danger ? Il était fou ! » lance Sarah visiblement furieuse, à bout de nerfs.

Raul glisse la main dans la poche de son manteau et en sort une feuille de papier et un portrait de Benoît XVI.

« Qu'est-ce que c'est ? demande Sarah.

— C'est ce que le père Felipe a reçu à Madrid. »

Il tend la lettre à Sarah, qui bien que ne parlant pas très bien espagnol comprend à peu près tout.

« *Des erreurs du passé m'ont rattrapé aujourd'hui, le jour de mes soixante-quatorze ans. Je ne suis pas resté indifférent à cette ironie divine, signe que c'est bien Lui qui est derrière tout ça. À l'aube de notre vie, il est toujours difficile de prévoir les incidences de nos décisions et de nos actes. Nous commençons remplis de bonnes intentions, portés par le plus noble des rêves, et un beau jour, nous tombons nez à nez avec notre monstruosité, la vile et cruelle conséquence de ce que nous avons nous-mêmes semé. Et même si nous passons le reste de nos jours à nous amender et tenter de corriger le mal par le bien, à abdiquer totalement de nous-mêmes pour nous consacrer à notre prochain, la tache noire est toujours là sur nos talons, nous suivant comme une ombre en se rapprochant irrésistiblement pour nous dire à voix basse : "Je t'aurai, je t'aurai !" Jusqu'à ce que finalement, elle tienne sa promesse, pour moi aujourd'hui, le jour de mon anniversaire.*

Avant de m'en aller, je voudrais que celui ou celle qui trouvera cette lettre la remette, accompagnée du portrait de mon pape bien-aimé, à mon bon ami Raul Brandão Monteiro (voir l'adresse au verso) : il saura l'éclairer de la douce flamme de la prière. Qu'il s'occupe aussi de ma dépouille, cette vieille enveloppe corporelle que j'abandonne – il sait quelles sont mes dernières volontés à ce sujet. À l'heure de dire adieu, je me retire avec une confession : j'ai laissé mourir un pape parce que j'ai été lâche et n'ai pas bougé le petit doigt pour essayer de l'empêcher. »

« Les autorités espagnoles m'ont remis cette lettre et la photo du pape lorsque je suis allé m'occuper de l'enterrement de Felipe. Mon vieil ami Felipe…

— Et ils n'ont pas trouvé étrange le contenu de cette lettre d'adieu ?

— Ils n'ont pas fait attention. Par chance, ils m'ont prévenu immédiatement et je suis arrivé avant que quiconque ait pu mettre la main sur le portrait.

En revanche, à Buenos Aires, Pablo s'est fait surprendre. Non seulement ils l'ont tué, mais ils ont aussi récupéré la photo qu'il avait reçue.

— Que signifie ce portrait ? Qu'a-t-il de si spécial ? »

Raul sort un briquet de sa poche.

« Approche-toi. Viens voir le résultat de la douce flamme de la prière. »

Surprise, Sarah hésite une seconde avant de se pencher vers son père.

Au début, elle ne remarque rien de spécial. C'est une photo de Benoît XVI bordée de blanc, comme les cartes postales que l'on vend à Rome.

« Maintenant, regarde bien », lui dit Raul en allumant son briquet et en le tenant pendant quelques secondes à deux ou trois centimètres du dos de la photo, faisant attention de ne pas la brûler.

Intrigué, Rafael, qui n'a pas perdu une miette de leur conversation, tourne un instant les yeux pour regarder avant de vite les remettre sur la route.

En même temps que Sarah, il voit le visage de Benoît XVI s'effacer pour céder la place à celui d'un vieil homme.

« Oh ! Qui est-ce ? demande Sarah.

— Je ne sais pas, lui répond son père.

— Un double portrait, dit Rafael, songeur. Intéressant. »

Raul éteint son briquet et quelques secondes plus tard, le visage de Benoît XVI réapparaît.

« Un portrait magique ! s'exclame Sarah. Quel message a voulu envoyer Firenzi, à ton avis ?

— Je ne sais pas qui est cet homme, mais eux

doivent déjà le savoir. Je suppose que c'est l'homme qui est désormais en possession des documents, lui dit Raul. Ou du moins qui sait où ils se trouvent.

— Ce qui nous amène aux deux autres éléments que Sarah a reçus avec la liste, complète Rafael.

— Quoi ? De quoi parles-tu ? lui demande Raul.

— D'un message codé inscrit sur une feuille de papier…

— Qu'heureusement, ou malheureusement, le professeur du Museum a avalée, dit Sarah en le coupant.

— Et de la clé, termine Rafael.

— C'est vrai ! La clé ! Je l'avais complètement oubliée », ajoute Sarah en la sortant immédiatement de sa poche pour la montrer à son père.

Une petite clé de cadenas, ou d'une toute petite serrure.

« Que peut-elle bien ouvrir ? se demande Raul à voix haute tout en l'examinant minutieusement dans la paume de sa main. Un coffre ? Une cachette ? »

Ils restent tous les trois silencieux pendant un certain temps, réfléchissant chacun de son côté à la triple énigme de cette clé, du portrait et du message avalé par le professeur.

« Un message codé, m'avez-vous dit… reprend Raul en pensant tout haut.

— Oui, mais il a disparu, lui dit Sarah.

— L'original a disparu mais j'en ai une copie », les avertit Rafael en tendant à Raul un morceau de papier plié en quatre qu'il sort de la poche de son pantalon.

La copie du message qu'il a rapidement griffonnée

avant de laisser l'original au professeur Margulies dans la salle du British Museum.

Raul se concentre pour observer attentivement les trois lignes où se mélangent des chiffres, des lettres et une étrange phrase en italien. Ils n'ont pas de temps à perdre.

« *18, 15-34, H, 2, 23, V, 11*
Dio bisogno e IO fare lo. Suo augurio Ÿ mio comando
GCT (15) – 9, 30-31, 15, 16, 2, 21, 6-14, 11,16, 16, 2, 20 »

« Le professeur a réussi à le déchiffrer ? leur demande Raul après un long silence.

— Il n'en a pas eu le temps, lui explique Sarah. Ils l'ont tué sous nos yeux.

— Alors, ça va me prendre quelques heures. Si j'y parviens ! s'inquiète Raul.

— Attendez ! leur dit tout à coup Rafael qui semblait depuis un moment perdu dans ses pensées. Juste avant de mourir, il m'a regardé.

— Qui donc ? lui demande Sarah, étonnée.

— Le professeur Margulies. Il m'a regardé en me murmurant : "Compte les lettres." »

Raul n'a pas besoin d'en entendre davantage. Il pose le morceau de papier sur ses genoux et se penche dessus pour se concentrer, comptant sur ses doigts et griffonnant à intervalles réguliers des lettres au crayon gris en dessous du message. Au bout d'à peine quelques minutes, il se redresse en les regardant avec un grand sourire.

« Ça y est ! Regardez, le message est déchiffré !

"L, A – C, H, I, A, V, E
Dio bisogno e IO fare lo. Suo augurio Ÿ mio comando
GCT (DI) – N, Y – M, A, R, I, U, S – F, E, R, R, I, S"

— *La chiave* ? dit Sarah à haute voix. La clé ? Et Marius Ferris ? Qui est Marius Ferris ?

— Je suppose que c'est l'homme du double portrait, lui répond Raul. Mais ce n'est qu'une hypothèse.

— Si tu permets, Capitaine, je pense qu'on peut comprendre ce message de deux façons. "Marius Ferris est la clé." Ou bien : "La clé ouvre une serrure à New York."

— Pourquoi à New York ? »

Sarah ne comprend pas.

« Oui, *NY* doit vouloir dire New York, effectivement, dit Raul. Et ce *GCT (DI)* ? demande-t-il. Qu'est-ce que ces cinq lettres peuvent bien pouvoir dire ?

— *GCT, CGT (DI)*... » répète Rafael.

Mais rien ne lui vient.

Cette partie du message reste énigmatique.

« Est-ce que le texte est correctement déchiffré ? demande Sarah.

— Je pense que oui, lui répond son père. Le codage était en réalité très simple et je ne vois pas où j'aurais pu faire une erreur. Regarde : le premier mot, *la chiave*, ne laisse aucun doute, et Marius Ferris pourrait être le nom de l'homme du double portrait : ça serait cohérent. Si c'est le cas, il ne nous reste qu'à comprendre ce que signifie *GCT* et ces deux lettres, *DI*, entre parenthèses. Ce pourrait être une indication du lieu, à New York, où nous servira la petite clé : ce serait logique.

— Nous y réfléchirons au cours du voyage, Capitaine.

— Tu as raison.

— Où nous allons ? demande Sarah alors que les lumières de Lisbonne commencent à apparaître à l'horizon. Et si nous retournions d'abord à notre hôtel pour prendre une bonne nuit de repos ?

— Pas question, ça serait dangereux et nous perdrions de toute façon trop de temps. Nous avons une longue route à parcourir jusqu'à Madrid.

— Jusqu'à Madrid ? s'étonne Sarah.

— Quel est ton plan, cher Rafael ? lui demande Raul pour rassurer sa fille.

— Rouler jusqu'à Madrid et puis nous envoler pour New York.

— New York ? répète Sarah. Nous ne sommes même pas sûrs que c'est là-bas qu'a voulu nous envoyer Firenzi dans son énigme.

— J'en suis maintenant certain, rétorque Rafael, très sûr de lui. Tu peux détruire le message, dit-il en regardant Raul. J'ai compris sa signification. »

L

Le moment béni est enfin arrivé. Celui qu'il attend depuis très longtemps ; depuis le temps, ou presque, où il marchait tout petit dans les rues du vieux Gdansk en tenant la main de son père, même si c'était plutôt rare. Il garde un souvenir précis de cette époque, une image arrêtée : son père le portant dans ses bras au bord de la Motlawa par une journée ensoleillée comme aujourd'hui. Le reste, ses jeux, son bonheur d'enfant, le sourire et l'affection de sa mère, ses baisers, la complicité et la tendresse de ses parents ne lui reviennent jamais en mémoire, peut-être parce que son esprit froid, sec, logique, n'est pas capable de produire l'affabulation, le fantasme, le mensonge de cette famille heureuse qui n'a jamais existé.

Son père, ouvrier métallurgiste, était un membre actif de Solidarność. Il nourrissait profondément l'idéal d'une Pologne libre, aveugle dans le même temps à la tyrannie avec laquelle il gouvernait son ménage, à laquelle il soumettait sa femme qui, malgré les agressions physiques et psychologiques qu'elle subissait en permanence, ne perdit jamais son charme et son air gracieux. Il est impressionnant comme cette image figée de son père et de lui-même au bord de la Motlawa reste gravée dans son esprit alors que ce qu'il garde de son géniteur, ce ne sont pratiquement que ses absences, ses séjours prolongés hors du contexte familial, engagé dans sa lutte inégale contre un gouvernement totalitaire. À cet égard, il faut accorder à son père le mérite de la ténacité, une patience qui l'a caractérisé jusqu'à la fin de ses jours, tout en déplorant le fait qu'il n'a pas étendu à sa famille les mêmes idéaux de liberté – pas même la liberté d'expression, dont sa femme était totalement privée. Cette image fixe qu'il conserve pourrait être une photographie prise par sa mère ; mais non, elle n'est qu'une image idéalisée qu'il s'est constituée plus tard. Celle qu'il voulait garder. Mais comme il aimerait que ce soit vrai ! Une photo prise par une femme heureuse de son mari et de son fils souriant au bord de la rivière qui traverse la ville. Mais cette photographie n'a jamais été prise. Cette scène n'a jamais existé. La seule chose qui existait était la peur, la crainte de la seconde suivante, la terreur de simplement entendre la clé tourner dans la serrure et de le regarder entrer. La fin d'un long séjour loin de la maison pour son père et la fin des bons moments pour eux – sinon heureux, du moins remplis de calme et de douceur. C'est une des rares autres images qu'il conserve : son père dans l'embrasure de la porte avec une valise noire pleine de dollars à la main.

« C'est pour la cause. Ça vient des Américains », disait-il toujours avant de s'asseoir pour dévorer son dîner préparé par son esclave au cœur si pur qu'elle n'eut jamais l'idée d'y mélanger de la mort-aux-rats. Ce que le petit garçon, devenu un homme qui attend maintenant l'arrivée de son maître, aurait fait s'il avait compris à l'époque ce qui se passait.

« Ça vient du Vatican, poursuivait son père. Cette fois, nous allons en finir avec eux ! »

Et il riait, riait comme un enfant dont les rêves sont sur le point de se réaliser. Il disait qu'il ne fallait pas révéler l'origine de cette manne, qu'ils nieraient tous si elle était rendue publique. Parce que c'était de l'argent sale, issu de la drogue ou d'autres trafics illicites. De l'argent sale pour financer de nobles idéaux de liberté, d'égalité et de justice, et les amis fortunés qui l'envoyaient exigeaient bien entendu le silence absolu sur son origine. « Ce sont les Américains et le Vatican », disait son père. De l'argent qui empruntait des chemins détournés en passant par de multiples mains avant de leur arriver pour dépister les yeux indiscrets de la police politique.

Il se souvient comme si c'était hier du jour où il la vit en rentrant à la maison. Les yeux ouverts, vitreux, inertes, le regardant sans le voir. Le sang qui coulait formait une flaque sur le plancher et on aurait eu du mal à croire que sa robe avait d'abord été blanche. Le sang coulait d'une affreuse déchirure sur son cou et le petit garçon qu'il était, un être pur et sans malice, se pencha sur sa mère morte, assassinée, saignée à la gorge, et il pleura. Il la serra dans ses bras en se mêlant à son sang, la sentit encore chaude et continua à pleurer abondamment. C'était pire, bien pire que les longues absences de son père ou les coups de ceinture qu'il recevait lorsqu'il la défendait contre ses agressions. Une douleur indescriptible, la perte du pilier qui soutenait sa vie. Au cours de cette étreinte humide allongé sur sa mère, il aperçut le couteau, l'arme jetée par terre et encore tachée de sang qui venait de lui ôter la vie, qui venait de les séparer pour toujours. Il le ramassa et le regarda, cruel et puissant, capable de couper, de transpercer, de déchirer, de blesser ou de tuer selon la volonté de celui qui le tenait, puisque l'objet en lui-même était inoffensif. Sur le moment, il aurait voulu que le couteau le transperce, l'envoie rejoindre sa mère adorée. Et il fut à deux doigts de le faire. Ce serait une mort rapide, un coup directement dans le cœur. Un geste ferme et précis qui lui permettrait d'en finir avec tout. Ce ne serait pas indolore – bien au contraire – mais ce ne serait qu'une minuscule souffrance en comparaison de celle qu'il ressentait devant la perte de sa mère. Mais tout en regardant la lame sanguinolente, il aperçut soudain son père assis par terre, appuyé contre un mur. Les larmes aux yeux et le visage couvert de sueur, une bouteille de vodka à la main.

« À partir de maintenant, nous ne sommes plus que tous les deux, mon garçon », lui dit son père, la voix étranglée par l'alcool, le sentiment de culpabilité et le regret.

« Nous ne sommes plus que tous les deux. »

Il lui expliqua ensuite qu'il était arrivé déjà ivre et qu'elle lui avait manqué de respect. Les mots entraînent les mots, et elle ne s'était pas tue lorsqu'il l'avait exigé. Après tout, qui commandait à la maison, hein ? Et quand il se rendit compte de ce qu'il faisait, il était déjà trop tard.

« Nous ne sommes plus maintenant que tous les deux, mon garçon, répéta son père en pleurant, ivre. Viens, approche-toi, viens embrasser ton père », ajouta-t-il d'une voix forte.

Une étreinte comme celle de l'image figée sur le bord de la rivière Motlawa. Un ordre, pas une demande, auquel obéit le petit garçon autrefois pur et sans malice. Il se leva pour serrer son père dans ses bras, pensant à sa mère, à son sourire, à sa grâce ; à sa mère égorgée, saignée, inerte, morte. Fermement serré dans son poing, le couteau transperça subitement, impitoyable, insensible, la poitrine de son père. La lame pénétra jusqu'à la garde tandis que le fils prodigue continuait à embrasser intensément son père avec amour, les yeux fermés, une main dans son dos et l'autre sur le manche du couteau. L'homme se contenta d'écarquiller les yeux, incrédule, commençant à baver du sang, ses sens s'éteignant les uns après les autres, ses forces l'abandonnant, s'enfonçant rapidement dans le puits de la mort jusqu'à ce qu'elle le fauche en le secouant de deux spasmes. Le fils lâcha enfin son père qui tomba lourdement, inanimé, sur le plancher près du mur, et s'éloignant de lui, il regarda une dernière fois le corps de sa mère.

« Il n'y a désormais plus que moi. »

Mais le moment béni est enfin arrivé. Celui auquel il a aspiré toute sa vie depuis le jour terrible où il perdit sa mère et commença son chemin sur les rails de la justice. Il va enfin rencontrer son maître qui est sur le point d'atterrir sur le sol américain, plus précisément sur une des pistes de l'aéroport de La-Guardia, à New York.

Le serviteur attend le vieil homme dans une limousine directement sur le tarmac car ce dernier bénéficie d'un traitement de faveur, presque à la hauteur de celui d'un chef d'État en visite aux États-Unis. Un sourire sur ses lèvres cache une grande nervosité intérieure, car son maître est comme un père pour lui. Bien qu'il ne l'ait jamais rencontré personnellement, il lui a donné tout ce qu'un père peut offrir à un fils : sa protection, un toit, une éducation, de l'argent, avant de lui donner la chance de pouvoir l'accompagner dans sa grande entreprise, l'œuvre de sa vie. Il est vrai que tout cela s'est passé à distance, mais peu importe ; le maître avait ses raisons, et cela n'a pas empêché le jeune homme de cultiver pour lui un amour, un respect, une admiration sans bornes, en compensation peut-être de tout ce qu'il aurait tant voulu pouvoir éprouver pour son père biologique. Un vieil homme qui l'a pris sous son aile et qui, après lui avoir tout donné, va maintenant se présenter devant ce fils prodigue, cet orphelin autrefois si pur qu'il a adopté.

Le jet est déjà en vue au milieu d'autres avions qui se préparent à décoller ou qui viennent d'atterrir. Un nœud se forme dans sa gorge. Comment un homme aussi aguerri que lui, habitué à faire face au danger, à décider de la vie ou de la mort de tant d'autres, qui a déjà eu plus d'une fois une arme pointée sur la tête sans jamais ressentir la moindre peur, peut-il avoir maintenant des frissons et même des sueurs froides au moment où il s'apprête à rencontrer son bienfaiteur ?

Le jet s'approche enfin pour s'arrêter à vingt mètres de la limousine blanche, coupant les gaz de ses réacteurs qui continuent à siffler quelques instants. La porte avant de l'appareil s'ouvre aussitôt et un petit escalier télescopique se déploie pour venir toucher le sol. La première personne à apparaître est l'homme habillé en costume Armani qu'il a rencontré à Gdansk. Il descend lentement l'escalier en aidant, le tenant par la main, un vieil homme qui le suit en s'appuyant de son autre main sur une canne avec un pommeau en or représentant une tête de lion. Celui qui les attend s'avance vers eux et ils se retrouvent bientôt tous les trois face à face : le maître, son serviteur et son assistant ; le Père, le Fils et le Saint-Esprit.

Dans une scène digne des siècles passés, le serviteur polonais s'agenouille devant son maître et baisse la tête en signe d'allégeance.

« Je veux que vous sachiez, Maître, que c'est un immense honneur pour moi de vous rencontrer enfin », dit-il, les yeux fermés.

Le vieil homme pose une main tremblante sur sa tête.

« Relève-toi, mon fils. »

Le serviteur s'exécute aussitôt. De toute évidence, il a du mal à regarder son maître dans les yeux et il s'empresse d'ouvrir une portière arrière de la limousine dans laquelle le vieil homme s'engouffre peu après. L'assistant s'assoit à l'avant, à la place du passager, tandis que le serviteur prend le volant.

« Tu m'as bien servi, avec compétence et dévouement comme toujours, lui dit le maître.

— Vous pouvez compter sur mon engagement

absolu, répond le jeune Polonais avec une sincère vénération.

— Je sais.

— Où est la cible ? demande l'assistant.

— À l'heure qu'il est, il visite un musée.

— Il aime cultiver ses connaissances, ajoute l'assistant.

— Où voulez-vous aller, Maître ? demande timidement le serviteur.

— Faisons un peu de tourisme pour commencer. Emmène-nous en promenade. »

Ses désirs sont des ordres et ceux qu'il considère comme ses fils adoptifs ne font plus aucun commentaire.

Sur la banquette arrière, un inconnu venu également l'accueillir est assis à côté du vieil homme ; commence entre eux une conversation en sourdine qui n'est visiblement pas destinée à être entendue par les deux fidèles serviteurs. Lorsqu'ils ont terminé, le vieil homme réfléchit quelques instants en silence puis appelle un numéro sur son téléphone portable avant de le monter à son oreille. Lorsque son destinataire décroche, il lui demande abruptement, sans même un allô :

« Où en est la situation ? »

Il semble écouter attentivement la réponse de son interlocuteur avant de lui dire fermement :

« Écoutez bien, Barnes, voici mes nouvelles instructions. »

LI

À l'approche de Lisbonne, la Volvo roule à cent quarante kilomètres à l'heure sur l'autoroute. Ses trois occupants sont silencieux et Sarah regarde machinalement à travers la vitre de sa portière, toujours étourdie par les révélations que lui a faites son père. Les zones industrielles, les parkings, les terrains de sport, les banlieues grises et les camions qu'ils doublent défilent devant ses yeux, mais elle ne les voit pas. Elle se demande quels mystères renferment les nuits de Lisbonne. Quels secrets, quels mensonges. Les nuits de cette capitale, mais aussi de n'importe quelle autre métropole dans le monde. Quels plans obscurs sont à cet instant précis en cours d'cxécution ? Quelles luttes invisibles sont en train d'être menées dans le but de contrôler tel marché ou tel trafic, d'obtenir un avantage sur des rivaux, ou tout simplement d'assurer l'ascendant de certains pays sur d'autres, où ils ont des intérêts ? De tout ce que Rafael puis son père lui ont révélé, elle conclut qu'il existe deux niveaux de politique : celle affichée au grand jour, que les dirigeants élus prétendent mettre en place sous l'œil attentif des caméras et des journalistes, et l'autre, l'invisible, la cachée, celle qui nous gouverne vraiment mais qui ne laisse ni traces historiques ni signatures au bas des résolutions et des textes de loi – même si elle les inspire, voire les ordonne secrètement. Des hommes de l'ombre qui déplacent leurs pièces sur l'échiquier mondial, les disposent en fonction de leurs objectifs. Sans jamais apparaître sur la scène, ils dirigent les autres comme des marionnettistes ou laissent à des substituts, des faire-valoir, l'illusion de gouverner, mais non sans s'être assurés qu'ils laissent des hommes parfaitement contrôlables avec les mêmes buts, les mêmes croyances et les mêmes idéaux que les leurs. Un processus qui peut être comparé au tournage d'un film. Les acteurs sont les stars qui brillent devant le public, qui font pleurer, rire, rêver ; mais le cerveau qui dirige l'action est invisible derrière la caméra, s'occupant à la fois du financement, de l'écriture ou la réécriture du scénario et du montage des images qui ont été tournées. À la fin, le public ne voit que le résultat de ce travail de l'ombre, le film que le réalisateur a choisi de montrer. Rien de plus. Il existe des variantes abandonnées du scénario, des plans et des scènes non conservés dans le montage final, des modifications demandées par les producteurs pour ne pas dépasser le budget, mais rien de tout cela n'apparaîtra jamais en pleine lumière.

« Ça va, Sarah ? lui demande son père en se retournant.

— À peu près… »

Elle lui répond d'un air absent, perdue dans ses pensées.

« J'étais en train de me dire que si la P2 a liquidé un pape, un Premier ministre portugais et de nombreuses autres personnes à des niveaux moins importants, la liste ne doit certainement pas s'arrêter là. Et je me demandais : quelles autres personnalités connues ont-ils éliminées ?

— Elle a évidemment bien d'autres forfaits à son actif, lui répond Rafael en gardant les yeux sur la route. Comme la mort du Premier ministre suédois, Olof Palme, en 1986, par exemple. Vous vous en souvenez ?

— Oui. Vaguement. »

Une affaire dont on avait parlé à l'époque dans le monde entier, la Suède se voyant brusquement orpheline de l'un de ses meilleurs dirigeants.

« Ils n'ont visiblement aucun scrupule à écarter tous ceux qui ne servent pas leur cause, commente-t-elle.

— Effectivement, vous pouvez en être certaine.

— Et pour quelle raison l'ont-ils assassiné ?

— La même que pour laquelle ils ont assassiné Sá Carneiro au Portugal. Les ventes d'armes à l'Iran.

— Pourquoi l'Iran ?

— À l'époque, c'était l'Iran. Aujourd'hui c'est l'Irak, la Corée du Nord et l'Afghanistan. Les ennemis d'aujourd'hui sont parfois les alliés de demain. Et les Américains ont toujours été très habiles pour se créer des amitiés de circonstances.

— Attendez, l'interrompt Sarah, confuse. Qu'est-ce que les Américains ont à voir dans tout ça ?

— Tout. Ces morts sont survenues parce qu'il y allait de leur intérêt.

— Celle de Sá Carneiro ?

— Celle de Sá Carneiro, d'Olof Palme, d'Aldo Moro…

— Et même celle de Jean-Paul Ier ? demande Sarah.

— Pour un allié de la P2 comme la CIA, sans doute. Mais ce cas est complexe, car le département américain de la Justice et le FBI avaient au contraire confiance en Jean-Paul Ier. Et sa mort a beaucoup perturbé leurs enquêtes.

— Quelle complication ! »

Le père de Sarah se tourne vers Rafael :

« Quel est notre itinéraire ?

— Le sud. Il nous faut passer le pont du 25-Avril et filer ensuite tout droit jusqu'à Madrid.

— Ça paraît effectivement le plus simple, commente Raul.

— J'ai juste besoin de m'assurer que nous ne sommes pas suivis.

— Comment le savoir ? lui demande Sarah, soudain préoccupée.

— Normalement, on entre dans une impasse ou une ruelle et on s'arrête sur le côté. Si un véhicule louche y entre à son tour, il se dénonce tout seul.

— Mais dans ce cas, on risque de ne pas pouvoir s'enfuir, dit Sarah.

— Peut-être, mais le plus important est de savoir si on est suivi ou pas. Cette tactique est couramment utilisée par les trafiquants de drogue. Ils répètent l'opération plusieurs fois sur leur trajet ; et s'ils ne sont pas suivis, ils continuent. Sinon, ils annulent l'opération. Ça leur permet d'éviter de guider tout droit leurs poursuivants à leurs planques et lieux de livraison. Au pire, les convoyeurs sont arrêtés après une fusillade avec la police mais leurs chefs s'en sortent indemnes, confortablement cachés chez eux, sans que leur réseau soit démasqué. »

Sarah l'écoute, inquiète.

« Je n'ai pas grande envie de me retrouver au milieu d'une fusillade. Le feu d'artifice de Londres m'a suffi.

— J'ai dit que c'est généralement ce qu'on fait dans ces cas-là. Je n'ai pas dit que c'était ce que nous ferions. Il y a d'autres moyens de le savoir.

— Quels sont-ils ? »

Rafael freine brusquement et s'arrête sur la bande d'arrêt d'urgence de la voie rapide, provoquant un concert de klaxons devant cette manœuvre imprudente.

« Vous êtes fou ! crie Sarah se cognant contre le siège avant. Qu'est-ce que j'ai fait pour mériter un tel sort ?

— Du calme, Sarah, lui dit son père, se voulant rassurant. Il sait ce qu'il fait. »

Rafael se retourne pour regarder en arrière, mais Sarah lui bouche la vue.

« Pouvez-vous vous mettre sur le côté ? » lui demande-t-il poliment.

Sarah lui jette un regard furieux mais lui obéit, et tandis que les véhicules qui doublent la Volvo lui font des appels de phares, Rafael aperçoit trois voitures arrêtées derrière eux à une centaine de mètres.

« Trois voitures, alerte Rafael.

— C'est peut-être un accident », suggère Sarah, très nerveuse.

Rafael reboucle la ceinture de sécurité qu'il avait enlevée pour se retourner.

« Mettez votre ceinture, s'il vous plaît. »

Sarah lui obéit à nouveau, le cœur battant.

« Oh, mon Dieu… je n'aime pas ça, laisse-t-elle échapper.

— OK, Sarah. Écoutez-moi attentivement. Comme ça vous ne pourrez pas dire que je ne vous ai pas prévenue en me criant dans les oreilles, lui dit Rafael en la regardant dans le rétroviseur central. Nous allons entrer en zone urbaine à grande vitesse. Faites-moi confiance, il y a peu de circulation à l'heure qu'il est et il est peu probable que nous ayons un accident. Et maintenant, accrochez-vous bien. »

Dès qu'il a terminé de parler, il démarre pied au plancher dans un crissement de pneus, faisant rugir son moteur. Sarah se retrouve collée sur le dossier de son siège, s'agrippant à l'accoudoir de la portière. Jetant un coup d'œil en arrière, elle voit que les trois voitures ont redémarré pour les suivre. Rafael sort de la voie rapide à toute vitesse et brûle le feu rouge au premier carrefour, indifférent à la circulation. Il tourne à droite et commence à descendre une longue avenue vers Campo Grande. Cent vingt, cent trente kilomètres à l'heure. Conduisant avec une grande précision, il slalome en évitant les véhicules qui apparaissent sur son chemin et qui semblent arrêtés à son passage.

Et dire qu'elle ne connaît même pas son vrai nom ni sa nationalité ! En fait, elle ne sait presque rien de lui. Son sauveur est un parfait inconnu. En regardant son père et le calme qu'il affiche, elle se dit aussi qu'il y a toute une part de lui qu'elle ignore, une part d'ombre qu'il lui a toujours cachée. En véritable copilote, son père donne des informations précises à Rafael, non pas en lui annonçant les prochains virages, mais sur la position de leurs poursuivants qui ne se cachent plus et se sont engagés à leurs trousses dans le centre de Lisbonne, descendant derrière eux à vive allure l'Avenida da República.

Arrivés à la place Duque de Saldanha, ils prennent une large artère en direction de l'immense rotonde du marquis de Pombal, brûlant d'autres feux rouges sous de nouveaux concerts de klaxons, leurs poursuivants sur leurs talons, toujours à une centaine de mètres. Rafael est obligé de ralentir et de slalomer en frôlant des voitures arrêtées à un grand carrefour, insulté par des automobilistes qui ouvrent même leurs portières pour lui faire de grands gestes : mais il n'en a cure et réussit à se faufiler en évitant des piétons, frottant deux pare-chocs au passage avant d'accélérer pour s'engager dans l'Avenida da Liberdade bordée de contre-allées et de grands arbres.

« Vous êtes malade ! éructe Sarah, affolée. Vous êtes sûr que tout va bien dans votre cervelle ? »

Rafael l'ignore, tout comme il a ignoré les automobilistes qui l'ont insulté à son passage. Il sait qu'il vient de perdre beaucoup de temps et jette régulièrement des coups d'œil dans ses rétroviseurs, préoccupé par ses poursuivants qui sont en train de le rattraper et le suivent maintenant de très près, l'un des trois véhicules tentant même de le doubler en s'avançant à sa hauteur sur la voie de gauche. Quelques secondes plus tard, il ne voit plus qu'une voiture derrière lui et s'aperçoit que la troisième a pris la contre-allée et est en train de le dépasser sur la droite.

« Accrochez-vous bien ! » lance Rafael à ses passagers.

Profitant d'une brèche dans le terre-plein central, il donne un coup de frein suivi d'un brusque coup de volant sur la gauche pour passer, en sens interdit, sur la double voie qui remonte l'avenue qu'ils sont en train de descendre, le véhicule qui le collait de près l'évitant de très peu et réussissant in extremis à le suivre alors que les deux autres, surpris, sont restés sur leurs voies d'origine.

Sarah est tendue, agitée.

« Je crois que je vais vomir, gémit-elle. N'est-il pas possible d'essayer de traiter avec eux ?

— Vous croyez qu'ils sont d'humeur à parlementer ? lui demande Rafael sans quitter la route des yeux. Qu'il suffit d'agiter un petit drapeau blanc par la fenêtre ? »

Sarah ne lui répond pas. Elle préfère fermer les yeux, les mains sur les oreilles, pour ne pas voir surgir les voitures roulant en sens inverse qu'ils évitent parfois de justesse. *Quand donc ce cauchemar se terminera-t-il ?* pense-t-elle en priant le ciel pour qu'ils en sortent vivants et que ce véritable enfer s'achève au plus vite.

L'un des véhicules de ses poursuivants est finalement revenu à sa hauteur pour le coller de près sur sa gauche, et Rafael donne un brusque coup de volant pour le frapper de plein fouet et l'envoyer s'encastrer contre un des nombreux arbres qui bordent l'avenue. S'engouffrant alors dans la brèche suivante du terre-plein central, Rafael en profite pour reprendre les voies de droite dans le bon sens, juste avant d'entrer sur la place des Restauradores. Il passe à toute allure entre le théâtre Dona Maria II et la gare du Rossio, suivi de près par ses deux derniers poursuivants. Au milieu de la place Dom Pedro IV a lieu un concert de charité au profit des enfants abandonnés dans le monde, et un groupe à la mode met le public en émoi avec une chanson que presque tout le monde reprend en chantant et en balançant les bras. Une humeur de fête qui se transforme instantanément en panique lorsqu'une Volvo suivie de près par deux autres voitures arrive à toute allure et monte subitement sur le trottoir pour venir frôler la foule rassemblée sur la place, qui se précipite comme elle peut pour s'écarter. Heureusement, personne n'est touché, et à part quelques égratignures dues à des chutes au cours de la bousculade, aucune victime n'est à déplorer.

De l'autre côté de la place, Rafael prend un nouveau sens interdit sur la gauche, un de ses poursuivants sur ses talons, l'autre choisissant de continuer tout droit sans les suivre.

Encore un sens interdit à cette vitesse ? se désespère Sarah, *il va me rendre folle !*

La Volvo entre dans la rue Betesga puis dans une autre sur la droite, bientôt obligée de changer de voie pour éviter un tramway qui arrive en sens inverse. Débouchant sur la place du Comércio, Rafael commence à en faire le tour, mais la seconde voiture qui avait disparu surgit cent mètres devant lui d'une rue sur la droite et s'arrête de travers au milieu de la chaussée pour lui couper la route. Rafael réussit à freiner puis piler à temps pour l'éviter, mais il se retrouve bloqué à l'arrière par la voiture qui le suivait. Ses adversaires le prennent alors en sandwich, pare-chocs contre pare-chocs à la fois devant et derrière lui, mais la Volvo est puissante et Rafael enclenche la première en accélérant à fond. Ses roues avant patinent d'abord en faisant fumer ses pneus sur le bitume, mais aidé par la voiture qui le pousse de l'arrière, il réussit à faire reculer celle qu'il a devant lui de deux ou trois mètres en la mettant de travers, créant une ouverture dans laquelle il s'engouffre immédiatement dans un crissement de pneus. Pied au plancher, il s'engage dans la longue avenue qui longe le Tage en direction du pont du 25-Avril, et plus loin de Belém et d'Estoril. Doublant quelques voitures affolées par sa vitesse, Rafael entre dans le centre de la vie nocturne de la capitale portugaise à cent soixante-dix kilomètres à l'heure, ne ralentissant que deux ou trois fois pour éviter un accident. Au début, il a encore une voiture à ses trousses qui le suit assez aisément mais qui, ensuite, commence à perdre étrangement très vite du terrain.

« Ce n'est pas bon signe, s'inquiète Rafael.

— Quoi donc ? lui demande Raul.

— Je suis en train de les semer beaucoup trop rapidement.

— Pas étonnant, se plaint Sarah qui s'accroche à son accoudoir, à presque deux cents à l'heure !

— Non, ça cache quelque chose : cette voiture pourrait continuer à nous suivre sans problème.

— Ils ont peut-être eu un ennui mécanique ? » suggère Raul en regardant en arrière pour essayer d'apercevoir le véhicule déjà hors de vue.

Ils passent sous le pont du 25-Avril qui relie la ville à la rive gauche du Tage, mais il va leur falloir plus loin faire une boucle sur la droite pour pouvoir s'engager sur le pont.

« Espérons, dit Rafael, sceptique, mais ça m'étonnerait. »

Quelques centaines de mètres plus loin, déjà sur l'Avenida da Índia, ils se retrouvent soudain sous le feu d'un puissant projecteur venu du ciel : celui d'un hélicoptère qui les suit en longeant le fleuve. Et très vite, un second faisceau de lumière vient les frapper de plein fouet – celui du projecteur d'un autre hélicoptère qui les survole sur leur droite.

« Et maintenant ? demande Sarah, luttant pour ne pas céder à la panique. Qu'est-ce qu'on peut faire ?

— On ne peut pas échapper aux hélicoptères, explique Rafael sereinement.

— Alors c'est fini ? lui demande-t-elle.

— Oui, c'est fini », lui répond-il en la regardant gravement.

Le visage de Sarah pâlit de terreur.

« Ils vont nous tuer ?

— Pas encore. S'ils voulaient nous tuer, ils l'auraient déjà fait, lui dit-il avant de se tourner vers Raul. Et maintenant, Capitaine ? On se laisse capturer ou on applique la solution finale ? »

Sarah comprend très bien ce qu'il veut dire. La

solution finale est une méthode italienne très utilisée par tous les services secrets. « La sortie du jeu », comme aime dire Rafael. Ce qui aurait pu arriver à Sarah au British Museum. Un tir dans la tête. Elle regarde anxieusement son père qui n'a plus du tout son air serein habituel et qui prend du temps pour réfléchir.

Les secondes défilent ; Rafael a beaucoup ralenti et ils passent maintenant devant les jardins du palais de Belém, la résidence officielle du président de la République. Subitement surgissent de nulle part cinq voitures noires qui viennent occuper de front toute la largeur de la route derrière la Volvo. Devant eux, dans le fond, à peut-être sept cents ou huit cents mètres, Rafael aperçoit les lumières clignotantes de ce qui doit être un barrage de voitures qui leur coupe la route à hauteur du monastère des Hiéronymites. Ils sont désormais encerclés, sans échappatoire possible. Il pourrait essayer de s'engager dans une rue à droite qui longe les jardins adjacents au monastère, si elle n'est pas déjà bouchée, prendre peut-être un peu d'avance sur les véhicules qui le suivent, mais les deux hélicoptères ne le lâcheront pas, continuant à signaler sa position. Et il n'a malheureusement pas de lance-roquettes pour résoudre le problème. La distance qui les sépare du barrage diminue à vue d'œil.

Six cents mètres.

Rafael ralentit encore pour gagner un peu de temps. Leur escorte de cinq voitures à l'arrière reste trop compacte pour tenter quoi que ce soit.

Cinq cents mètres.

« Capitaine, je suis désolé d'avoir échoué.

— Tu n'y es pour rien, tu as fait ce que tu as pu. Ils sont certainement depuis longtemps sur nos talons. Probablement depuis Mafra. »

Quatre cents mètres.

« Et maintenant, Capitaine ? J'ai besoin de votre décision. »

Sarah ne sait plus quoi penser. Elle a l'impression d'assister à un film dans une salle de cinéma. La grande différence étant que l'action n'est pas projetée sur un écran devant ses yeux, mais qu'elle en fait partie. Toute la différence entre la fiction et la réalité.

Trois cents mètres.

« Arrêtez-vous immédiatement ! entendent-ils dire une voix dans un haut-parleur qui semble provenir de l'un des hélicoptères. Arrêtez-vous immédiatement ! »

« Capitaine, j'ai besoin d'une décision rapide ! » répète Rafael plus énergiquement.

Des voitures banalisées, d'autres de la police avec leurs gyrophares, des fourgons et un camion d'une section d'assaut de la gendarmerie forment un barrage sur toute la largeur de la rue. Plusieurs hommes pointant leurs armes vers eux sont visibles, abrités derrière les portières ouvertes de leurs véhicules.

Deux cents mètres.

Rafael aperçoit même des snipers allongés sur le toit du centre culturel de Belém et sans préavis, il arrête sa Volvo au milieu de la rue.

« Capitaine, il est temps ! »

Les cinq voitures qui les escortent s'arrêtent derrière eux à distance de sécurité.

Raul regarde sa fille.

« Sarah, tu dois comprendre que c'est la meilleure solution. Ils nous tueront de toute façon dès qu'ils auront les documents. Ces gens-là ne laissent jamais aucune trace, aucun témoin derrière eux. »

Sarah regarde son père puis Rafael, terrorisée. Comment ont-ils l'intention d'effectuer cette tâche herculéenne ?

« Nous n'avons même pas d'arme ! dit-elle à Rafael. Vous allez me tuer comment ? En me brisant le cou ? En m'étranglant ?

— C'est une idée. Mais non. »

Il tend alors un comprimé à Sarah et un autre à Raul.

« Vous êtes prêts ? » leur demande-t-il.

C'est comme ça que je vais finir ? pense-t-elle en regardant le comprimé, les larmes aux yeux.

« Attendez ! Donne-moi les papiers, lui dit subitement son père.

— Que vas-tu en faire ? lui demande Rafael. Ils ne peuvent pas tomber entre leurs mains.

— Ne t'inquiète pas. La boîte à gants dispose d'un compartiment secret, lui répond Raul. Ils ne les trouveront pas. Donne-moi les papiers », répète-t-il en regardant Sarah.

Tout dépend des cartes qui nous restent à jouer, pense Sarah en se souvenant des mots de Rafael avant de lui rendre son comprimé.

« Merci, je n'en aurai pas besoin.

— Les documents, vite ! lui répète Raul une seconde fois.

— Je n'ai pas les originaux sur moi, je n'ai que

des photocopies, lui dit sa fille en lui tendant deux feuilles de papier.

— Où sont-ils ? lui demande Rafael, intrigué.

— En lieu sûr. »

Rafael esquisse un léger sourire.

« OK. Dans ce cas, que faisons-nous ? demande Raul après avoir caché les photocopies dans la boîte à gants.

— Eh bien, cela change un peu la donne, dit Rafael.

— Ça change tout ! corrige Sarah. Ils ne peuvent pas nous tuer !

— C'est vrai, en tout cas pas pour l'instant », ajoute son père.

Un homme sort de l'une des cinq voitures qui les suivaient et s'avance tout seul vers la Volvo. Une montagne de viande, qui marche d'un pas ferme et décidé.

« Attention, le jeu va commencer », dit Rafael à ses compagnons en leur signalant de la tête que quelqu'un approche.

L'homme arrive à leur hauteur et vient se pencher à la vitre du conducteur.

« Ça par exemple, le célèbre Jack Payne !

— Geoffrey Barnes ! Quelle surprise !

— Regarde autour de toi, Jack. Regarde combien nous sommes. Contemple le travail que tu m'as donné. »

D'autres hommes s'approchent de la Volvo, ouvrent les portières et en font sortir Raul et Sarah.

« Tu as besoin que je te tienne la portière pour sortir, Jack ? » ironise Barnes.

Rafael sort calmement de la voiture sans détourner les yeux du chef de la CIA.

« Emmenez la femme et son père. Vous connaissez les ordres. »

Trois agents les entraînent tandis que deux autres restent à côté de leur chef. Sarah se retourne, inquiète. Vont-ils tuer Rafael ? Le père et la fille sont placés dans deux véhicules différents.

Pendant ce temps-là, Barnes et Rafael continuent à se mesurer, les yeux dans les yeux.

« Jack, Jack… lui dit Barnes en secouant la tête. Quelle déception ! Quelle désillusion !

— Tu es pourtant loin d'avoir encore tout vu », ironise Rafael à son tour.

Sans avertissement, Barnes lui assène un coup de poing à l'estomac. Cent vingt kilos de viande qui font plier un instant Rafael. Et dès que celui-ci se redresse, il lui en assène un autre qui le fait s'écrouler au sol.

« Comment as-tu pu me faire ça ? Tu as trahi toutes les valeurs qui nous animent ! »

Rafael essaie de se relever, mais il reçoit un coup de pied qui le jette à nouveau à terre.

« Tu n'es qu'un fils de pute, continue Barnes. Et un ingrat. Mais tu vas avoir ce que tu mérites. »

Il lui donne un autre coup de pied dans le ventre.

« Emmenez-le ! ordonne-t-il à ses hommes. Nous allons faire une promenade. Une grande promenade. »

LII

Dernière défense

28 septembre 1978

Hans a eu une journée très agitée et pressent que les prochaines heures se transformeront en une de ces interminables nuits d'insomnie.

Le sergent de la garde suisse a reçu tout l'après-midi des instructions contradictoires. Plusieurs d'entre elles émanant du secrétariat d'État, d'autres du responsable des archives du Vatican, d'autres du secrétariat du synode et d'autres enfin de la Congrégation pour la doctrine de la foi.

Le secrétaire du cardinal Villot l'a d'abord informé que l'obscur passage secret de Léon XIII, normalement fermé, devait être ouvert. Ensuite, le préfet de la Congrégation pour la doctrine de la foi lui-même lui a fait savoir que cette mesure ne serait pas nécessaire. Des collaborateurs de Paul Marcinkus lui ont demandé de maintenir un libre accès aux appartements du pape et des subalternes d'éminents cardinaux sont passés au bâtiment de la garde suisse pour y demander des mesures de sécurité exceptionnelles.

Hans a fini par comprendre qu'allait se tenir une

réunion importante dans le bureau du pape, situé à côté de ses quartiers privés dans le palais apostolique. Il en a conclu qu'il devait s'agir d'une rencontre de haut niveau, encore qu'informelle, puisqu'il n'a reçu aucune notification officielle la concernant du porte-parole du Vatican, ce qui est la procédure habituelle dans ces cas-là. La seule chose qu'il a pu déduire de cet imbroglio de messages, appels téléphoniques et notes écrites diverses était que seraient au moins présents le secrétaire d'État Jean-Marie Villot, monseigneur Paul Marcinkus et le cardinal vicaire de Rome, monseigneur Ugo Poletti.

Hans a commencé par renforcer la sécurité de l'entrée principale du palais apostolique, puis il a fait placer plusieurs hommes à l'arrière du bâtiment. Il a fait passer la consigne aux gardes chargés d'accompagner les évêques et les cardinaux de les faire entrer dans le palais par une discrète porte dérobée. Une fois à l'intérieur, ils monteraient par un escalier latéral pour accéder au troisième étage en toute tranquillité. Enfin, il a pris soin de faire fermer tous les autres accès et de poster des gardes à tous les endroits stratégiques pour empêcher toute intrusion possible. Des précautions exceptionnelles qui garantiraient aux prélats, quels qu'ils soient, de ne croiser personne sur leur chemin et de rejoindre le bureau du pape en moins de quatre minutes et cinquante secondes. Hans a également fait poster une paire de gardes à toutes les intersections des couloirs du palais et placé deux de ses meilleurs hommes, en costume de gala comme le veut la tradition, devant la porte du bureau du pape.

Dans l'antichambre de ce bureau, un petit cabinet est toujours occupé par un ancien assistant de Jean XXIII dont le poste n'a jamais été supprimé, même si ses tâches ne se résument plus qu'à celles de messager et d'homme de service. Il a été libéré en milieu d'après-midi, tout comme les deux secrétaires du nouveau pape dont les bureaux se trouvent à proximité, et ils viennent tous les trois de quitter le palais. En les voyant sortir, Hans a su que la réunion était sur le point de commencer et il attend maintenant, un peu tendu, d'être informé par talkie-walkie des arrivées successives des hauts dignitaires.

« Le cardinal Villot est en train de monter, Sergent.

— OK. »

Une minute plus tard, son talkie-walkie se met à grésiller.

« Le cardinal Poletti et monseigneur Casaroli viennent d'entrer, Chef.

— Parfait. »

Monseigneur Casaroli occupe le poste de conseiller pour les affaires publiques de l'Église, une sorte de ministre des Affaires étrangères du Vatican.

Trois minutes plus tard, son talkie-walkie grésille à nouveau et le garde placé à l'entrée du palais lui annonce :

« Monseigneur Marcinkus et monseigneur De Bonis sont à la porte, Sergent. »

De Bonis est le bras droit de Marcinkus à la direction de la Banca Vaticana.

Exactement quatre minutes et vingt secondes plus tard, Hans est informé que les deux derniers arrivés viennent de rejoindre Poletti, Casaroli et Villot qui les attendaient en haut de l'escalier, sur le palier du troisième étage.

Tout est maintenant en ordre et les cinq hauts responsables de la curie romaine n'échangent que quelques mots avant de se diriger ensemble vers le bureau du Saint-Père. Un bien étrange comité. Au Vatican, on dit à voix basse que les amis de Villot, ceux qui l'appellent aimablement Jeanni, sont indignés par les changements et les nouvelles orientations que tout le monde pressent avec l'élection du nouveau pape. Les précautions exceptionnelles prises pour cette discrète entrevue montrent à l'évidence que ces hommes ne veulent pas être aperçus ensemble.

Hans, pourtant habitué à organiser des réunions avec des chefs d'État et de gouvernement, frissonne tout en les accompagnant dans le long couloir qui fait si peur à sœur Vincenza. Leurs sourires et leur affabilité habituelle ont laissé place à des expressions terribles et les ondulations de leurs soutanes noires leur donnent un air sinistre de vautours.

Ils ne lui adressent pas un seul mot et ferment immédiatement la porte derrière eux après être entrés dans le bureau du pape.

*

Sa Sainteté, qui est en train d'admirer les toits de Rome par une grande fenêtre, n'a pas vu entrer les cinq prélats, mais elle est déjà presque habituée à ces intrusions intempestives. Depuis le malheureux conclave où il a été élu pape, les membres de la curie n'ont pas cessé leurs intrigues et il sait très bien qu'il est entouré par des loups. Sans se tourner vers eux, Albino Luciani leur dit en les entendant arriver :

« Vous êtes en retard. »

Villot regarde ses collègues du coin de l'œil et leur fait signe de ne pas répondre. Il leur a déjà demandé de laisser le pape parler sans intervenir.

Jean-Paul Ier se retourne et regarde ses ennemis avec un sourire tendu qui ne fait que confirmer leurs soupçons.

« Vous êtes très en retard et j'espérais vous voir plus nombreux. Ç'aurait été un plaisir de vous voir tous ensemble. Plusieurs absents partagent certaines activités avec vous et j'aurais été curieux de voir comment ils auraient essayé de s'affranchir des accusations qui vous concernent.

— Des accusations infondées, Saint-Père, plaide De Bonis caché derrière Paul Marcinkus.

— Bien sûr que si, Monseigneur. Sinon, vous ne seriez pas ici devant moi à l'heure qu'il est », lui répond le pape.

Albino Luciani se dirige vers son fauteuil pour s'y asseoir, sans inviter ses cinq visiteurs à faire de même. Il ouvre un des dossiers posés sur son bureau et regarde d'abord les prélats au-dessus de ses demi-lunettes avant de se pencher un instant sur les documents.

« Il y a quelques jours, comme vous n'avez certainement pas manqué de l'apprendre, j'ai reçu la visite d'une délégation des services secrets américains. »

Villot soupire avec ostentation. Apparemment, les

Américains se sont enfin décidés à agir. La CIA a sûrement averti Luciani de l'existence de groupuscules politisés dans la curie qui attaquent le secrétaire d'État et Marcinkus pour des raisons obscures. Il reste à espérer que les Américains ont réussi à convaincre Jean-Paul Ier de l'inexistence de la prétendue loge P2.

« C'est une excellente nouvelle, Saint-Père. Maintenir de bonnes relations avec les États-Unis est une sage décision. La CIA a toujours été très utile à l'Église, et ses dirigeants sont de fidèles hommes de foi.

— Vous n'êtes probablement pas sans savoir, cardinal Villot, que la CIA n'est pas la seule agence de renseignement américaine. Et heureusement, tous les hommes politiques, hauts responsables et juges américains n'ont pas une foi aussi aveugle que vous le dites. Ces messieurs qui m'ont rendu visite, par exemple, n'ont pas été tendres avec vous.

— Ce sont des croix que le Seigneur nous donne à porter, murmure monseigneur Casaroli. Nous supporterons avec résignation les provocations du diable, Saint-Père.

— Il va vous falloir beaucoup de force pour les supporter », lui répond Albino Luciani qui se lève, le dossier à la main, pour le brandir devant ses visiteurs.

Dans son regard, il y a davantage de regret que de colère, même si le contenu de ce rapport est intolérable.

« Qu'avez-vous fait pendant toutes ces années ?

— Notre vie est consacrée au bien de l'Église, Saint-Père, lui dit Villot avec fermeté.

— Au bien de l'Église ? répète le pape agacé. Quelle Église a besoin que ses serviteurs tiennent des réunions secrètes pour comploter contre son chef, cardinal Villot ? Depuis quand l'Église a-t-elle besoin que ses bergers soient membres de loges maçonniques souterraines, cardinal Poletti ? Quelle est cette Église qui transforme en or de l'argent sale aux Bahamas et dans les paradis fiscaux, monseigneur Marcinkus ? Depuis quand est-il dans l'intérêt de Rome d'investir dans les armes ou la pornographie, monseigneur De Bonis ? Sommes-nous miséricordieux quand nous conspirons dans des pays au bord de la guerre, monseigneur Casaroli ? »

Tous veulent se défendre, mais Villot prend les devants.

« Ce sont des accusations très graves, Saint-Père.

— C'est intolérable ! se plaint Poletti.

— Qui propage ces calomnies ? » demande Casaroli.

Jean-Paul Ier les observe un instant en silence avant de leur répondre :

« Quelqu'un qui vous connaît très bien, sans aucun doute. »

Paul Marcinkus s'avance d'un pas pour s'écrier avec emportement :

« Si le Saint-Père est incapable de reconnaître le véritable bien de l'Église et ceux qui agissent dans ce sens, il y a peut-être des mesures à prendre à cet égard. »

Le responsable des finances du Vatican, ennemi

déclaré de Jean-Paul Ier depuis l'époque où il était patriarche de Venise, est un de ceux qui depuis quelque temps pensent essayer de le faire destituer pour incapacité mentale.

« Monseigneur Marcinkus doit certainement pouvoir distinguer entre agir pour le bien de l'Église et agir pour son propre bien au sein de l'Église ! » s'exclame Albino Luciani.

De Bonis contourne la soutane de Jean-Marie Villot et s'avance vers le pape dans une tentative d'arranger les choses.

« Saint-Père… nous avons parfois peut-être eu tort d'agir comme nous l'avons fait, mais notre intention était louable…

— Écartez-vous de moi ! s'écrie le souverain pontife. Si vos intentions étaient viles, Dieu saura vous juger. Si vos erreurs ne proviennent que de votre ignorance, alors mes prédécesseurs étaient aveugles. Quoi qu'il en soit, vous allez être démis de vos fonctions. »

Villot regarde le Saint-Père avec de la colère dans les yeux :

« Vous ne pouvez pas faire ça !

— Je vous ferai transmettre ce soir les documents signés qui officialisent vos destitutions et les nouvelles nominations à vos postes respectifs, cardinal Villot », lui répond sèchement le pape avant de quitter immédiatement son bureau par la porte du fond, visiblement énervé.

À peine sorti, il s'appuie un instant contre le mur en baissant la tête, une main sur le cœur. Les yeux fermés, il prie le Seigneur de lui pardonner cet accès de colère et de le débarrasser de la terrible douleur qu'il sent dans sa poitrine.

Une minute plus tard, Hans voit ressortir du bureau du pape les cinq hommes les plus puissants de la curie. Jean-Marie Villot, qui porte une cape noire avec des bordures rouges sur sa soutane, paraît furieux et agite nerveusement les épaules en murmurant des jurons. Paul Marcinkus apparaît juste derrière lui, suivi de Donato De Bonis qui lui glisse à voix basse :

« Le grand maître ne disait-il pas qu'il est temps d'agir, Monseigneur ?

— Laissez-moi tranquille ! » lui répond l'évêque américain, visiblement agacé.

Agostino Casaroli et Ugo Poletti sortent les derniers, pressant le pas dans le couloir en agitant les mains.

« Je vous l'avais dit, je vous avais bien dit que ce pape allait nous créer des problèmes… »

En entendant leurs plaintes, Hans comprend que la réunion s'est très mal passée, même s'il est loin d'imaginer la teneur qu'elle a pu avoir. Il passe une main dans ses cheveux en serrant les dents et s'avance vers les deux gardes suisses placés devant la porte du bureau du pape.

« Qu'avez-vous entendu ? leur demande-t-il.

— Rien, Sergent, lui répond le plus gradé au garde-à-vous.

— Très bien. Fin du dispositif. Vous pouvez aller relever tous les hommes. »

LIII

Le vieux collectionneur de bibles a passé une délicieuse après-midi à l'intérieur du Museum of Modern Art de New York, inauguré en 1929. Véritable passionné d'art dans toutes ses formes d'expression, aussi bien classiques que modernes, il a eu l'occasion d'y admirer quelques-unes des toiles les plus célèbres du monde ; par exemple, *La Nuit étoilée* de Vincent Van Gogh, peinte en 1889 pendant son séjour à l'hôpital psychiatrique de Saint-Rémy-de-Provence. Il a goûté le plaisir de revoir *La Persistance de la mémoire*, du grand Salvador Dalí, l'une des pièces les plus connues de son importante œuvre surréaliste. Il a revu avec joie quelques tableaux de Picasso, de Monet, de Mondrian, de Matisse, de Cézanne, d'Andy Warhol et de Jackson Pollock – le grand précurseur de l'impressionnisme abstrait dont il aime particulièrement la toile *Easter and the Totem*. Pour ne parler que des peintres, car le Museum of Modern Art abrite bien d'autres trésors.

Il rentre maintenant chez lui en taxi, car s'il est un grand adepte de la marche à pied, il a déjà passé tellement de temps debout dans le musée que ses vieilles jambes réclament maintenant un peu de repos. Il a pris un célèbre taxi jaune à l'intersection de l'Avenue des Amériques et de la 52e rue, et il regarde tranquillement défiler à travers la vitre l'activité incessante de Manhattan.

Il y a dix-neuf ans qu'il jouit des plaisirs que Big Apple peut offrir : musées, théâtres, cinémas, concerts, restaurants, bibliothèques, conférences… et pourtant, même après toutes ces années, il s'y sent toujours un étranger. La métropole est si vaste, si riche, que toute une vie ne suffirait pas à la connaître en entier. Il a cependant conscience d'être un privilégié, tout d'abord pour le fait de servir Dieu, et ensuite pour le faire dans un des centres du monde dit civilisé. Sa tâche est de répandre la parole de Dieu à travers le monde. La seule différence avec d'autres missionnaires est qu'il le fait dans une grande capitale de notre planète, qui a aussi besoin, grâce aux enseignements du Père, qu'on lui montre le droit chemin – le chemin du ciel, du bien et de l'amour. Le pape précédent a salué deux fois son travail, son engagement, son dévouement. L'un de ses souvenirs les plus marquants est le moment où il a eu le privilège de baiser l'anneau de Jean-Paul II. C'était au Vatican il y a plus de quinze ans, mais il s'en souvient comme si c'était hier. Aujourd'hui, le pape a changé ; un Allemand a succédé au Polonais, et il espère vivre assez longtemps pour avoir une seconde fois le privilège de baiser l'anneau du Saint-Père et de s'entretenir quelques minutes avec lui.

Il ne sait pas s'il aura cet honneur, non seulement

parce qu'à son âge, ses chances de le rencontrer s'amenuisent, mais aussi parce que l'Église vit des temps obscurs, difficiles à analyser et à comprendre, sans qu'il soit possible de prévoir où ils la mèneront. Son Église bien-aimée est menacée par des dangers insondables. Des forces impures ont attaqué le cœur de la sainte institution, la blessant de façon perfide, s'appuyant sur quelques-uns de ses membres les plus faibles qui n'ont pas su résister à la tentation du pouvoir et de l'argent et ne paraissent s'être imposé aucune limite.

Il n'y a pas longtemps, il a reçu une correspondance de son grand ami Valdemar. Elle contenait des informations explosives dont il n'aurait jamais pensé être le témoin, notamment des documents ayant appartenu à Jean-Paul Ier – dont certains écrits de la main même de Sa Sainteté. Il y a appris que des personnes qu'il avait en grande estime étaient en réalité de faux hommes de Dieu ayant usé de leur influence à des fins personnelles. Des pécheurs cachés sous leur habit de prélat et capables d'aller jusqu'à tuer.

Les instructions de Firenzi étaient claires : conserver ces documents à l'abri dans un endroit sûr avant de l'en notifier par des canaux secrets. C'est ce qu'il a fait, lui envoyant même la clé de la cachette où il les a dissimulés. Il y a quelques jours, Valdemar Firenzi l'a appelé au téléphone. Très nerveux, il lui a dit qu'il avait très peu de temps pour lui parler et lui a demandé de lui dire précisément où se trouvait la cachette. Valdemar parlait comme si c'était la dernière fois, comme s'il savait qu'ils ne se parleraient jamais plus. Il a rapidement raccroché après lui avoir dit : « Ouvre bien les yeux, sois très prudent et surtout prends soin de toi. » Et il n'a plus reçu aucune nouvelle de lui. Personne n'a besoin de lui prouver que Valdemar Firenzi n'est plus de ce monde. C'est son sixième sens qui le lui dit, et d'une manière qui ne laisse aucune place au doute. Parce que être prêtre ne se limite pas pour lui à propager la parole de Dieu : c'est également être capable de sentir les messages envoyés par l'Au-delà. Il a toujours su déchiffrer certains d'entre eux. Pas tous, il n'est pas le Messie. Comme une assiette qui se brise ou un cri dans le lointain, porteurs de mauvaises nouvelles, comme la blessure, la maladie ou le décès d'un proche. Un hurlement du chien, qui annonce la mort d'une connaissance. Le brusque arrêt d'une voiture, qui signifie qu'un grave problème vient d'être résolu. Il a parfaitement senti le moment où Firenzi est mort. Il était en train de faire sa prière du matin, agenouillé au pied de l'autel installé dans son appartement devant lequel il dit parfois la messe pour des amis ou des visiteurs, lorsqu'un cierge s'éteignit. La flamme du gros cierge toujours allumé sur le côté gauche de l'autel s'éteignit au moment précis où il priait pour son frère Valdemar. Se recueillant alors encore plus profondément, il implora Dieu pour qu'il se manifeste en offrant une seconde chance à son frère bien-aimé, mais le Très-Haut en décida autrement. Il ne réussit pas à rallumer le cierge ce jour-là, comme si quelqu'un soufflait constamment sur la flamme. Le lendemain, ayant accepté la volonté du Seigneur, il Le pria d'accueillir l'âme de son frère. « Que Ta volonté soit faite. » Et le cierge se laissa enfin rallumer sans résistance.

Il sait que Firenzi est mort à cause des documents qu'il lui a envoyés, mais il ignore s'il est lui-même en danger. Les desseins du Seigneur sont parfois obscurs, et il accueillera ce qu'Il lui a réservé la tête haute, prêt à faire face à son destin.

Il lui est également devenu possible de parler avec son frère Felipe, à Madrid, ou avec Pablo Rincón. Il sait que tous deux ont reçu une lettre de Valdemar les informant des mesures qu'il avait prises, leur enjoignant de rester le plus discrets possible et de s'efforcer d'éliminer toute trace qui puisse laisser penser qu'ils étaient en contact entre eux. En commençant, bien sûr, par brûler immédiatement cette lettre après l'avoir lue. Mais il était trop tard. Le surlendemain, il apprit la nouvelle de leur mort dans les journaux, prétendument assassinés par une jeune Portugaise. Firenzi lui avait dit qui elle était et ce qu'il lui avait envoyé. Il était clair que quelqu'un de suffisamment puissant avait fait incriminer la jeune femme dans une tentative d'en tirer un avantage pour s'emparer des documents. Ceux qui avaient éliminé Felipe et Rincón avaient-ils découvert une piste ?

Quoi qu'il en soit, Dieu saura récompenser ceux qui Le servent et juger ceux qui sont animés par les forces du mal. Si Sa volonté est que les documents restent entre ses mains, il les maintiendra cachés ; dans le cas contraire, advienne que pourra.

« Ouvre bien les yeux, lui a dit frère Valdemar

la dernière fois qu'ils se sont parlé. Ouvre bien les yeux. » Mais à son âge, il serait inutile de se lancer dans une fuite éperdue. Pour aller où ? Et de toute manière, s'ils devaient découvrir son implication, il serait rattrapé tôt ou tard. Non, autant continuer à suivre le cours normal de sa vie en s'en remettant entre les mains du Seigneur. Si on venait à l'interroger, il dirait n'être au courant de rien, ne jamais avoir rien reçu de son ami Firenzi, dont il est d'ailleurs sans nouvelles. Puisque Dieu a voulu que Valdemar lui fasse confiance, Il lui donnera aussi la force de ne pas parler.

Son taxi vient d'entrer dans la Sixième Avenue et s'approche déjà de l'intersection avec la 38e rue. Dès qu'il arrive devant chez lui, le vieux prêtre sort de la voiture, paie sa course et s'approche de l'entrée de son immeuble. Étrangement, le portier ne se présente pas comme d'habitude pour lui ouvrir la porte et appeler l'ascenseur.

Tiens, où est passé Alfred ? Il n'est ni normal ni prudent que la réception soit vide. *Il faudra le signaler au syndic*, se dit-il en s'avançant vers la porte de la salle de repos des gardiens pour voir si Alfred n'est pas à l'intérieur. Mais elle est verrouillée. Par précaution, il ferme à clé la porte principale de l'immeuble avant de monter chez lui par l'ascenseur, au septième étage. Lorsqu'il enfonce la clé dans la serrure de sa porte, il s'attend à ce qu'elle soit fermée à double tour, mais elle ne tient fermée qu'avec le pêne de la poignée. *Étrange*, se dit-il. *Je jurerais lui avoir donné deux tours.* Mais il ne s'en inquiète pas. Après tout, il a peut-être oublié, comme il lui arrive de temps en temps d'oublier d'autres choses en vieillissant. Il entre dans sa salle de séjour et décroche le combiné du téléphone. C'est alors, en relevant les yeux, qu'il s'aperçoit qu'il a été visité. Sa bibliothèque a été fouillée et ses étagères sont presque vides. Ses bibles sont posées par terre, alignées, comme pour indiquer un chemin. Le vieux prêtre raccroche son téléphone et suit, muet, la piste qui conduit dans la petite pièce où se trouve son autel. Il y entre, mais les cierges sont éteints et elle est plongée dans l'obscurité. En tâtonnant, il trouve l'interrupteur à côté de la porte et lorsque la lampe s'allume, il voit le portier assis par terre appuyé contre le mur, les genoux repliés, pieds et poings liés, la tête couverte par un sac. À côté de lui, trois hommes sont confortablement assis près de l'autel : un vieil homme à la noble posture avec une canne à pommeau d'or sur les genoux et deux autres vêtus de noir, dont l'un porte un élégant costume Armani.

« Marius Ferris, lui dit le vieil homme à la canne d'une voix ferme. Quelle joie de pouvoir enfin vous rencontrer !

— Qui êtes-vous ? Comment êtes-vous entrés ici ? lui demande le vieux prêtre qui vient d'être appelé Marius Ferris.

— Je suis spécialement descendu du ciel pour vous voir, lui répond ironiquement son visiteur.

— Qui… qui êtes-vous ?

— Vous pouvez m'appeler JC. »

LIV

« Nous ne sommes que tous les deux, Jack, dit Barnes à Rafael en s'asseyant en face de lui. Toi et moi. Et je suis sûr que nous allons avoir une conversation très fructueuse. »

L'endroit est sombre et rappelle les salles d'interrogatoires des films d'espionnage. Deux chaises, une table carrée en bois usé et une lampe qui pend du plafond et illumine le centre de la table.

« Où sommes-nous ? lui demande Rafael.

— Jack, Jack… On dirait que tu n'as pas encore bien compris la répartition des rôles, lui répond Barnes, sarcastique, en se levant pour faire quelques pas dans la salle. Ici, c'est moi qui pose les questions.

— Va te faire foutre ! lui lance Rafael en le regardant dans les yeux. Tu sembles oublier qui je suis, et tu perds ton temps si tu crois pouvoir me faire parler en tentant de m'intimider. Je n'ai pas peur de toi. »

La réponse est un coup de poing dans la figure qui le fait s'écrouler par terre avec un bruit sourd.

« Stand up ! lui crie Barnes. Relève-toi ! »

Rafael se relève lentement sans prononcer un mot

ni le moindre gémissement de douleur. Puis il se rassoit sur sa chaise en posant les mains sur la table.

« Tu te trompes lourdement si tu crois me mener en bateau, cher Barnes. Je sais que nous sommes aux États-Unis. Je veux juste savoir où, reprend Rafael calmement.

— Qu'est-ce qui te fait penser que nous sommes en Amérique ? Nous pourrions être n'importe où ailleurs dans le monde.

— Huit heures de vol me disent que nous sommes aux États-Unis. Nous n'avions aucune raison de voler vers l'est, et Londres n'était qu'à deux heures et demie de voyage. Je dirais même plus : nous sommes à Washington ou à New York.

— Nous sommes aux portes de l'enfer, Jack. Pourquoi tiens-tu à savoir exactement où nous sommes ? Tu pensais faire du tourisme ?

— C'est une idée. »

Un second coup de poing, un peu moins violent, atterrit sur sa bouche, lui éclatant la lèvre inférieure qui se met à saigner.

« Parviens-tu à imaginer ce qu'elle est en train d'endurer, Jack ? Hein ? Tu arrives à l'imaginer ? »

Rafael se dit qu'il doit bluffer, une simple pression psychologique.

« Un si beau visage défoncé par le plus brutal de mes hommes. Hein ? Tu peux l'imaginer ? »

Rafael a tout de même un doute. Il est évident qu'ils vont essayer de les faire parler et il sait que les deux coups de poing qu'il vient de recevoir ne sont que des caresses par rapport à ce dont ils sont capables, même avec une femme.

« Tu vas gentiment me dire où sont les documents, lui dit Barnes sur un ton plus doux.

— Je ne le sais pas. Vraiment, je ne le sais pas. Et même si je le savais, je ne te le dirais pas. »

L'interrogatoire est interrompu par l'arrivée de Staughton.

« Sir, dit-il en s'arrêtant à la porte.

— Entre, Staughton, entre », lui dit son chef.

Staughton s'avance vers lui et lui chuchote quelque chose à l'oreille.

« Vous en êtes sûr ? » lui demande Barnes.

Quel que soit ce que lui a dit son agent, il semble soudain préoccupé. Il réfléchit un instant avant d'ajouter :

« OK, donne-moi encore quelques minutes, je vous rejoins tout à l'heure. »

Dès que Staughton est ressorti, Barnes se rassoit en face de Rafael.

« Je vais te donner une dernière chance, Jack, au nom de notre vieille amitié. Où sont les documents ?

— La dernière fois que je les ai vus… commence calmement Rafael, comme s'il acceptait soudain de coopérer, ils étaient coincés dans le cul de ta pétasse de mère ! »

Barnes sent monter en lui la fureur et son visage devient écarlate. Rafael est en train de trop tirer sur la corde. Il se lève d'un bond et se penche brusquement vers son prisonnier, s'arrêtant à trois centimètres de son visage pour lui crier :

« Tu vas le regretter, Jack ! Amèrement le regretter ! »

Il se recule un peu tandis que Rafael essuie les postillons qu'il a reçus sur la figure.

« Tu sembles oublier que nous détenons la femme et son père adoré, et que tu ne me sers plus à rien. Tu ne parleras peut-être pas, mais tu peux être sûr qu'elle va ouvrir le bec comme un perroquet pour me dire tout ce que je veux entendre. Explique-moi un peu, par conséquent, ce qui me retient de te tuer tout de suite.

— Ce que je sais et qu'elle ne sait pas, lui dit fermement Rafael.

— Et que sais-tu qu'elle ne sait pas ?

— Je sais qu'elle n'a reçu que deux documents sur un total de treize.

— Continue.

— Et je sais où sont les onze autres. »

Barnes le fixe un instant droit dans les yeux en le jaugeant. Bluffe-t-il pour sauver sa peau ? Ou dit-il la vérité ? C'est dans ces moments-là qu'il maudit les scientifiques de l'agence, qui malgré de nombreux essais, des milliers d'expériences sur le cerveau, tant de cobayes humains sacrifiés, sont toujours incapables de trouver une méthode efficace pour lire dans les pensées.

« Tu mens, lui dit-il enfin.

— Je sais que tu ne prendras pas ce risque.

— J'ai la fille et son père, Jack. Je peux très bien me passer de toi.

— Tu aurais raison si je mentais. Mais tu ne prendras pas ce risque. »

Barnes a du mal à contrôler sa rage. Il crève d'envie de clouer le bec à cet impertinent en l'écrasant à coups de bottes. Il le prend par le col et le force à se lever, l'attirant violemment vers lui.

« Ne joue pas avec mes nerfs, Jack. Je pourrais être tenté d'en finir immédiatement avec toi. »

Rafael soutient fermement son regard.

« Cette éventualité n'est pas de ton ressort, Barnes. Tu le sais très bien. »

Barnes le serre davantage, commençant presque à l'étrangler.

« Ah, tu crois ça ? On parie ?

— Il y a longtemps que tu aurais pu me tuer. »

Il continue à le regarder dans les yeux.

« Si tu ne l'as toujours pas fait, c'est parce que la décision ne t'appartient pas. Tu en meurs d'envie, je peux le lire dans ton regard, mais il y a un fils de pute au-dessus de toi qui ne te laisse pas appuyer sur la détente. »

Sa voix se fait plus douce, complice, presque mielleuse.

« C'est une situation compliquée, mon cher Barnes. Ce serait si bon, n'est-ce pas ? Continuer à me serrer le cou jusqu'à m'étrangler. Ou me tirer une balle dans la tête. Pour me voir m'écrouler par terre, raide mort ; la fin de tous tes problèmes.

— Tais-toi, misérable !

— Ce serait si bon, n'est-ce pas ?

— Tais-toi ! » crie Barnes en le poussant avec force contre le mur.

Furieux, il lui assène un terrible coup de genou dans le ventre. Rafael tombe, mais Barnes ne désarme pas. Il commence à le piétiner, à le rouer de violents coups de talon en lui hurlant des insultes.

Soudain, deux puissantes mains se posent sur les épaules de Barnes.

« Arrêtez immédiatement ! lui ordonne un homme élégant, en costume noir, qui parvient à l'écarter avec peine. Pour qui vous prenez-vous ? »

Barnes, toujours enragé, se débat dans ses bras.

« Je vais tuer ce chien galeux, et au diable les ordres ! hurle-t-il en regardant Rafael qui essaie de se relever avec difficulté.

— Contrôlez-vous ! » lui crie l'homme qui a du mal à le maîtriser.

Staughton et Thompson apparaissent à la porte pour voir ce qui se passe.

« Emmenez-le ! » leur ordonne-t-il.

Les deux agents s'approchent de Rafael pour le saisir, mais il les corrige aussitôt.

« Non, pas celui-là ! Votre chef. »

Ses deux subalternes prennent chacun timidement un bras de Barnes qui parvient enfin à se calmer, respirant profondément avant de les repousser en leur disant :

« OK. Ça va, les gars, inutile de me tenir. Allons-y.

— Je prends le contrôle des opérations, dit autoritairement l'homme à l'élégant complet italien en regardant le chef de la CIA. Allez boire un verre, ça vous calmera les nerfs. »

Puis il se tourne vers Staughton et Thompson en montrant du doigt l'homme à terre :

« Emmenez-le auprès des autres. Le maître vient d'arriver. »

Les deux agents s'avancent immédiatement vers

Rafael tandis que Barnes sort de la pièce sans regarder en arrière.

« Bande de salauds ! » marmonne-t-il sans qu'on puisse savoir exactement de qui il parle.

Ses deux agents sortent à leur tour, soutenant Rafael qui tient à peine debout.

Quant à l'homme qui vient de mettre de l'ordre dans la maison, il réarrange avec soin son costume Armani.

L'heure est arrivée.

LV

Les quatre hommes parcourent un très long couloir mal éclairé, percé de nombreuses portes fermées de part et d'autre. L'endroit, silencieux et désert, fait penser à un bâtiment désaffecté, même si le sol, les murs et le plafond sont propres et en bon état, sans être recouverts de poussière et de toiles d'araignée. Rafael continue d'être porté sous les bras par Staughton et Thompson, bien contre leur gré, mais l'homme au complet Armani, qui ferme la marche, ne leur demande pas leur avis. Un rectangle de lumière, au fond du couloir, signale une porte ouverte, et lorsqu'ils s'en approchent, ils entendent un murmure de voix s'en échapper. Les deux agents qui aident Rafael à marcher sont obligés de véritablement le traîner.

« Ce salaud pèse de plus en plus lourd, se plaint Thompson.

— Il doit le faire exprès », lui répond Staughton.

Il n'est pas très loin de la vérité. Rafael simule en partie la gravité de son état pour fatiguer les agents, même si sa blessure au bras s'est réveillée et qu'il ressent une forte douleur à la poitrine, qui le fait craindre une luxation ou une côte cassée et qui le fait gémir un peu en respirant.

Avant d'entrer dans la salle où il est visiblement conduit, il pense soudain à Sarah. Même s'il a été formé à supporter la douleur et à assister impassible à celle des autres, il ne peut s'empêcher d'avoir un pincement au cœur en se demandant dans quel état il va la retrouver. Elle n'a pas subi son entraînement, et bien que jusqu'à présent elle se soit montrée très courageuse – en dehors de quelques moments de panique et de nervosité bien naturelles –, il se demande jusqu'à quand elle pourra tenir. D'un autre côté, avoir caché de sa propre initiative les papiers en lieu sûr en dit long sur son intelligence et sa force de caractère. Une femme combative et courageuse, qui comprenant que ces documents sont leur seule monnaie d'échange, la seule carte qu'ils ont à jouer pour rester en vie, n'a pas hésité à la brandir devant leurs ennemis. Il ne sait pas jusqu'à quel point Firenzi connaissait sa filleule, mais il a tapé dans le mille en lui envoyant la liste. Rafael a compris que bien que journaliste, Sarah ne révélerait jamais ces informations ; ça ne lui viendrait même pas à l'idée. Certaines choses ne méritent pas d'être déterrées, certaines histoires ne méritent pas d'être étalées au grand jour. Il y a des vérités qu'il vaut mieux maintenir dans les ténèbres, cachées par le mensonge devenu la vérité officielle. Et Firenzi, consciemment ou non, a vu parfaitement juste en choisissant Sarah. Elle ne ferait pas l'erreur suicidaire qu'auraient pu commettre d'autres journalistes en publiant ces informations, même si ce pourrait être le scoop de sa vie.

Arrête ! se dit Rafael en entrant dans la pièce au bout du couloir. *Cesse de penser à elle. N'oublie pas que tu es en mission.*

Le spectacle qui l'attend ne l'étonne pas. Menottés à des chaînes qui pendent du plafond en les forçant à se tenir debout, sont alignés contre un mur le capitaine Raul Monteiro, Sarah et un vieil homme qu'il ne connaît pas, mais dont le visage ne lui est pas complètement étranger. Il reconnaît en revanche immédiatement l'homme en noir qui se tient à côté d'eux : celui que les membres de la garde appellent le Polonais, un de ses meilleurs éléments. Staughton et Thompson traînent Rafael au pied des autres prisonniers et quittent promptement la salle, les laissant tous les quatre livrés à l'assistant et au serviteur du maître. Rafael regarde Sarah en cherchant sur elle des contusions ou des hématomes, mais il se rassure en ne voyant rien de visible. Il a dû être le premier interrogé et ils ne l'ont apparemment pas touchée. Raul Monteiro et le vieil homme qu'il ne reconnaît toujours pas ne semblent pas avoir été maltraités non plus.

« Nous voilà finalement tous rassemblés, commence par dire l'assistant.

— Il n'y a rien à manger ? » demande Rafael avec impertinence.

L'homme de confiance du maître ignore sa provocation.

« Je tiens à vous demander pardon pour les conditions qui vous sont imposées, mais je vous promets que tout se terminera bientôt. »

Sarah ne s'attendait pas à tant de politesse. Si elle n'était pas attachée par les poignets, elle serait presque prête à lui serrer la main et à s'asseoir à sa table pour avoir une conversation courtoise avec lui.

« Qui êtes-vous ? demande Rafael au vieil homme debout à côté d'elle.

— Marius Ferris. Et vous ? »

Marius Ferris, bien sûr. L'homme du double portrait… se dit Rafael avant de lui répondre :

« Je m'appelle Rafael et…

— Jack, s'il te plaît, ceci n'est pas une cour de récréation. Je ne t'ai pas encore donné la parole », le coupe l'homme au complet Armani avant de reprendre :

« Nous savons tous pourquoi nous sommes ici, alors allons directement à l'essentiel, entre personnes civilisées. Où sont les documents ? »

Sur la seule table de la pièce est posée une mallette noire qu'est en train d'ouvrir le serviteur. Elle ressemble à une trousse de dissection, contenant divers outils et instruments de coupe soigneusement rangés à leur place sur un fond de velours noir. Des instruments de torture prêts à délier les langues les plus tenaces et leur arracher si besoin est, peu à peu, mot après mot, l'information tant désirée. Chez certains sujets, la seule vue de cet attirail terrifiant suffit à obtenir rapidement une confession, mais il semble que cette fois-ci, les choses ne seront pas aussi faciles.

« Les papiers sont en lieu sûr, assure Rafael.

— Ils seront beaucoup plus en sécurité entre nos mains. Réfléchissez bien : n'est-il pas plus raisonnable d'en terminer au plus vite en évitant des souffrances inutiles ? »

Face au silence qu'il obtient, l'assistant attend quelques instants. Il y a presque toujours un maillon faible et il est peu probable qu'ils soient tous les quatre prêts à affronter la torture pour conserver un secret qui ne les concerne pas directement. Devant la persistance du silence, il choisit de commencer par le père de Sarah, pensant qu'elle ne supportera pas de le voir souffrir et coopérera rapidement.

« Très bien, commence par le militaire », ordonne-t-il au serviteur.

Sarah ouvre des yeux hagards. Ce qu'elle craignait est en train de se confirmer. Ils vont les torturer sans pitié et finir par leur arracher la vérité. Ils ne résisteront pas longtemps. Ils n'ont aucune chance en choisissant de se taire. Leurs ravisseurs ont gagné.

Le serviteur choisit un couteau très mince muni d'une lame pointue, dentée, d'environ un centimètre de large sur une quinzaine de long ; un instrument parfait pour entrer facilement dans la chair et causer de grandes souffrances sans toucher mortellement un organe vital. Le serviteur arrache la chemise de Raul et pointe sa dague sur le bord de son ventre à hauteur du nombril, juste au-dessus de sa hanche, commençant à lui perforer la peau. Un gémissement de Raul annonce l'entrée de la lame dans la chair, et tout en continuant à pousser pour l'enfoncer jusqu'à la garde, le tortionnaire imprime un mouvement de vrille à son poignet pour agrandir le trou.

Raul serre les dents de toutes ses forces et parvient à ne pas gémir une seconde fois sous les regards terrifiés de Sarah et de Marius Ferris. Le visage du capitaine, qui a fermé les yeux, exprime une douleur presque insupportable. La sueur qui ruisselle sur son visage et son affreuse grimace révèlent ses efforts démesurés pour supporter cette douleur sans un cri.

Au bout de quelques secondes qui paraissent des minutes entières à Sarah, le serviteur recule lentement la main en faisant ressortir complètement la lame ensanglantée.

« Et maintenant ? Quelqu'un a-t-il quelque chose à ajouter ? demande l'assistant. Soyez raisonnables, nous ne voulons que récupérer les papiers.

— Ce dont je rêve, c'est d'un hamburger bien juteux dégoulinant de ketchup », dit Rafael.

L'assistant le regarde avec des yeux fulminants.

« Et avec du fromage fondant et de la mayonnaise, beaucoup de mayonnaise ! Hum ! Quel délice ! J'en ai l'eau à la bouche rien que d'y penser… »

L'homme au costume Armani continue à le regarder dans les yeux.

« Je pense que Jack a besoin d'un apéritif, dit-il. Quelque chose qui lui rappelle qu'il y a des choses qui ne se font pas entre camarades. »

Il fait signe au serviteur de s'approcher.

« Les trahir, par exemple. »

Il s'écarte pour laisser place au Polonais, « autrefois si pur et sans malice », qui tient toujours à la main sa dague ensanglantée.

Mais Rafael ne change pas de ton, encouragé par le fait que les deux hommes savent qu'il n'est pas n'importe qui. Ils peuvent le transpercer de tous les côtés en faisant durer le plaisir de la torture, il préférera mourir avec un sourire plutôt que leur dire ce qu'il sait.

« Tu ne vas pas d'abord essuyer la lame ? demande Rafael au serviteur. Je ne tiens pas à être contaminé. Sans vouloir te manquer de respect, Capitaine, ajoute-t-il en se tournant vers Raul.

— Tu n'imagines pas le plaisir que tu vas me donner quand je vais t'ouvrir le ventre pour te disséquer lentement, en te regardant saigner comme un porc jusqu'à ton dernier souffle ! lui rétorque le serviteur en s'approchant tout près de lui.

— Je suis tout à toi, lui répond Rafael en écartant les bras, les poignets toujours menottés aux chaînes qui pendent du plafond. Fais de moi ce que tu voudras. »

L'homme répond à sa provocation en lui crachant au visage. Il meurt d'envie de lui crier des insultes, mais il parvient à se maîtriser. Ravalant sa fureur, il la canalise dans la main qui serre le couteau. Cette lame, mieux que quiconque, saura faire justice, soumettant ce traître de Jack à une douleur catalytique qui s'étendra à tous ses membres et tous ses organes, jusqu'à ce qu'ils éclatent de douleur. Le serviteur ouvre brutalement la chemise de Rafael en arrachant la plupart des boutons, et appuie la pointe de sa dague sur son torse nu.

« Arrêtez ! Personne ne va éventrer quiconque !

— Comme il est bon de voir que quelqu'un se montre enfin raisonnable en épargnant la souffrance des autres ! se félicite l'assistant en se tournant vers

Sarah, celle qui vient d'arrêter d'une voix ferme le geste du Polonais.

— Il est difficile de trouver quelqu'un de raisonnable dans cette salle, s'exclame-t-elle. Dites à votre camarade de s'écarter. »

L'assistant la regarde fixement quelques instants puis fait enfin signe au serviteur qui semble reculer à contrecœur, entaillant très légèrement au passage le bras de Rafael, comme pour laisser bien visible une marque de ses intentions. Il laisse échapper un sourire : il sait que ce n'est que partie remise et que tôt ou tard, il aura les mains libres pour découper ce chien galeux en morceaux.

« Je vous écoute, dit l'assistant à la jeune femme.

— Pas ici, lui répond-elle. Je suis prête à vous dire tout ce que vous voulez savoir, mais…

— Taisez-vous ! l'interrompt Rafael.

— Ne fais pas ça, ma fille ! » l'implore son père d'une voix gémissante.

Le serviteur gifle Rafael du dos de sa main avant de leur lancer :

« Taisez-vous ! Laissez-la parler.

— Continuez, ajoute l'assistant en regardant Sarah, tout en ordonnant d'un geste au Polonais de ne plus intervenir.

— Je ne parlerai qu'à votre chef, lui dit Sarah fermement.

— Comment ? »

L'assistant semble être pris au dépourvu.

« Vous pouvez parler. Ici, c'est moi qui commande.

— Non, vous n'êtes qu'un sous-fifre, lui lance

Sarah, décidée à jouer son va-tout. Je ne parlerai qu'avec JC en personne. »

Le serviteur se tourne vers elle, sidéré.

« Pour qui vous prenez-vous ? »

L'assistant fait signe au Polonais de se taire, et reprend :

« Le maître ne parlera pas avec vous. Dites-moi ce que vous avez à dire.

— Vous voulez quelque chose que nous possédons. Je suis prête à coopérer avec vous mais à ma condition, qui n'est pas négociable. Je ne parlerai qu'à JC. Si vous refusez, sachez qu'il est inutile de perdre du temps à nous torturer : personne ne vous dira rien. »

Cette femme est incroyable, pense Rafael qui commence à récupérer de ses coups. *Quelle carte a-t-elle gardée dans sa manche ?* Il l'ignore, mais elle paraît avoir un plan. Reste à espérer que les deux hommes qui les interrogent acceptent de satisfaire à sa demande. Ce qui est loin d'être acquis : JC ne montre son visage à personne ; il est rarissime qu'il daigne sortir de l'ombre, et Sarah s'est peut-être engagée dans une voie de non-retour. L'idée initiale de Rafael était d'attirer l'attention sur lui pour épargner ses compagnons avant de jouer son dernier atout : leur donner le code du message qui complète le double portrait en échange de la libération de Sarah, de son père et de Marius Ferris, entraînés malgré eux par Firenzi dans ce cauchemar. Ensuite… Eh bien… il verrait ce qu'il pourrait faire. Mais Sarah a un autre plan, une autre idée qu'il ignore.

L'assistant, perdant patience, se tourne vers la

jeune femme en pointant sur sa tempe le canon de son pistolet.

« Qui vous croyez-vous pour exiger quoi que ce soit ? »

Sa voix est terrible, dominée par la colère.

« Ouvrez les yeux. Vous n'êtes pas en position de donner des ordres. Dites-nous tout ce que vous savez.

— S'il y a quelqu'un qui peut exiger quelque chose ici, c'est moi. Vous m'avez peut-être enchaînée, mais c'est justement parce que je sais quelque chose que vous voulez savoir, s'écrie Sarah sur un ton de défi. Retirez cette arme de ma tempe et faites ce que je vous dis. Appelez JC !

— N'abusez pas de ma patience, la menace-t-il, libérant le cran d'arrêt de son pistolet. Vous ne pouvez pas rencontrer le maître. Je vous conseille de parler, et vite ! »

Sarah ne peut pas trembler, elle ne peut pas se permettre de céder. Elle aurait envie de fermer les yeux un instant, mais ce serait montrer un signe de faiblesse au moment critique où l'homme au costume Armani a son arme pointée sur elle, le doigt sur la détente. Elle se dit qu'elle a échoué. Elle a tout essayé pour reprendre la main, mais cet imbécile ne lui laisse aucune marge de manœuvre. Il aurait suffi d'un peu de coopération de sa part et elle aurait peut-être eu une chance de pouvoir les sauver. Assez faible, il est vrai, mais une chance tout de même.

« Votre intransigeance va se retourner contre vous », lui dit Sarah pour tenter de lui faire retrouver le bon sens.

Tout pourrait se terminer en quelques secondes, sa vie comme celle des autres, alors qu'il suffirait d'entrouvrir une fenêtre dans l'esprit de l'assistant pour qu'elle puisse s'y engouffrer.

« Votre chef ne va certainement pas apprécier d'apprendre que vous nous avez exécutés sans récolter aucun résultat tangible.

— Ne me sous-estimez pas ! Pour la dernière fois, parlez ! Ou votre père va être à jamais privé de sa fille !

— Le risque que vous prenez est démesuré, lui rétorque Sarah en dernier recours. Si vous pensez que me tuer va résoudre le problème, vous vous trompez lourdement. Vous allez vous en créer un autre beaucoup plus grand, et insoluble.

— Tais-toi ! lui dit l'homme, excédé. L'un de vous va parler, petite fille. Il y en a toujours un qui finit par parler. »

Sarah comprend qu'elle a perdu. L'heure de sa mort est venue. Tant de choses à faire encore dans sa vie, tant de rêves et de désirs inaccomplis ! Elle va mourir pour une cause qui n'est pas la sienne et qu'elle ne cherche même pas vraiment à défendre, pour une histoire à laquelle elle s'est retrouvée mêlée à son insu, par surprise, sans avoir eu aucune chance de réagir et de pouvoir s'en sortir. Les desseins du Seigneur sont décidément insondables, et ses désirs sont des ordres. Mais Il est le seul à visualiser le puzzle dans son ensemble et Il sait certainement ce qu'Il fait. S'il s'agissait d'un film, le tueur lui demanderait maintenant quelles sont ses dernières volontés. Et subitement, l'un des captifs, peut-être Rafael, se libérerait héroïquement de ses chaînes et les sauverait tous après avoir tué leurs ravisseurs. Mais ce n'est ni un film d'espionnage ni un roman d'aventures. C'est la réalité, dans laquelle de tels coups de théâtre ne se produisent pas. Dans la vraie vie, la mort n'est que le moment où cessent toutes les activités physiques de l'homme pour envoyer peut-être son âme au ciel, au purgatoire, ou se réincarner dans une autre créature. Sarah peut fermer les yeux et attendre que son exécuteur appuie sur la détente. Elle a fait tout ce qu'elle a pu et plus rien ne dépend d'elle désormais.

« Assez ! » entend-elle dire une voix qui surprend tout le monde.

L'homme au costume Armani se retourne vers la porte de la salle d'où le maître vient de lancer son ordre, appuyé d'une main sur sa canne à pommeau d'or et tenant dans l'autre une mallette noire.

« Maître ? laisse échapper son assistant, reculant son pistolet de la tempe de Sarah.

— Assez ! répète le vieil homme avant de s'adresser à Sarah : C'est à moi que vous voulez parler ?

— Si vous êtes JC, oui », lui répond-elle après avoir rouvert les yeux, encore surprise par son apparition.

Le vieil homme se retourne pour s'en aller.

« Suivez-moi.

— Mais, Maître… ? s'étonne encore son assistant.

— Amenez-la ! » répète le vieil homme qui s'éloigne déjà dans le couloir.

Son ton ne laisse place à aucune discussion.

« Et ne touchez pas aux autres jusqu'à nouvel ordre. »

LVI

Pour Geoffrey Barnes, l'un des avantages d'être à New York est la nourriture. Non pas qu'on y mange aussi bien qu'en France ou au Portugal, qui proposent avec quelques plats africains ses cuisines préférées, mais on y mange beaucoup mieux qu'à Londres – ce qui, il est vrai, n'est pas très difficile.

Pour la première fois depuis quelques jours, il a l'occasion de faire un repas digne de ce nom : une dinde Stroganoff divinement préparée dans un bon restaurant, très fréquenté sans être luxueux. Pour Barnes, qui savoure avec délice la sauce à la crème moutardée qui arrose les escalopes et les champignons, une serviette autour du cou, c'est un véritable mets de roi après tant de jours consécutifs à ne manger que des sandwichs, des hamburgers et des pizzas.

Il en est déjà aux deux tiers de son assiette qu'il a attaquée avec un appétit féroce et fait une courte pause en s'adossant à sa chaise, en profitant pour savourer son verre de vin. Ce bon repas l'a calmé et il se sent beaucoup mieux, satisfait, enfin détendu. Le ventre presque plein, il commence à retrouver un bien-être du corps si nécessaire à son équilibre émotionnel. Son verre à la main, il ébauche un sourire en comprenant que Jack a joué avec lui. Un maudit jeu sanglant que Jack a magistralement exécuté, allant jusqu'à lui faire perdre la tête. Une simple provocation pour le rabaisser et lui montrer à quel point il sait qu'il est soumis à des ordres qui le dépassent. Il est évident que s'il pouvait faire ce qu'il veut, disposer de Jack à sa guise, il agirait différemment et ce salaud, ce renard sournois, le sait et en profite au maximum.

Putain de vieil Italien (encore que le fait qu'ils se parlent dans cette langue ne prouve pas qu'il le soit) qui lui a encore téléphoné en se montrant catégorique : « Personne ne meurt sans mon autorisation. » Et quand le maître parle, les autres baissent la tête et obtempèrent sagement, sans discuter. Interroger Jack seul à seul dans cette salle était déjà en soi contraire aux instructions reçues. Il n'aurait pas dû céder à cette tentation, mais c'était trop lui demander : ce chien de traître qui lui fait courir le monde depuis trois jours en ayant tué plusieurs de ses hommes était enfin là, enchaîné entre ses mains, vulnérable. Comment résister au plaisir de lui casser la gueule ? Mais c'était une erreur, d'accord, et le fait qu'il a fini par perdre le contrôle de ses nerfs l'a prouvé. Jack est un fils de pute, mais il est très malin. Il sait que les objectifs de la mission de Barnes sont les documents, et eux seuls, et qu'il ne peut pas prendre le risque de tuer qui que ce soit qui pourrait posséder des informations permettant de les retrouver.

Oui, Jack n'est qu'un sale fils de pute qui connaît bien les règles du jeu, mais il vaut mieux oublier tout ça. Il n'est pas question de gâcher ce moment de plaisir offert par ce succulent repas. Le gros Barnes se jette sur le reste de son assiette en pensant déjà à son dessert : un gâteau au chocolat arrosé de crème anglaise, accompagné de deux boules de glace à la pistache. Une véritable vengeance calorique pour compenser la frugalité de ces derniers jours imposée par la fuite de Jack et de sa Sharon Stone. Mais inutile de penser à ces deux misérables. Leur fin est proche. Ils sont peut-être même en train de vivre leurs derniers instants, et c'est un motif de célébration.

Barnes enfourne dans sa bouche une des dernières bouchées de son Stroganoff avec un morceau de champignon lorsque son portable sonne. Ce maudit téléphone qui vient le déranger dans un de ses rares moments de tranquillité. Se dépêchant d'avaler, il glisse la main dans la poche de sa veste et répond sans même regarder qui l'appelle.

« Barnes », dit-il machinalement pour se présenter.

C'est alors que son visage se fige et qu'il reste muet quelques secondes avant de répondre, presque en bégayant, par des monosyllabes :

« Oui… Certainement… Bien sûr… Oui… Je ne sais pas… Ah !… Très bien… »

Il écoute attentivement son interlocuteur en remuant sur sa chaise, tendu, préoccupé, mal à l'aise.

« Oui… D'accord… Je vais faire tout mon possible… Au revoir. »

Lorsqu'il raccroche, son visage est blême, son sourire a disparu et des gouttelettes de sueur perlent à son front. Il pose la fourchette qu'il tenait encore à la main et finit d'un trait son verre de vin. Son dessert attendra une autre fois. La merde dont il a parlé à Thompson dans l'avion qui les emmenait vers Lisbonne ne mettra pas longtemps à le couvrir de la tête aux pieds s'il n'agit pas immédiatement. Il laisse un billet de cinquante dollars sur la table et se précipite vers la sortie du restaurant. Dès qu'il est sur le trottoir, il s'éloigne d'un pas ferme tout en tapant un numéro sur son téléphone avant de le coller à son oreille.

« Staughton ? C'est Barnes. Ne les laisse rien faire avant mon retour. »

Staughton entend à sa voix qu'il est essoufflé.

« Qu'ils ne touchent pas aux prisonniers, tu m'entends ? Dis-leur d'attendre et que je leur expliquerai tout dès mon arrivée.

— Même Jack ?

— Oui, même ce salaud de Jack. N'y touchez pas. Restez les bras croisés et dites aux autres de faire la même chose. Sinon ça va chauffer. »

Barnes traverse subitement la rue hors du passage clouté pour rejoindre le trottoir d'en face, provoquant des coups de klaxon et les protestations véhémentes de quelques automobilistes.

« Pourquoi ? »

Il prend trois secondes pour réfléchir.

« Je vais te le dire mais tu le gardes pour toi, compris ?

— Entendu, chef.

— Je viens de recevoir un appel venant des plus hautes sphères du Vatican. »

Il soupire.

« Cette femme est une peste. »

LVII

« Comment avez-vous tué le pape Jean-Paul Ier ? » demande brutalement Sarah à JC tout en s'asseyant sur une chaise de la salle où Barnes a interrogé Rafael.

Le maître est resté debout en lui tournant le dos, pensif, les deux mains sur le pommeau de sa canne, mais dès qu'il entend sa question, il se retourne vers elle en souriant.

« Vous n'êtes pas ici pour poser des questions, ma chère Sarah. Vous avez exigé de mon assistant qu'il vous permette de me rencontrer seule à seul pour me dire ce que vous saviez. N'inversez pas les rôles : c'est à moi de vous écouter. »

Il a la voix rauque et un peu éraillée d'un vieil homme, mais porteuse d'une grande lucidité.

« Je vous propose un échange équitable, lui dit Sarah. Vous répondez à ma question et je vous dis ensuite ce que vous voulez savoir. Vous savez parfaitement que je ne pourrai rien utiliser contre vous.

— Ne me sous-estimez pas, ma fille. Je ne suis pas le grand méchant d'une série B ou d'une bande dessinée américaine. Je suis devant vous, en chair et en os. Je dépasse de très loin les barrières du monde de la fiction.

— Pourquoi me dites-vous cela ? lui demande-t-elle sans comprendre.

— Oubliez. Ce ne sont que des divagations dont je me permets quelquefois le luxe, lui répond JC en s'asseyant sur la chaise qui lui fait face.

— Comment est mort le pape ? »

Un silence pesant s'installe entre eux, laissant Sarah mal à l'aise.

« La version officielle est qu'il a succombé à un infarctus du myocarde, finit par lui dire le vieil homme, qui semble avoir accepté d'entrer dans son jeu.

— Nous savons tous les deux que ce n'est pas vrai, lui rétorque calmement Sarah.

— Vraiment ? lui dit JC en la jaugeant du regard. Vous osez contredire la vérité officielle ?

— Nous savons ce que valent certaines vérités officielles. Or celle-là a toutes les chances d'être un mensonge, comme je l'ai appris ces dernières heures. Vous savez comme moi qu'on nous cache beaucoup de choses », lui dit Sarah avec assurance.

JC éclate de rire.

« Que savez-vous de ces choses-là ?

— Ne me sous-estimez pas à votre tour, lui répond-elle poliment, se retenant de trop le provoquer.

— Certaines vérités sont lourdes à porter. Pourquoi vouloir déterrer de vieilles histoires, ma fille ?

— Vous admettez donc que la vérité officielle est erronée ?

— Erronée ou pas, c'est la seule que nous possédons. »

Le ton de voix tranquille de JC est comme un appel au calme qu'il se lancerait à lui-même. Il doit veiller à garder toute sa sérénité pour ne pas se laisser entraîner sur le terrain où elle veut le conduire.

Le vieil homme ouvre la mallette qu'il a posée sur la table. Il fouille assez longuement à l'intérieur avant de trouver ce qu'il cherchait : un document qu'il tend à Sarah.

« Lisez. »

C'est un vieux papier, un document officiel à en-tête, ou peut-être sa copie, avec le titre : *Certificato di morte*.

« Qu'est-ce que c'est ? lui demande-t-elle avec curiosité.

— Lisez », répète JC.

En penchant à nouveau les yeux sur le document, elle comprend subitement. C'est l'acte de décès d'Albino Luciani, le pape Jean-Paul Ier, et elle peut notamment y lire :

« Causa mortis *: infarctus du myocarde. Date et heure probable : le 28 septembre 1978 vers vingt-trois heures trente.* » Suivi d'une signature illisible, peut-être celle de son médecin.

« C'est la vérité officielle de la mort du pape », conclut JC avec un grand sourire.

Sarah observe attentivement le document. Il n'a pas l'air d'un faux et c'est très certainement le document officiel : une tentative du vieil homme pour mettre fin à la conversation dans laquelle il s'est laissé engager.

« Venons-en à ce qui nous a amenés ici tous les deux », reprend JC.

Sarah lui rend l'acte de décès en le regardant dans les yeux.

« Non, pas encore. Je veux entendre votre vérité.

— Quelle vérité ? »

Il est temps de changer d'approche, de lancer son grappin et de tirer sur la corde pour rapprocher le navire ennemi.

« Vous savez aussi bien que moi que ce certificat n'a été établi que pour obéir à la loi, en tenant compte de bien d'autres exigences que le seul examen du corps du pape, dit Sarah. Notre échange doit être équitable : vous devez m'en dire beaucoup plus contre l'information que j'ai à vous donner.

— J'ai d'autres moyens pour obtenir les informations que je souhaite.

— Oui, mais ça peut vous prendre des heures, des jours, et il n'est même pas garanti que vous l'obteniez. Le marché que je vous propose est honnête.

— Pourquoi cet intérêt soudain sur cette question ?

— Rien de particulier. Ma curiosité est celle d'un simple mortel qui voit soudain s'effondrer tout ce en quoi il croyait. »

JC ignore que pour elle, ce n'est pas qu'une question de curiosité mais aussi un moyen de gagner du temps.

« Allons, dites-moi ce qui s'est passé dans la nuit du 28 au 29 septembre 1978 », l'encourage-t-elle.

Le vieil homme met du temps à lui répondre. Il médite d'abord un long moment tout en la regardant, comme pour sonder cette jeune femme étonnante assise devant lui, si calme qu'elle ne semble pas se rendre compte qu'elle ira bientôt rejoindre Jean-Paul Ier à l'endroit où vont échouer les âmes libérées de leur corps.

« Tout d'abord, je tiens à corriger une erreur historique, commence-t-il. Albino Luciani a péri le 29 septembre 1978 à la première heure du jour. Inutile de me demander comment je le sais. J'ai été le dernier homme à le voir vivant et le premier à le voir mort.

» Il est mort pour plusieurs raisons que vous devez déjà connaître, ou du moins une partie d'entre elles. Albino Luciani était vite devenu un pape indésirable, un ennemi dangereux, et il a dû être éliminé.

» Il a mis le doigt sur des sujets trop sensibles, et je ne parle pas ici de religion. Sa personnalité avait été mal évaluée. Si, à l'issue du conclave, nous avions eu certaines attentes, il n'a pas tardé à les décevoir. Son aspect fragile n'était qu'une apparence. Il s'est beaucoup trop précipité, il a voulu faire le ménage sans se rendre compte de là où il mettait les pieds.

» Les premiers à tomber auraient été Marcinkus et le cardinal Villot. Les deux cartes les plus fortes du jeu. Du moins à l'intérieur du Vatican. Et croyez-moi, bien avant qu'ils ne touchent le sol, plusieurs autres seraient tombés dans leur sillage. Marcinkus et Villot éliminés, il n'aurait pas fallu longtemps pour atteindre Calvi et Gelli, et puis… eh bien, ç'aurait été l'effondrement total.

» Jean-Paul Ier a creusé lui-même sa propre tombe. Contrairement à Paul VI, qui ne s'occupait que des questions de foi et de religion et déléguait le reste à la curie et à des collaborateurs compétents, il a voulu garder un œil sur tout. Il aurait mis le nez partout, y compris là où il ne fallait pas, et risquait de mettre fin à l'Église telle que nous la connaissions.

— Comment ça ? intervient Sarah, complètement absorbée par son récit.

— Pensez-vous que le temple aurait conservé une seule pierre au-dessus d'une autre après le nettoyage qu'il s'apprêtait à entamer ? Bien sûr que non. Les fidèles du monde entier auraient été scandalisés par la découverte des crimes financiers de l'Église. Sans parler du reste, comme le fait que quelques-uns des principaux responsables du Vatican étaient liés à une loge secrète soupçonnée de crimes politiques. Paul VI, même sans aucune culpabilité directe sinon le fait d'avoir été facilement manipulé, aurait été considéré comme un criminel qui envoyait ses ouailles blanchir de l'argent sale, prendre des parts dans des entreprises qui fabriquent des produits condamnés par l'Église, comme la pilule ou les préservatifs, ou même dans des usines d'armement. Tout ceci dans le but de gagner toujours plus d'argent, et d'en détourner le plus possible au passage.

— Vous saviez tout cela à l'époque ?

— Bien sûr.

— Et vous l'approuviez ?

— La fin justifie les moyens, chère Sarah. Il y avait beaucoup à perdre, et je ne parle pas seulement de privation de liberté. Un ensemble de personnes, et même d'États, allait sortir lésé suite aux actions de Jean-Paul Ier.

— Qui ne voulait que rétablir la justice.

— L'idéal de justice varie d'une personne à

l'autre, ma fille, vous l'avez certainement déjà compris. Licio Gelli a été contraint d'élaborer un plan drastique qui puisse être exécuté en quelques minutes. C'est alors que je suis entré en scène, en tant que bourreau d'Albino Luciani. Les instructions étaient de rester près de mon téléphone et d'attendre. Pour essayer d'éviter d'en arriver là, Villot a été chargé de tout faire pour dissuader le pape de ses intentions en lui présentant des alternatives plus raisonnables. Les deux hommes ont beaucoup discuté, mais le pape s'est montré irréductible.

» Il a définitivement scellé son sort le 28 septembre, lorsqu'il a informé Villot et d'autres dignitaires du Vatican des destitutions qui prendraient effet les jours suivants, à commencer par celle de Marcinkus dès le lendemain. Villot a bien essayé de le faire revenir à la raison, mais ça n'a servi à rien. Il m'a téléphoné ce soir-là : il n'y avait plus rien à faire, et le pape devait être éliminé.

— La solution finale, ajoute Sarah, sarcastique mais surtout en colère. La résolution de tous les problèmes. Si quelqu'un devient gênant, vous le tuez, tout simplement ! Et la liste doit être longue…

— Vous ne pouvez pas imaginer à quel point. Vous ne devez connaître que quelques noms et en suspecter quelques autres. Mais cette liste est surtout composée d'inconnus : militaires, juges, avocats, journalistes, enseignants. Un accident de voiture, une agression qui tourne mal, parfois une exécution sommaire dont on impute la culpabilité à un groupe radical…

— Des Premiers ministres qui ne servaient pas vos intérêts.

— Oui, les nôtres ou ceux de nos alliés. Cette nuit-là donc, celle du 28 au 29 septembre, je suis entré dans le palais apostolique. Villot avait fait en sorte de m'en faciliter l'accès. Il s'était assuré que la voie serait libre et que je ne serais pas dérangé. Il a en ce sens parfaitement rempli sa fonction.

— Vous voulez dire que vous avez traversé le Vatican en pleine nuit pour vous introduire dans le palais apostolique ?

— Non. Le passage que j'ai emprunté débouche à proximité des appartements du pape. Un escalier qui n'est plus utilisé. Habituellement, les portes de ce passage sont verrouillées au rez-de-chaussée et au troisième étage mais évidemment, elles sont restées ouvertes cette nuit-là. Depuis que Jean XXIII a supprimé les deux gardes suisses à la porte des appartements pontificaux, les sentinelles les plus proches sont assez loin et je n'ai pas croisé âme qui vive sur mon chemin. Quand j'ai ouvert la porte du petit escalier que j'ai emprunté, le couloir était désert au troisième étage. Je suis entré facilement dans la chambre du pape, qui était encore éveillé. Nous avons échangé quelques mots et il va sans dire que quand je suis reparti, ma mission était accomplie. Les cardinaux allaient devoir enterrer le nouveau pape et en choisir un autre.

— Quels sont les mots que vous avez échangés ?

— C'est sans importance pour ce qui nous occupe ici. La nuit suivante, Villot m'a demandé de revenir au Vatican, me donnant rendez-vous au pied du petit escalier que j'avais emprunté la veille. Je suis venu et il m'a remis des papiers pour que je les mette à l'abri, en dehors de la cité.

— Il ne vous a pas demandé de les détruire ?

— Non. À part la liste et le troisième secret, les autres documents étaient assez inoffensifs. Des réflexions du pape et des mesures qu'il allait prendre dans le plein exercice de ses fonctions. Certaines plus controversées que d'autres, voire très polémiques au sein de l'Église, mais rien d'explosif pour le grand public, du moins pour ceux qui suivent les questions religieuses avec une certaine distance. Villot a fait du bon travail en m'ouvrant proprement la voie pour que je puisse exécuter ma mission, mais il a ensuite été très maladroit quand le pape a été retrouvé sans vie par sœur Vincenza. Il a demandé à tous les résidents du palais de faire vœu de silence, une mesure complètement inutile, et a ensuite imaginé une version officielle, plus tard démentie par le Vatican lui-même.

— Comment ça ?

— Cette première version officielle disait que l'un des secrétaires du pape, le père John Magee, l'avait trouvé mort à cinq heures et demie du matin, alors que c'est en fait sœur Vincenza, sa servante, qui a constaté son décès quarante-cinq minutes plus tôt.

— Qu'est-ce qui l'a amené à agir de la sorte ?

— Le fait qu'une femme, même une religieuse, n'a en principe pas le droit de pénétrer dans les appartements du pape, et encore moins d'entrer librement dans sa chambre. Une violation du protocole qui, pour Villot, allait donner au monde une image désastreuse. Il s'est alors lancé dans une suite de déclarations et de décisions saugrenues, comme affirmer par exemple que le livre de chevet du pape était *L'Imitation de Jésus-Christ*, ou faire venir beaucoup trop hâtivement les embaumeurs officiels. Lorsqu'on sait que ce livre n'a jamais quitté la bibliothèque de Luciani à Venise, que Villot a fait nettoyer la chambre du pape en un temps record et a continué à contester le fait que sœur Vincenza soit celle qui a découvert sa mort, il a vraiment eu le comportement de quelqu'un qui essaie de cacher quelque chose.

— Et vous n'avez pas attiré son attention sur ces erreurs ?

— Bien sûr. L'explication qu'il m'a donnée était qu'il avait dû agir très rapidement pour effacer toute trace. En outre, les médecins collaboreraient uniquement avec nous s'ils étaient tous d'accord entre eux. Le médecin de Luciani s'appelait Giuseppe de Rós ; il s'agissait de son ancien médecin traitant de Venise qu'il avait encore conservé au début de son séjour au Vatican. Il était important qu'il corrobore le diagnostic de ses collègues quand il arriverait à Rome, ce qui serait facilité par le fait que même si on lui demandait une autopsie, Villot, en tant que camerlingue, c'est-à-dire la plus haute autorité de l'Église catholique romaine jusqu'à la fin du prochain conclave, serait en droit de la refuser. Villot a donc été très occupé ces premiers jours à essayer de boucher tous les trous.

— Et il a réussi.

— Disons qu'il a obtenu une demi-victoire. Le

docteur Giuseppe de Rós a confirmé le diagnostic de ses collègues ; mais à la vérité, il n'a pas eu beaucoup le choix. Déjà embaumé, l'examen superficiel du corps ne permettait pas de contester ce diagnostic. Et comme l'autopsie était exclue, le crime aurait été parfait si Villot avait agi normalement. Mais son comportement a fait émettre des doutes aux plus attentifs. Les habituelles théories du complot ont commencé à émerger, encore que sans éléments vraiment solides pour les étayer. La menace a donc été écartée. Un nouveau pape a été choisi et la vie a continué. Néanmoins, il était déjà trop tard. Jean-Paul Ier avait soulevé de nombreuses suspicions et les choses ont commencé à s'effondrer les unes après les autres, de façon particulièrement préjudiciable pour la P2 qui a été renversée en 1981. C'est depuis ce temps-là que nous nous maintenons plus que jamais dans l'ombre.

— Comment ont-ils réussi à renverser la P2 ?

— Ce serait très long à expliquer en détail. Ça leur a pris des années ; mais pour résumer, ils ont peu à peu remonté la piste qui conduisait à l'IOR, la Banco Ambrosiano et la P2, et ils ont fini par réussir à établir les liens qui les unissaient.

— Et qu'est-il arrivé à Villot, à Marcinkus et au directeur de la Banco Ambrosiano ?

— Villot était déjà malade à l'époque de l'assassinat de Luciani. Il avait lui-même demandé à être remplacé, mais pas par Benelli. Villot voulait choisir son successeur. Benelli était un homme qui ressemblait trop à Jean-Paul Ier, en moins naïf et peut-être plus habile. Les dommages qu'il aurait causés auraient été inacceptables. Avec la mort de Luciani, Villot a pu placer celui qu'il voulait et s'est éteint peu après, en mars 1979, très entouré jusqu'à sa mort.

— Luciani, lui, est mort tout seul et sans aucun soutien, dit amèrement Sarah.

— Il est mort en ma compagnie. Quant à cette crapule de Marcinkus, il a continué à faire ce qu'il voulait au sein de l'IOR.

— Pourquoi dites-vous "cette crapule" ? N'était-il pas votre comparse ?

— Marcinkus n'a jamais été le comparse de personne. Sinon de lui-même. Il n'a toujours défendu que ses intérêts. Marcinkus est resté en fonction longtemps après les morts de Villot et de Jean-Paul Ier. Il a été maintenu à la tête de l'IOR jusqu'en 1989. Il a été promu archevêque par Jean-Paul II et doit aujourd'hui couler ses derniers jours dans l'abondance ici même, aux États-Unis, son pays natal.

— Et les autres ?

— Calvi a été retrouvé mort en 1982. Pendu sous le pont de Blackfriars, à Londres. Le trou qu'il avait laissé à la Banco Ambrosiano dépassait un milliard de dollars. Tout ça finalement à cause de Gelli et de Marcinkus. Gelli est en prison domiciliaire et je ne suis officiellement nulle part, je n'existe pas. »

Le silence interrompt soudain son exposé. Sarah reste pensive : ce n'est pas tous les jours qu'on entend une version différente de celle qu'a retenue l'Histoire de la bouche même de l'un des intéressés, en l'occurrence l'assassin de Jean-Paul Ier. Il reste une question sans réponse, peut-être pour elle la plus importante.

« Comment avez-vous tué le pape ?

— Vous êtes terrible, ma chère Sarah. Vous ne vous attendiez tout de même pas que je me mette à nu sans aucune contrepartie, j'espère ? »

JC déplace une pièce lourde sur l'échiquier pour obtenir un avantage positionnel. Il reprend l'initiative qu'il lui avait volontairement cédée. D'une certaine manière, il admire cette jeune femme qui ose lui tenir tête ; et il a accepté de bonne grâce, un peu amusé, de satisfaire en partie sa curiosité. Mais assez joué : l'important, maintenant, est de la faire parler.

« Vous avez proposé un échange, jeune fille. J'ai rempli ma part du contrat avec mérite. C'est maintenant à votre tour, lui glisse-t-il avec le sourire satisfait de quelqu'un qui pense maîtriser la situation.

— C'est vrai, mais ce sera ma dernière question. J'ai besoin de savoir comment vous avez opéré.

— Et j'ai besoin de savoir où se trouve cet endroit sûr où vous avez placé les documents.

— Vous avez dit vous-même qu'ils ne contiennent rien d'explosif.

— C'était vrai à l'époque. Et s'ils avaient été retrouvés entre les mains du mort, mis à part la liste et le secret, bien entendu, rien de dramatique ne se serait produit. Les simples dernières volontés d'un défunt, en quelque sorte. Mais leur réapparition aujourd'hui, presque trente ans plus tard, serait perçue différemment. Cela serait la preuve que quelqu'un les a fait disparaître à l'époque ; Villot serait aisément pointé du doigt, la thèse du complot ressortirait au grand jour et l'Église pourrait ne jamais s'en remettre.

— Qu'est-ce que ça peut vous faire ? Vous n'êtes pas lié à l'Église.

— Que savez-vous de moi, ma fille ? Et de toute façon, il y a des faits qui doivent rester dans l'ombre. Il y a des secrets qui ne doivent pas être déterrés.

— Mais tôt ou tard, quelqu'un trébuchera sur eux et la vérité finira par triompher.

— Alors que ce soit plus tard, après ma mort ! Dieu saura si le secret mérite d'être gardé à jamais. Mais tant que je serai vivant, ces documents seront beaucoup plus en sécurité entre mes mains. Et bien sûr, cette fois-ci, je veillerai à ce que personne ne les découvre, sinon peut-être les archéologues du futur. Mais suffit maintenant ! C'est à votre tour de tenir parole. Dites-moi où sont les documents.

— Je vais vous le dire. Mais juste après que vous aurez répondu à ma dernière question. »

Son entêtement est difficile à expliquer, mais savoir comment le pape a été assassiné est devenu pour elle aussi important que de connaître le vrai nom de Rafael.

Le vieil homme reste un long moment silencieux, immobile, sans qu'elle puisse deviner ce qu'il pense ou ce qu'il s'apprête à faire. Si son idée est de jouer avec les nerfs de Sarah, il y réussit parfaitement car ce long silence la laisse anxieuse, indécise, comme soudain privée de forces et au bord de la reddition, il le voit bien.

« Nous allons faire la chose suivante, lui dit-il

finalement. Vous me dites ce que je veux savoir et je satisfais ensuite votre curiosité.

— Euh… »

L'indécision est toujours un signe de faiblesse.

« Je tiens toujours mes promesses », ajoute le vieil homme.

Sarah en doute, et de toute façon, elle sait bien que dès qu'elle lui aura révélé l'emplacement de la liste, même sans pouvoir prédire exactement sa réaction, il est évident qu'il ne prendra plus la peine de lui répondre. Et si elle a déjà réussi à le faire beaucoup parler, elle doit reconnaître qu'elle a perdu.

« J'attends, la presse JC.

— D'accord, puisque je n'ai pas le choix. Quoique vous n'ayez pas totalement respecté notre marché.

— Ne dites pas cela ! l'interrompt-il. Il s'agit d'être juste. À votre tour de parler, et je conclurai en satisfaisant votre curiosité. Je pense que vous ne pouvez pas vous plaindre.

— Très bien. Comme je vous disais, les documents sont en lieu sûr.

— Venez-en directement aux faits ! la coupe-t-il d'une voix sèche, en commençant à perdre patience.

— J'y viens. Mais vous devez comprendre qu'ils sont désormais en lieu tellement sûr que je n'ai plus de contrôle sur eux.

— Que dites-vous ? »

Le vieil homme ne comprend pas bien le sens de cette explication alambiquée.

« Expliquez-vous.

— Les documents sont au Vatican, complète-t-elle, très sûre d'elle. C'est de là qu'ils sont sortis ;

et c'est là qu'ils devaient retourner. Les documents d'un pape appartiennent au Vatican.

— Vous plaisantez, bien sûr.

— Non, je suis très sérieuse. »

L'expression sinistre qui apparaît sur le visage de JC ne laisse aucune place au doute. Il devient blême, prenant un air cadavérique, presque vampirique, qui fait ressortir ses rides. Il commence à haleter comme un asthmatique, incapable pour la première fois de dissimuler la faiblesse physique de son âge devant Sarah. Ce n'est pas un froid robot qui dispose de la vie des autres à sa guise ; c'est un vieillard fragile qui s'approche de la fin.

« Êtes-vous consciente de ce que vous avez fait ?

— Consciente de ce que j'ai fait ? Qui êtes-vous pour me demander une telle chose ? lui rétorque-t-elle, révoltée. C'est plutôt moi qui devrais vous poser cette question ! Vous rendez-vous compte de ce que vous avez fait ? À quoi vous avez participé ? Avez-vous idée du nombre de personnes que vous avez écartées de votre chemin, sans parler de ce que vous m'avez fait vivre ces derniers jours ? Et pourquoi ? Pour nettoyer la merde que vous avez produite durant votre vie ?

— Vous oubliez que vous ne parlez pas à votre père !

— Mon père vous vaut dix fois, Dieu merci !

— Votre père est un homme mort, comme vous tous. Et ce, à cause de vous. »

Une fine larme coule sur le visage de Sarah.

« Comme vous voudrez. Quoi qu'il en soit, j'aurai

fait de mon mieux, en toute conscience, et vous ne l'emporterez pas au paradis. »

Un rire sinistre emplit soudain la pièce, faisant se dresser les cheveux de Sarah sur sa tête.

« Vous pensiez vraiment que je ne pourrais pas récupérer ces documents parce qu'ils sont au Vatican ? Qu'est-ce qui vous fait croire que je n'y ai pas des hommes qui travaillent pour moi, comme nous en avions en 1978 ?

— Les temps ont changé.

— Ont-ils autant changé que vous le pensez ? »

En son for intérieur, Sarah veut le croire. Car même si un certain nombre d'idéaux ont pu rester semblables, ou presque, les pratiques ont changé. Si le conservatisme s'est même plutôt renforcé au sein de l'Église, beaucoup moins libérale et moderne qu'Albino Luciani ne l'aurait voulu, les hommes qui la composent ne sont plus les mêmes. Il n'y a plus aujourd'hui de Villot ou de Marcinkus au Vatican. Du moins elle l'espère.

« Si rien n'a changé, vous n'avez rien à craindre, lui dit-elle calmement. Demain ou un peu plus tard, vous récupérerez les documents. »

Il l'observe en silence et quelque chose dans ses yeux suggère à Sarah que ça ne sera pas aussi facile.

« Où sont les autres papiers ?

— Quels autres papiers ?

— Ne faites pas l'innocente. Vous ne possédiez que la liste, mais quelque chose me dit que vous savez où sont les autres documents. Et je vous conseille de ne pas me mentir. Vous avez déjà assez abusé de ma patience.

— Je ne sais rien d'autre. Je ne peux vous parler que de la liste.

— Dans ce cas, je sais qui va pouvoir me parler du reste des documents », dit JC comme pour lui-même.

Puis il détourne les yeux pour réfléchir quelques instants, semblant prendre rapidement des décisions. Dès qu'il a terminé, il frappe trois fois le sol du bout de sa canne et le même nombre de secondes plus tard, son assistant entre dans la pièce pour écouter ses ordres.

« Vous pouvez l'emmener. Liquidez le père, la fille et ce traître de Jack. »

À peine le vieil homme a-t-il fini de parler que Sarah est déjà debout, tenue par le bras.

« Ensuite, amenez-moi Marius Ferris. Nous avons beaucoup de choses à nous dire. Mais assurez-vous avant qu'il les voie mourir.

— C'est toujours très efficace pour délier les langues, conclut l'assistant, un mince sourire sur ses lèvres, et alors qu'il s'apprête à quitter la pièce avec Sarah, Barnes surgit dans l'embrasure de la porte.

— Où l'emmenez-vous ? lui demande-t-il.

— À l'abattoir », lui répond l'homme au complet Armani avec sarcasme.

Barnes s'avance vers Sarah et la retire d'un geste autoritaire des griffes de l'assistant, tellement surpris qu'il se borne à regarder l'Américain sans savoir quoi dire.

« Que faites-vous ? lui demande JC.

— Asseyez-vous, ordonne Barnes à Sarah avant de se tourner vers le vieil homme : Elle a envoyé les documents au Vatican.

— Je sais. Elle va payer pour cela.

— J'ai reçu un appel du Saint-Siège, il y a quelques minutes. »

Le vieil homme frémit et un éclat de curiosité s'allume dans ses yeux.

« Et qu'est-ce qu'ils veulent ?

— Ils ne veulent rien. Ils exigent. »

LVIII

Villot

28 septembre 1978

Incapable de rester tranquille, le cardinal Villot se lève de son fauteuil pour se mettre à marcher de long en large, une cigarette allumée à la main. À ce rythme, il va dépasser les deux paquets quotidiens qui nuisent tellement à sa santé, mais l'éternité n'est pas une chose à laquelle il aspire encore. Il tire nerveusement sur sa cigarette en soufflant presque immédiatement la fumée, geste qui, ajouté à la rougeur de sa face, trahit le tourment qui le ronge.

Il vient de relire pour la centième fois les papiers étalés sur son immense bureau en bois précieux, un meuble très ancien et de grande valeur devant lequel ses prédécesseurs au secrétariat d'État du Vatican se sont penchés pour examiner des milliers d'autres documents, depuis des siècles. Si ce bureau pouvait parler, il pourrait révéler beaucoup de secrets : des intrigues, des machinations, des ambitions et des utopies dont certaines sont restées lettre morte, mais dont d'autres sont devenues réalité. Au cours de l'Histoire, ces fantasmes visèrent surtout le port de la soutane blanche, celle réservée au pape ; car à quoi d'autre pourrait aspirer un secrétaire d'État, le second homme le plus puissant de l'Église après le Saint-Père ? Il est vrai qu'en pratique, le secrétaire d'État est parfois le plus puissant : tout dépend de la personnalité des deux hommes, de l'importance des responsabilités que le pape accepte de lui déléguer ou de la capacité du secrétaire à le manipuler. Car quelle place peut rêver d'atteindre un homme qui a déjà atteint la deuxième, sinon la première, celle de l'« élu de Dieu » ?

Mais ce n'est pas l'ambition de Villot. Il y a déjà longtemps qu'il n'aspire plus à devenir le successeur de Pierre, même s'il souhaiterait pouvoir choisir le prochain souverain pontife, un homme qui ne leur donne pas autant de soucis que celui-là.

Il y a moins d'une heure, il a reçu du pape des documents signés officialisant des décisions importantes, notamment des substitutions de postes, dont certaines doivent prendre effet dès le lendemain. Des papiers posés sur son bureau, qu'il ne peut s'empêcher de reprendre en main pour la énième fois.

Benelli à ma place ? pense-t-il avec rage en relisant le nom de son remplaçant. *Quelle provocation !*

« C'est trop audacieux, Saint-Père, a-t-il dit juste après avoir parcouru les documents que le pape venait de lui remettre. Que va-t-il rester de l'Église telle que nous la connaissons ?

— L'Église retrouvera sa pureté, son humilité et son humanité », lui a répondu Albino Luciani.

Villot passe nerveusement une main sur sa calotte pourpre en relisant ces documents signés de la main de l'homme censé être la voix suprême de la chrétienté. L'intention du Saint-Père de réviser la position de l'Église sur la question du contrôle artificiel des naissances, par exemple, est pour lui inadmissible, et ce n'est qu'un exemple des barbaries qu'il prépare.

« Cela va à l'encontre de la position séculaire de l'Église catholique, Votre Sainteté ; à l'encontre de celle de tous vos prédécesseurs ! lui dit Villot en commençant à hausser le ton.

— L'infaillibilité.

— L'infaillibilité sacrée, complète Villot.

— Sacrée ? Nous savons tous les deux que l'infaillibilité est une erreur, lui assène le pape avec sa sérénité habituelle.

— Comment pouvez-vous dire une chose pareille ? lui demande Villot en se signant hypocritement.

— Parce que je suis pape et que je sais très bien que je commets des erreurs, comme n'importe quel être humain.

— Un pape est infaillible. Et ces nouvelles orientations mettent en cause des décisions prises avec la certitude de l'infaillibilité papale. »

On aurait tort de croire que Villot parle au souverain pontife avec le respect, sinon la soumission, dû à son rang. Perdant toute mesure, il s'adresse à lui comme s'il sermonnait un de ses assistants ou de ses secrétaires, à supposer que de tels collaborateurs méritent d'être traités sur ce ton. Albino Luciani fait semblant d'ignorer le manque de respect du cardinal, comme s'il était heureux d'enfin découvrir son vrai visage. Un visage qui ne le surprend pas, mais que son collaborateur ne lui avait encore jamais montré.

« Une Église qui se dit infaillible est trop arrogante pour reconnaître ses propres maux. Nous savons tous les deux que cette idée d'infaillibilité n'est apparue qu'en 1870.

— Vous osez critiquer Pie IX ?

— Comment pourrait évoluer une Église qui n'accepte pas l'autocritique ? »

Villot s'assoit sur une des chaises placées en face de son bureau et pose un instant une main sur ses yeux.

« J'ai peine à croire ce que j'entends.

— Ne faites pas l'innocent, Villot. Vous savez aussi bien que moi que l'infaillibilité ne sert qu'à nous maintenir pieds et poings liés. »

Le cardinal enlève sa main de devant ses yeux.

« Que dites-vous ?

— Un pape est censé être infaillible dans les orientations qui guident la doctrine de la foi et de la morale. Convenons que ce fut une idée de génie pour empêcher les papes ultérieurs de modifier quoi que ce soit, certains sujets devenant automatiquement intouchables.

— Sacrilège ! l'accuse Villot.

— Sacrilège ? »

Albino Luciani esquisse un léger sourire.

« Il est maintenant plus que temps de vous sommer de faire attention à votre langage et de faire preuve de respect envers la personne qui vous parle. Après tout, ne suis-je pas infaillible ? »

Villot baisse la tête.

« Mais je ne vais pas utiliser ce pouvoir, car cela signifierait que je l'approuve. Même si le respect entre deux personnes, quelles qu'elles soient, devrait être la moindre des choses. »

Une petite réprimande pour le cardinal.

« L'infaillibilité est une erreur et une prétention démesurée, raisons pour lesquelles elle sera supprimée. »

Le secrétaire d'État, à court d'arguments, préfère changer de sujet.

« Quant aux substitutions, êtes-vous conscient des transformations radicales qu'elles vont provoquer au sein de la curie ?

— Je crois en être parfaitement conscient, lui répond le pape, très naturellement.

— Et que faites-vous des convictions des cardinaux ? Celles de ceux qui ont voté pour vous et qui défendent des lignes plus traditionnelles ?

— Je n'ai demandé à personne de me placer là où je suis et je ne vois aucun manque de respect pour les convictions de qui que ce soit en proposant ces nouvelles lignes directrices. Mon devoir est avant tout de servir Dieu et l'ensemble des fidèles. »

Villot ne sait plus quoi ajouter. Luciani a répondu à tous ses arguments avec calme, force et détermination, sans présenter la moindre faille. Il paraît impossible de le faire revenir en arrière. Du moins pas avec des mots. Mais le cardinal tient tout de même à jouer sa dernière carte ; si le pape acceptait sa proposition, tout espoir ne serait peut-être pas perdu.

« Permettez-moi de me pencher sur ces noms et

de vous proposer d'autres alternatives, en particulier pour mon remplacement et celui à la direction de l'IOR », demande-t-il au pape.

Luciani sourit.

« J'y ai bien réfléchi et ce sera mon dernier mot. Épargnez-vous cette tâche. Je suis sûr que vous pourriez me proposer les noms de personnes sérieuses et compétentes, mais ma décision est déjà prise et elle est définitive. Remplacement immédiat de monseigneur Marcinkus par monseigneur Giovanni Abbo, et destitution de monseigneur De Bonis, monseigneur Mennini et monseigneur De Strobel. De Bonis sera remplacé par monseigneur Antonetti, et je déciderai qui je nommerai aux deux autres postes vacants après en avoir parlé avec monseigneur Abbo.

— Mais…

— Bonsoir, cardinal Villot », lui dit le pape en se dirigeant vers la porte.

Villot ne parvient même pas à lui rendre son salut. Il ne pensait tout de même pas qu'Albino Luciani serait aussi intraitable et espérait secrètement le faire revenir sur certaines décisions, ou du moins accepter de les reporter pour mieux y réfléchir. Mais le pape n'a pas reculé d'un pouce, plaçant désormais son secrétaire d'État dans une position délicate. Gelli avait raison. Ils avaient mal calculé. Cet homme n'allait leur apporter que des ennuis.

« Je compte sur vous pour un passage de témoin en douceur à votre poste avec le cardinal Benelli, lui dit le pape en se retournant à la porte.

— Bien sûr, balbutie Villot. Je vous souhaite une très bonne nuit, Votre Sainteté. »

Malgré ses efforts, il ne peut empêcher une grimace de rancœur de se former sur son visage.

« Merci, Cardinal. Mais ce n'est pas moi qui en déciderai. »

Et il sort, laissant Villot livré à ses tourments.

Le cardinal a beau se creuser la tête, retourner la question dans tous les sens, la ruminer longuement, prier, implorer l'aide du Seigneur, il ne parvient pas à entrevoir de solution. Il regarde son téléphone posé à côté des papiers de la discorde. Il lui paraît à la fois tentant et terrifiant. À plusieurs reprises, il décroche le combiné et compose les premiers chiffres du numéro qu'il a mémorisé depuis quelques jours. Comme il aurait voulu ne pas avoir à en arriver là ! Puis il s'arrête et raccroche, dans l'espoir qu'une brillante idée lui traverse l'esprit. Celle qui le sauverait lui-même, sauverait son âme. Mais il finit par se rendre compte qu'il y a longtemps qu'elle est condamnée, perdue dans les conflits internes qui l'accablent. Soixante-treize ans, c'est long pour faire le bien, mais aussi beaucoup trop d'erreurs.

Au pied du mur, il finit par se laisser convaincre qu'ils n'ont plus le choix et qu'il va devoir accepter la solution radicale que leur a suggérée Gelli, la seule qui leur reste, même si elle le fait frémir. Et s'il s'y résout, c'est en s'en lavant les mains, tel Ponce Pilate : il était contre et Dieu lui est témoin qu'il aura tout tenté pour l'éviter.

Il lui faut beaucoup de courage pour saisir le combiné de son téléphone, composer jusqu'au dernier chiffre le numéro qui le hante et écouter sonner à l'autre bout de la ligne. Un homme décroche bientôt, à la voix grave et glaciale comme la mort.

« Il ne nous a pas laissé le choix, lui annonce Villot. Venez cette nuit. »

Dès qu'il a raccroché, le cardinal ouvre silencieusement un tiroir et en sort un trousseau de clés. Peu de temps après, il sort de son bureau. Il lui faut aller ouvrir la voie à l'exécuteur.

LIX

« Le problème n'est pas ce qu'ils veulent, précise Geoffrey Barnes dans la salle d'interrogatoire en plein cœur de Manhattan, c'est ce qu'ils exigent.

— Ce qu'ils exigent ? répète JC. Ne soyez pas ridicule !

— Ils sont en possession de la liste.

— Quoi ? s'étonne l'assistant.

— C'est pourtant vrai, assure Barnes. Vous le confirmez ? » demande-t-il à Sarah.

Sarah acquiesce d'un signe de tête.

« Malédiction ! se plaint JC. Et qu'exigent-ils ?

— Ils ne feront rien si tout s'arrête ici et maintenant. Sans nouveaux morts ni blessés. Sinon, ils rendront la liste publique. »

Le souffle du vieil homme se fait de plus en plus difficile.

« Il y a quelque chose ici qui semble étrange, dit-il.

— Quoi donc, Maître ? lui demande son assistant.

— Si le Vatican détient les documents, pourquoi exigent-ils qu'ils soient épargnés ? Ils devraient y être indifférents. »

Son raisonnement suit la froide logique avec

laquelle il a toujours gouverné les choses du monde, et il serre les dents de rage en regardant Sarah : il n'aurait jamais imaginé de telles complications venant de sa part.

« Et si nous acceptons ? demande JC en se caressant le menton.

— Si nous acceptons, les choses en resteront là. Ils promettent de ne pas publier la liste. Mais ils ordonnent que la femme confirme leur libération à l'un de leurs émissaires à New York.

— Nous ne pouvons pas accepter, Maître ! clame l'assistant. Nous pouvons encore récupérer les autres documents. »

C'est précisément à eux que pense JC. Ces autres papiers en main, des documents préjudiciables pour l'Église, il pourrait négocier avec le Vatican. Les mains vides, il devra s'incliner sans condition.

Devant leurs doutes et leurs hésitations, Sarah comprend qu'elle doit enfoncer le clou pour essayer de leur ôter tout espoir.

« Les autres documents sont également en route pour le Vatican, ment-elle.

— Que dites-vous ? »

Le front de JC se plisse davantage.

« J'ai également envoyé les autres documents au Vatican, répète Sarah.

— Mais vous m'avez dit que vous ne pouviez répondre que de la liste. »

(*Le vieux diable a bonne mémoire*, pense-t-elle avec appréhension.)

« Justement, ils ne sont plus en mon pouvoir, mais ils ne sont pas encore arrivés au Vatican. Une personne de confiance est chargée de leur acheminement. Pourquoi pensez-vous que je suis allée au Portugal ? C'est là-bas qu'ils se trouvaient. »

(*J'espère que ça colle*, pense-t-elle.)

« Elle bluffe, dit l'assistant.

— Nous ne pouvons pas prendre le risque, intervient Barnes. Et la position du Vatican est claire. Si tout se termine ici, les documents seront archivés et personne ne saura jamais rien de leur existence.

— Maître, donnez-moi deux heures et j'arrache la vérité au vieux prêtre, demande l'assistant.

— Malheureusement, nous n'avons pas deux heures, l'informe Barnes. La femme doit rencontrer l'émissaire dans une heure à l'hôtel Waldorf-Astoria. »

JC les écoute sans intervenir. Il semble que les bonnes cartes sont toutes dans les mains de l'adversaire ou, pour le dire autrement, que l'adversaire vient de les mettre en échec – un simple échec au roi pour l'instant, mais qui pourrait se transformer en échec et mat s'il ne trouve pas rapidement une parade. Il a sous-estimé Sarah, qui a admirablement manœuvré. Mais il lui reste heureusement une riposte possible, peut-être la dernière…

« Puis-je avoir un mot avec vous en privé ? demande Barnes à JC, interrompant sa réflexion.

— Comment ? lui dit le vieil homme, l'esprit encore ailleurs. Euh… oui, bien sûr, allons dans le couloir. »

Il se lève à l'aide de sa canne et Barnes le suit. Dès qu'ils se sont suffisamment éloignés, JC lui demande subitement :

« Avez-vous confirmé l'origine de l'appel ?

— On est en train de s'en occuper, mais il faudra un certain temps. Une demi-heure ne sera pas suffisante. Le Vatican n'est pas si petit qu'il en a l'air, lui répond Barnes.

— Ce n'est pourtant pas bien grand. À votre avis, cela semble crédible ? »

Une question sincère. Même si JC ne laissera personne d'autre décider à sa place, l'opinion d'un responsable expérimenté de la CIA est importante à prendre en compte.

« C'est un peu déroutant. Ça ne ressemble pas à la manière d'agir du Saint-Siège, mais tout est possible jusqu'à preuve du contraire. Quatre-vingt-dix-neuf pour cent des alertes à la bombe ne sont pas confirmées, mais ce n'est pas pour autant que nous ne faisons pas évacuer les lieux et que les brigades de démineurs ne les passent pas au peigne fin.

— Ce qui veut dire que tant que vos services n'ont pas confirmé l'authenticité de l'appel, nous devons prendre au sérieux cet ultimatum ?

— Je crains en effet que nous soyons dans une situation très délicate.

— Hum… »

C'est la seule chose qui sort de la bouche du vieil homme, qui s'éloigne un peu de son interlocuteur pour réfléchir. Une idée qui lui est venue au moment où Barnes lui a demandé à lui parler seul à seul commence à faire son chemin dans sa tête.

« C'est peut-être notre salut ! lance-t-il à Barnes en revenant vers lui.

— Vous croyez ? »

L'Américain le regarde, dubitatif.

« Ils doivent rencontrer un émissaire du Vatican au Waldorf dans une heure, c'est bien ça ?

— Affirmatif.

— Très bien. Nous allons retourner la situation en notre faveur. Laissons-les partir.

— Vous êtes sûr ? »

Un regard d'acier souligne la futilité de la question.

« Relâchez-les dans un quart d'heure. Je m'occupe du reste.

— Vous allez ignorer l'ultimatum ?

— Certainement pas. »

L'esprit du vieil homme, en pleine effervescence, élabore un plan à grande vitesse.

« Mais c'est notre seul moyen de récupérer les documents.

— Vous ne croyez pas qu'elle les leur a envoyés ?

— La liste, c'est probable, mais pas le reste.

— Qu'est-ce qui vous fait penser cela ?

— C'est simple : tous les indices pointent vers Marius Ferris, à New York. Et nous y sommes. Nous pouvons garantir avec certitude qu'ils n'ont pas pu mettre la main sur les documents depuis leur arrivée ici. Par conséquent, ils doivent être restés cachés on ne sait où. »

Barnes réfléchit un moment.

« Et si vous vous trompez ?

— Si je me trompe, ils rejoindront l'émissaire au Waldorf avec un peu de retard, ce qui n'aura pas de conséquences fâcheuses. Mais pour l'instant, il est impératif de tout tenter pour retrouver ces papiers.

Même si elle a envoyé la liste, le seul moyen de la récupérer est d'être en possession des autres documents.

— D'accord. Dites-moi ce que vous avez en tête. »

Pendant que JC expose son plan à Barnes, l'assistant s'approche de Sarah.

« Tu te crois très maligne, petite peste… lui murmure-t-il, la bouche presque collée à son oreille. Si tu réussis à sortir d'ici vivante, n'oublie pas que je serai toujours sur tes talons… Je ne te laisserai pas un seul moment de répit ! »

Sarah voudrait fermer les yeux, mais elle ne veut pas faire preuve de faiblesse. Il ne cherche sûrement qu'à l'intimider et de toute façon, cela ne dépendra pas de lui : c'est le vieux qui en décidera. Elle n'ose pas croire qu'elle a peut-être réussi, car apparemment, c'est le Vatican qui mène désormais la partie ; ce qui pourrait se traduire par une proche libération. Mais rien n'est moins sûr, il faut encore attendre. Les prochaines minutes seront capitales et si la décision dépendait de l'assistant, qui continue à la menacer, personne ne sortirait d'ici vivant.

« Et un jour, quand tu t'y attendras le moins, j'entrerai de nuit dans ta maison puis dans ta chambre pendant ton sommeil… »

Tais-toi, imbécile ! a envie de lui répliquer Sarah, mais elle préfère ne pas le provoquer. Il serait capable de commettre une bavure en l'absence du maître.

Le retour de Barnes et du vieux chef fait se relever l'assistant qui les regarde entrer dans la pièce.

« Libérez-les, ordonne JC.

— Mais, Maître…

— Silence ! le coupe-t-il d'une voix ferme. C'est mon dernier mot. Libérez-les. Et assurez-vous qu'ils puissent rencontrer l'émissaire à temps. »

L'assistant, résigné, fait se lever Sarah avec brutalité et l'entraîne hors de la salle.

Barnes les regarde s'éloigner dans le couloir sans percevoir une très fine courbure sur les lèvres du vieux lion, comme un sourire de satisfaction anticipée qui s'efface immédiatement dès que l'Américain se tourne à nouveau vers lui.

« Êtes-vous sûr de ce que vous faites ? lui demande à nouveau l'homme de la CIA.

— Parfaitement. Soyez tranquille. Les documents reviendront entre mes mains. Ce n'est qu'une question de temps.

— Le temps est justement ce qui nous manque, lui répond Barnes, inquiet. Et ensuite ?

— Ensuite ? Tuez-les tous. »

Barnes sort de la salle et JC appelle immédiatement quelqu'un sur son portable.

« Francesco ? Comment vas-tu, Monsignore ? »

LX

Ainsi finit la persécution imposée à Sarah Monteiro et à ses compagnons, une jeune femme qui, grâce à un peu de chance ou à une intervention divine, a réussi à les libérer d'une mort certaine. Elle viendra un jour, bien sûr, mais il était apparemment écrit que ce ne serait pas celui-là. Sarah Monteiro est celle qui a défait JC, l'assassin du pape, mais aucun recueil historique ne mentionnera jamais ce fait, car pour l'Histoire, JC n'existe pas et Jean-Paul Ier n'a pas été assassiné : il est mort d'une crise cardiaque qui ne lui a même pas laissé le temps de tirer le cordon à côté de son lit pour appeler de l'aide.

Un équilibre entre des forces puissantes a permis ce dénouement ; et cette fois-ci, le héros solitaire ne tue pas tous les méchants avant d'emmener la jolie femme avec lui. Notre héros solitaire est la jolie femme elle-même, accompagnée par Rafael, son sauveur, son père et Marius Ferris, qui ont échappé à l'ignoble chemin de la vallée des ombres.

C'est avec soulagement qu'ils sortent dans la rue ; Rafael, qui commence à récupérer de ses coups, parvient tant bien que mal à aider Sarah à porter le capitaine, incapable de marcher. Marius Ferris les suit, ayant encore peine à croire à ce qui leur arrive. Tous les autres – Geoffrey Barnes, Staughton, Thompson, le serviteur, l'assistant et le maître – les regardent passer, impuissants. Barnes n'aura pas eu le plaisir de balayer Jack Payne de la surface de la terre. Une frustration qu'il gardera et nourrira comme celles de beaucoup de gens qui n'ont pas d'autre choix sinon de vivre avec elles.

« Prenez cette voiture, dit le chef de la CIA en leur désignant un véhicule du doigt ; quelqu'un ira la récupérer plus tard. »

Rafael prend le volant pour rejoindre l'émissaire du Vatican qui les accompagnera à l'endroit où sont cachés les documents avant de les faire quitter le pays en toute sécurité. Ce serait du moins le scénario idéal, mais Rafael en doute fortement et préfère rester sur ses gardes. Si Sarah a eu la géniale initiative d'envoyer la liste au Vatican, tant mieux ; mais il ne croit pas une seconde à cette histoire d'ultimatum et d'émissaire. Marius Ferris est assis à l'avant sur le siège du passager, tandis que Raul Brandão Monteiro, sur la banquette arrière, presse un morceau de tissu sur sa blessure en grimaçant, la tête posée sur les genoux de sa fille.

« Quelqu'un a-t-il compris quelque chose à cette brusque volte-face ? demande Marius Ferris, encore inquiet.

— Pas vraiment. Tout cela est très étrange, lui répond Rafael, le corps encore endolori. Mais Sarah va peut-être pouvoir nous expliquer.

— C'est très simple, dit-elle. Quand nous étions

à l'hôtel Altis à Lisbonne, au moment où vous preniez votre douche, j'ai appelé le Vatican pour leur expliquer la situation. Ça n'a pas été facile de les convaincre, mais ils ont fini par me laisser parler à un homme très sympathique, qui a pris le temps de m'écouter. Il est resté très sceptique, bien sûr, et a exigé que je lui envoie une preuve de ce que je lui disais ; ce que j'ai fait sur-le-champ.

— Comment ? lui demande Rafael, curieux d'entendre son explication.

— Je lui ai envoyé les quatre pages de la liste par fax.

— Et ensuite ? » ajoute Rafael, dubitatif.

Sarah n'aime pas l'intonation de Rafael. Comme s'il n'était pas content qu'elle leur ait peut-être sauvé la vie à tous.

« J'ai rappelé l'homme deux minutes plus tard et il m'a demandé de lui envoyer immédiatement les originaux en courrier express. Ce que j'ai fait de la réception.

— Et ensuite ? insiste Rafael.

— Ensuite, il m'a dit qu'il ne pouvait rien me promettre, mais m'a garanti qu'il transmettrait tout de suite l'information à qui de droit, même s'ils avaient déjà des émissaires sur le terrain qui surveillaient cette affaire.

— Tout cela nous amène donc ici et maintenant, en route pour l'hôtel Waldorf, conclut Rafael à sa place.

— Exactement, lui dit-elle. Je suppose qu'ils avaient déjà un homme à New York et qu'ils l'ont mis au courant. »

Rafael regarde le père de Sarah dans le rétroviseur.

« Qu'en penses-tu, Capitaine ? »

Raul tente de lui répondre, mais il ne parvient qu'à murmurer des syllabes incompréhensibles.

« Un piè… piè…

— Qu'est-ce que tu veux dire ? lui demande Sarah.

— Piè… Piè…

— Un piège », complète Rafael à sa place.

Le capitaine acquiesce d'un signe de tête.

« Comment ça, un piège ? s'exclame Sarah, furieuse. Vous ne me croyez pas ? »

Raul serre le bras de sa fille en la regardant pour l'enjoindre à écouter Rafael.

« Le problème n'est pas de vous croire ou non, Sarah, mais soyez sûre que le Vatican n'agirait pas de cette façon. Il utilise des tactiques souterraines, tire les ficelles dans l'ombre ; mais croyez-moi, il ne ferait jamais un ultimatum de ce genre, même pour tenter de nous sauver.

— Vous voulez dire que la P2 a dû intercepter mon appel ?

— Non, je ne dis pas ça. »

Il regarde le capitaine sur la banquette arrière, appuyé sur Sarah.

« Je suggère seulement que nous restions vigilants, sans crier victoire trop vite.

— Pensez-vous qu'ils nous suivent ? demande Marius Ferris, toujours inquiet.

— Très certainement, et il est facile de savoir, lui répond Rafael. Le Waldorf est situé plein nord et nous allons changer de direction. Que dirais-tu d'aller à l'hôpital pour soigner ta blessure, Capitaine ? »

Rafael tourne à droite à la première occasion et accélère en feignant de s'enfuir vers le sud de Manhattan. Moins d'une minute plus tard, trois voitures du NYPD – le département de police de la ville de New York – surgissent, tous gyrophares allumés. Elles ne leur font pas signe de s'arrêter, l'une d'elles venant se placer au contraire devant leur véhicule pour leur ouvrir la voie tandis que les deux autres se glissent derrière eux.

« La police de New York va vous escorter jusqu'à votre destination en toute sécurité. Suivez-nous, s'il vous plaît », entendent-ils dans le haut-parleur de l'une des voitures.

« Quelle gentillesse ! s'exclame Rafael, ironiquement. Vous pensez que c'est le Vatican qui nous a envoyé cette escorte ? » demande-t-il en regardant Sarah.

C'est possible, après tout, pense-t-elle. Les documents valent bien cette protection, même s'il est particulièrement douloureux pour elle d'accepter l'idée que des vieux papiers aient plus de valeur qu'une ou plusieurs vies humaines.

« En supposant que vous ayez raison, Rafael, quel intérêt auraient-ils à organiser toute cette mise en scène ? Et si nous leur échappions ? Qu'ont-ils à gagner en prenant ce risque ?

— Même si nous essayions, nous n'arriverions pas à les semer. D'autant plus que nous devons être suivis par satellite. N'oubliez pas que la voiture est à eux. Elle doit être équipée de tous les dispositifs de détection imaginables, explique Rafael. Quant à cette mise en scène, comme vous dites, je pense que ce vieux lion de JC sait très bien ce qu'il fait. Malgré les apparences, notre situation ne s'est pas vraiment améliorée.

— Ce n'est pas mon impression. Je préfère tout de même être ici, à l'air libre, que dans leurs affreux sous-sols, lui lance Sarah sur un ton provocateur.

— Tu… tu n'en sais rien, lui dit son père parvenant enfin, difficilement, à parler. Tu… tu ne possèdes pas toutes les pièces du puzzle. »

Sarah regarde Rafael.

« Bon, d'accord. Et puisque vous savez tout, dites-moi ce que nous allons faire maintenant.

— Rien.

— Comment ça, rien ? réagissent Sarah et Marius Ferris en même temps.

— Rien. Je ne vois aucun moyen de nous en sortir. À moins que vous en ayez trouvé un. »

Rafael se tourne une seconde vers Sarah.

« Mais je vous remercie sincèrement de nous avoir donné une ou deux heures de vie supplémentaires.

« Sainte Marie, mère de Dicu… murmure Marius Ferris en se signant et en essayant de contenir sa panique.

— C'est complètement surréaliste ! laisse échapper Sarah. Ça défie toute logique. Comment quelqu'un d'aussi sensé que JC peut-il nous avoir relâchés dans les rues de New York, sinon en cédant à un ultimatum ? (À *moins que*… se dit-elle, sceptique. *Mais alors, quel est son plan ?*) Excusez-moi, conclut-elle, mais j'ai du mal à croire à votre théorie du piège. »

Marius Ferris interrompt un instant sa litanie silencieuse pour écouter Sarah. Il faut garder espoir, ses prières ont dû être entendues.

« Continuez, s'il vous plaît, insiste le religieux, expliquez-vous.

— Je n'ai pas grand-chose à ajouter, mon père, lui dit-elle. J'ai peine à penser que la situation soit telle que Rafael la décrit, c'est tout. Cela signifierait qu'ils ne croient pas que les papiers sont au Vatican.

— Exactement. Ils savent qu'ils n'y sont pas. Vous n'êtes pas la seule à posséder des contacts au Saint-Siège, lui dit Rafael, volontairement énigmatique.

— Ils me paraissaient pourtant y avoir cru. Je n'y comprends plus rien. Dans ce cas, qui, à votre avis, les a appelés pour leur lancer cet ultimatum ?

— Personne », lui répond d'abord Rafael avec autorité.

Mais il change bientôt de ton pour ne tout de même pas lui ôter tous ses espoirs.

« Même en supposant qu'ils aient reçu un ultimatum, ils n'y auraient pas cédé. Il ne peut pas provenir du Vatican. Et comment expliquez-vous notre escorte ? »

(*C'est vrai qu'elle est difficilement explicable*, pense Sarah.) Elle hésite un instant avant de finir par affirmer :

« Sachez en tout cas que l'ultimatum n'est pas une supposition.

— Comment pouvez-vous en être si sûre ?

— Et vous ? lui demande-t-elle sur un ton de défi. Vous pensez vraiment que nous n'allons trouver aucun émissaire ?

— Oh, non ! Il sera là.

— Alors, je ne comprends pas.

— Mais je doute seulement qu'il soit un ambassadeur de Rome et qu'il ait jamais mis les pieds dans le palais apostolique, complète-t-il.

— Bon, j'aurai en tout cas joué tous les atouts que j'avais entre les mains, conclut Sarah. Advienne que pourra. »

Rafael la regarde un instant dans le rétroviseur en essayant de découvrir sur son visage ce qu'elle a voulu dire, mais il se concentre bientôt à nouveau sur la route.

Quelques minutes plus tard, ils entrent dans Park Avenue en grande pompe. Les autres véhicules s'écartent sur leur passage et les passants ne les regardent même pas, indifférents. S'ils devaient tourner la tête à chaque bruit de sirène de pompiers, de véhicule de police ou d'ambulance, ils ne feraient rien d'autre toute la journée. Leur convoi s'arrête au numéro 301 de ladite avenue, au pied de l'illustre Waldorf-Astoria, palace où sont descendues de nombreuses personnalités historiques du monde entier depuis plus d'un siècle. Le style Art déco y est omniprésent, conférant élégance et glamour à cet hôtel emblématique de notre planète.

Avec difficulté, Raul se redresse pour s'asseoir sur la banquette. Marius Ferris est le premier à ouvrir sa portière, mais avant qu'il ait le temps de mettre un pied dehors, quelqu'un la referme de l'extérieur.

Un homme vêtu de noir, qu'il n'avait pas aperçu.

« Toutes mes excuses, mais Son Excellence ne tient pas à être accompagné en procession par vous tous », leur signifie l'homme à travers la vitre de Marius Ferris.

Rafael en profite pour regarder Sarah et lui glisse silencieusement quelques mots en remuant les lèvres :

« Je ne vous avais pas dit qu'il serait là ? »

Sarah ne comprend pas. Rafael lui fait alors signe de se pencher vers lui et lui répète la même phrase à voix basse. Sarah ne lui répond pas, incapable de lui cacher son inquiétude et sa nervosité.

« Seule la femme peut m'accompagner », ajoute l'homme en noir.

Sarah prend tendrement la main de son père.

« Tout ira bien. Ne t'inquiète pas.

— Je te fais confiance, ma fille. Mais fais très attention. »

L'homme ouvre la portière de la jeune femme et elle descend de la voiture. Puis il la conduit rapidement à l'intérieur de l'hôtel. Rafael sort également du véhicule, mais un autre lascar aux airs de gorille s'approche immédiatement de lui.

« Vous n'avez pas entendu ce que mon collègue vous a dit ? lui dit-il fermement.

— J'ai entendu.

— Alors ayez l'amabilité de retourner dans la voiture, ajoute-t-il en lui tenant la portière.

— Il faut absolument que j'accompagne la jeune femme, affirme Rafael, très sûr de lui.

— Montez dans la voiture ! lui ordonne l'homme.

— Je dois l'accompagner, c'est très important.

— Ça suffit ! Rasseyez-vous sur votre siège.

— Vous feriez mieux de m'écouter, lui dit Rafael. Je suis le seul qui sait où se trouvent les documents. »

Il fait une courte pause pour permettre à l'information d'atteindre l'esprit du gorille.

« La femme ne sait rien. »

Aussitôt, l'homme monte une main à sa bouche et en informe ses supérieurs.

LXI

« Alors ? Allez-vous enfin tout me dire maintenant ?

— Vous dire quoi ?

— Ce que vous me cachez depuis Lisbonne.

— Ce que je vous cache ?

— Je vais être plus direct : qu'avez-vous tramé dans mon dos ?

— Qu'est-ce qui vous fait penser cela ?

— Les pièces du puzzle, vous vous souvenez ? Si vous me dites quelles pièces manquent dans votre puzzle, je pourrai peut-être vous aider à le compléter.

— De mon côté, rien ne manque, lui répond Sarah.

— Rien ? Vraiment ? lui dit Rafael, pensif. Très bien, comme vous voudrez, mais laissez-moi agir maintenant, c'est sûrement notre dernière chance. »

Ils sont assis à l'arrière d'une Range Rover noire roulant vers l'endroit où, selon les dires de Rafael, sont cachés les documents.

Le gorille a bien entendu reçu l'ordre de conduire Rafael en présence du prélat dans le hall de l'hôtel, et l'ex-agent infiltré s'est alors approché de l'évêque pour s'agenouiller devant lui et lui baiser l'anneau.

« Dieu te bénisse, mon fils.

— Monseigneur est l'envoyé du Saint-Siège ?

(*Les coups qu'il a reçus ont dû lui porter sur la cervelle*, se dit Sarah en ayant du mal à reconnaître Rafael. *Ou alors, quelle carte garde-t-il cachée dans sa manche ?*)

— Vous êtes en sécurité en ma compagnie, mes enfants, ne vous inquiétez pas », lui répond l'évêque.

Puis, regardant Rafael avec un air protecteur :

« Tu peux me conduire jusqu'aux documents ?

— Je vais vous y conduire, Votre Excellence. Mais je voudrais d'abord vous demander de faire libérer les deux hommes qui sont là-bas, dans la voiture. L'un d'eux a besoin d'un traitement médical d'urgence.

(*Et toi, d'un traitement psychiatrique*, pense Sarah.)

— Bien sûr. »

Et le prélat à la cape et à la calotte violettes fait signe à l'un de ses acolytes qui se dirige promptement vers l'entrée de l'hôtel.

Voilà pourquoi nous les retrouvons assis sur le siège arrière de la Range Rover conduite par un chauffeur accompagné d'un homme en noir à l'avant ; l'évêque les suit dans une Mercedes haut de gamme blindée, à vitres fumées.

Ils se dirigent vers le numéro 460 de Madison Avenue, adresse qu'a confiée Rafael à monseigneur Francesco Cossega dans le hall de l'hôtel Waldorf, dont les yeux ont soudain brillé comme s'il lui offrait l'élixir de l'éternelle jeunesse. Sarah et Rafael n'ont pas vu en sortant la voiture dans laquelle se trouvaient le capitaine et Marius Ferris devant l'hôtel, mais ils doivent être encore vivants. Si c'est bien un piège, ils sont certainement retenus en otage au cas où – c'est du moins le plus probable.

« Où nous emmenez-vous ? demande Sarah à Rafael à voix basse.

— Vous verrez bientôt, lui répond-il tout doucement.

— Vous connaissez cet évêque ? Il a l'air tellement vrai ! »

Rafael tarde un peu à lui répondre.

« Je ne l'ai jamais vu auparavant. Mais nous devons faire preuve de respect vis-à-vis des hommes d'Église.

— Vous pensez qu'il est à la solde de JC ?

— Je pense qu'il est peut-être celui d'où tout est parti.

— Comment ça ?

— Je ne sais pas. Ce n'est que pure intuition de ma part. »

Ils se taisent un moment, jusqu'à ce que Rafael s'aperçoive qu'ils approchent de leur destination.

« Écoutez-moi, lui dit-il à voix basse tout en la prenant doucement par le bras. J'ai besoin que vous restiez tranquille à mes côtés jusqu'à ce que je vous dise quoi faire. Si vous n'êtes pas près de moi, je ne pourrai pas vous protéger.

— Que comptez-vous faire ?

— Je ne sais pas encore.

— Comment ça, pas encore ? Vous n'allez pas

essayer de négocier notre liberté en échange des documents ?

— Je déciderai au moment voulu.

— Vous savez quoi ? lui jette Sarah, agacée. Laissez-moi mener les pourparlers. »

Rafael la regarde, étonné, mais il n'a pas le temps de lui répondre car ils arrivent déjà. Tous leurs occupants sortent des deux voitures et s'avancent vers la porte de l'immense édifice qui se dresse devant eux… La cathédrale Saint-Patrick, avec ses tours gigantesques, de plus de cent mètres de haut.

*

Le temple est désert et seules ses colonnes et ses voûtes majestueuses seront leurs témoins. James Renwick, son architecte, a imité le style gothique français pour en faire, depuis 1879, la cathédrale catholique la plus imposante des États-Unis.

« Montrez-nous le chemin », leur demande aimablement monseigneur Cossega, et Rafael, Sarah à ses côtés, commence à guider les cinq hommes qui les accompagnent dans l'enceinte sacrée. S'il pouvait rester des doutes à Sarah quant à l'honnêteté de l'évêque, ils se sont immédiatement évanouis quand elle a vu les deux hommes qui l'accompagnaient dans la Mercedes. Ni plus ni moins que les agents Jeronimo Staughton et Michael Thompson.

« Inutile de vous inquiéter. Ils sont avec nous et je vous promets qu'il ne vous arrivera plus rien », l'a rassurée l'évêque.

Quelque chose dans sa voix a transmis un

inexplicable sentiment de sécurité à Sarah. Elle aimerait tant qu'il soit sincère, qu'il soit un homme bon et respectable ; un véritable homme de foi. Quel dommage qu'il ait choisi l'autre camp ! Ignorant qu'ils ne sont plus dupes depuis longtemps, il continue néanmoins à jouer son rôle de sauveur. Rafael a raison : ce ne peut être qu'un piège conçu par ce vieux renard de JC. Un piège très habile, d'ailleurs, dans lequel elle serait peut-être tombée en d'autres circonstances.

Rafael les guide vers le chœur à travers l'immense nef. Sarah se souvient du message que son père n'a pas réussi à déchiffrer totalement. Les cinq lettres dont le sens restait mystérieux indiquaient-elles un recoin de cette cathédrale, ou bien Rafael les conduit-il là où il veut pour tenter un dernier coup de force ?

« C'est encore loin ? » demande l'évêque en s'arrêtant un instant, déjà fatigué, le front perlé de sueur.

Rafael ne prend pas la peine de lui répondre.

« J'espère que vous savez ce que vous faites », lui glisse Sarah discrètement.

Il la regarde sévèrement sans rien dire, comme pour lui intimer de se taire.

Mais après s'être retournée pour vérifier qu'elle ne sera pas entendue, elle ne peut s'empêcher de lui poser à voix basse la question qui lui brûle les lèvres.

« Qu'est-ce qui vous fait penser que cet évêque est un usurpateur ? »

Rafael sourit.

« Il ne l'est pas.

— Non ?

— Non. Il s'appelle Francesco Cossega et il est véritablement évêque. En revanche, il n'est évidemment pas envoyé par le Saint-Siège. »

Sarah réfléchit quelques secondes.

« Et qu'est-ce qui vous prouve qu'il n'est pas un émissaire de Rome ? »

Rafael hésite un peu, puis la regarde dans les yeux avant de lui répondre.

« Le fait que je suis moi-même un émissaire de Rome.

— Quoi ? »

Les idées se bousculent dans la tête de Sarah, qui associe soudain beaucoup de choses jusque-là restées mystérieuses.

« Et vous ? lui demande à son tour Rafael.

— Moi quoi ?

— Qu'est-ce qui vous fait penser que l'évêque n'est pas un envoyé du Vatican ?

— Qu'est-ce qui vous dit que c'est ce que je pense ? » lui rétorque Sarah en rougissant, agacée par sa perspicacité.

Elle le regarde en silence. Rafael, son sauveur, le Jack Payne tant redouté dans les rangs de la CIA et de la P2, est donc un agent du Vatican. Mais qu'est-il d'autre encore ? Quels autres secrets lui cache-t-il ?

« Si vous ne voulez pas répondre, très bien, lui dit Rafael. Comme vous voudrez. »

Ils arrivent au niveau du transept dont la voûte imposante s'élève à une hauteur vertigineuse au-dessus de leurs têtes, et Sarah ne peut s'empêcher de s'arrêter en levant les yeux pour l'admirer. Un des hommes reste auprès de l'évêque fatigué en lui donnant le bras, mais celui qui les suit – l'agent Thompson – tombe soudain inconscient après avoir reçu un coup violent sur la nuque. Rafael vient de le lui asséner avec un crucifix de métal qu'il a saisi en un éclair au bord de l'autel, et dans la seconde qui suit, réussissant à le surprendre également, il le jette de toutes ses forces sur Staughton qui s'écroule à son tour sur le sol.

Cossega et l'homme qui l'accompagne se retournent. Trop tard, car Rafael a déjà pris le contrôle de la situation. Staughton, encore groggy, essaie de se relever, mais un coup de pied de Sarah le rejette contre l'angle d'une marche sur lequel il se cogne la tête. La jeune femme, surprise par la violence de son geste, a tout juste le temps de vérifier qu'il ne bouge plus car Rafael, qui s'est accroupi derrière l'autel, lui ordonne déjà :

« Prenez leurs armes, vite. »

Sarah se penche, arrache un pistolet au blessé et le lance à Rafael. Puis, plongeant vers l'autre homme à terre, elle ramasse son arme tombée à côté de lui et la glisse dans son dos, sous la ceinture de son pantalon.

« Vous ne me répondez pas ? lui demande Rafael tout en tentant de localiser le troisième homme qu'il ne voit plus.

— Ça ne peut pas attendre ?

— Bien sûr. Cachez-vous là-bas derrière », lui dit-il en lui montrant un confessionnal.

Se glissant dans la pénombre, Rafael réussit à apercevoir sur le bord d'une colonne le canon d'une arme qui se profile avec prudence. Et comme si saint

Patrick lui-même avait choisi d'intervenir, l'homme qui accompagnait l'évêque, nerveux, ne comprend pas d'où vient soudain la foudre qui s'abat sur lui. Avançant prudemment la tête pour essayer de localiser l'ennemi, il ne voit pas surgir une lourde croix qui semble tomber du ciel pour venir violemment frapper son bras tendu, lui faisant lâcher son arme. Se retenant le bras meurtri dans un réflexe, il reçoit alors un coup de poing bien ajusté au menton.

Il ne reste plus que l'évêque terrorisé, immobile, que Sarah surveille de sa cachette.

« J'attends », dit Rafael à la jeune femme en s'approchant de Cossega.

Sarah sort de son confessionnal et va fouiller le corps de la troisième victime, à la recherche d'une seconde arme qu'il aurait pu tenir cachée. Rafael admire ses gestes sûrs, comme si elle avait fait ça toute sa vie. Puis elle ramasse le pistolet tombé de la main de leur dernier adversaire et le glisse dans son dos, sous sa ceinture, à côté du premier. Lorsqu'elle a fini ces tâches prioritaires, elle regarde Rafael dans les yeux.

« C'est très simple. En réalité, je n'ai jamais appelé le Vatican. »

LXII

« Il est plus que temps de commencer à vous expliquer », dit Rafael à Sarah, cheminant à côté d'elle dans l'allée centrale de la cathédrale Saint-Patrick.

L'évêque marche devant eux à petits pas, Rafael le poussant légèrement de la main de temps en temps pour lui montrer qu'il reste attentif. La cathédrale, dans son immense grandeur, reste silencieuse et vide dans la pénombre. Il est dommage qu'ils ne puissent pas profiter de son calme souverain, mais l'heure n'est pas au recueillement et à vrai dire, Rafael n'espérait pas s'en sortir aussi bien : Cossega en otage, ils vont pouvoir négocier.

« Expliquer quoi ? lui demande Sarah calmement.

— Comment vous n'avez en réalité pas fait… ce que vous avez pourtant dit… que vous aviez fait », lui répond-il de manière volontairement confuse pour que Cossega ne comprenne pas de ce dont ils parlent.

Sarah saisit ce qu'il veut dire.

« Je ne l'ai pas fait, un point c'est tout ! Qui êtes-vous pour me demander des explications, si de votre côté vous ne m'avez jamais dit qui vous étiez en réalité… Sans compter tout ce que vous me cachez encore. »

Son argument est valable et Rafael en convient.

« D'accord, nous en reparlerons plus calmement.

— Pensez-vous sérieusement sortir d'ici vivants ? »

C'est Francesco Cossega qui vient de se retourner pour leur poser cette question, d'un ton beaucoup trop infatué et provocateur pour venir d'un vieil otage à bout de souffle.

« Nous allons en tout cas essayer, Monseigneur. Hein, qu'en pensez-vous ? lui répond ironiquement Rafael.

— Vous finirez comme Firenzi et tous les autres.

— Comment pouvez-vous servir à la fois Dieu et le diable ? » lui demande Sarah, dégoûtée.

Le prélat ne daigne pas répondre à son observation.

« Puisque la discussion est lancée, Francesco, dites-moi si je me trompe : à mon avis, tout a commencé à cause de vous.

— Tout quoi ? lui demande l'évêque en le regardant.

— Tout. Tous ces morts, et nous ici, par exemple. »

Où veut-il en venir ? rumine Sarah, intéressée et perplexe.

Cossega se retourne pour reprendre sa marche sans répondre à Rafael, mais celui-ci poursuit son raisonnement à haute voix :

« Reprenons depuis le début : Firenzi trouve les documents ; ça n'a d'abord aucune incidence puisqu'ils dormaient dans les sous-sols des archives depuis presque trente ans, et personne ne s'aperçoit de leur disparition. Ils étaient certainement si bien cachés que seul un immense coup de chance a dû lui permettre de les découvrir. Je suis d'ailleurs persuadé que le fait de les trouver en lui-même ne pouvait pas mettre sa vie en danger.

— Tais-toi ! Tu ne sais pas de quoi tu parles ! lui lance Cossega, agacé par la tournure de la conversation.

— Continuez votre raisonnement, lui demande Sarah.

— Mais Firenzi a dû commettre l'erreur d'en parler à quelqu'un. À un ami. Un évêque, par exemple. Sans se rendre compte des risques qu'il prenait. »

Sarah réfléchit un instant. C'est une explication plausible. Son parrain a dû en effet en parler à quelqu'un, mais rien ne prouve qu'il connaissait Cossega, et que ce soit celui à qui il s'est confié.

« Vous confirmez, Monseigneur ? » demande Sarah en insistant ironiquement sur le mot « monseigneur ».

Le prélat rougit, mal à l'aise, mais cela ne suffit pas en soi à prouver sa culpabilité.

« Foutaises ! s'exclame-t-il enfin. Firenzi et moi ne nous connaissions pas aussi bien que vous le dites. Il ne m'aurait jamais choisi pour… »

Subitement, leur conversation est interrompue par une voix qui s'écrie :

« Ne pensez-vous pas qu'il est vraiment très tôt pour abandonner la partie ? »

Cette voix qu'ils connaissent bien est celle de

Geoffrey Barnes, diffusée à travers les haut-parleurs de la cathédrale ; l'homme de la CIA parlant debout dans la chaire, devant le microphone.

Rafael pousse Cossega avec force.

« Continuez à marcher ! » lui ordonne-t-il.

Et ils accélèrent le pas entre les rangées de bancs, s'éloignant de l'autel.

« Halte ! hurle la voix de Barnes qui résonne dans les haut-parleurs. Où pensez-vous pouvoir aller ? »

Par l'une des portes latérales du transept, trois hommes surgissent en s'avançant vers eux. Leur rythme est réglé par le pas d'un vieil homme qui marche en s'aidant d'une canne surmontée d'un pommeau d'or en forme de tête de lion : JC en personne, haletant sous l'effort, suivi de son assistant et de son serviteur.

« Et moi qui avais confiance en vous, ma fille... dit le vieil homme en s'approchant lentement, faisant sonner à chaque pas les dalles du temple avec sa canne. Mais vous allez sûrement vous montrer plus raisonnable en apprenant dans quel état sont désormais le capitaine Monteiro et le père Marius Ferris. Malheureusement, je ne pense pas que vous pourriez reconnaître leurs visages... et je ne pense pas qu'ils pourraient vous reconnaître non plus. Mais maintenant, ça suffit ! Je veux tous les documents, et vite ! s'exclame-t-il. Vous pensiez réellement pouvoir l'emporter ? Sachez qu'il faut beaucoup plus que de la chance pour me vaincre ! »

Sarah comprend aussitôt qu'elle ne peut plus rien faire et que Rafael va être obligé de leur révéler où se trouvent les documents. Elle ne peut plus supporter de voir tout le monde souffrir et mourir autour d'elle. Valdemar Firenzi, le père Felipe, Pablo Rincón, le couteau dans le ventre de son père… Sans mentionner les anonymes et tous les dommages collatéraux. Ils ne seront que quelques victimes de plus, qui s'ajouteront à la longue liste de tous ceux qui sont déjà tombés sans priver ces misérables assassins d'une seule seconde de sommeil. C'est sur ce constat d'échec qu'elle sent des mains se poser sur ses hanches… les mains de Rafael qui la saisissent pour l'attirer lentement vers lui. Elle ne comprend pas ce qu'il veut, mais elle aime son geste. Au milieu du découragement qui l'accable, c'est un geste qui lui donne le sentiment, pourtant sûrement illusoire, d'être protégée. Lorsqu'elle sent le contact de son ventre sur son dos, elle ne sait pas s'il prépare quelque chose ou si c'est juste une façon muette de lui dire adieu.

« Vous savez très bien que nous préférerons mourir plutôt que de vous dire où sont les documents.

— Peut-être. Mais si vous mourez tous, je n'aurai plus rien à craindre. Plus personne ne saura où ils sont.

— Qu'en savez-vous ? Je ne pense pas que vous prendrez ce risque. Ce serait beaucoup trop hasardeux… » lui lance Rafael.

Sarah sent une main toucher ses fesses puis remonter lentement jusqu'à trouver l'un des pistolets qu'elle garde glissés dans son pantalon. Un moment, elle pense qu'il va peut-être en profiter pour prendre quelques libertés… mais il n'en est rien et très vite, elle sent un objet froid et dur se glisser sous son aisselle : le canon de l'arme qu'elle a lancée à Rafael après avoir dépouillé Staughton. Ce n'est donc pas un adieu, c'est…

Deux coups de feu retentissent en même temps et le serviteur, atteint au thorax, s'écroule avec un bruit sourd sur les dalles, une expression d'incompréhension sur le visage. La deuxième balle, tirée avec le pistolet pris dans le dos de Sarah, a traversé la robe de l'évêque pour venir se loger dans la cuisse de l'assistant au costume Armani.

Le vieil homme offre son épaule au blessé pour qu'il s'y appuie, tout en criant :

« Je n'ai jamais assisté à tant d'amateurisme ! Personne ne savait donc qu'ils étaient armés ?

— Je le savais », lui répond Cossega.

Immédiatement, une troisième détonation éclate et Cossega tombe à genoux, la main sur le cœur. Une balle vient de l'atteindre dans la poitrine et la surprise sur son visage est totale.

« Mais… pourquoi ? »

Il pousse un râle en haletant.

« Ne t'ai-je pas livré Firenzi ? »

Et il s'effondre sur un prie-Dieu, la poitrine ensanglantée, provoquant un grand bruit dans la nef.

« Je déteste les incompétents ! s'exclame JC en pointant son arme vers Rafael, qui tient lui-même ses deux pistolets braqués sur le vieil homme. Vous pensez vraiment avoir une chance de survivre, mon garçon ? lui demande JC d'une voix mielleuse.

— J'ai encore quelques atouts.

— Tu n'as rien du tout ! lui rétorque le vieux lion. Tu n'as plus rien maintenant. Avec ou sans les documents, que tu choisisses de parler ou de te taire, tu vas mourir… »

Un téléphone portable sonne et l'assistant, qui a mis un genou à terre, se tourne en même temps que Sarah vers la chaire où se trouve Geoffrey Barnes. JC et Rafael, eux, ne font pas l'erreur de se laisser distraire et continuent à ne pas se lâcher du regard. Barnes hésite un court instant, mais finit par décrocher. Il reste muet quelques secondes, puis s'adresse à JC.

« Il y a un appel pour vous.

— Pour qui ? demande le vieil homme en colère sans quitter Rafael des yeux.

— Pour vous, lui répond Barnes.

— Qui est-ce ?

— Une femme.

— Une femme ? répète-t-il en ouvrant de grands yeux. Espèce d'idiot, elle ne peut pas attendre ?

— Elle dit que c'est dans votre intérêt. Vous feriez mieux de l'écouter.

— Entendu ! dit-il avec rage. Mettez-la sur les haut-parleurs, je vais m'approcher d'un micro. »

Barnes active la fonction mains libres de son téléphone, et une voix féminine surgit en résonnant dans la cathédrale. Son écho se propage, comme si des anges occupaient les voûtes du temple.

« Allô ? » dit la voix.

JC, en marchant lentement à reculons sans cesser de pointer son arme vers Rafael, s'est approché du micro posé sur l'autel.

« Qui êtes-vous ? lui dit-il. Que voulez-vous ? Faites vite, car je n'ai ni le temps ni la patience de vous écouter maintenant.

— Tais-toi, misérable ! Tu attendras pour m'écouter aussi longtemps que je te le dirai ! » lui répond la voix.

Rafael semble aussi surpris que JC. Seule Sarah laisse se dessiner un grand sourire sur ses lèvres.

« Sarah, tu es là ? demande la voix.

— Oui, je suis là ! lui crie Sarah.

— Qui parle ? demande calmement Rafael.

— Une amie ! lui dit-elle triomphalement. La même qui a lancé l'ultimatum du Vatican. »

Ces mots tombent immédiatement dans les oreilles du vieil homme, qui serre les dents de rage.

« Malheureuse ! dit-il.

— Je vous ai dit de vous taire ! Sarah… Sarah ? Tout va bien ?

— Tout va bien, Nathalie, rassure-toi.

— Nathalie ? répète Rafael. Qui est cette Nathalie ? »

Sa question reste sans réponse.

« Alors, allons vite à l'essentiel. Comment s'appelle déjà ce scélérat, Sarah ? Ce diable qui te poursuit sans relâche ?

— Son nom est JC, lui répond Sarah en regardant le maître dans les yeux.

— JC ? Jésus-Christ ? Pour qui se prend-il, celui-là ? Bon, JC, écoutez-moi bien. J'ai une liste entre les mains contenant des dizaines de noms de personnalités publiques appartenant ou ayant appartenu à la loge P2. Y compris celui d'un Premier ministre.

— Qu'est-ce que vous voulez ? » lui demande le vieil homme, comme soudain privé de forces, atterré, regardant dans le vide.

Son bras qui brandissait son arme est retombé, le canon désormais pointé vers le sol.

« Eh bien, pour commencer, vous allez libérer mon amie et tous ceux qui sont avec elle.

— Et qu'est-ce que je gagne au change ?

— Rien du tout, mon cher JC. Vous avez perdu et vous n'avez pas le choix. »

Sarah est incapable de dissimuler son rire. Nathalie est impayable.

« Ah, si ! J'oubliais ! Vous gagnez que la nouvelle explosive de la découverte de cette liste ne passe pas à la BBC dans une heure, et que j'appelle d'urgence le rédacteur en chef du grand quotidien qui s'apprête à publier des copies de cette liste pour lui dire de renoncer à le faire. Qu'en pensez-vous ? »

Le visage de JC devient rouge sombre, bouillonnant d'une colère qu'il a d'abord du mal à maîtriser. C'est fini. Tout est en train de s'effondrer. Mais sa capacité à se recomposer et à retrouver son calme est impressionnante, signe peut-être de sa longévité.

« Si j'accepte, quelles garanties aurai-je que vous ne la publierez pas ?

— Réfléchissez, mon cher, poursuit Nathalie. Si nous choisissions de la publier plus tard, nous signerions notre arrêt de mort. Par conséquent, vous allez sagement libérer Sarah et ses compagnons ; et de mon côté, je peux vous garantir que nous tiendrons parole. Mais je ne vous conseille pas de menacer quiconque d'entre nous à l'avenir. »

JC fait quelques pas pour réfléchir. Il s'approche de son disciple, dont la blessure à la jambe l'a forcé à s'asseoir par terre. Pourtant, il passe devant lui sans le voir. Même s'il l'aime comme un fils, il a des questions plus urgentes à résoudre pour l'instant. Le vieil homme se frotte le menton, obligé d'admettre qu'il n'a pas le choix.

« C'est un bon arrangement pour tout le monde, reprend la voix de Nathalie, qui résonne dans les voûtes du temple comme si elle venait de l'Au-delà. Alors ? Marché conclu ? »

LXIII

La Nuit

« *Les années du Christ seront mes jours. Aujourd'hui, c'est le vingt-cinquième jour de mon pontificat, et le Christ a vécu trente-trois ans.* »

JEAN-PAUL Ier dans son journal,
le 20 septembre 1978

29 septembre 1978

Villot lui a préparé une entrée discrète, tranquille, et il n'aperçoit aucun garde suisse sur son chemin. Le cardinal français savait que pour garantir le succès de l'opération, il était essentiel qu'il ne trouve aucun obstacle sur sa marche jusqu'au troisième étage du palais apostolique.

L'homme connaît assez bien la maison, car c'est loin d'être la première fois qu'il y pénètre. Il a eu le privilège de visiter plusieurs fois le cœur de la cité du Vatican, et il s'y oriente aisément. Il a été parfaitement renseigné sur les parcours des rondes des gardes, il connaît les endroits où ils ont l'habitude d'être postés, et à l'heure où il y pénètre – une demi-heure après minuit – personne ne circule dans cette partie de la cité. Villot a juste eu à s'assurer que les horaires des rondes ne seraient pas modifiés ; et bien sûr à laisser les portes ouvertes.

Tout cela fait en sorte qu'il atteigne sans encombre le troisième étage du palais apostolique, non loin de la chambre du pape.

Le long couloir qui y conduit n'est que ponctuellement éclairé par de faibles lampes, ce qui le rend sombre et sinistre. Un mince filet de lumière perce sous la porte, indiquant que le Saint-Père est encore éveillé. Il travaille probablement aux changements qui inquiètent tant les conservateurs de la curie. Le fait qu'il soit éveillé va contraindre le bourreau à modifier un peu l'exécution du plan qu'il a préparé. L'effet de surprise aurait été total s'il avait été endormi ; il n'aurait pas eu le temps de réagir. Mais éveillé, il devra être rapide et ne commettre aucune erreur, pour éviter que le Saint-Père ne donne l'alerte. Le tueur hésite un moment, décide d'attendre de voir si la lumière va s'éteindre ; mais au bout de dix minutes, il en a assez. Il sera éveillé, tant pis ! Il va seulement devoir être précis et vigilant ; mais une fois l'homme maîtrisé, il lui sera facile de conclure sa tâche.

Il s'approche de la porte, pose sa main gantée sur la poignée et attend quelques instants. Il respire profondément pour laisser se dissiper la montée d'adrénaline et recouvrer tout son calme. Ce n'est pas la première fois qu'il va tuer, et ce ne sera pas la dernière ; mais c'est le premier pape, et certainement le dernier. Ce serait sinon le signe que les choses ne se sont pas arrangées. Le court règne de Jean-Paul Ier touche à sa fin.

Il ouvre la porte sans bruit et ne parvient pas à cacher sa surprise. Albino Luciani est assis dans son lit en train d'écrire, le dos appuyé contre un oreiller, et il ne prend même pas la peine de lever les yeux pour voir qui entre à cette heure de la nuit dans sa chambre sans frapper.

« Fermez la porte », se contente-t-il de dire, toujours concentré sur ce qu'il écrit.

L'intrus, qui ne pourra plus en vieillissant se passer de sa canne à pommeau d'or pour marcher et dont la respiration rauque rappellera celle d'un asthmatique lorsqu'il sera essoufflé, n'a pas besoin de s'appuyer sur quoi que ce soit en cette nuit de septembre 1978. Et s'il possède le calme et la froideur d'un tueur professionnel, l'attitude du pape, complètement indifférent à son entrée, le surprend tellement qu'elle le désarme presque.

Obéissant à la demande du Saint-Père, il referme doucement la porte derrière lui, mais la tranquillité de Luciani, qui continue à l'ignorer en silence, le trouble profondément. Il n'aurait jamais pu prévoir une telle attitude, si différente de tout ce qu'il avait imaginé. Un comportement qui, associé aux quelques mots qu'ils échangent bientôt, finit de le convaincre qu'il a affaire à un être exceptionnel.

« Savez-vous quelle devrait être la plus grande vertu de l'homme ? lui demande le pape, toujours plongé dans ses papiers.

— La dignité ? Ou l'honneur ? propose l'intrus

sous forme de questions, comme un élève appliqué qui espère avoir bien répondu.

— La dignité et l'honneur en découlent, lui explique le Saint-Père. La plus grande vertu devrait être l'immense capacité d'aimer et de pardonner.

— Vous cultivez cette qualité ?

— Constamment. Cependant, je suis pape et non pas Dieu. Mon infaillibilité est institutionnelle, et non pas personnelle. Ce qui veut dire qu'il m'arrive de l'oublier. »

Il lève pour la première fois les yeux pour regarder son bourreau et ajuste ses lunettes.

« Pourquoi me dites-vous cela ?

— Pour que vous sachiez que je ne vous condamne pas. Je vous aime comme mon prochain, et en tant que tel je vous pardonne. »

L'intrus comprend alors que Jean-Paul Ier l'attendait, ce qui ne facilite évidemment pas sa tâche. Mais il recouvre rapidement tout son sang-froid, s'avance vers le Saint-Père pour lui poser un oreiller sur le visage et le maintient appuyé avec force sans trembler. Ce sont les plus longues secondes de sa vie. Il est en train de tuer un homme qui avait prévu l'heure de sa mort, qui savait qu'il viendrait, mais qui n'a ni imploré sa clémence ni cherché à s'enfuir. (non pas qu'il aurait pu s'échapper – à moins de quitter le Vatican plus tôt, en cachette.) Un homme qui savait que cette exécution aurait pu être évitée : il lui aurait suffi d'être moins audacieux dans ses réformes et de fermer les yeux sur certains agissements. Mais il ne l'a pas fait. Il est resté fidèle à ses convictions jusqu'au bout, et ce courage, cette grandeur d'âme, font l'admiration de son assassin. Lorsque la dernière parcelle de vie quitte le corps du Saint-Père, l'intrus se redresse, et il s'aperçoit que des larmes ont coulé sur son propre visage. Il saisit le mort par les épaules et le replace dans la position où il l'a trouvé, le dos appuyé contre la tête de lit. Il lui laisse les yeux ouverts. Seule sa tête ne peut rester en position verticale et demeure inclinée sur la droite.

Il apprendra plus tard que parmi les papiers que tenait le pape dans ses mains, il y avait la copie d'un secret révélé par la Vierge Marie aux petits bergers de Fátima en 1917. Il annonçait la mort d'un homme vêtu de blanc entre les mains de ses pairs. Rien ne pouvait être plus vrai.

L'exécuteur s'assure qu'il laisse tout comme il l'a trouvé en entrant et sort de la chambre sans éteindre la lumière, avant de repartir par le même chemin. Villot va devoir maintenant nettoyer la scène du crime.

LXIV

Cette chambre au septième étage de l'hôtel Waldorf-Astoria est vraiment parfaite pour se reposer de toutes les épreuves subies ces derniers jours. Sarah, qui vient de prendre une douche, sort de la salle de bains emballée dans une serviette tandis que Rafael, allongé sur le lit, goûte, les yeux fermés, un repos bien mérité.

Avant de venir à l'hôtel, ils ont laissé le capitaine, dont la blessure exigeait des soins immédiats, dans une clinique, puis se sont dirigés vers le *GCT (DI) – NY* mentionné dans le message codé de Firenzi.

En réalité, les chiffres entre parenthèses ne devaient pas être remplacés. Son déchiffrement correct était donc : *GCT (15) – New York*, c'est-à-dire Grand Central Terminal (15) à New York, l'une des principales gares de la ville, située sur la 42e rue ; le numéro 15 étant celui d'un casier de consigne automatique.

Et lorsqu'ils ont introduit la petite clé pour ouvrir le casier, les documents étaient là, précieux, jaunis par le temps : les idées d'un homme moderne et courageux arrêtées par des intérêts mesquins. Une écriture ferme et belle, celle d'un homme décidé, attaché à faire la différence et qui aurait marqué son temps.

Marius Ferris les a remis à Rafael avant de lui demander :

« Êtes-vous sûr que personne ne nous a suivis ?

— Non, mais ça n'a plus d'importance pour l'instant. Nous avons un très fort moyen de pression sur eux, et ils ne peuvent plus rien faire au grand jour. Du moins pour le moment.

— Pour le moment ? lui demande Sarah, inquiète.

— Oui. Ces gens-là n'oublient pas. Quand nous nous y attendrons le moins, ils attaqueront à nouveau. De préférence discrètement et l'un d'entre nous à la fois, pour que ce soit plus facile.

— Ce n'est pas une perspective très réconfortante.

— C'est le prix à payer. Mais pour l'instant nous sommes sauvés. L'avenir est entre les mains de Dieu. »

Une fois installée dans cette chambre de l'hôtel Astoria, Sarah a téléphoné à la clinique pour prendre des nouvelles de son père, et elles étaient satisfaisantes. Aucun organe vital n'avait été touché et il serait complètement rétabli en un mois.

« Si j'avais su qu'il était si facile de les désarçonner, j'aurais envoyé cette liste à mon journal plus tôt.

— Quand ? En pleine nuit à Londres ? Depuis Paris ? Vous n'auriez gagné que quelques heures. Et nous aurions perdu tout ce spectacle… plaisante Rafael. Mais pourquoi leur avoir dit que vous aviez téléphoné au Vatican ?

— Vous n'êtes pas le seul à garder des petits secrets. »

Rafael la regarde en plissant les yeux, l'incitant à répondre.

« Parce que je savais qu'il serait difficile qu'ils me prennent au sérieux et j'ai pensé que ça aurait plus de poids. Je ne pouvais pas savoir à quel point le Vatican était déjà impliqué, et lorsque j'ai eu l'idée de ce stratagème, j'ai téléphoné à Nathalie avant de lui envoyer la liste par courrier express.

— Mais comment avez-vous eu l'idée de l'émissaire à l'hôtel Astoria ?

— Ce n'est pas moi. Je ne pouvais pas aller jusque-là, bien sûr. C'est une idée de Nathalie. L'extravagante Nathalie ! Je lui ai juste demandé de trouver quelqu'un qui se fasse passer pour un représentant du Vatican et de leur lancer cet ultimatum. Et je lui ai envoyé un SMS après Mafra pour lui dire que nous allions à New York. Ensuite, si tout se passait bien, je devais lui téléphoner pour l'avertir de notre succès. Mais comme elle n'a pas reçu cet appel, elle a inventé la suite, lui précise Sarah en riant, se souvenant de la conversation de Nathalie avec JC.

— Cette Nathalie est fantastique, j'aimerais la rencontrer.

— Quand vous viendrez à Londres, je serai ravie de vous la présenter. »

Sarah prend un air pensif en lui demandant :

« Pensez-vous que la CIA puisse tenter quelque chose indépendamment de JC ?

— Je ne crois pas. Ils n'ont pas d'intérêt direct dans cette affaire, et les États-Unis n'ont certainement pas envie que leur nom soit mêlé à un scandale concernant le Vatican. Rassurez-vous, pour l'instant, nous sommes sauvés.

— Ça fait plaisir à entendre ! »

Rafael se lève du lit.

« Ça ne vous dérange pas que je prenne une douche ?

— Bien sûr que non. Et vous, ça ne vous dérange pas que je jette un coup d'œil sur les documents ? lui demande-t-elle avec curiosité.

— Vous pouvez les lire, vous l'avez bien mérité. »

Sarah va chercher l'enveloppe contenant les papiers jaunis que Rafael a posée sur la table de chevet et allume la télévision pour regarder les nouvelles. Le bilan final de l'attentat de Londres est de seize morts, et des suspects ont été arrêtés.

Seize morts… Mais comment faire confiance à ce nouveau chiffre ? Peut-être à cause de la fatigue, tout cela lui semble plus lointain maintenant. Comme si cette tragédie avait été effectivement perpétrée par un groupe terroriste islamiste et non pas par l'homme en train de prendre une douche juste à côté, dans la salle de bains de cette chambre luxueuse. Un bilan qui la révolte un peu moins que quand il n'était que de treize morts la veille, à Lisbonne, mais qui la touche tout de même profondément : des méthodes qu'elle réprouve, comme toute personne civilisée munie de sa pleine capacité mentale.

Les premières pages des documents sont des mesures administratives prises par le pape, comprenant notamment plusieurs substitutions aux postes clés de la curie – les remplacements si redoutés à l'époque par le cardinal Villot et ses amis conservateurs. Le plus intéressant commence avec la sixième feuille : une longue réflexion sur l'état de l'Église, qu'elle lit d'une seule traite avec intérêt, revenant même ensuite sur certains passages.

« *Pour propager les enseignements de Jésus-Christ, Notre Seigneur, il est incohérent de nous maintenir sous un masque de façade qui voile trop souvent notre discours et nos intentions. Il est incohérent de répandre notre parole comme si c'était la sienne, noircissant une doctrine qui se veut ouverte aux autres, afin que par l'acte de foi, Jésus-Christ communie vraiment avec nous.*

Il est incompréhensible que notre sainte Église ait elle-même jeté sur ses épaules un manteau noir de secrets qui contraste tant avec la joie inhérente aux enseignements du Seigneur. Car la foi est d'abord la joie et la célébration, et non pas la gravité complaisante de nos visages, dès lors que notre mission est de diffuser la parole du Seigneur, engagés dans le sacrifice et la souffrance auxquels il s'est soumis pour nous. Et quel séminariste ne reçoit pas l'enseignement ardu de supporter le poids de l'humanité pécheresse sur ses épaules, se transformant en un ouvrier qui, sans que ce soit de sa faute, n'exaltera plus qu'avec peine l'importance de l'amour du prochain, de la même manière qu'il lit un texte ennuyeux parce qu'il y est obligé ?

La solution dépend de nous, qui au sein même de l'Église, avons vu vénérer d'anciens dogmes que je ne serais pas en mesure d'attribuer au Créateur. Depuis deux mille ans, beaucoup d'hommes se sont assis sur le fauteuil de Pierre. L'empire constitué et le trésor amassé au cours des siècles sont colossaux, inestimables. J'oserais même dire que nous sommes l'État le plus riche du monde. Comment est-ce possible, si notre devoir d'assistance est envers tous, les croyants comme les non-croyants ? Notre devoir moral d'aider notre prochain est-il devenu sélectif et stratégique ? Tout ce patrimoine, cet héritage considérable, doit-il être géré comme une grande entreprise ? Est-ce l'héritage que Jésus-Christ a transmis à Pierre, le pêcheur, et qui plus tard, à travers l'Histoire, est parvenu jusqu'à moi ?

Il faut certes réfléchir à un ensemble de questions fondamentales, mais il faut d'abord indiquer le chemin. Le seul qui existe, celui de Notre Seigneur, Jésus-Christ, celui de Notre Père. Combien de ces questions ne peuvent-elles pas être résolues à l'aide de l'enseignement du Seigneur ? Il suffit d'écouter sa parole et ses recommandations, parce qu'il a répondu à toutes les questions depuis longtemps et continue à le faire constamment. J'ose dire que toutes les réponses ont déjà été données, même celles aux nouvelles questions. Même devant les difficultés des temps modernes, une formule peut toujours nous guider vers le chemin de la bonté et de l'amour, vers le chemin du Seigneur. Un chemin que nous devrions constamment suivre sans le faire tout en prétendant pourtant l'emprunter. Que ferait Jésus-Christ ? Ce simple questionnement répond à toutes nos questions. Que ferait Jésus-Christ ?

Le contrôle artificiel des naissances ? La vie est joie, et un enfant est une immense joie quand il est désiré. Pourquoi transformer en fardeau ce qui est un don de Dieu ? L'interruption volontaire de grossesse ? À quoi bon mettre au monde un enfant non désiré s'il doit en souffrir ? Les relations homosexuelles ? Tu ne jugeras point ton prochain. Le célibat sacerdotal ? Jésus-Christ n'a-t-il pas épousé une prostituée ? Femmes prêtres ? Nous sommes tous égaux aux yeux du Seigneur.

Il est du devoir de l'Église de se consacrer à ses fidèles, de partager avec eux la Parole de Dieu et d'aider les nécessiteux sans distinction de race ou de religion. De se rapprocher des autres religions sans juger leurs valeurs ou leurs croyances, mais en fraternisant avec elles et en partageant la sagesse et l'amour de chacune. Quand donc un chrétien priant Dieu dans une mosquée et un musulman priant Allah dans une église ne sera-t-il plus un rêve du ciel ? Sans censure et sans réprobation. Parce que le Ciel peut et doit commencer sur la Terre. »

Comment serait aujourd'hui le monde si ce pape n'était pas mort ? se demande Sarah après cette lecture, qui la laisse à la fois émue et enthousiaste. Il allait, sans l'ombre d'un doute, révolutionner l'Église.

Le dernier document est écrit en portugais, la langue maternelle de Sarah Monteiro. C'est apparemment la copie sans titre, écrite de la main même de Jean-Paul Ier, d'un autre document que Sarah reconnaît rapidement comme étant le troisième secret de Fátima, annoncé par sœur Lúcia.

« *J'écris dans un acte d'obéissance à Toi, mon Dieu, qui me l'a demandé par le biais de Son Excellence Révérendissime l'évêque de Leiria et de Votre Très Sainte Mère, la Vierge Marie.*

Après les deux parties que j'ai déjà exposées, nous avons vu sur la gauche de Notre-Dame, un peu plus haut, un ange avec une épée de feu dans la main gauche ; tout en scintillant, elle laissait échapper des flammes qui paraissaient prêtes à incendier le monde, mais elles s'éteignaient au contact d'un rayon brillant que Notre-Dame envoyait vers elles avec sa main droite. L'ange, montrant la terre avec sa main droite, dit d'une voix forte : "Pénitence, pénitence, pénitence !" Et nous vîmes dans une lumière immense qui était Dieu – comme reflété dans un miroir – un évêque vêtu de blanc en ayant l'impression que c'était le Saint-Père. Puis nous vîmes plusieurs autres évêques accompagnés de prêtres, de religieux et de religieuses monter sur une montagne escarpée au sommet de laquelle était plantée une grande croix en troncs bruts, comme ceux de chênes-lièges avec leurs écorces ; le Saint-Père, avant d'arriver sur cette montagne, traversa en tremblant une grande ville à moitié en ruine, manquant vaciller à chaque pas, affligé devant tant de souffrance et de peine, priant pour les âmes des cadavres qu'il trouvait sur son chemin ; lorsqu'il atteignit le sommet de la montagne, il se prosterna à genoux au pied de la grande croix et mourut sous les balles et les flèches que tirèrent sur lui un groupe de soldats accompagnés de quelques évêques ; les autres évêques, les prêtres, les religieux et les religieuses ainsi que de nombreux laïcs, hommes et femmes de différentes classes et positions sociales qui se trouvaient là, mourant à leur tour les uns après les autres. Sous les deux bras de la croix, il y avait deux anges, chacun avec un arrosoir de cristal à la main dans lesquels ils recueillaient le sang des martyrs et avec lesquels ils arrosaient les âmes qui s'approchaient de Dieu.

Tuy, 3-1-1944 »

« … *et mourut sous les balles et les flèches que tirèrent sur lui un groupe de soldats accompagnés de quelques évêques.* »

« Cela explique beaucoup de choses », murmure Sarah. Quels autres secrets doit conserver l'Église, remplacés par des mensonges annoncés comme des vérités absolues ?

« Tout va bien ? »

La voix de Rafael la fait sortir de ses pensées. Elle ne l'a pas vu revenir dans la chambre où il commence à se rhabiller.

« Tout va bien. Où allez-vous ?

— Je m'en vais. Ma mission est terminée. »

Ces mots sonnent pour elle comme un choc.

« Vous partez ?

— Je regrette tout ce que j'ai dû vous faire traverser. J'ai essayé de faire pour le mieux, mais ils n'ont pas rendu les choses faciles.

— Où… Où allez-vous ? lui demande Sarah sans dissimuler sa surprise.

— Essayer de sauver d'autres âmes en peine », dit-il apparemment sérieusement.

Sarah se lève du lit où elle était assise et s'approche de lui.

« Et nous ?

— Nous ? »

Rafael est déconcerté par sa question. Le visage de Sarah se rapproche du sien, bientôt si près qu'il peut sentir l'odeur de sa peau.

« Nous… nous quoi ?

— Quand nous reverrons-nous ? lui demande Sarah en le regardant dans les yeux. Pourquoi ne restez-vous pas un peu plus longtemps ? »

Rafael est profondément gêné, un état dans lequel elle ne l'a jamais vu. Quelque chose qui ne lui correspond pas.

« Le mieux est d'essayer d'oublier tout ce qui nous est arrivé, Sarah. Et… oui, le mieux est d'en rester là, vraiment », lui répond Rafael, visiblement troublé.

Sarah s'approche encore plus près de lui, sans crainte, sans honte d'utiliser les armes dont elle dispose.

« Vous ne restez pas avec moi ? lui chuchote-t-elle à l'oreille. Vous pourriez vous reposer. Et je vous tiendrais compagnie. »

Leurs lèvres sont à deux doigts de se joindre, mais Rafael recule au dernier moment.

« Non, je ne peux pas. Je dois vraiment m'en aller. »

Sarah a l'impression qu'il se dépêche de finir de se vêtir pour pouvoir sortir le plus vite possible.

« Si c'est à cause de mon père…

— Pas du tout, l'interrompt Rafael. Ça n'a rien à voir avec votre père.

— Alors ? »

Rafael lace ses chaussures, enfile sa veste, ramasse l'enveloppe contenant les documents et se dirige vers la porte.

« C'est un choix de vie que j'ai fait. »

Il ouvre la porte pour sortir.

« Attendez ! le rappelle Sarah. Dites-moi au moins votre vrai nom. »

Il la regarde une dernière fois.

« Ne vous l'ai-je pas déjà dit quand nous nous sommes rencontrés ? Je m'appelle Rafael. »

Puis il s'en va.

LXV

Mort d'un évêque

19 février 2006

Le terme approche. L'archevêque Paul Marcinkus, couché sur son lit de mort, sait que ses vrais problèmes commencent maintenant, appelé à rendre des comptes à Dieu qu'il craint tellement et qu'il a si souvent oublié. Le vrai banquier de Dieu devant le Tout-Puissant, lui montrant ses livres de recettes et de dépenses, ses dettes et ses avoirs, lui expliquant pourquoi il a si souvent fraudé, essayant de le convaincre de la nécessité de diversifier les investissements et de blanchir l'argent de la mafia. Consumé par la fièvre et l'angoisse de la mort, Marcinkus voit Dieu comme le président d'un conseil d'administration, un chef incapable de reconnaître que tout ce que son serviteur a accompli au long de ses quatre-vingt-quatre années n'était que pour le bien de l'entreprise.

Beaucoup pensaient que l'ancien archevêque de Chicago était allé finir sa vie isolé du monde dans une paroisse éloignée de l'Illinois ; mais Paul Marcinkus n'a jamais eu l'intention de renoncer au pouvoir et s'il a certes quitté le devant de la scène, il continue d'être au service de l'Église catholique dans le diocèse de Phoenix en Arizona, même si le quartier de Sun City où il réside est loin d'être le centre du monde – si loin de Rome… et si loin de Dieu.

Depuis les poursuites de la justice italienne qui l'a accusé de malversations et d'être coresponsable de la faillite de la Banco Ambrosiano, l'anxiété ne l'a plus quitté et sa santé s'est considérablement détériorée. Il a longtemps vécu dans la crainte que ses anciens amis le soupçonnent d'avoir parlé à la police et aux magistrats, redoutant de leur part une vengeance terrible.

Le regard perdu tourné vers le plafond, Paul Marcinkus se voit comme l'un des quatre cavaliers de l'Apocalypse ; Calvi, Sindona, Gelli et lui-même, envoyés par Dieu pour rétablir l'ordre dans le monde.

Il se souvient du sort affreux de Roberto Calvi, fier pour sa part d'avoir réussi à maintenir la tête hors de l'eau au milieu des grands remous qui suivirent l'effondrement de la Banco Ambrosiano, grâce à la corruption et au chantage.

Quel était le nom de cette femme, déjà ? se demande Marcinkus à haute voix.

Elle s'appelait Graziella Corrocher et c'est celle qui a eu le courage de dénoncer Calvi avant de sauter de la fenêtre de son bureau et de s'écraser sur le trottoir.

Lorsque les magistrats de Milan ont arrêté Calvi à Lodi, il leur en a dit plus qu'il n'aurait dû.

« La Banco Ambrosiano n'est pas la mienne. Je ne suis qu'au service de quelqu'un d'autre. Je ne peux rien dire de plus. »

Ses « amis » ne lui ont jamais pardonné cette indiscrétion, et Roberto n'a réussi à obtenir une libération conditionnelle qu'en trahissant sa famille et ses proches.

Accusé et désespéré, Calvi a fui l'Italie et s'est caché dans divers endroits avant d'être localisé. Pour son malheur, la mafia l'a retrouvé avant la police. À moins que ce ne fussent les hommes de Gelli ou de Sindona. Le 17 juin 1982, ils lui ont mis dix kilos de pierres et quinze mille dollars dans les poches pour services rendus avant de lui passer une corde autour du cou et de le jeter dans le vide, sous le pont de Blackfriars, à Londres. La police a déclaré que le pauvre Roberto s'était suicidé.

Les idiots. Ils n'ont rien compris, pense Marcinkus. *Pauvre Roberto*.

De son côté, Michele Sindona a lui aussi payé le prix fort. Il se vantait de ses affaires mirobolantes, mais il était incapable de maintenir une banque avec un solde positif. La Franklin Bank a fait faillite, et son projet de banque privée a été dévoré par les Génois. Il prétendait avoir fait des études de droit, mais il a en réalité commencé à travailler très jeune dans le commerce des fruits et légumes. C'est pour cela que son surnom était « Le citronnier ». À cette époque, il a demandé de l'aide aux Siciliens et grâce à eux, il a prospéré. Il passait son temps à prétendre qu'il contrôlait la Bourse de Milan. L'imbécile ! Aux États-Unis, il s'est allié aux clans des Inzerillo et des Gambino, encore plus sournois que les Génois. Grâce à tous ses amis, il a réussi à s'enrichir considérablement et faire des affaires avec le Saint-Siège, c'est-à-dire avec Marcinkus et Calvi.

« Seul un idiot peut s'auto-déclarer maître de l'univers », commenta Marcinkus plus d'une fois à l'époque. Lorsque ses finances et celles du Vatican se sont effondrées à la fin des années soixante-dix, Sindona eut recours à Calvi, mais ce dernier ne pouvait plus faire grand-chose. Sindona fut poursuivi par la justice aux États-Unis et en Italie, où la liste des chefs d'accusation le concernant était interminable. Sindona fit pression sur Calvi pour qu'il sauve son empire avec de l'argent de la Banco Ambrosiano, mais la Banca Católica et sa holding étaient déjà dans le collimateur des autorités judiciaires. Marcinkus et Calvi affirmèrent ne pas connaître le Sicilien et l'abandonnèrent à son triste sort. Dans une tentative désespérée d'échapper à la prison, Sindona commandita l'assassinat d'un magistrat de Milan chargé de l'instruction de son dossier, mais cette dernière stupidité ne fit qu'ajouter une victime à la longue liste de ses crimes en tout genre. Il fut arrêté aux États-Unis et le gouvernement italien demanda son extradition. Sindona laissa peu d'amis et beaucoup de dettes sur son chemin, payant finalement l'addition de tous ses méfaits le 23 mars 1986.

« Tu veux un café avec du cyanure, Michele ? » dit ironiquement à voix haute le vieil archevêque dans la solitude de son alcôve, en esquissant un dernier sourire.

La prison n'est pas un bon refuge pour quelqu'un qui a des dettes en suspens et Michele Sindona s'arrêta de respirer avec un goût de cyanure dans la bouche.

Envers le chef de la P2, Marcinkus ne peut que

ressentir de la pitié. Licio Gelli avait plus d'idées que d'esprit et aimait autant les complots que l'argent.

Seul un pauvre malheureux peut avoir l'idée saugrenue d'établir une liste avec les noms et les professions des membres de son organisation secrète, pense Marcinkus.

En 1981, une liste de membres de cette loge souterraine fut découverte. L'ancien archevêque de Chicago sourit quand il pense que Victor-Emmanuel de Savoie et surtout Silvio Berlusconi en ont fait partie, devenu depuis Premier ministre en Italie. Lorsque le château de cartes s'effondra, Gelli fut radié à vie de la franc-maçonnerie et la magistrature italienne l'accusa de diffusion de secrets d'État, de calomnies contre les juges qui instruisirent son procès sommaire, de conspiration et de faillite frauduleuse. Il a depuis passé de nombreuses années entre le banc des accusés et une cellule de prison, et il purge désormais une condamnation à perpétuité en résidence surveillée dans sa villa d'Arezzo en attendant la mort… On a même découvert que le pauvre diable avait des centaines de lingots d'or cachés dans des pots de fleurs. Combien de mois de vie doit-il lui rester ?

« Le terme approche pour tout le monde, vieux Gelli… » soupire Marcinkus.

Les heures passent lentement en ce dimanche 19 février 2006, et il n'est plus temps de révéler des secrets ou de tenter de s'expliquer.

Tout s'est accompli.

LXVI

Trois mois se sont écoulés depuis que Nathalie a réussi son coup de génie pour arracher Sarah, son père, Rafael et le père Marius Ferris des griffes de JC, de Geoffrey Barnes et de leurs sbires. Si on avait demandé à Sarah quelques heures auparavant quel était son espoir de survie, elle aurait répondu : « Faible, très faible. »

Depuis le jour fatidique où elle a reçu chez elle, à Londres, une enveloppe expédiée par Valdemar Firenzi – retrouvé mort peu après avec une balle dans la tête dans les eaux romaines du Tibre – elle n'aurait jamais pensé retrouver aussi rapidement une vie normale, tranquille, c'est-à-dire le contrôle, même illusoire, de son existence. Mais elle se trompait : la preuve en est sa présence aujourd'hui sur la place Saint-Pierre de Rome, assistant à la messe dominicale célébrée par Sa Sainteté le pape Benoît XVI. Elle est accompagnée par ses parents, Raul et Elizabeth Monteiro, profitant tous les trois de vacances en famille dans la capitale italienne.

Le capitaine est presque entièrement remis de sa blessure au ventre mais il a été beaucoup plus difficile pour lui de regagner la confiance de sa femme, qui considère comme une faute grave ce qu'il leur a fait vivre, en particulier à leur fille. Elle a même pensé un moment divorcer, mais Sarah lui a fait comprendre que la responsabilité de son père était très indirecte, ayant au contraire tout tenté pour lui porter secours ; et sa mère a naturellement fini par lui pardonner. Un pardon qui se manifeste par ces vacances romaines, véritable thérapie familiale.

Il serait difficile de croire, si on ne le savait pas, que ce calme moment sur la place Saint-Pierre, à l'heure où le pape célèbre la messe dominicale devant la foule rassemblée à ses pieds, est le résultat d'une série d'événements sanglants qui se sont précipités suite à une découverte inespérée du parrain de Sarah.

Si on se souvient bien, tout a en effet commencé par la découverte par monseigneur Valdemar Firenzi – ancien membre de la loge Propaganda Due parmi beaucoup d'autres, y compris le capitaine Raul Monteiro et les prêtres Felipe Aragón et Pablo Rincón – de vieux papiers dont il se rendit compte immédiatement de l'extrême importance : les papiers que Jean-Paul Ier tenait entre les mains la nuit de sa mort, très vite confisqués et cachés aux yeux du monde par le cardinal Villot, qui les remit rapidement à l'homme que nous ne connaissons que sous le pseudonyme de JC. Malgré les instructions de Villot d'en remettre une partie au chef de la P2 – une liste à Licio Gelli – et de faire disparaître le reste, JC, par précaution, ne lui obéit pas, préférant mettre ces documents qui pourraient lui servir à monnayer sa vie en lieu sûr. Après le conclave qui élut le pape Jean-Paul II, JC les fit placer par un complice dans les archives secrètes du Vatican, où ils dormirent presque trente ans avant d'être retrouvés par hasard par Firenzi. Mais le parrain de Sarah fit l'erreur de ne pas tenir sa langue et de parler de sa trouvaille à un évêque en qui il avait toute confiance, Francesco Cossega, ignorant que celui-ci était membre toujours actif d'une P2 plus secrète que jamais, désormais sous l'autorité absolue de JC. Firenzi réalisa son erreur une nuit en examinant attentivement ladite liste d'une centaine de noms et en découvrant subitement, dans la seconde colonne de la troisième page, un nom qui lui avait échappé : celui de Cossega lui-même. Paniqué par la faute qu'il avait commise, il entreprit une série d'initiatives qui peuvent sembler déroutantes, mais qui furent la seule façon qu'il trouva d'essayer de mettre à l'abri ces documents qu'il n'osa pas détruire, estimant qu'il n'était pas de son ressort de faire disparaître à jamais de tels secrets. D'autres décideraient s'ils devaient ou non être un jour révélés au monde. Dans ce but, la première chose qu'il fit fut d'envoyer, à l'exception de la liste, tous les documents à son grand ami le père Marius Ferris, qui résidait à New York, en le chargeant de les conserver en lieu sûr.

Ses instructions étaient précises : les cacher, lui envoyer un moyen d'y avoir accès et attendre. Dès que Firenzi reçut une copie de la clé de la cachette, et conscient que ses jours étaient comptés, il pensa d'abord l'envoyer, avec la liste et un message codé indiquant la cachette des documents (pas trop compliqué pour être déchiffrable), à son autre grand ami, Raul Monteiro. Mais craignant que celui-ci ne soit surveillé par la P2, il estima plus prudent d'envoyer le tout à sa filleule, à Londres. Celle-ci, intriguée, ne manquerait pas d'appeler son père en apercevant son nom entouré sur la liste et Raul récupérerait ainsi, par un moyen beaucoup plus sûr, la précieuse correspondance.

Pour révéler en toute discrétion la piste des documents à deux autres hommes de confiance, il fit fabriquer deux doubles portraits montrant la figure au sourire mielleux de Benoît XVI avec, caché en dessous, n'apparaissant à la place de celui du pape qu'en chauffant la photo, le visage de Marius Ferris. Puis il envoya ces doubles portraits à Felipe Aragón, à Madrid, et à Pablo Rincón, à Buenos Aires.

Pour n'importe qui, ce ne serait qu'une image pieuse comme on en vend à Rome ; mais pour ses deux amis prêtres, ce serait une manière habile de les orienter vers Marius Ferris. Une note, qu'ils devaient brûler après sa lecture, accompagnait ladite image en leur conseillant de chauffer son dos avec la flamme d'un briquet et en leur donnant un numéro. Les deux hommes comprendraient sans explication que c'était le numéro de téléphone de Marius Ferris. Ils contacteraient le prêtre à New York et il leur révélerait l'emplacement de la cachette. Ils constitueraient ainsi les deux autres seuls détenteurs de ce secret, avec Marius Ferris et le capitaine Monteiro ; quatre gardiens du temple, quatre chevaliers de la Table Ronde choisis par Firenzi. Un plan de protection sophistiqué qui aurait pu être efficace, mais qui s'est finalement révélé malhabile et trop risqué, en multipliant les chances de pouvoir remonter jusqu'à Ferris.

Ce que Firenzi ne pouvait pas prévoir, c'est que Sarah était en vacances au Portugal et qu'elle ne trouverait l'enveloppe – et ne pourrait donc tirer la sonnette d'alarme en prévenant son père – qu'à son retour à Londres, une semaine plus tard. À ce stade, Firenzi était déjà mort. Et cette mort provoqua la panique des deux autres. On connaît la suite ; Sarah, son père, Rafael et Marius Ferris ne s'en sortirent que par miracle.

Ce que Sarah s'est longtemps demandé, c'est pourquoi Firenzi a mis tant de vies en péril pour tenter d'empêcher que les papiers ne retombent entre les mains de JC. Que craignait-il ? Qu'il les détruise ou les enterre à jamais ? Car il savait que JC serait le premier à tout faire pour qu'ils ne sortent jamais au grand jour. Mais Marius Ferris s'en est finalement expliqué à Sarah, le dernier jour qu'elle passa à New York.

« Votre parrain a d'abord tout simplement voulu mettre les documents à l'abri sans les perdre de vue. Les savoir entre les mains de quelqu'un de confiance.

— C'est tout ?

— Son idée était de se donner le temps de réfléchir pour décider calmement quoi en faire. Nous aurions probablement décidé de les renvoyer au Vatican, mais par voie légale cette fois-ci, et non pas en secret. Sa Sainteté aurait décidé quoi en faire. Le plus probable aurait été qu'il décide de suivre, par prudence, la ligne traditionnelle du Vatican dans les cas délicats de ce genre.

— Laquelle ?

— Le silence. C'est-à-dire ne rien faire sinon enterrer l'affaire, réenterrer les documents où ils dormaient depuis trente ans. Mais le simple fait d'apporter la preuve de cette dissimulation qui ne peut avoir été orchestrée que par Villot, le simple fait que le pape et l'Église actuels soient mis au courant des véritables intentions de Jean-Paul Ier devant notamment l'infiltration du Vatican au plus haut niveau à son époque par des membres de la P2, et quoi que Benoît XVI décidât de faire en toute conscience, étaient suffisants pour notre frère Firenzi. Et, je dois l'avouer, pour moi aussi. Si cet ensemble de documents n'apporte pas la preuve irréfutable de l'élimination précoce de Luciani, il montre en tout cas que c'est le scénario le plus probable. Grâce à vous, Sarah, les documents sont repartis pour le Vatican, et je vous en remercie. »

Aujourd'hui, trois mois plus tard, tout s'est bien terminé et la seule chose qui préoccupe encore Sarah est de ne plus avoir aucune nouvelle de Rafael. Elle a plusieurs fois été tentée de le rechercher, mais elle ne sait pas comment faire. Elle a bien pensé un moment demander à son père qui doit savoir comment le contacter, mais elle y a finalement renoncé.

La messe du dimanche a pris fin et la famille Monteiro en profite pour déambuler dans la basilique Saint-Pierre, tout comme de nombreux autres touristes et fidèles. Ensuite, ils iront déjeuner dans une trattoria et visiter quelques-unes des autres merveilles de Rome.

Alors que la mère et la fille admirent la coupole de la basilique, Raul aperçoit un ami et s'approche de lui pour le saluer. Ils parlent pendant quelques minutes tandis que Sarah et sa mère contemplent les trésors artistiques et architecturaux que renferme un des temples les plus célèbres de la chrétienté. Elles observent, intriguées, le corps embaumé du pape Jean XXIII exposé pour que les fidèles puissent lui rendre hommage. Un grand homme de son temps.

« Je voudrais vous faire connaître un ami très cher », leur dit Raul en s'approchant d'elles.

Sarah ne tourne pas immédiatement la tête, intéressée par un passage d'une brochure sur la basilique qu'elle est en train de lire.

« Mes chéries, je vous présente le père Rafael Santini. »

Intriguée en entendant prononcer le prénom « Rafael », Sarah tourne les yeux vers son père.

Un homme en clergyman se tient à côté de lui et au-dessus du col blanc qui orne son cou, elle reconnaît le visage de Rafael, son sauveur. Un visage tranquille et rayonnant.

« C'est un plaisir de vous rencontrer », leur dit-il.

Sarah a du mal à contenir sa stupéfaction. Rafael est prêtre.

« Tu es toujours dans une paroisse au nord de Rome, n'est-ce pas ? lui demande Raul pour alimenter la conversation.

— Exactement. Dans un village non loin d'ici », répond-il en serrant poliment la main des deux femmes avec un sourire sincère, gardant un peu plus longtemps celle de Sarah dans la sienne tout en la regardant dans les yeux.

J'ai essayé de séduire un prêtre : c'est la pensée qui ne quitte plus l'esprit de Sarah. Comment un homme comme lui peut-il être prêtre, c'est-à-dire marié avec le Christ ? Au moins, sa gêne et son refus de l'embrasser dans la chambre de l'Astoria s'expliquent enfin. Un choix de vie, lui a-t-il dit. C'est un homme de Dieu dont la fonction est avant tout de protéger les intérêts de l'Église. Rafael, un prêtre ? Difficile à croire…

« Veux-tu déjeuner avec nous ? lui propose Raul.

— J'aurais beaucoup aimé, mais je ne peux pas. J'ai amené quelques enfants de la paroisse. Nous sommes venus visiter le Vatican. Demain ou une autre fois, avec plaisir.

— Entendu, lui dit Raul.

— Les documents sont en sécurité, glisse Rafael à Sarah à voix basse. Là où ils étaient auparavant, mais à la connaissance de Sa Sainteté. »

Personne n'a jamais reconnu l'existence de la Sainte-Alliance, l'organisation qui, semble-t-il, regroupe les services secrets du Vatican. On raconte d'innombrables histoires sur cette institution, qui n'ont jamais pu être prouvées. Des légendes donc, même si certains pensent que la Sainte-Alliance est composée de prêtres espions sans scrupules, prêts à donner leur vie pour Rome et le Saint-Père.

Pour pouvoir rester dans l'ombre, les services secrets du Vatican n'ont pas de siège officiel ; et il n'existe évidemment aucune liste de leurs agents, qui ne peuvent être identifiés en aucune façon. Cependant, la CIA, le Mossad, la DGSE et l'Intelligence Service sont non seulement persuadés qu'ils existent, mais qu'ils sont aussi l'un des réseaux d'espionnage et de contre-espionnage les plus puissants et efficaces du monde. Bien entendu, les agents du Vatican sont recrutés parmi l'élite et ils s'entraînent probablement dans des organisations et des institutions extérieures au Saint-Siège.

Rafael Santini a été chargé très jeune d'un seul objectif : infiltrer la P2 et la CIA en ne se dénonçant qu'en cas d'extrême nécessité. Pendant près de vingt ans, il est resté discret en attendant son heure, une taupe parfaitement intégrée aux organisations qu'il surveillait, au-dessus de tout soupçon… jusqu'à ce qu'il reçoive l'ordre du Saint-Siège de se lancer dans cette mission délicate. Et ils sont des centaines, voire des milliers de prêtres dans le monde entier, qui tout en célébrant leurs messes, enseignant dans les écoles, soulageant les malades ou s'occupant des plus pauvres, sont prêts à agir immédiatement en suivant les ordres du Vatican.

Au grand dam de Sarah – même si elle n'en a rien montré – Rafael Santini a dû les quitter assez vite pour retrouver son groupe d'enfants, et après avoir déjeuné dans les environs, la jeune Portugaise et ses parents ont fait un tour dans Rome, d'abord au Castel Sant'Angelo et son musée, puis au Panthéon, le plus vieux bâtiment du monde à conserver son toit d'origine, qui date du VIIe siècle et n'a jamais perdu de son importance dans l'Histoire.

« Parfois, je me dis qu'une grande occasion a été

perdue avec la mort de ce pape, dit sombrement Sarah.

— De qui parles-tu ? De Jean-Paul Ier ? lui demande son père.

— Oui, et je me dis aussi qu'après ce qu'ils lui ont fait, personne d'autre ne mériterait d'occuper sa place. »

Le père pose une main sur son épaule dans un geste de tendresse.

« Je comprends ton sentiment. Mais tu dois comprendre que la vie continue pour ceux qui restent. La terre ne s'est pas arrêtée de tourner, et le monde apprendra un jour la vérité. Pas par nous, mais par quelqu'un d'autre. Un jour, quand la plupart d'entre nous seront déjà morts, la vérité sortira et il sera rendu justice à Albino Luciani.

— J'espère bien.

— Aie confiance, lui conseille sa mère se joignant à la conversation. Dis-toi que Dieu garde les yeux ouverts. »

Sarah veut le croire. Ou alors, que tout était préalablement écrit dans l'Au-delà. Qu'il devait en être ainsi et que Luciani, Gelli, Villot, Marcinkus, Calvi et JC n'ont fait que jouer parfaitement les rôles qui leur avaient été dévolus. Sarah se dit qu'il n'y a plus rien à faire. Un accord a été obtenu, en grande partie grâce à elle. Le secret restera gardé, mais désormais par des hommes de bien – du moins l'espère-t-elle –, là même où le mal a été commis. Comme si l'ironie divine voulait démontrer que là où jadis ont pu dominer un certain temps des intentions malveillantes, si étrangères à la foi, la bienveillance régnait enfin à nouveau.

« Le plan de Firenzi était trop risqué, dit-elle à son père.

— Il manquait de temps et il a un peu paniqué en faisant quelques erreurs, c'est vrai. Mais si tu n'avais pas été en vacances ou s'il avait trouvé une manière sûre de me contacter, les choses se seraient beaucoup mieux passées.

— Il n'empêche. Ils tenaient déjà Marius Ferris.

— Le fait que Marius Ferris était à leur merci ne signifiait pas qu'ils réussiraient à lui arracher l'indication de l'emplacement des documents. Et nous le savions.

— Penses-tu qu'il se serait laissé mourir sans rien révéler ?

— Je te réponds par une autre question. Penses-tu que Rafael aurait parlé ?

— Bien sûr que non ! Mais qu'ont-ils à voir l'un avec l'autre ?

— Plus que tu ne pourrais penser. Si ton parrain a envoyé les papiers à Ferris, c'est parce qu'il avait confiance en lui ; il savait qu'il serait capable de les garder cachés, même au péril de sa vie.

— Oui, mais il s'est en revanche trompé en faisant confiance à Cossega.

— C'est vrai. Il n'aurait pas dû prendre ce risque. Par contre, sache que je n'en ai pris aucun de mon côté lorsque je t'ai envoyé Rafael : je savais parfaitement que je pouvais compter sur lui. »

Entendre prononcer ce nom lui provoque une nouvelle fois des frissons dans le dos. Surtout maintenant qu'elle en sait beaucoup plus sur lui. Son sauveur est un homme difficile à comprendre, à la fois sensible, très humain, comme tout prêtre engagé au service des autres, mais aussi capable de paralyser toute une ville en prenant le risque de tuer des innocents, comme il l'a prouvé à Londres pour échapper aux griffes de ses adversaires et sauver quelques vieux papiers.

« Peut-être, mais je suis toujours convaincue que Firenzi a été trop imprudent. C'est comme cette histoire de doubles portraits, il prenait le risque – ce qui s'est confirmé – de leur indiquer la piste de Ferris. Les hommes de JC n'ont visiblement eu aucun mal à percer le secret de cette image.

— C'est vrai, mais comment désigner Ferris aux deux prêtres de manière à la fois plus sûre et plus habile ? L'erreur est surtout venue du père Pablo, qui n'a pas détruit la photo ou su la conserver en lieu sûr. »

Sarah garde un instant le silence avant de lui poser une dernière question.

« Pourquoi JC a-t-il cédé au chantage ? Il aurait pu décider de prendre le risque d'aller jusqu'au bout. Il avait encore une chance de récupérer les papiers cachés par Ferris.

— Il a eu peur.

— Peur ? Lui ?

— Tu m'as dit que Rafael avait ses deux armes braquées sur lui. Rafael était certainement prêt à mourir s'il le fallait, mais lui peut-être pas. Rafael avait des chances de pouvoir prendre JC en otage et d'obtenir notre libération. Et puis JC ne pouvait pas prendre le risque que la liste soit publiée. Ces gens-là sont habitués à mener les opérations. S'ils n'ont plus toutes les cartes en main et si les choses tournent mal, ils préfèrent se retirer dans l'ombre en attendant des jours meilleurs.

— Tu veux dire qu'ils vont essayer de récupérer les papiers ?

— Peut-être, mais je ne pense pas. JC est déjà vieux et ne va pas vivre éternellement. D'autant plus que cet accord, finalement, sert pour l'instant parfaitement ses intérêts.

— Et tu penses qu'ils pourraient essayer de tenter quelque chose contre nous ?

— Je ne crois pas non plus. Revenir sur la question ne pourrait que lui causer du tort. Nous pouvons dormir tranquilles. »

À bientôt six heures du soir, les parents de Sarah décident de retourner à leur hôtel pour se reposer un peu avant le dîner alors que Sarah continue à se promener dans les rues et les ruelles de Rome.

Fatiguée par cette longue journée, elle revient maintenant vers le grand hôtel Palatino, via Cavour, près du Colisée, en rêvant d'un bain et d'un bon dîner sans que Rafael ne lui sorte de la tête. Un nouveau Rafael, qu'elle n'aurait jamais imaginé. La vie est rarement comme on aimerait la peindre ; elle est là, tout simplement, sans faux-semblants, et on a beau parfois essayer de la dévier vers d'autres voies qui correspondent à nos désirs, elle se chargera le plus souvent de nous reconduire sur son chemin initial. On ne choisit pas ; et en l'occurrence, malgré son désir, Sarah comprend que le destin n'a pas voulu que puisse se tisser entre elle et lui une histoire d'amour. Une amitié peut-être, oui : mais rien de plus. Rafael est fidèle à ses valeurs, à sa foi, à ses vœux et à son engagement. Il ne peut pas lui offrir ce dont elle aurait rêvé.

C'est dans cet état d'esprit qu'elle entre dans le hall de son hôtel, essayant d'oublier la silhouette noire de celui qui ne quitte plus ses pensées depuis quelques heures.

« Mademoiselle Sarah Monteiro ? » l'appelle le réceptionniste.

Sarah l'entend à peine.

« Oui ? Qu'y a-t-il ?

— Vous avez un message, Mademoiselle, lui dit-il en lui tendant une petite enveloppe.

— Qui l'a envoyée ?

— Je ne sais pas. L'enveloppe était déjà là quand je suis arrivé et je ne sais pas qui l'a apportée. Je suis désolé.

— Très bien. Ça ne fait rien. Merci. »

Sarah se dirige vers l'ascenseur et ouvre l'enveloppe, qui n'est pas cachetée. À l'intérieur, elle trouve un billet manuscrit et un petit objet arrondi. Un petit objet noir qui ressemble à un bouton. Elle entre dans l'ascenseur remplie de curiosité et commence à lire le billet en montant au septième étage. Quelques secondes plus tard, elle lève les yeux en soupirant, à la fois stupéfaite et subitement angoissée.

« Non… Pas encore ! Ce n'est pas possible ! »

Le billet ne comporte que deux lignes :

« *Ceci n'est pas un bouton, c'est un écouteur.*
Mettez-le à votre oreille. »

Sarah hésite un instant, mais elle sait qu'elle ne peut pas échapper à son destin. Elle met l'écouteur à son oreille droite et attend. Silence… Rien. Serait-ce une plaisanterie ? Mais de qui ? Non, ce serait absurde. Soudain, l'écouteur grésille deux ou trois secondes, et elle perçoit le léger souffle d'un bruit de fond avant d'entendre :

« Bonsoir, chère Sarah.

— Qui êtes-vous ? »

Sa voix trahit une grande anxiété.

« Voyons, ma chère, vous ne m'avez certainement pas oublié si vite ? »

Une note de moquerie passe dans le ton de la voix.

« Je prendrais ça comme une offense à ma personne.

— Qu'est-ce que vous voulez ? »

Le ton plus ferme de Sarah dissimule la crainte qu'elle ressent en reconnaissant cette voix qui paraît souffler dans son esprit comme si elle était celle de sa conscience.

« Récupérer ce qui m'a été retiré et qui m'appartient légitimement. »

La moquerie a cédé place à la froideur qui caractérise le vieil homme qu'elle a rencontré il y a trois mois à New York : JC en personne.

« Je n'ai rien à voir avec tout ça, lui répond Sarah aussi froidement. Arrangez-vous avec le Vatican. »

Un rire guttural, qui l'agace au plus haut point, emplit l'oreille de Sarah alors qu'un « ding » annonce qu'elle est arrivée au septième étage. Sarah sort de l'ascenseur et s'approche, hésitante, de la porte de sa chambre. Elle sait qu'elle n'est plus nulle part en sécurité.

« C'est curieux, Sarah, mais je vois les choses de manière différente. Dès lors que vous êtes la principale responsable de la destination provisoire que les documents ont prise, il me semble évident que c'est à vous de les récupérer pour moi. »

C'est au tour de Sarah de rire.

« Vous croyez ?

— J'en suis sûr. »

Sarah entre dans sa chambre avec le sentiment étrange et effrayant de n'y être pas seule.

« Dites-moi vite ce que vous voulez vraiment ! J'ai mieux à faire.

— Vous voyez le paquet sur votre lit ? »

Cette question, comme s'il la suivait du regard, ainsi que la présence effective d'un paquet sur le lit, la font entrer en panique. Le tourbillon des épreuves passées il y a trois mois revient la tourmenter.

« Oui, lui répond-elle d'une voix sourde.

— Ouvrez-le. »

C'est un ordre, pas une demande.

Sarah obéit, trouvant un dossier à l'intérieur.

« Qu'est-ce que ça signifie ?

— Lisez attentivement ce dossier et nous en reparlerons plus tard.

— Et dans quelle mesure cela va-t-il convaincre le Vatican de vous remettre les papiers ?

— Dans toutes les mesures que vous pouvez imaginer. Nous avons tous nos fragilités. Attendez mes instructions. »

Son écouteur devient subitement muet, totalement silencieux, sans même qu'un léger souffle ne subsiste en bruit de fond. Comme si JC venait d'éteindre son micro ou l'appareil émetteur. Sarah retire le petit bouton noir de son oreille et le jette par terre. Elle s'assoit, furieuse, sur le bord du lit, le dossier toujours à la main, et ses yeux passent machinalement sur l'étiquette collée sur sa couverture. Un nom y est écrit en lettres majuscules :

« MEHMET ALI AĞCA »

*

FINIS

« Lorsque j'ai contacté l'auteur pour aborder la question de l'écriture du livre, ma première "exigence" fut qu'il mêlât la fiction à la réalité. Pourquoi ? La réponse est simple : parce que je sais par expérience qu'il est très courant que cela arrive dans la vie. Beaucoup de prétendues vérités historiques ne sont que pure fiction. La version officielle de la mort de Jean-Paul Ier en est une, et croyez-moi, elle est loin d'être la seule.

Je dois avouer que le résultat m'a agréablement surpris. De nombreux personnages et faits réels ont été savamment glissés dans l'intrigue de cette "fiction". Il n'était pas dans mon intention, en utilisant cet artifice, de donner au lecteur le travail de démêler le vrai du faux par ses propres moyens, mais je tenais à ce qu'il prenne conscience que tout ce qui semble vrai ou ce qui est affirmé derrière un sourire sincère ou un regard de profonde compassion ne correspond pas toujours à la réalité.

L'auteur de cette histoire m'a fait l'honneur de m'y donner un rôle majeur avec un personnage qui, apparemment, me représente. J'ai apprécié l'habileté avec laquelle il dénoue son intrigue en m'utilisant pour servir à la fois mes propres objectifs et le sien.

Après toutes les thèses et les différentes théories du complot apparues depuis vingt-sept ans, l'affaire de la mort de Jean-Paul Ier est aujourd'hui définitivement classée. Mais je dois confesser ô combien j'ai pu rire et me réjouir dans l'ombre en écoutant de si nombreux experts se prononcer avec autant d'assurance sur la question, comme s'ils étaient les détenteurs de la vérité.

Les culpabilités des événements historiques en général ne doivent pas être imputées aux institutions en elles-mêmes, mais seulement à certains hommes ou certaines femmes qui en font partie un certain temps et à des niveaux de responsabilité divers.

J'ai été membre de la loge P2, et en tant que simple mortel, je ne suis ni ne prétends être à l'abri de l'erreur et du péché.

Mais ne vous méprenez pas : Dieu, et lui seul, me jugera. »

JC,

le 29 septembre 2005

LISTE DES PERSONNAGES

CARMINE MINO PECORELLI

Né à Sessano del Molise, dans la province d'Isernia, le 14 septembre 1928. Fondateur de l'hebdomadaire *L'Osservatore politico*, spécialisé dans les scandales politiques. Il devient un homme influent non seulement pour sa connaissance des subtils méandres de la politique italienne, mais aussi pour sa capacité de prévision. Il fut membre de la loge P2 dirigée par Licio Gelli. Après l'assassinat d'Aldo Moro, il publie plusieurs documents inédits concernant l'ancien Premier ministre, y compris les trois lettres qu'il avait écrites à sa famille peu avant sa mort, pendant sa captivité. Par les articles qu'il publie dans *L'Osservatore politico*, son fondateur devient extrêmement dérangeant pour beaucoup de monde, membres du gouvernement, parlementaires, ministres… et même pour Licio Gelli, Pecorelli ayant dressé une liste des membres de la P2 avant de l'envoyer au Vatican et de menacer de la publier dans son hebdomadaire. Ce « gêneur » fut assassiné le 20 mars 1979 avec l'approbation de Gelli. Le mandataire du crime fut un homme politique italien réputé.

ALDO MORO

Homme d'État italien né le 23 septembre 1916 à Maglie, dans la province de Lecce. L'un des plus éminents dirigeants de la Démocratie chrétienne, il fut cinq fois Premier ministre avant d'être enlevé le 16 mars 1978 au cœur de Rome par les Brigades rouges et maintenu en captivité jusqu'à sa mort, le 9 mai de la même année. Ignorant les demandes d'aide qu'Aldo Moro formula dans des lettres écrites à son parti, à sa famille et même au pape Paul VI, dont il était l'ami personnel, le gouvernement italien adopta une position très ferme en refusant toute négociation avec l'organisation terroriste. Suite à cette attitude implacable du gouvernement dirigé par Giulio Andreotti, Aldo Moro aurait été tué par balles par les Brigades rouges et placé dans le coffre d'une voiture où on le retrouva. C'est du moins la version officielle…

LICIO GELLI

« Maître vénérable » de la loge maçonnique Propaganda Due, ou P2. Né à Pistoia le 21 avril 1919, il a été impliqué dans presque tous les grands scandales politico-financiers italiens des années soixante aux années quatre-vingt-dix. Envoyé en Espagne par Mussolini, il combattit dans sa jeunesse aux côtés de Franco et fut informateur de la Gestapo pendant la Seconde Guerre mondiale, maintenant même des contacts personnels avec Hermann Goering. Après la guerre, il collabora avec la CIA, couverte par l'OTAN, à la mise sur pied de l'opération Gladio, une sorte d'armée secrète d'intervention rapide installée en Italie et dans d'autres pays européens ayant pour objectif d'éliminer la menace communiste et qui fut responsable de nombreux actes terroristes. Jean-Paul Ier ne fut que l'une des milliers de personnes à qui Gelli retira ou fit retirer la vie. Son implication ou sa complicité dans la mort d'Aldo Moro, de Mino Pecorelli, de Roberto Calvi, du Premier ministre portugais Francisco Sá Carneiro – ce ne sont que quelques exemples – sont bien connues. Son association de malfaiteurs avec Paul Marcinkus, Roberto Calvi et Michele Sindona laissa un trou de 1,4 milliard de dollars à l'Istituto per le Opere di Religione, la Banca Vaticana. Condamné par la justice italienne, il vit actuellement en résidence surveillée dans sa villa à Arezzo, en Toscane*.

* Il est décédé le 15 décembre 2015. *(Note de l'éditeur.)*

PAUL MARCINKUS

Archevêque américain né dans les environs de Chicago le 15 janvier 1922. Nommé par Paul VI directeur de l'Istituto per le Opere di Religione en 1971, il fut responsable d'une multitude de scandales financiers avec la complicité de Licio Gelli, de Roberto Calvi, président de la Banco Ambrosiano (dont le Vatican était le principal actionnaire), et de Michele Sindona, un banquier italien mafieux nommé conseiller financier de l'Église par Paul VI dans les années soixante. Par le biais de sociétés écrans presque toutes « installées » dans des paradis fiscaux aux Antilles et en Amérique du Sud, ils ont blanchi ensemble des milliards de dollars d'argent sale de provenances diverses et détourné les bénéfices de la Banca Vaticana censée les affecter à des œuvres de charité. Le nom de Marcinkus est lié à de nombreuses histoires peu claires, comme la disparition d'Emanuela Orlandi en 1983, une jeune fille de quinze ans qui aurait été enlevée pour servir de monnaie d'échange dans une tentative de faire libérer Mehmet Ali Ağca, l'homme qui a tiré sur Jean-Paul II. Paul Marcinkus a toujours conservé la pleine confiance de Paul VI ; et plus tard, Jean-Paul II n'a pas eu d'autre choix que de le maintenir dans ses fonctions jusqu'en 1990, allant même jusqu'à l'élever au rang de numéro trois du Vatican, juste après le secrétaire d'État. Jean-Paul Ier avait décidé de le limoger et il apparaît comme un des principaux bénéficiaires de la mort prématurée du pape en 1978. Il retourna à Chicago en 1990 après avoir quitté la direction de l'Istituto per le Opere di Religione et se retira plus tard dans une paroisse en Arizona. Il a été retrouvé mort à son domicile le 20 février 2006.

ROBERTO CALVI

Banquier milanais né le 13 avril 1920, il fut surnommé par la presse le « banquier de Dieu » en raison de ses relations très proches avec le Vatican et l'archevêque Paul Marcinkus. Président de la Banco Ambrosiano, il fut manipulé et menacé par Gelli et Marcinkus jusqu'à l'épuisement, laissant finalement un trou de près d'un milliard et demi de dollars qui mit sa banque en faillite. Il a peu bénéficié de la mort de Jean-Paul Ier et s'était même prononcé contre son élimination. Fuyant la justice avec un faux passeport, il a fini par se cacher à Londres où il fut retrouvé pendu sous le pont de Blackfriars, le 17 juin 1982. Malgré des indices troublants, comme plusieurs kilos de pierres dans son pantalon et quinze mille dollars dans ses poches, la police anglaise conclut à un suicide. L'affaire a été récemment rouverte en Italie et au Royaume-Uni, mais il est plus que certain que le vrai coupable ne sera jamais arrêté.

JEAN-MARIE VILLOT

Cardinal français de l'Église catholique romaine, né le 11 octobre 1905. Nommé secrétaire d'État du Vatican en 1969 par Paul VI, il conserva ce poste jusqu'à sa mort, le 9 mars 1979. Alors que Jean-Paul Ier avait prévu de le remplacer, la mort inattendue de celui-ci, en septembre 1978, permit à Villot de rester en fonction au début du pontificat de Jean-Paul II. Membre de la P2 de Licio Gelli, il fut un des principaux acteurs de la mort de Jean-Paul Ier, ouvrant les portes du Vatican à l'exécuteur.

LÚCIA DE JESUS DOS SANTOS

Née le 22 mars 1907 à Aljustrel, au nord du Portugal, elle fut l'un des trois enfants à qui la Vierge dite de Fátima serait apparue en 1917. Devenue sœur carmélite, c'est elle qui révéla à son évêque les trois secrets que Notre-Dame aurait délivrés au monde et que l'Église catholique contrôle farouchement, divulguant de fausses révélations à leur place. Elle rencontra le cardinal Albino Luciani – le futur pape Jean-Paul Ier – le 11 juillet 1977 au carmel de Sainte-Thérèse, à Coimbra, et parla avec lui pendant plus de deux heures, entrant en transe extatique avant de l'alerter de ce qui l'attendait dans les temps à venir. Décédée le 13 février 2005 à quatre-vingt-dix-sept ans, elle resta toujours fidèle à l'Église.

MARIO MORETTI

Fondateur des secondes Brigades rouges, il enleva Aldo Moro en mars 1978 et fut le seul à qui l'ancien Premier ministre parla pendant sa captivité. Il serait aussi le seul à avoir tiré sur Moro. Les détails de cette affaire n'ont jamais été éclaircis mais la P2, ainsi que d'autres acteurs internationaux, y auraient activement participé. Condamné six fois à des peines de prison à perpétuité, il fut mystérieusement libéré en 1994.

JC

Né à... en..., il est responsable d'une multitude d'actes macabres en tant qu'exécuteur ou mandataire. Entré dans la P2 en..., il est depuis toujours un homme de l'ombre, et s'il est aujourd'hui prétendument retiré de toute activité politique ou financière, il conserve une grande influence dans les milieux souterrains qui contrôlent, ou tentent de contrôler, une partie du monde. Vivant aujourd'hui à..., il a assassiné Jean-Paul Ier dans la nuit du 28 au 29 septembre 1978.

Mis à part quelques papes, quelques cardinaux et une poignée d'intervenants secondaires parfois cités dans le texte, tous les autres personnages de ce livre appartiennent au monde indéfectible de la fiction.

N.B.

1 : Les lacunes seront remplacées par des informations factuelles dans une édition future.

2 : La loge P2 existe toujours, encore plus secrète que jamais.

La balle sainte

CHAPITRE PREMIER

Complots au Vatican – opus 2

(à paraître en Folio Policier)

Ce livre est dédié à
Ioannes Paulus PP. II

KAROL JÓSEF WOJTYŁA
18/05/1920 – 02/04/2005

« A tutto l'uomo di fiducia. »
« À tous les hommes de confiance. »
JC, le 26/02/2007

« Aucune balle ne peut tuer si telle n'est pas Sa volonté. »

SŒUR LÚCIA dans une lettre
à Karol Wojtyła, avril 1981

« Hitler ne devait pas être aussi mauvais qu'on le dit.

Il ne peut pas en avoir tué six millions.

Le chiffre réel n'a pas dû dépasser quatre millions. »

SAINT JOSEMARÍA ESCRIVÁ DE BALAGUER
dans une lettre
à un membre de l'Opus Dei

I

Anno Domini MMVII

> « *Je suis en train d'écrire un livre dans lequel je dirai toute la vérité.*
> *J'ai déjà raconté cinquante histoires différentes, mais elles sont toutes fausses.* »
>
> MEHMET ALI AĞCA,
> l'homme de nationalité turque
> qui a tiré sur le pape Jean-Paul II

Tout a un début.

Le commencement, le temps zéro, le coup d'envoi, le premier battement de cœur, le premier mot, le premier pas, le premier cri qui emprisonnent l'âme et s'agrippent à la vie jusqu'à l'heure de la mort qu'on espère le plus tardive possible, au terme d'une existence qu'on espère prospère et prestigieuse… Le rien en chemin vers le tout, la première pierre d'un hameau, d'un village, d'une ville, d'un mur, d'une maison, d'un palais, d'une église.

De ce bâtiment dans une ville inconnue, par exemple, dont le rez-de-chaussée et le sous-sol sont occupés par un restaurant de luxe, comme l'indique le menu fixé à côté de la porte. Non pas que les propriétaires tiennent à faire de la publicité pour leur établissement ; ils préfèrent au contraire se montrer discrets, comme en témoigne cette porte d'entrée en verre fumé pour empêcher de voir à l'intérieur, toujours fermée, à côté de laquelle se trouve un portier impeccablement vêtu d'un costume rouge sombre. L'absence d'enseigne, la présence du portier et la discrétion de la carte font d'ailleurs tout de suite comprendre au profane que ce n'est pas un lieu ouvert à tout le monde. L'absence de prix sur le menu, ajoutée à la prolifération d'expressions en français dans les noms des plats, est également un signe de raffinement, quand bien même la ville inconnue serait située en terres francophones, ce qu'il nous est impossible de savoir. Ce qui est certain, en revanche, c'est que ledit restaurant, fréquenté par une clientèle ultra-sélectionnée, n'a pas besoin d'annoncer ses prestations.

Quiconque veut profiter des faveurs de cet établissement doit d'abord en obtenir l'approbation. Autorisation sans laquelle il ne passera jamais ses portes en verre fumé. Comme dans un club privé, les nouveaux clients sont le plus souvent présentés par un habitué des lieux qui connaît la direction, mais il leur est aussi possible de faire une demande officielle qui passe par un long processus d'enquête sur leur vie privée. Un compte bancaire bien fourni est utile pour obtenir ce droit d'entrée, mais ce n'est pas le critère prépondérant et beaucoup de parvenus voient leur demande refusée, tout comme d'ailleurs celle de parents ou amis de membres de longue date. Cette fin de non-recevoir – notons au passage que les termes « rejet » ou « refus » ne sont jamais utilisés – est signifiée par une lettre envoyée au postulant glissée dans une enveloppe blanche, sans qu'y apparaisse le nom de l'expéditeur. Une fois la décision prise, elle ne pourra jamais être contestée ; par contre, si la demande est acceptée, un ensemble de règles devront être suivies. Celle, par exemple, qui prévoit l'expulsion d'un membre en cas d'infraction grave, même si elle n'a jamais eu besoin d'être appliquée.

L'acceptation comme client de cet établissement est notifiée différemment du refus : un appel téléphonique à la résidence de l'heureux élu pour une invitation à dîner. Alors, oui, il est accueilli avec déférence par l'employé en uniforme qui lui ouvre la porte en verre fumé. Une fois à l'intérieur, il est traité avec respect, mais sans excès. Un valet le débarrasse de sa veste ou de son manteau, et il est ensuite conduit par un maître d'hôtel à une table réservée qui sera dorénavant toujours la même, quels que soient l'heure ou le jour de la semaine où il se présentera. Il pourra être accompagné des invités qu'il souhaite, mais devra en informer la direction au moins cinq jours à l'avance et communiquer les noms de ses convives. Dans ce cas, la moralité de ses hôtes ne sera pas évaluée. Privilège de clients triés sur le volet qui peuvent profiter des lieux pour y rencontrer qui bon leur semble en toute tranquillité pour négocier des faveurs, des affaires, intriguer, décider du sort de tiers ou du leur sans que personne ne pointe vers eux un doigt récriminatoire ; le tout accompagné, par exemple, d'un délicieux poulet farci de pâté au bacon arrosé d'une sauce aux champignons, au vin rouge et au cognac. Les repas ne sont pas facturés sur place et les seules transactions financières qui ont lieu dans l'établissement sont celles qui peuvent se dérouler à table, entre les convives… et elles ne sont pas rares. Les membres paient mensuellement une somme forfaitaire de 12 500 euros par virement bancaire, qui leur offre le privilège de disposer d'une cuisine disponible vingt-quatre heures sur vingt-quatre, sept jours sur sept. C'est ainsi que fonctionne ce restaurant, qui possède des succursales dans presque tous les plus grands centres de décisions politico-économiques du monde, c'est-à-dire les plus grandes métropoles.

Aujourd'hui, bien qu'il soit l'heure du déjeuner, le restaurant est presque vide et la table qui nous intéresse est la numéro 13, même si les deux hommes qui l'occupent ne sont pas superstitieux. À leur avis, parfaitement respectable, seul compte le présent : ici et maintenant. Conjecturer sur l'avenir n'est que spéculation inutile, incapable d'être validée par des éléments fiables. Ces hommes préfèrent s'adapter aux circonstances, et ils y excellent. Chaque cas est différent, et *Chaque chose en son temps* pourrait être leur devise. Dans un monde dont le moteur est l'argent – ils en sont persuadés – cette capacité d'adaptation permanente est un avantage dont ils savent profiter.

Des raisons de sécurité empêchent de révéler dans quelle ville se trouve le restaurant dans lequel ils sont assis l'un en face de l'autre. Celui qui tourne le dos au reste de la salle à manger en est le membre et, bien qu'on ne puisse voir son visage, il a l'âge d'être le père ou même le grand-père de l'homme assis en face de lui. Aucun lien de parenté ne les unit, et ce ne sont pas non plus des amis : le plus jeune est le collaborateur du plus âgé, pour ne pas dire son serviteur – une épithète tombée aujourd'hui en désuétude, raison pour laquelle nous ne devrions peut-être pas dire qu'il est en train de recevoir des ordres, mais des consignes ou des instructions. Ils sont habillés de manière très classique, sans que rien en eux n'attire l'attention, tout comme d'ailleurs les quelques autres dirigeants ou hommes d'affaires assis aux autres tables. Ils savourent de délicieux filets de flétan au mascarpone enroulés dans des tranches de jambon de Parme et accompagnés d'épinards, ce qui réfute la théorie qu'on mange peu et mal dans les restaurants de luxe. Ou, si cela est vrai, cet établissement doit constituer une exception. Ils boivent un pinot noir, domaine de Kaimira 1998, choisi par le membre sans avoir consulté ni le sommelier ni son collaborateur. Avec mesure, bien entendu, car ils ne sont pas hommes à faire des excès – ils ne l'ont jamais été – et le mot « exception » ne fait pas partie de leur vocabulaire. Tout en ce monde est comme il doit être : toujours, ici et maintenant.

« Je n'ai pas encore eu l'occasion de te demander des nouvelles de l'enquête aux États-Unis, demande le plus âgé.

— Elle a été suspendue. Ils ont conclu à des causes naturelles.

— Parfait. J'en déduis qu'il ne restait aucune trace sur place. »

L'esprit calculateur du plus âgé transparaît dans

tout ce qu'il dit. Il a l'habitude de laisser le moins de place possible aux impondérables ou aux surprises de dernière heure.

« Absolument. J'ai tout nettoyé avant l'arrivée des autorités. Son âge a également aidé à ce qu'ils classent rapidement l'affaire, explique le plus jeune d'un ton froid et professionnel.

— Parfait. »

Ils continuent à manger en silence pendant un certain temps. On peut ainsi se rendre compte de qui mène la conversation – pour ne pas l'appeler un interrogatoire, du moins à ce stade, car il ne s'agit pas d'un déjeuner de commémoration ou d'une rencontre amicale, mais d'une réunion avec un ordre du jour parfaitement établi par le plus âgé. Les deux hommes mangent lentement, par petites bouchées, pour apprécier la saveur de la nourriture.

« La seconde partie du plan va maintenant être lancée, informe le plus âgé. Son exécution va être délicate, mais aucune faille ne doit apparaître.

— Il n'y en aura pas, assure le plus jeune, très confiant.

— Où en est l'équipe ?

— Elle est déjà sur le terrain depuis quelques semaines, comme vous l'avez ordonné. Toutes les cibles sont sous surveillance constante sauf une, celle que vous savez.

— Très bien. C'est parfait. »

S'il était extraverti, il ne lui resterait qu'à se frotter les mains de satisfaction ; mais il intériorise toutes ses émotions sans jamais, ou presque, les montrer.

Et il sait, en outre, que cette dernière cible ne sera pas facile à localiser.

« Et à Londres ? ajoute-t-il.

— Notre agent est parvenu à s'infiltrer dans l'entourage de l'objectif, lui explique son collaborateur. Dès que je lui donnerai le feu vert, il m'ouvrira la voie.

— Attention : Londres et JC sont les parties du plan les plus difficiles à exécuter, insiste l'homme qui tourne le dos au reste de la salle à manger.

— J'en suis conscient. À propos, toujours aucun signe de lui ? demande le plus jeune.

— Non. C'est un vieux renard, comme moi. Mais il va nous falloir coûte que coûte le faire apparaître ! Autrement, le plan sera compromis.

— Il va pointer le bout du nez. Londres le fera sortir de son trou.

— Oui, certainement. Mais dès qu'il surgira, agis immédiatement : ne pense pas. Si tu t'offres le luxe de penser ne serait-ce qu'une seconde, il aura déjà pris l'ascendant sur toi. »

Le plus jeune ne peut même pas imaginer un tel scénario. Non pas qu'il ne soit préparé à tout, mais l'idée qu'il puisse exister des personnes aussi vives d'esprit que lui ne lui paraît pas pensable. D'autant plus que nous parlons d'un vieil homme de plus de soixante-dix ans. Quel danger peut-il représenter ? Mais il s'efforce de ne pas laisser transparaître de telles pensées devant le vieil homme assis en face de lui.

« Je sais ce que tu penses, lui dit le plus âgé. Mais sache que tous les êtres humains ont leurs faiblesses. La mienne est l'Église, et la tienne est l'excès de confiance. Méfie-toi ! C'est souvent une grande erreur. Retire ton ego de l'équation. Alors seulement tu pourras être sûr de ne pas faillir.

— Ce sera fait.

— Tu le dois. Sinon, tu ne seras pas celui qui regardera leurs cadavres. Et même à Londres, ce ne sera pas facile.

— J'ai là-bas un homme très efficace, déjà prêt à m'ouvrir la voie pour que je puisse conclure le travail.

— Très bien, mais sois prudent et ne sous-estime jamais tes adversaires. Jusqu'à maintenant, je n'ai rien à redire sur ton comportement ou ton travail : tu as été efficace à cent pour cent. Mais tu n'as encore jamais affronté des adversaires de la trempe de ceux que tu vas défier cette fois-ci…

— Le plan est pratiquement infaillible, rétorque le jeune homme avec un brin d'insolence.

— Ôte cette idée de ton esprit : l'infaillibilité n'existe pas, affirme le plus âgé. Notre plan a toutes les chances de réussir ; et d'ailleurs, il doit réussir ! Je l'espère de tout cœur, mais n'oublie jamais que rien ni personne n'est infaillible, pas même le pape.

— Bien sûr, mais…

— Je voudrais vraiment te mettre en garde, l'interrompt le plus âgé ; écoute-moi attentivement. »

Il attend que le jeune homme le regarde fixement afin d'être sûr d'avoir capté toute son attention.

« JC est l'homme qui s'est introduit au Vatican en 1978 pour assassiner le pape Jean-Paul Ier sans laisser aucune trace de son passage ; et malgré cela, il n'a pas réussi à la liquider à Londres. Son premier échec. »

Le jeune homme intègre ces paroles sans un mot et reste pensif un moment. Le vieil homme a raison. L'excès de confiance est l'ennemi de la réussite. C'est le message qu'il veut lui faire passer.

« C'est compris. Je ne donnerai de marge de manœuvre à personne. »

Il est tout à fait conscient que s'il échoue, il ne survivra pas. Qu'il soit tué par JC ou par ce client régulier de ce restaurant situé dans cette ville inconnue, il sait qu'en cas d'échec, il ne se réveillera pas le lendemain matin. Mais il est temps de changer de sujet.

« Qu'en est-il de Mitrokine ?

— Je m'en suis occupé, lui répond l'homme plus âgé. Mes contacts à Moscou sont en train de résoudre la question en ce moment même.

— Et le Turc ?

— Laissons-le croupir en prison. Il ne fait de mal à personne. Une dernière chose : n'oublie pas que nous ne communiquerons plus tant que le plan ne sera pas exécuté jusqu'à sa dernière ligne.

— Oui, je comprends. Je ne l'oublierai pas. Il manque juste…

— Le Vatican, l'interrompt le plus âgé. Ne t'inquiète pas à ce sujet : je m'en occupe personnellement. »

Et pour la première fois, le vieil homme laisse un sourire se dessiner sur ses lèvres.

Tout a un début.

DU MÊME AUTEUR

Aux Éditions de l'Aube

LE MENSONGE SACRÉ, 2016

LA BALLE SAINTE, 2015

LE DERNIER PAPE, 2015, Folio Policier n° 797

COLLECTION FOLIO POLICIER

Dernières parutions

438. Bernhard Schlink	*Le nœud gordien*
439. Joseph Bialot	*Route story*
440. Martina Cole	*Sans visage*
441. Thomas Sanchez	*American Zazou*
442. Georges Simenon	*Les clients d'Avrenos*
443. Georges Simenon	*La maison des sept jeunes filles*
444. J.-P. Manchette & B.-J. Sussman	*L'homme au boulet rouge*
445. Gerald Petievich	*La sentinelle*
446. Didier Daeninckx	*Nazis dans le métro*
447. Batya Gour	*Le meurtre du samedi matin*
448. Gunnar Staalesen	*La nuit, tous les loups sont gris*
449. Matilde Asensi	*Le salon d'ambre*
450. Jo Nesbø	*Rouge-gorge*
451. Olen Steinhauer	*Cher camarade*
452. Pete Dexter	*Deadwood*
454. Keith Ablow	*Psychopathe*
455. Batya Gour	*Meurtre à l'université*
456. Adrian McKinty	*À l'automne, je serai peut-être mort*
457. Chuck Palahniuk	*Monstres invisibles*
458. Bernard Mathieu	*Otelo*
459. James Crumley	*Folie douce*
460. Henry Porter	*Empire State*
461. James Hadley Chase	*Pas d'orchidées pour Miss Blandish*
462. James Hadley Chase	*La chair de l'orchidée*
463. James Hadley Chase	*Eva*
464. Arkadi & Gueorgui Vaïner	*38, rue Petrovka*
465. Ken Bruen	*Toxic Blues*

466.	Larry Beinhart	*Le bibliothécaire*
467.	Caryl Férey	*La jambe gauche de Joe Strummer*
468.	Jim Thompson	*Deuil dans le coton*
469.	Jim Thompson	*Monsieur Zéro*
470.	Jim Thompson	*Éliminatoires*
471.	Jim Thompson	*Un chouette petit lot*
472.	Lalie Walker	*N'oublie pas*
473.	Joe R. Lansdale	*Juillet de sang*
474.	Batya Gour	*Meurtre au Philharmonique*
475.	Carlene Thompson	*Les secrets sont éternels*
476.	Harry Crews	*Le Roi du K.O.*
477.	Georges Simenon	*Malempin*
478.	Georges Simenon	*Les rescapés du Télémaque*
479.	Thomas Sanchez	*King Bongo*
480.	Jo Nesbø	*Rue Sans-Souci*
481.	Ken Bruen	*R&B – Le Mutant apprivoisé*
482.	Christopher Moore	*L'agneau*
483.	Carlene Thompson	*Papa est mort, Tourterelle*
484.	Leif Davidsen	*Le Danois serbe*
485.	Graham Hurley	*La nuit du naufrage*
486.	John Burdett	*Typhon sur Hong Kong*
487.	Mark Henshaw & John Clanchy	*Si Dieu dort*
488.	William Lashner	*Dette de sang*
489.	Patrick Pécherot	*Belleville-Barcelone*
490.	James Hadley Chase	*Méfiez-vous, fillettes !*
491.	James Hadley Chase	*Miss Shumway jette un sort*
492.	Joachim Sebastiano Valdez	*Celui qui sait lire le sang*
493.	Joe R. Lansdale	*Un froid d'enfer*
494.	Carlene Thompson	*Tu es si jolie ce soir*
495.	Alessandro Perissinotto	*Train 8017*
496.	James Hadley Chase	*Il fait ce qu'il peut*
497.	Thierry Bourcy	*La cote 512*
498.	Boston Teran	*Trois femmes*
499.	Keith Ablow	*Suicidaire*

500.	Caryl Férey	*Utu*
501.	Thierry Maugenest	*La poudre des rois*
502.	Chuck Palahniuk	*À l'estomac*
503.	Olen Steinhauer	*Niet camarade*
504.	Christine Adamo	*Noir austral*
505.	Arkadi & Gueorgui Vaïner	*La corde et la pierre*
506.	Marcus Malte	*Carnage, constellation*
507.	Joe R. Lansdale	*Sur la ligne noire*
508.	Matilde Asensi	*Le dernier Caton*
509.	Gunnar Staalesen	*Anges déchus*
510.	Yasmina Khadra	*Le quatuor algérien*
511.	Hervé Claude	*Riches, cruels et fardés*
512.	Lalie Walker	*La stratégie du fou*
513.	Leif Davidsen	*L'ennemi dans le miroir*
514.	James Hadley Chase	*Pochette surprise*
515.	Ned Crabb	*La bouffe est chouette à Fatchakulla*
516.	Larry Brown	*L'usine à lapins*
517.	James Hadley Chase	*Une manche et la belle*
518.	Graham Hurley	*Les quais de la blanche*
519.	Marcus Malte	*La part des chiens*
520.	Abasse Ndione	*Ramata*
521.	Chantal Pelletier	*More is less*
522.	Carlene Thompson	*Le crime des roses*
523.	Ken Bruen	*Le martyre des Magdalènes*
525.	James Hadley Chase	*Vipère au sein*
526.	James Hadley Chase	*Alerte aux croque-morts*
527.	Jo Nesbø	*L'étoile du diable*
528.	Thierry Bourcy	*L'arme secrète de Louis Renault*
529.	Béatrice Joyaud	*Plaisir en bouche*
531.	Patrick Pécherot	*Boulevard des Branques*
532.	Larry Brown	*Fay*
533.	Thomas H. Cook	*Les rues de feu*
534.	Carlene Thompson	*Six de Cœur*
535.	Carlene Thompson	*Noir comme le souvenir*
536.	Olen Steinhauer	*36, boulevard Yalta*

537. Raymond Chandler *Un tueur sous la pluie*
538. Charlie Williams *Les allongés*
539. DOA *Citoyens clandestins*
540. Thierry Bourcy *Le château d'Amberville*
541. Jonathan Trigell *Jeux d'enfants*
542. Bernhard Schlink *La fin de Selb*
543. Jean-Bernard Pouy *La clef des mensonges*
544. A. D. G. *Kangouroad Movie*
545. Chris Petit *Le Tueur aux Psaumes*
546. Keith Ablow *L'Architecte*
547. Antoine Chainas *Versus*
548. Joe R. Lansdale *Le mambo des deux ours*
549. Bernard Mathieu *Carmelita*
550. Joe Gores *Hammett*
551. Marcus Malte *Le doigt d'Horace*
552. Jo Nesbø *Le sauveur*
553. Patrick Pécherot *Soleil noir*
554. Carlene Thompson *Perdues de vue*
555. Harry Crews *Le Chanteur de Gospel*
556. Georges Simenon *La maison du juge*
557. Georges Simenon *Cécile est morte*
558. Georges Simenon *Le clan des Ostendais*
559. Georges Simenon *Monsieur La Souris*
560. Joe R. Lansdale *Tape-cul*
561. William Lashner *L'homme marqué*
562. Adrian McKinty *Le Fils de la Mort*
563. Ken Bruen *Le Dramaturge*
564. Marcus Malte *Le lac des singes*
565. Chuck Palahniuk *Journal intime*
566. Leif Davidsen *La photo de Lime*
567. James Sallis *Bois mort*
568. Thomas H. Cook *Les ombres du passé*
569. Mark Henshaw & John Clanchy *L'ombre de la chute*
570. Olen Steinhauer *La variante Istanbul*
571. Thierry Bourcy *Les traîtres*
572. Joe R. Lansdale *Du sang dans la sciure*

573.	Joachim Sebastiano Valdez	*Puma qui sommeille*
574.	Joolz Denby	*Stone Baby*
575.	Jo Nesbø	*Le bonhomme de neige*
576.	René Reouven	*Histoires secrètes de Sherlock Holmes*
577.	Leif Davidsen	*Le dernier espion*
578.	Guy-Philippe Goldstein	*Babel Minute Zéro*
579.	Nick Stone	*Tonton Clarinette*
580.	Thierry Jonquet	*Romans noirs*
581.	Patrick Pécherot	*Tranchecaille*
582.	Antoine Chainas	*Aime-moi, Casanova*
583.	Gabriel Trujillo Muñoz	*Tijuana City Blues*
584.	Caryl Férey	*Zulu*
585.	James Sallis	*Cripple Creek*
586.	Didier Daeninckx	*Éthique en toc*
587.	John le Carré	*L'espion qui venait du froid*
588.	Jeffrey Ford	*La fille dans le verre*
589.	Marcus Malte	*Garden of love*
590.	Georges Simenon	*Les caves du Majestic*
591.	Georges Simenon	*Signé Picpus*
592.	Carlene Thompson	*Mortel secret*
593.	Thomas H. Cook	*Les feuilles mortes*
594.	Didier Daeninckx	*Mémoire noire*
595.	Graham Hurley	*Du sang et du miel*
596.	Marek Krajewski	*Les fantômes de Breslau*
597.	François Boulay	*Traces*
598.	Gunnar Staalesen	*Fleurs amères*
599.	James Sallis	*Le faucheux*
600.	Nicolas Jaillet	*Sansalina*
601.	Jean-Bernard Pouy	*Le rouge et le vert*
602.	William Lashner	*Le baiser du tueur*
603.	Joseph Bialot	*La nuit du souvenir*
604.	Georges Simenon	*L'outlaw*
605.	Kent Harrington	*Le serment*
606.	Thierry Bourcy	*Le gendarme scalpé*
607.	Gunnar Staalesen	*Les chiens enterrés ne mordent pas*

608.	Jo Nesbø	*Chasseurs de têtes*
609.	Dashiell Hammett	*Sang maudit*
610.	Joe R. Lansdale	*Vierge de cuir*
611.	Dominique Manotti	*Bien connu des services de police*
612.	Åsa Larsson	*Horreur boréale*
613.	Saskia Noort	*Petits meurtres entre voisins*
614.	Pavel Kohout	*L'heure étoilée du meurtrier*
615.	Boileau-Narcejac	*La vie en miettes*
616.	Boileau-Narcejac	*Les veufs*
617.	Gabriel Trujillo Muñoz	*Loverboy*
618.	Åntoine Chainas	*Anaisthêsia*
619.	Thomas H. Cook	*Les liens du sang*
620.	Tom Piccirilli	*La rédemption du Marchand de sable*
621.	Francis Zamponi	*Le Boucher de Guelma*
622.	James Sallis	*Papillon de nuit*
623.	Kem Nunn	*Le Sabot du Diable*
624.	Graham Hurley	*Sur la mauvaise pente*
625.	Georges Simenon	*Bergelon*
626.	Georges Simenon	*Félicie est là*
627.	Ken Bruen	*La main droite du diable*
628.	William Muir	*Le Sixième Commandement*
629.	Kirk Mitchell	*Dans la vallée de l'ombre de la mort*
630.	Jean-François Vilar	*Djemila*
631.	Dashiell Hammett	*Moisson rouge*
632.	Will Christopher Baer	*Embrasse-moi, Judas*
633.	Gene Kerrigan	*À la petite semaine*
634.	Caryl Férey	*Saga maorie*
635.	James Sallis	*Le frelon noir*
636.	Gabriel Trujillo Muñoz	*Mexicali City Blues*
637.	Heinrich Steinfest	*Requins d'eau douce*
638.	Simon Lelic	*Rupture*
639.	Jenny Siler	*Flashback*
640.	Joachim Sebastiano Valdez	*Les larmes des innocentes*
641.	Kjell Ola Dahl	*L'homme dans la vitrine*
642.	Ingrid Astier	*Quai des enfers*

643. Kent Harrington	*Jungle rouge*
644. Dashiell Hammett	*Le faucon maltais*
645. Dashiell Hammett	*L'introuvable*
646. DOA	*Le serpent aux mille coupures*
647. Larry Beinhart	*L'évangile du billet vert*
648. William Gay	*La mort au crépuscule*
649. Gabriel Trujillo Muñoz	*Mezquite Road*
650. Boileau-Narcejac	*L'âge bête*
651. Anthony Bourdain	*La surprise du chef*
652. Stefán Máni	*Noir Océan*
653. ***	*Los Angeles Noir*
654. ***	*Londres Noir*
655. ***	*Paris Noir*
656. Elsa Marpeau	*Les yeux des morts*
657. François Boulay	*Suite rouge*
658. James Sallis	*L'œil du criquet*
659. Jo Nesbø	*Le léopard*
660. Joe R. Lansdale	*Vanilla Ride*
661. Georges Flipo	*La commissaire n'aime point les vers*
662. Stephen Hunter	*Shooter*
663. Pierre Magnan	*Élégie pour Laviolette*
664. James Hadley Chase	*Tu me suivras dans la tombe* et autres romans
665. Georges Simenon	*Long cours*
666. Thomas H. Cook	*La preuve de sang*
667. Gene Kerrigan	*Le chœur des paumés*
668. Serge Quadruppani	*Saturne*
669. Gunnar Staalesen	*L'écriture sur le mur*
670. Georges Simenon	*Chez Krull*
671. Georges Simenon	*L'inspecteur Cadavre*
672. Kjetil Try	*Noël sanglant*
673. Graham Hurley	*L'autre côté de l'ombre*
674. John Maddox Roberts	*Les fantômes de Saigon*
675. Marek Krajewski	*La peste à Breslau*
676. James Sallis	*Bluebottle*
677. Philipp Meyer	*Un arrière-goût de rouille*

678. Marcus Malte — *Les harmoniques*
679. Georges Simenon — *Les nouvelles enquêtes de Maigret*
680. Dashiell Hammett — *La clé de verre*
681. Caryl Férey & Sophie Couronne — *D'amour et dope fraîche*
682. Marin Ledun — *La guerre des vanités*
683. Nick Stone — *Voodoo Land*
684. Frederick Busch — *Filles*
685. Paul Colize — *Back up*
686. Saskia Noort — *Retour vers la côte*
687. Attica Locke — *Marée noire*
688. Manotti – DOA — *L'honorable société*
689. Carlene Thompson — *Les ombres qui attendent*
690. Claude d'Abzac — *Opération Cyclope*
691. Joe R. Lansdale — *Tsunami mexicain*
692. F. G. Haghenbeck — *Martini Shoot*
693. *** — *Rome Noir*
694. *** — *Mexico Noir*
695 James Preston Girard — *Le Veilleur*
696. James Sallis — *Bête à bon dieu*
697. Georges Flipo — *La commissaire n'a point l'esprit club*
698. Stephen Hunter — *Le 47e samouraï*
699. Kent Anderson — *Sympathy for the Devil*
700. Heinrich Steinfest — *Le grand nez de Lilli Steinbeck*
701. Serge Quadruppani — *La disparition soudaine des ouvrières*
702. Anthony Bourdain — *Pizza créole*
703. Frederick Busch — *Nord*
704. Gunnar Staalesen — *Comme dans un miroir*
705. Jack Ketchum — *Une fille comme les autres*
706. John le Carré — *Chandelles noires*
707. Jérôme Leroy — *Le Bloc*
708. Julius Horwitz — *Natural Enemies*
709. Carlene Thompson — *Ceux qui se cachent*

710. Fredrik Ekelund — *Le garçon dans le chêne*
711. James Sallis — *Salt River*
712. Georges Simenon — *Cour d'assises*
713. Antoine Chainas — *Une histoire d'amour radioactive*
714. Matthew Stokoe — *La belle vie*
715. Frederick Forsyth — *Le dossier Odessa*
716. Caryl Férey — *Mapuche*
717. Frank Bill — *Chiennes de vies*
718. Kjell Ola Dahl — *Faux-semblants*
719. Thierry Bourcy — *Célestin Louise, flic et soldat dans la guerre de 14-18*
720. Doug Allyn — *Cœur de glace*
721. Kent Anderson — *Chiens de la nuit*
722. Raphaël Confiant — *Citoyens au-dessus de tout soupçon...*
723. Serge Quadruppani — *Madame Courage*
724. Boileau-Narcejac — *Les magiciennes*
725. Boileau-Narcejac — *L'ingénieur aimait trop les chiffres*
726. Inger Wolf — *Nid de guêpes*
727. Seishi Yokomizo — *Le village aux Huit Tombes*
728. Paul Colize — *Un long moment de silence*
729. F. G. Haghenbeck — *L'Affaire tequila*
730. Pekka Hiltunen — *Sans visage*
731. Graham Hurley — *Une si jolie mort*
732. Georges Simenon — *Le bilan Malétras*
733. Peter Duncan — *Je suis un sournois*
734. Stephen Hunter — *Le sniper*
735. James Sallis — *La mort aura tes yeux*
736. Elsa Marpeau — *L'expatriée*
737. Jô Soares — *Les yeux plus grand que le ventre*
738. Thierry Bourcy — *Le crime de l'Albatros*
739. Raymond Chandler — *The Long Goodbye*
740. Matthew F. Jones — *Une semaine en enfer*
741. Jo Nesbø — *Fantôme*
742. Alix Deniger — *I cursini*